악당
클리닉

악당 클리닉

초판 1쇄 찍은 날 § 2006년 8월 28일
초판 1쇄 펴낸 날 § 2006년 9월 8일

지은이 § 홍윤정
펴낸이 § 서경석

편집장 § 문혜영
편집책임 § 이종민
편집 § 한지윤

펴낸곳 § 도서출판 청어람
등록번호 § 제1081-1-89호
등록일자 § 1999. 5. 31
어람번호 § 제5-0106호

주소 § 경기도 부천시 원미구 심곡1동 350-1 남성B/D 3F (우) 420-011
전화 § 032-656-4452 팩스 § 032-656-4453
http://www.chungeoram.com
E-mail § eoram99@chollian.net

ⓒ 홍윤정, 2006

ISBN 89-251-0290-0 03810

악당 클리닉

홍유정 지음

도서출끼
청어람

프롤로그 ♥

따르릉! 전화벨이 울렸다.

벨소리는 어둡고 은밀하며 향기 그윽한 실내를 천천히, 그리고 끈질기게 휘돌았다. 따뜻한 미풍이 살랑살랑 커튼을 스쳐 날아 들어오는 이곳은 침대에 누워 있다기보다 파묻혀 있다는 표현이 더 어울리는 이 남자, 이지상의 아파트.

평화롭기 이를 데 없는 아늑한 공간 속을 파고드는 벨소리에 지상은 떠지지 않는 눈을 억지로 끌어 올렸다.

[이지상입니다. 용건을 남겨주십시오.]

달칵 소리와 함께 자동응답기가 대신 입을 열었다. 야트막이 욕설을 내뱉던 지상은 몸을 뒤척이며 다시 눈을 감았다. 아침잠이 유난히 많은 그에게 감히 전화를 걸어올 수 있는 사람은 그리 많지 않았다. '빌어먹을 노인네'의 비서가 아니면 잔소리의 달인, 이준상일 거다.

[나다, 이지상. 아직도 자고 있는 거냐? 깨어 있으면 지금 좀 받아보지?]

역시나다. 네 살 터울의 형이지만 하는 짓마다 지독히 모범적이고 획일적인 애늙은이, 빌어먹을 노인네의 숙원 성취를 위해 자신의 인생을 몽땅 헌납한 그의 형제, 이준상이다.

도대체 이렇게 이른 아침에 무슨 일일까?

지상은 힘겨운 신음을 내뱉으며 머리카락을 우악스럽게 쥐어뜯었다.

[어제 또 놀았군. 이젠 좀 작작 놀지 그러냐? 네 나이도 이제 서른둘이야. 그 정도면 일에 취미 붙일 때도 되지 않았니?]

또 잔소리다. 그것도 그가 지어놓은 '정답맨'이라는 별명답게 준상은 옳은 말만 해대고 있었다. 지긋지긋한 형의 훈계에 인상을 찌푸리며 지상은 허리까지 흘러내린 시트를 감아쥐었다.

[벌써 입사한 지가 몇 년이냐? 회사에는 신경도 안 쓰고 허구한 날 놀 생각만 하고. 난 진짜 이해 못하겠다. 뭐가 문제인 거야? 매출은 점점 내려가고, 하는 짓은 점점 더 가관이고.]

"죽겠군, 젠장!"

지상은 낮은 욕설을 중얼거렸다. 머릿골은 띵하고 위장도 심히 울렁거리는데 잘난 척하는 준상의 잔소리까지 들으려니 머리가 깨질 것 같았다. 콕콕 새부리가 머리통을 쪼는 듯한 고통스러움에 깊은 한숨을 내쉬며 지상은 게슴츠레 눈을 떴다.

[이지상! 너 정말 전화 안 받을 거야? 깨어 있는 거 다 아니까 받아, 좀.]

있는 대로 인상을 쓴 눈매 근처로 찌르듯 빛줄기가 쳐들어왔다. 거의 반사적으로 팔뚝을 들어 눈 위에 얹으며 지상은 나른한 몸을 뒤척였다. 부드러운 천 조각이 들추어지고 흔들리며 낯선 향내를 자아냈다. 가라앉아 있던 냄새가 푸르르 날아올라 지상의 코끝으로 스며들었다.

'라일락 향기?'

아주 옅지만 그 은은함과 향긋함은 확실히 라일락 향이었다. 지상은 미간을 찡그리며 집 안을 둘러보았다. 훈훈한 온기가 도는 실내와는 반대로 휘휘하고 삭막한 곳. '살고 있다'는 표현이 좀체 어울리지 않는 이곳에 어떻게 이런 자연을 담은 향이 들어올 수가 있었을까? 지상은 미간을 찡그렸다.

'뭐지……'

어젯밤 그는 친구들을 만나 사빈이 운영하고 있는 클럽에 갔었다. 여느 때와 다름없이 흥청망청, 다음날 지구가 멸망하기라도 하듯 원없이 즐기고 놀았고 매번 그랬듯이 자정을 전후로 기억의 일부를 필름 끊어먹듯 잃어버렸다. 때문에 그 시간 이후, 누구와 무슨 일을 했는기는 당연히 생각나지 않았다,

지상은 잔뜩 얼굴을 구기고는 정신을 집중시켰다. 몽롱한 뇌를 굴리려 애를 쓰며 잘근잘근 입술을 깨무는 그는 거의 필사적이었다. 야릇하면서도 편안한 이 향기를 붙들고 싶었기 때문일까? 누구의 것인지, 무슨 일이 있었는지 알고 싶었다. 그 기억의 한자락이라도 붙잡고 싶었다.

[이지상! 아버지 호출이란 말이야. 좀 받아!]

하지만 또다시 준상의 목소리가 그의 집중을 방해했다.

[너 이번에도 빠져나갈 생각 하고 있다면 빨리 포기해라. 이젠 안 돼. 아버지께서 단단히 벼르고 계셔. 네 정신을 완전히 개조해 버리시겠다고…….]

빌어먹을! 또다시 욕설을 내뱉으며 지상은 우악스럽게 팔을 던져 전화 수화기를 들었다.

"받았어."

한올한올 쭈뼛쭈뼛 올라선 머리카락을 쓸어 넘기며 지상은 툭 퉁명스럽게 내뱉듯 대답했다. 막 잠이 깬 까칠까칠한 목소리다.

[휴! 너랑 통화하기 참 힘들다, 이지상.]

"어디야?"

한숨을 푹 내쉬며 앓는 소릴 해대는 형에게 지상은 대뜸 물었다. 뭐든 속전속결, 두 번 생각하지 않고 단번에 마무리 짓고 곧바로 잊어버리는, 지상의 단순무식한 인생 철학을 엿볼 수 있는 반응이다. 자못 건방지게 들릴 만도 하건만 준상은 특유의 배시시한 웃음을 흘리며 느글느글 능청스럽게 반문했다.

[어디라니, 뭐가?]

"장난해? 호출한 곳이 어디냐고."

짜증 섞인 음성으로 중얼거리며 지상은 머리를 움켜쥐었다. 골치가 빠개질 것 같은 고통으로 인상이 저절로 써졌다.

[어디긴 어디야? 본사지.]

"본사? 본가가 아니고 본사라고?"

본사라면 우상그룹 회장실을 말하는 게 아닌가. 이상한 일이다. 이우철이 누군가? 자질구레한 집안일을 회사에까지 들고 오고 싶지 않다며 회사에선 사적인 대화를 삼가는 사람이다. 때문에 크고 작은 일을 쉴 새 없이 저지르고 다니는 지상은 매번 본가로 불려갔다. 정식으로 입사한 지 벌써 오 년째지만 그 짧지 않은 시간 동안 회사로 들어오라는 엄명은 이번이 처음이었다. 도대체 무슨 바람이 분 걸까? 지상은 눈살을 찌푸렸다.

[비상시국이라고 했잖아. 아버지께서 보통 화가 나신 게 아니야. 각오 단단히 해야 할 거다.]

"뭐야? 무슨 문젠데 그래?"

[들어오면 알아.]

준엄한 목소리로 준상은 딱 잘라 말했다. 일부러 지상의 약을 올리기 위함이리라. 전화 수화기 저편으로 실실거리며 웃는 형의 반질반질한 낯짝이 떠올라 지상은 불평 가득 실은 아래턱을 삐딱하게 비틀었다.

"형!"

[오늘 중으로 들어와. 아버진 세 시에서 네 시 사이에 시간이 비시니까 네가 스케줄 조정해.]

"나한테 스케줄이 어디 있다고 그래!"

아픈 머리를 부여잡고 지상은 버럭 고함을 질렀다. 도대체 두 부자가 무슨 작당을 하고 있는 것인지 알 길이 없어 짜증만 부르르 일었다. 하지만 얄밉기가 시어머니 말리는 시누이와 맞먹는 준상은 지상의 말이 채 끝나기도 전에 전화를 끊어버렸다. 딱 한 마디만을 남기고.

[기다리마.]

뚜뚜뚜, 귓전을 때리는 전자음을 내는 수화기를 내려다보며 지상은 욕설을 내뱉었다.

"아! 젠장! 뭐야, 또?"

사사건건 참견하고 형과 비교하려고만 드는 아버지의 간섭으로부터 벗어나기 위해 분가한 그인데, 이래서야 어디 분가라고 하겠는가 말이다. 하긴 따지고 들자면 아버지 회사를 들어간 것부터가 잘못이다. 아버지의 회사에서 일한다는 건, 아버지의 돈으로 아버지의 꼭두각시가 되어 살아가야 한다는 뜻이니까. 사십 년 넘는 세월 동안 이룩해 놓은 대제국, 우상그룹이 제공하는 안락과 풍요 속에 안주하고 즐기고 있는 게 사실이니까. 진정한 독립은 하루빨리 우상그룹에서 벗어나야만 가능하다는 걸 절감하고 또 절감하는 순간이었다.

지상은 지끈지끈 아픈 머리를 감싸 쥐며 침대에서 내려왔다. 그리고 바로 그때, 푸르르 포근한 향이 그의 코끝을 찔렀다. 방금 전 일순간 그의 혼을 빼놓았던 바로 그 라일락 향이 다시금 그의 정신을 교란시켰다. 정상적인 사고를 방해하는 향기는 마력처럼 그의 정신을 붙잡았다.

"너! 넌 내 거야."

훅 떠오르는 음성. 그것은 이지상, 자신의 것이었다. 지상은 믿을 수 없는 표정으로 코끝을 찡그렸다. 누구더러 '내 것'이라고 했던 걸까? 아무리 술에 취했었다고 그런 말을 함부로 할 그가 아니었다. 여자에 관해서라면 그 누구보다도 철저한 그다. 철모를 시절, 여자 문제로 심각한 집안 분란을 일으켰고 그 때문에 아버지와의 사이까지 벌어졌기에 더 그랬다.

그가 여자를 만나는 단 하나의 조건은 자유였다. 서로를 구속하지 않는 자유로운 연애가 바로 그의 스타일이다. 밤의 세계에서 그의 이런 연애법칙은 유명했고 지금껏 그런 그의 불문율을 깨뜨린 여자는 없었다.

그런데 '내 것'이라니! 그런 말을 썼다니!

"돌았군, 돌았어."

환청이 틀림없다. 진짜 자신이 그렇게 말했을 리 없다. 만약 그랬다면 …… 문제는 너무 복잡해진다. 술에 취한 상태에서나

마 갖고 싶었던 여자가 누군지 궁금할 테고, 그 궁금증을 참지 못해 당사자를 찾아 나서게 될 것이다. 거기서 끝난다면 그래도 다행이다. 여자에게 책임질 짓을 저질렀다면, 그래서 만약 과거의 일들이 똑같이 되풀이되는 불상사가 생긴다면……

지상은 휙휙, 고개를 내저으며 성큼성큼 주방으로 걸어 들어갔다. 그리곤 식탁 위를 장식하고 있는 고풍스러운 유럽풍 유리 접시 위에 차곡차곡 쌓아 올려진 오렌지를 하나 불쑥 집어 들었다.

"아니야, 그럴 리 없어."

단정 짓듯 그는 말했다. 실제로 그렇게 단단히 믿기도 했다. 구겨질 대로 구겨진 자신의 와이셔츠에서 너무도 선명한 립스틱 자국을 발견하기 전까진.

제1장 | 강력 추천, 류이현!

"**뭐**라고요?"

날카롭게 울리는 음성이 방 안에 도는 팽팽한 긴장감을 단숨에 고조시켰다. 세 남자의 시선이 일제히 얽히고 씩씩거리는 숨소리만이 불편하게 공기 중을 떠돌았다.

"왜 그렇게 놀라? 뭐 그리 대단한 일이라고."

몇 초간의 짧은 침묵을 깨고 준상이 재미있다는 듯 눈썹을 휘었다. 제발 입이라도 닫아주면 좋으련만. 도와주지는 못할망정 너무한 것 아닌가? 지상은 소리없이 이를 갈며 찌를 듯 형을 노려보았다.

"물론 대단한 일은 아니지."

딱 다문 이 사이로 지상은 씹어뱉듯 중얼거렸다. 아무리 생각해 봐도 마음에 들지 않았다. 꼴 보기 싫은 준상의 낯짝도, 무뚝뚝하고 근엄한 얼굴 밑으로 놀놀한 속내를 숨기고 있는 능구렁이 아버지도. 둘 다 그를 괴롭히기로 작정을 한 것처럼 구는 것이 지상에겐 짜증일 수밖에 없었다. 하지만 무엇보다도 더 짜증스러운 건 이렇게까지 내몰리게 된 자신의 처지였다.

"유능한 사원 하나 보내준다는데 왜 그리 기분 나빠해? 뭐가 문제야?"

이우철 회장이 짐짓 화가 난 척 엄한 목소리로 호통을 쳐왔다. 물론 일부러 그러는 거다. 이 회장은 지상의 속셈을 진작부터 간파하고 지상의 완전한 독립에 찬물을 끼얹을 궁리만 하고 있다. 이번 사원 급파 문제도 그 작전의 일환이라는 걸 지상은 잘 알고 있었다. 그러니 더 화가 나고 더 짜증나는 것이었다.

"아닙니다."

"아니야? 뭐가 아니야?"

"……."

"넌 우리 우상그룹의 자랑인 우상아이테크를 삼 년 만에 업계 꼴찌로 전락시켰어. 그룹 내에서도 아이테크의 매출 실적이 최하위다. 주식 조금 갖고 있다는 핑계 하나로 네게 인사이동이며 승진 따위에 특혜를 준 내 얼굴에 똥칠을 했다, 이 말이다. 알겠느냐? 난 그런 네놈한테 또 한 번의 기회를 주려는 거야."

이 회장의 매서운 눈이 꼴통 중의 꼴통, 둘째아들을 향해 맹렬히 불타올랐다.

도대체 뭐가 불만인지, 사춘기 소년처럼 뭐든 불만인 아들놈이 이 회장은 몹시도 못마땅했다. 뭐가 부족한 게 있어서, 무엇이 그리 옥죄기에 이리도 떨어져 나가지 못해 안달인지 놈의 심사를 도통 알아낼 수가 없었다. 원래부터 지상은 고분고분한 성격은 아니었다. 아버지인 이 회장이 그러하듯 천성적으로 무뚝뚝하고 감정 표현도 서툴렀다. 어린 지상을 볼 때 간혹 섬뜩함을 느끼곤 했던 기억을 떠올리며 이 회장은 얼굴을 찡그렸다.

녀석은 어린애답지 않게 어릴 때부터 말이 없고 야멸찼다. 좋게 말하면 어른스러웠고, 나쁘게 말하면 재수없었다. 따뜻한 성격의 어미가 살아 있었더라면 조금은 개선되었겠지만 불행히도 그건 불가능했다. 그는 태어나자 어미를 잃었으니까. 그런 지상이 청소년기를 거치면서 엇나가기 시작했고, 가족들로부터 겉돌았다. 가족이라 해봤자 아버지와 형이 전부였지만, 그래서 더욱 건조하고 시니컬한 성격이 된 거겠지만, 단 한 번도 속내를 털어놓은 적이 없는 아들이 이 회장은 가끔 안타까웠다. 안타까운 만큼 화도 났고.

"그게 그렇게 불만인 거냐? 기회를 주겠다는 게 싫어?"

45도 아래로 꺾인 지상의 시선이 이글이글 타올랐다. 불평을 가득 담은 입술이 비틀리고 씰룩거리는 폼이 아무래도 끓어오르는 성미를 간신히 붙들고 있는 듯하다. 이 회장은 뒤통수를 꼿꼿이 세운 건방진 아들을 내려다보았다.

"류 팀장은 능력이 검증된 사원이다. 네 형 밑에서 잘 배운 녀석인데, 최근에는 전자 쪽에서 획기적인 광고 아이템으로 새바람을 일으켰어. 나도 일찍이 점찍어놓고 눈여겨보는 중이다. 앞으로 잘 키우면 큰 몫을 해낼 녀석이야. 만약 이번에 너를 도와 곤두박질친 매출 실적을 만족스러울 만큼 회복시켜 놓는다면 내, 류 팀장을 본사기획실로 불러들일 생각이다. 한마디로 너나 류 팀장, 모두에게 이번 일은 시험 무대라는 거야. 알아들겠냐?"

"어지간히도 믿고 계시는군요."

빈정거리는 웃음이 지상의 얼굴을 스쳐 지나갔다. 아예 양자로 들이지 그래요, 라는 말이 목구멍까지 올라오는 모양이었다.

'이럴 때 보면 또 관심을 바라는 것 같기도 한데. 참 알 수가 없는 놈이란 말이야. 내 자식이지만 진짜 속을 모르겠어.'

이 회장이 보는 지상은 아버지의 관심과 격려를 바라고 있다. 형과 비교당하는 것을 싫어하고 신임하는 직원들에 대해 언급할 때마다 이런 삐딱한 반응을 보이는 걸로 봐선 확실히 그랬다. 그런데도 자꾸만 엇나가려고 드니 이 회장으로서도 답답한 노릇이었다.

"믿을 만한 녀석이야. 학교 때부터 내가 봐왔지만 머리도 있고 패기도 있고 특히 시야가 넓은 게, 데리고 있으면 네게 많은 도움이 될 거다."

지상의 맞은편에 앉아 아버지와 동생의 설전을 느긋이 구경하던 준상이 옆에서 한마디 거들었다. 그는 지금 동생의 표정 변화를 주목하며 차분히, 이 상황을 즐기고 있는 중이었다.

"특히 이번 새 프로젝트는 기존 방식에서 벗어나 한 사람이 제품의 생산, 기획, 마케팅, 유통까지 모두 관여해야 하는 브랜드매니저 체제로 시험 운영될 예정이야."

"브랜드매니저?"

"브랜드매니저. 그동안 네가 계속해 보자고 했던 그 방식 그대로."

"핫! 기가 막히는군."

지상의 얼굴은 완전히 일그러졌다. '내가 해보자고 간청할 때는 딱 잘라 거절하더니, 갑자기 웬일이냐'는 식이다. 약간 어색해진 준상은 어깨를 으쓱하며, '낸들 아나?'는 표정을 지어 보였다.

"이번에 브랜드매니저 체제가 성공하게 되면, 네 원대로 아이테크의 구조를 브랜드매니저 체제로 바꾸는 거다. 이래저래 류 팀장이 중요한 역할을 하게 될 거야."

"슈퍼맨 하나 나셨네."

가벼운 어조로 빈정거리는 지상은 두 눈을 부릅뜨며 불편한 심기를 전혀 숨기려 들지 않았다. 으르렁거리는 맹수처럼 독한 눈빛을 좌우로 뿌리는 녀석은 아무리 봐도 류 팀장을 질투하고 있었다. 사실 그럴 만도 하다. 사장 자리에 앉아 있는 준상조차도 가끔은 위기의식을 느낄 정도로 이 회장의 류 팀장에 대한 신임은 대단한 것이니까 말이다. 그런 쪽으론 유난히 민감한 지상이니만큼 류 팀장을 경계할 수밖에 없을 것이다.

'기대가 되는군, 두 사람…….'

피식 소리를 내며 준상은 웃었다. 오만하고 자신만만한 얼굴의 류 팀장이 심사가 배배 꼬인 지상을 만났을 때 어떤 표정을 지을지 생각만 해도 흥미로워졌다.

"팀장을 네게 보내는 건, 판매 실적뿐만 아니라 실추된 브랜드 이미지까지도 끌어올려 보라는 의미다. 그러니 잘해봐."

"그래 봤자 아닙니까? 류 팀장이 아무리 유능해도 할 수 있는 게 아무것도 없을 텐데요."

이 회장의 타박에 지상은 입술 한쪽을 찌그러뜨리며 맞받아쳤다. 회사 일에 관해서는 언제나 회의적인 태도로 일관하는 녀석다운 태도다. 하기야, 몇 년간 아이테크의 사장으로 재직해 오면서 한 일이라곤 노쇠하고 감각 떨어지는 이사진들의 결정에 동의하는 게 고작이었던 지상에게는 당연한 반응이다. 사장이라지만, 녀석에겐 아무런 결정권이 없었다.

"고얀 녀석! 사장이란 녀석이 겨우 한다는 소리가 그거냐?"

"제품 디자인에서부터 광고회사 섭외까지, 사장인 제가 결정할 수 있는 건 하나도 없었습니다. 물론 류 팀장도 똑같은 조건이겠죠. 그렇다면 뭐가 달라지겠습니까? 아무리 레이서를 바꾼다고, 포니가 페라리를 이길 수는 없는 겁니다. 아이테크는 디자인부터 광고 아이템까지, 모조리 다 바꿔야 회생할 수 있어요."

"우상은 우상다워야 한다는 게 이사진과 내 생각이다. 다른 건 고려 대상이 안 돼."

"전통과 유행을 다 잡을 수는 없어요. 한 가지는 버려야 해요."

"남들이 못하는 걸 해내는 게 진짜 능력이야."

"이젠 그 자존심과 아집을 버릴 때도 됐잖아요. 포기할 땐 깨끗하게 포기하는 것도 감각입니다."

"이지상!"

한 마디도 지지 않는 아들을 향해 이 회장이 서슬 퍼렇게 호통을 쳤다. 틀린 말은 아니었지만, 그렇다고 아들이 하자는 대로 다 들어줄 수는 없었다. 이 회장이 지금껏 고집해 온 방식을 모조리 뒤집어엎는다는 것은, 자신의 실패를 인정하는 것과 다름없었다.

"왜요? 듣기 싫으십니까?"

"지상아!"

준상이 끼어들었다. 하지만 지상의 입을 막기는 너무 느렸다.

"그럼 자르십시오. 저도 제 마음대로 할 수 있는 게 아무것도 없는 회사에 구차하게 붙어 있고 싶지 않습니다."

지상은 싸늘한 어조로 대꾸했다. 표정이 없는 그의 얼굴 위로 슥 냉기가 지나갔다.

"이지상! 너, 아버지한테 무슨 말버릇이야? 자르라니?"

준상이 다급히 소리치며 지상의 입을 막았다. 이쯤 했으면 됐다는 압력. 더 이상 선을 넘는 건 여러모로 바람직하지 않다는 걸 주지시켜 주는 한마디였다. 두터운 안경 너머로 빛을 내고 있는 준상의 눈을 빤히 바라보다 지상은 고개를 돌렸다.

시선을 피하는 지상의 입에선 마음에도 없는 말이 삐거덕거리며 흘러나왔다.

"잘못했습니다."

준상은 조용히 턱을 흔들어 출입구를 향해 고갯짓을 했다. 나가라는 사인이었다. 불편해질 대로 불편해진 이 회장의 심사를 더 이상 건드려 봤자 득이 될 게 없다는 뜻이다. 지상은 쓴 입맛을 다시며 소리없이 고개를 숙였다. 그리고 뚜벅뚜벅, 자리에서 일어나 출입구를 향해 걸어나갔다.

'이지상, 이 빌어먹을 개자식!'

구역질이 나왔다. 스스로가 구역질 나도록 싫었다. 돈주머니를 틀어쥐고 자식들을 좌지우지하려는 아버지보다도, 그런 아버지의 눈치를 살피는 형보다도. 아닌 척, 혼자만 깨끗한 척하고는 있지만 사실은 아버지에게 가장 많이 휘둘리는 이가 바로 자신이라는 걸 너무도 잘 알고 있기 때문이었다.

실은 두려워하고 있는 것이다. 내심 진짜로 내쳐지는 게 아닐까 걱정도 되고, 그렇게 아버지의 관심으로부터 멀어질까 봐 그는 두려워하고 있었다. 가족들과 대면할 때마다 매번 어깃장을 놓는 이유는 바로 그 때문이었다. 애정을 바라는 나약하고 유아스러운 속내를 들킬까 봐, 아버지의 부(富) 앞에서는 더러운 속물덩어리에 불과한 자신을 숨기고자 아닌 척하는 것에 불과한 것이다.

"내달쯤 발령내 줄 생각이다."

칠십 줄 노인의 근엄한 목소리가 무거운 발걸음을 붙들었다. 대충 차려입어 구깃구깃한 바짓자락이 우뚝 제자리에 멈춰 섰다. 등도 고개도 돌리지 않은 뻣뻣한 자세로 서 있는 지상. 그의 넓은 등 뒤로 엄격하고 딱딱한 아비의 음성이 날아들었다.

"데리고 잘해봐."

"……"

답이 없는 아들의 뒷모습을 이 회장이 돌아보았다. 잠깐, 아주 잠깐 못 박힌 듯 뚜벅 서 있던 지상은 이내 빠르게 방을 빠져나갔다. 마치 이 회장의 말을 못 들은 것처럼 그의 걸음은 무심했다.

"칠칠치 못한 녀석!"

끝내 아들의 답변을 듣지 못한 이 회장은 찜찜하게 중얼거렸다.

"류 팀장이 정말 잘해낼 거라고 보세요?"

이 회장의 표정을 유심히 관찰하며 준상이 물었다. 그는 대략 이 회장의 속셈을 짐작하고 있었다. 이번에 이 회장이 내민 류 팀장 카드는 일종의 트릭이었다. 이사들 사이에서 실적이 저조한 아이테크와 사장의 리더십 부족을 이유로 지사을 탄핵하려는 움직임이 포착되었고, 이 회장은 류 팀장을 방패 삼아 지상을 보호할 작정이었다. 회사의 인재인 류 팀장을 희생시켜서라도 아들을 지키고 싶은 것이다. 이 회장의 이런 마음을 지상은 알까?

"그거야 지켜봐야지."

이 회장이 입술 한쪽을 삐쭉거리며 퉁명스럽게 답했다.

"만약 실패하면 류 팀장은 어떻게 되는 겁니까?"

"류 팀장만한 인재는 앞으로 얼마든지 나와."

이기적인 이 회장의 안면이 꿈틀 움직였다. 준상은 대수롭지 않은 듯 어깨를 으쓱했다.

"지상이 녀석, 상당히 기분 상한 것 같은데요."

"철이 없어서 그렇지. 지가 지금 찬밥, 더운밥 가리게 생겼어? 그렇게 해서라도 붙어 있어야지."

이 회장이 쓰고 있던 안경을 벗었다. 피곤한 모양이었다. 아니면 죄책감이 들었거나. 준상은 소리없이 자리에서 일어났다. 어지러운 심경으로 몸과 마음이 지친 듯한 이 회장에겐 쉴 시간이 필요했다. 준상은 조용히 목례를 하고 자리를 떴다.

결정된 사안을, 류 팀장에게 알리고 통보할 생각이었다.

제2장 | 냉정과 열정 사이

톡. 톡. 톡.

남자의 긴 손가락이 책상 표면 위에서 까딱거리고 있다. 지루할 정도로 느리고 일정한 속도로 나고 있는 이 작은 소음은 무겁게 내리깔린 정적을 가르며 그녀를 무섭게 짓눌렀다. 아니, 위협이라고 해야 옳을까? 책상을 사이에 두고는 있으나 그녀는 그에게서 뿜어져 나오는 강렬한 그 무엇으로부터 자유롭지 못한 상태였다.

호흡조차 쉽지 않은 초긴장 상태.

몇 달 전, 이현은 이준상 사장으로부터 흥미로운 제안을 받았다. 아이테크에서 프로젝트를 추진하여 성공적으로 완수한다면 그녀를 본사로 불러들이는 것은 물론 꿈에도 그리던 기획실장 자리를 내주겠다는 제안이었다.

"네 능력을 발휘해 봐. 회장님께서는 반신반의하고 있지만 난 널 믿는다. 너, 능력있잖아. 충분히 해내고도 남을 거야."

누가 봐도 좌천임이 틀림없는 아이테크로의 발령. 그것은 예일대 선배인 준상에 의해 치밀하게 추진되어 온 계획이었다. 아이테크는 카메라 및 광모듈 분야에서 이십여 년간 쌓아 올린 최고의 기술력을 가지고 있었지만 몇 년째 일본 업체에 밀리고 있는 실정이었고 덕분에 최근 삼 년간의 매출 실적은 그룹 내 최하위였다. 대표이사가 회장의 친아들이기 때문에 지금껏 정리되지 않고 있을 뿐이지, 그렇지 않았다면 벌써 아이테크는 우상전자에 흡수되거나 다른 기업에 매각 처리되었을 것이다. 그런 회사에 그녀를 투입시키겠다는 건, 딱 두 가지로 해석될 수 있었다.

모험, 아니면 포기.

과연 이 회장이 류이현 같은 일개 직원에게 아이테크의 명운을 걸었을까? 성공할 확률보다 실패할 확률이 더 큰 모험을 과연 시도한 것일까? 아니면 친아들이 아이테크를 망해먹었다는 오명을 뒤집어쓰지 않도록 수를 쓴 것일까?

확실히 실패를 책임질 희생양이 필요했을 수는 있다. 혼신의 힘을 기울여 개발한 이번 신상품마저 일본 제품에 밀린다면, 사장은 모든 걸 책임지고 사임해야 하는 상황이니 말이다. 이 회장은 쏟아지는 비난을 한꺼번에 받아낼 아들의 대용품이 필요했을 것이다. 그리고 최근 영업전략 쪽에 두각을 나타내고 있는 그녀가 떠오른 것이고.

하여튼 이 지옥으로 그녀는 제 발로 걸어 들어왔다. 위험 요소가 크면 클수록 그 성과 또한 대단하다. 그녀는 이번 일을 기회로 받아들였다.

'그래. 사람한텐 평생 딱 세 번의 기회가 온다고 하잖아? 이번이 그 기회야. 그래서 잡은 거에 불과하다고. 절대 저 남자 때문에 온 게 아니란 말이야. 그러니까 휩쓸리지 마. 저 사람은 너 따윈 기억도 못하고 있잖아. 너도 그렇게 대해. 아무렇지 않게 그렇게.'

하지만 그렇게 스스로를 세뇌시켜도 남자가 내뱉을 첫 마디에 관심이 쏠리는 건 어쩔 수 없었다. 과연 자신을 알아보는지, 못 알아보는지 이현은 궁금해 미칠 지경이었다.

한 달.

결코 짧지 않은 한 달 전, 그것도 술에 잔뜩 취한 상태에서 딱한 번 봤던 그녀를, 과연 그는 기억할까? 상체를 비튼 비스듬한 자세로 앉아 골똘히 뭔가를 생각하고 있는 남자를 초조하게 관찰하며 이현은 초조감으로 점점 가빠지는 숨을 차분히 골랐다.

"류 팀장이 여자라……"

속삭이는 듯 낮은 목소리가 이현을 현실로 불러들였다. 척 보기에도 안하무인에 오만불손의 상징인 남자, 국내 굴지의 그룹, 우상의 로열패밀리, 그리고 지난달 그녀의 입술을 훔친 바로 그 건달! 이지상의 음성이었다.

"그 노인네가 내 뒤통수를 확실히 갈겨주시는군."

픽 소리를 내며 그가 냉소했다. 여전히 시선을 내리깔고 손 안쪽에 쥐어져 있는 커다란 오렌지를 응시한 채로 그는 씁쓸한 듯 입술을 비틀었다.

"도대체 얼마나 물을 먹여야 속이 시원하실까?"

혼잣말처럼 중얼거리며 그는 슬쩍 눈꺼풀을 끌어올렸다. 헉, 다음 순간 그녀는 놀란 들숨을 들이켰다. 청명한 남자의 눈동자 속에 깜짝 놀란 눈을 휘둥그레 뜬 자신의 모습이 고스란히 떠올랐다. 의문이 가득 들어찬 눈. 그 속엔 짜증스러움과 놀람 이외에도 다양한 감정이 녹아들어 있었다.

예를 들면 욕정 같은 것.

심장이 펄떡펄떡 뛰었다. 혹시 자신을 알아본 게 아닐까, 하는 마음에 가슴이 철렁했다. 이 상황에선 서로를 알아본다는 건 절대 도움이 안 된다고 확신하는 이현으로서는 놀랄 수밖에 없었다.

'침착해, 류이현. 알아보더라도 오리발 내밀면 된다고.'

이현은 소리없이 마른침을 삼키고 조심스럽지만 당당한 어조로 대답했다.

"제게 물으신 건가요?"

"아! 그 입이 어떻게 움직이는지 궁금했었어."

"네?"

질문과는 전혀 상관없는 말에 이현은 얼굴을 찌푸렸다. 그리고 곧바로 깨달았다. 이현의 새 직장상사는 그녀와 별로 대화하고 싶지 않다는 걸. 그는 그녀의 존재를 깡그리 무시하고 있었다. 마치 새로 사 온 물건을 감상하듯 그렇게 살피고 있었을 뿐이었다.

싸한 실망감이 그녀를 휘감았다. 이런 식의 대응은 그가 아무것도 눈치 채지 못했다는 걸 의미했기 때문이다. 그는 그녀를 기억하지 못하고 있었다. 인정하기는 싫지만 그녀는 낙심했다.

'뭐가 문제니? 네가 원하는 대로 되고 있는데. 오히려 잘된 거잖아.'

그녀가 고대했던 바대로다. 싫든 좋든 두 사람은 육 개월이라는 시간 동안을 함께해야 하고, 고로 과거의 께름칙한 일이 끼어 있다는 건 여러모로 바람직하지 못했다. 그러니 그의 이런 반응은 이현의 현 입장으로서 매우 다행스러운 거였다. 하지만 그런 현실을 모두 인지하고 있는데도 불구하고 기분은 가히 좋지 않았다.

왜 자신이 이런 마음이 되는 건지, 그녀 자신도 몰랐다. 그냥 마음이 상했다. 어쩌면 누군가로부터 너무 일찍 잊혀져 버렸다는 서글픔 때문일 수도 있고, 무시당했다는 기분에 자존심이 상해서 그런 것일 수도 있다.

'하! 류이현, 이 남자는 널 기억조차 못해. 여자를 밥 먹듯이 갈아치우는 남자라고. 이 남자한테 그 정도의 일은 사건 축에도 못 껴.'

그렇다. 이 남자는 그 방면의 고수고 여자를 유혹하는 일은 식은 죽 먹기보다도 더 쉽게 여기는 남자다. 어디, 나이트클럽에서 부킹은 한두 번 해봤겠나? 여자를 어르고 유혹해 집까지 데리고 가는 건 일도 아닐 것이다. 하물며, 술에 취해 정신까지 놓은 그때의 일을 어떻게 기억하겠는가 말이다.

무의식중에 이현은 질근질근 아랫입술을 씹어댔다. 기분이 나빠지면 저절로 나오는 버릇이었다. 덕분에 턱주가리가 쑥 튀어나와 보기 흉한 표정이 될 터였지만 이현은 개의치 않았다. 혹여 그가 그날의 일을 기억하고 있을까 봐 걱정했던 자신이 한심하다는 생각뿐이었다.

"신기하군."

이현의 기분을 아는지 모르는지 남자는 틀었던 고개를 슬쩍 움직여 그녀의 옆태를 훑었다. 그 은밀한 눈빛에 불쾌감이 훅 일었다. 이현은 험상궂은 표정으로 앞에 앉은 남자를 잔뜩 노려보았다. 눈빛으로나마 남자를 목 졸라 버리겠다는 일념 하나로.

"사장님?"

이현은 입술을 앙다물고 최대한 자신을 억제했다. 아무리 무뢰한이라도 상대는 자신의 직속상관이니 경거망동할 수는 없는 거였다.

"류이현이라고 했던가?"

이현이 건넨 말을 싹 무시한 채 사장이 물어왔다. 부글부글 끓는 속을 진정시키며 이현은 가까스로 대답했다.

"네."

"당신 때문에 오늘 많이 놀라는군."

미소가 내려앉은 남자의 매혹적인 입술 끝이 슬쩍 위로 올라갔다. 순간 이현은 확신했다. 이 세상에 이 남자의 유혹에 넘어가지 않을 여자는 없을 거라고. 작정한다면 그는 누구든 품을 수 있는 남자였다. 내밀한 속마음까지도 꿰뚫어 버릴 것 같은 예리하고도 집요한 눈초리와 여자의 속살을 뜨겁게 애무하는 듯한 욕망의 눈빛. 저런 눈빛으로 바라보는 남자를 여자들은 거절하지 못하는 법이다.

"그래, 그 노인넬 어떻게 해서 사로잡은 거지?"

이현의 얼굴을 빤히 바라보며 남자가 물었다. 그리곤 의자에 묻혀 있던 상체를 들어 예고도 없이 불쑥, 앞으로 내밀었다. 그 얼굴에는 도저히 궁금해 못 참겠다는 느낌이 절절히 배어나오고 있었다.

"노인…… 네라니요?"

또다시 치미는 불쾌감을 억누르며 이현은 되물었다. 아무리 부하직원이라지만, 보자마자 무턱대고 말을 놓는 것부터 사람을 무례하게 위아래로 훑어보는 행위까지 모두 불쾌하기 짝이 없었다. 공적(公的)인 자리에서 이러는 건 정말이지 참을 수가 없었다.

"당신을 여기로 보낸 사람, 이우철 회장."

"이, 이우철 회장님이요?"

"그래, 그 노인네."

뜻밖에 남자는 그녀가 아닌 이우철 회장을 조롱하고 있었다. 친아버지인 이 회장에 대해 그는 매우 부정적인 시각을 가지고 있는 게 분명했다. 이현은 쓸데없는 마른기침을 쿨럭이며 어깨를 으쓱했다.

"회장님을 사로잡는 방법이야 빤하지 않겠어요?"

"빤해?"

"네."

흥미가 동하는지 남자는 책상 위에 팔꿈치를 세웠다. 여전히 오렌지를 쥔 손을 뒤집어 손등으로 턱을 괸 그는 한쪽 눈썹을 휙 끌어올려 호기심을 내비쳤다. 딱히 뭐라 말은 하지 않지만 그는 이현의 대답을 무척이나 고대하고 있는 것 같았다. 긴장된 숨을 짧게 들이쉰 이현은 고개를 흔들어 이마 위로 흘러내린 앞머리를 정리하며 눈동자에 바짝 힘을 주었다.

"일솜씨죠."

예상했던 답변이 아니라는 듯 이번엔 양쪽 눈썹을 치뜨는 남자. 어떤 답변을 기대한 걸까?

"깔끔하고 정확하거든요. 실패했던 적도 없었고요."

"아! 그래?"

믿지 않는 말투다. 아니, 왜? 왜 못 믿는다는 건가? 여자가 일로써 남자들을 제치고 최고가 되었다는 게 그렇게 못 믿을 얘긴가? 이현은 남자의 머릿속을 개봉해 보고 싶은 욕구가 치밀어 올라오는 걸 느꼈다. 어떻게 이런 사람이 한 기업의 오너일 수가 있을까? 이처럼 생각이 진부하고 사고방식이 썩은 이는 아무리 회장 아들이라도 퇴출시켜야 했다.

"제가 좀 머리가 좋거든요."

이현은 뻔뻔스러울 정도로 당당하게 덧붙였다. 일종의 비아냥이라고나 할까? 당신보다는 머리가 좋다는 의미가 내포되어 있다는 걸 남자도 알아채길 바라며 한 말이었다.

"깔끔하고, 정확하고, 실패한 적도 없고, 머리까지 좋다?"

"아시겠지만, 전 열세 살 때 가족을 따라 미국으로 이주했고 거기서 학업을 마쳤습니다. 미국에서 자랐다는 걸 자랑 삼아 말씀드리는 건 아닙니다. 제가 말씀드리고 싶은 건, 제 경쟁력입니다. 남들이 아무런 편견과 차별없이 한 공부를, 전 겉으로 드러나지 않는 인종차별을 직접 피부로 겪어가며 했습니다. 타국 사회에서 자국민들과 겨뤄 이기기 위해서는 그만한 끈기와 노력이 필요하다고 생각합니다. 그리고 전 해냈고요. 전⋯⋯."

이현은 거침없이 하고 싶은 말을 이어갔다. 감수성이 예민한 학창시절을 외국에서 보내면서 나름대로 강해졌다고 자부했고, 그러한 근성으로 인해 이 자리에까지 오게 되었다는 걸 말하고 싶었다. 하지만 이현의 말은 그 끝을 맺지 못했다. 덩치 큰 무엇인가가 그녀의 얼굴을 향해 날아들었기 때문이다.

"브라보! 행동도 잽싸군."

정신을 차려보니 이현의 손에는 남자가 줄곧 손에 쥐고 주물럭대고 있던 오렌지가 쥐어져 있었다. 그걸 깨달은 순간 이현은 분개할 수밖에 없었다. 아니, 뭐 이런 사람이 다 있나. 사람이 말을 하면 들어주는 척이라도 해야지. 무슨 똥개 훈련시키는 것도 아니고, 아무리 직장상사라지만 이건 너무한 거 아닌가? 자신을 가지고 놀고 있다는 생각이 들어 화가 치밀어 올랐다.

"여러 가지로 재능이 풍부하네."

상대를 당황하게 해놓고도 이 작자, 너무나도 뻔뻔하게 웃고 있었다. 부르르, 치받쳐 올라오는 화를 삭이느라 이현의 얼굴은 급속도로 달아올랐다.

'뻑! 뻑!'

욕이 절로 나왔다. 아무리 참아보려고 해도 잘 안 되었다. 회장 아들에 우상아이테크 사장이면 엄청난 백그라운드가 아닌가? 이런 사람을 건드려 봤자 좋을 거 하나 없다는 게 이현의 지론이다. 하지만 이건 정말 아니었다. 예의는커녕 사람 취급도 못 받는 처지에 인내심은 무슨 놈의 인내심이란 말인가!

'이 저질 한량! 쓰레기 같으니!'

이현은 입술을 깨물었다.

"더 쥐어짜면 오렌지주스가 될 텐데."

뭐가 그리 웃긴지 남자는 히죽히죽 웃으며 턱으로 이현의 손을 가리켰다. 그의 눈길을 따라 시선을 내린 이현은 그제야 그가 웃는 이유를 알아챘다. 그녀는 피구공 받아내듯 본능적으로 받아낸 오렌지를 양손에 가두고 쥐어짜고 있었다. 그게 마치 저 얄미운 남자의 얼굴인 양 노란 오렌지 껍질에 손톱을 박고.

이현은 초스피드로 팔을 내리고 재빨리 남자의 책상 위에 오렌지를 올려놓았다. 그리곤 잔뜩 굳은 얼굴을 억지로 움직여 웃음을 띠며 아무렇지도 않은 듯 중얼거렸다.

"전 오렌지주스를 좋아해요."

"그거 반가운 말이군. 나도 좋아하는데."

그가 피식 웃었다. 그녀가 어떤 기분일지, 무슨 생각을 하고 있는시 다 알고 있는 표정이었다.

"시큼하고 톡 쏘는 맛이 짜릿하지. 절정에 올랐을 때처럼."

순간 이현은 얼어붙었다. 숨소리조차 낼 수 없을 지경으로 놀라고 당황한 거다.

'절정이라니! 미치지 않고서야 이런 자리에서 어찌 그런 단어를!'

충격받은 표정으로 이현은 지나치게 잘생긴 남자의 면상을 뚫어져라 노려보았다. 사무실에서 서류나 붙들고 앉아 있을 타입과는 거리가 먼 얼굴은 자신의 뱉은 말이 이현을 얼마나 놀라게 했는지 잘 모르는 것 같았다. 아무 변화도 없는 그 얼굴은 여유자적하기까지 하다.

'뭐야? 잘못 들었나?'

이현은 자신이 제대로 들은 건지조차 의심스러웠다. 아무리 제멋대로인 인간이라도, 그런 말을 입에 올리고도 이렇게 아무렇지도 않을 수는 없을 터다. 게다가 이런 망언은 명백히 직장 내의 성희롱에 해당된다고!

제대로 들은 건지 아닌지, 되물어 확인하고픈 욕구를 이현은 꾹 참아 눌렀다. 그리곤 아무것도 알아듣지 못한 사람처럼 딱딱하게 표정을 굳혔다.

"아무튼 전 이번 일을 잘 마무리하고 싶습니다. 그럴 자신도 있고요. 사장님께서 저를 믿고 맡겨주신다면 열심히 해보겠습니다."

어색한 목소리로 겨우 이야기를 마쳤지만 이현의 시선은 남자의 눈이 아닌 어깨 너머 창가에 머물러 있었다. 차마 그의 눈을 마주할 수는 없어서다. 혹 딴죽을 걸지나 않을까? 은근히 걱정이 되어 이현은 저도 모르게 마른침을 꼴깍 삼켰다.

"믿을지 어쩔지는 아직 결정 못했지만…… 맡겨는 보지. 사흘 안으로 기획안 올릴 수 있겠나?"

"네?"

기획안이라고? 대화의 맥이 180도 달라지자 이현은 날카롭게 반문했다. 사장은 여전히 다 알고 있다는 듯 빤한 시선을 이현에게 두고 있었다. 눈도 깜빡하지 않고 있는 그의 눈동자에선 한 점의 흔들림도 감지할 수 없었다.

"기획안을 사흘 안으로 올리라고요?"

"못하겠나? 타국에서의 편견과 차별 대우를 꿋꿋이 이겨낸 그 경험을 바탕으로 한번 해보지 그래. 왜? 능력 밖인가 보지?"

한껏 비틀린 말투. 이건 또 뭔가? 순간 대단히 중요한 깨달음이 이현의 두뇌를 후려치고 들어왔다. 그리고 그 깨달음은 순식간에 그녀의 모든 의구심을 불식시켜 주었다.

그는 이현의 등장이 싫은 거였다. 남자도 아닌 여자가, 회사에 산재되어 있는 문제점들을 개선하고 당면과제를 완수하여 우상아이테크를 제 궤도에 올려놓을 해결사라는 게 마음에 들지 않는 것이다. 그래, 그럴 수 있다 치자. 아이테크의 그 수많은 오류들을 만들어낸 장본인으로서, 자신의 실수를 고치러 온 이를 흔쾌히 받아들이기는 힘들 것이다. 여자를, 쓸모라고는 침실에서뿐인 하찮은 존재라 여기는 후안무치(厚顏無恥)한 족속들에겐 당연히 예상 가능한 반응이다.

하지만 아무리 그렇다 쳐도 이건 좀 너무 치졸한 행위다. 너 한번 해봐라, 내가 두고 보겠다, 이런 심보가 아닌가 말이다. 사장의 환대야 어차피 기대도 하지 않았던 이현이지만 이런 식의 유치한 작전은 구역질이 나왔다. 한 회사를 책임지고 있는, 이른바 수뇌라는 작자가 이런 구시대적인 발상으로 어떻게 여태껏 버텨왔는지 의구심마저 들었다.

썩었다. 썩어도 보통 썩은 게 아니다.

'그래, 회장 아들이다 이거지? 좋아, 해보자고 네가 이기나

내가 이기나 어디 해봐.'

광포하게 울렁거리는 격분을 다스리며 이현은 크게 가슴을 들썩였다. 남자의 사고방식을 완전히 개조해 버리고 말리라는 결심을 단단히 했다. 이 사람으로 하여금, 자신의 생각이 틀렸다는 걸 단단히 깨닫게 해줄 생각이었다. 일개 여직원의 활약 덕분에 우상아이테크가 기사회생하게 된 다음에도 과연 저런 눈빛을 보낼 수 있을지, 이현은 궁금해졌다.

"무엇에 대한 보고서인지에 따라 다르겠죠."

눈동자에 불꽃이 일렁인 채로 이현은 담담히 대답했다. 짐짓 여유있어 뵈는 모습이다. 그러나 그녀가 감정을 드러내지 않기 위해 얼마나 애를 쓰고 있는지 상대는 다 알고 있는 듯했다. 남자의 잘생긴 얼굴 위로 매우 은밀하고도 달콤한 미소가 스윽 지나갔다.

"자유 주제."

"뭐라고요?"

"뭐든 아무거나."

벌겋게 상기되어 있던 이현의 얼굴은 단번에 핏기를 잃었다. 이건 도대체 뭐 하자는 플레이란 말인가?

"맡겨보겠다고 하지 않았나?"

"그래서 저보고 다 알아서 하라, 이 말씀이신가요?"

장난하십니까? 라고 묻고 싶은 걸 꾹 눌러 참으며 이현은 눈살을 찌푸렸다.

"어차피 난 실패한 일이니까."

자학과 냉소가 묘하게 뒤섞인 어조. 일순 할 말을 잃은 채 이현은 멈칫했다.

"실패자에겐 원래 그 어떤 권리도 주어지지 않아. 그게 생존의 법칙이지."

'어차피 난 실패한 일이니까' 라니. '실패자' 라니! 어딜 봐서 그가 실패자란 말인가? 그와 같은 위치에 있는 사람은 원래 실패라는 법을 모르는 거 아닌가? 사실이야 어떻든 그네들의 자존심과 우월의식으로는 자신의 실패를 인정하려 들지 않는다는 걸 이현은 잘 알고 있었다. 그래서일까? 슬픈 빛을 띠는 남자의 눈빛이 유난히 이현을 자극했다. 안 그래도 말랑말랑한 그녀의 심장을, 가뜩이나 눈물 많고 맘 약한 이현을 자꾸만 뒤흔들었다.

'어울리지 않게 웬 칭승이람. 사람 마음 약해지게시리.'

투덜거리고는 있으나 이현은 지금 자신의 상태를 잘 알았다. 점점 허물어지고 있다는 거. 그를 향한 경계심과 반감의 정도가 급격히 옅어지고 있었다.

'약해지지 마. 너, 저 남자가 얼마나 심한 바람둥이인지 눈으로 확인하고도 그런 생각을 하니? 다 쇼야.'

객관적으로 봤을 때 이지상은 그녀가 본 남자들 중 가장 잘난 외모의 소유자다. 좌우대칭이 정확한 골격에 곱상하고 반지르르한 외모가 웬만한 탤런트 얼굴 뺨치게 잘생겼다. 유난히 끼밍

게 빛나는 눈동자는 우수에 젖은 듯 아득해 보는 이로 하여금 신비감마저 느끼게 했고, 위로 살짝 치켜올라 간 짙고 두터운 눈썹은 고집스럽고 직선적인 성격을 잘 드러내 주고 있었다. 특히 청바지 모델을 한다 해도 잘 어울릴, 떡 벌어지고 울퉁불퉁한 몸매는 감수성 풍부해 보이는 눈동자와 어우러져 묘한 매력을 풍겼다.

그러나 그의 가장 큰 매력은 바로 '여림'이다. 여성들의 모성 본능을 자극한다고나 할까? 깊고 그윽하면서도 상처 가득한 눈빛, 아련한 시선, 밝지만은 않은 입매. 모든 게 여자로 하여금 안아주고 싶은 충동을 불러일으킨다. 독(毒). 정신이 제대로 박힌 여자라면 분명 경계해야만 하는 치명적인 독성이었다.

이현은 꽉 다문 입매에 바짝 힘을 주었다. 그리곤 남자에 대한 반감이 사그라질세라 독기 어린 눈을 치켜뜨고 암팡진 입술을 놀렸다.

"살아남으려면 최선을 다해야 된다, 이건가요?"

"살아남기 위한 방법도 여러 가지니까. 특히 여자들에겐."

남자는 나른하게 풀린 눈을 이현에게 고정한 채 스윽 턱을 들어올렸다. 섹시함이 일렁이는 얼굴 윤곽 위로 일순 강렬한 무언가가 번뜩이며 스쳐 지나갔다. 잠깐이지만 이현은 가슴이 철렁 내려앉는 것만 같았다.

"무슨 말씀이시죠?"

"남자들만큼 본능에 약한 동물은 없을 거야. 유일한 약점이지, 내 약점이기도 하고. 하지만 여자들은 좀 다르지 않나?"

아무 말이나 생각나는 대로 툭툭 내뱉는 듯 남자는 대단히 성의없어 보였다. 도대체 무슨 말을 하고 싶은 걸까? 이현은 퉁명스럽게 질문했다.

"뭐가 다르다는 거죠, 사장님?"

"어딘가에 소속되어야만 안정을 찾는 게 바로 여자라는 족속이거든."

뭐라고? 순간 이현은 자신의 귀를 의심했다. 핵심은 없이 빙빙 돌기만 하는 그의 말들이 갑자기 그녀의 뇌 속에서 완벽조립되었다. 그러니까 그가 하려는 말은 이거다. 일을 못하더라도 여자들에겐 살아남기 위한 방법이 있는데, 그건 바로 남자들의 본능을 이용하는 것이란 소리다.

'뭐야? 그럼 나보고 자기한테 몸로비라도 하라는 거야?'

다음 순간, 그녀의 생각이 진실임을 증명하듯 그의 눈동자가 이현의 몸을 훑었다. 스멀스멀 벌레가 기어다니는 것 같은, 간지럽고 불편한 그의 시선이 가슴 언저리에서 어깨로, 어깨에서 허리로, 허리를 타고 엉덩이와 그 아래 쪽 뻗은 다리까지 이어져 내려갔다. 수치심이 그녀를 뒤덮었다.

'기가 막혀!'

이건 명백한 성희롱이다. 비록 돌려서 말했지만 이런 뉘앙스를 풍기는 것도 성희롱이요, 이렇게 그녀의 몸을 샅샅이 훑는 행위도 성희롱이다. 이현은 너무나 어이없어 말조차 안 나왔다.

말로만 듣던 직장 내의 성희롱을 그녀가 당할 줄 누가 알았겠는가? 그것도 배울 만큼 배우고, 알 만큼 아는 사람이 어떻게 이런 망발을!

"그러니까 살아남아라, 이 말씀이시겠죠? 물론."

아드득 이를 갈며 이현은 잔뜩 굳은 입술 끄트머리를 잡아당겼다. 당장 달려들어 뭔 사달을 내버리고 싶은 마음이 굴뚝같았지만 참았다. 전면전은 피하는 게 상책이라는 걸 알기 때문이었다. 아무리 이름뿐인 사장이라지만 사장은 사장. 이런 사람을 함부로 건드렸다가는 뼈도 못 추릴 게 뻔했다. 조금 비굴하긴 하지만 하는 수 없다. 일도 다 먹고살자고 하는 건데, 이런 악당 때문에 잘릴 수야 없지 않은가?

"꼭 살아남길 바라는 건 아니야."

뻔뻔스럽기도 해라. 남자는 아무런 가책도 받지 않은 듯 생글생글 웃고 있었다. 이현은 부글부글 끓어오르는 속을 가까스로 다스리며 남자를 죽일 듯이 쏘아보았다.

"말만 그렇게 하시는 거겠죠. 회사에 미치는 영향이 지대한 프로젝트잖아요. 부하직원을 질투하는 것도 아닌데. 사장님께서 제 실패를 바라시지는 않을 거라고 생각합니다."

좀 건방지다 싶을 정도로 이현은 비비꼬아 말해주었다. 성에 차지는 않지만 이 정도면 남자의 자존심을 어느 정도는 뭉개줬다고 생각하니 마음이 흡족해졌다.

"그렇게 생각하고 싶나?"

"네."

흐뭇한 기분을 무표정 속에 가두고 이현은 두 눈을 내리깔았다. 턱 끝을 도도하게 치뜬 상태로.

잠시 침묵.

곧바로 무슨 말이든 날아올 거라는 그녀의 예상과는 달리 남자는 아무 반응이 없었다. 화가 난 걸까? 너무 조용하자 이현은 괜히 초조해졌다. 고개를 들어 그의 표정을 확인하고 싶은 충동이 불쑥 치솟았다. 하지만 그럴 수는 없는 일이다. 그의 눈치를 살피고 있다는 걸 이현은 들키고 싶지 않았다.

그의 침묵이 너무 길어지자 이현은 두 주먹을 꼭 쥐며 심호흡을 했다. 무슨 일이 일어날 것인가 궁금해 미칠 지경이었다. 도저히 참을 수 없어 그녀는 시선을 들기 시작했다. 천천히, 아주 천천히.

그때였다. 삐걱 소리와 함께 남자가 일어섰다. 덜컥, 이현의 심장은 단박에 바닥으로 내려앉았다. 그리고 주책없이 벌컥벌컥 뛰어대기 시작했다. 갈비뼈를 뚫고 나와 버릴 듯 정신없이 뛰어대는 심장을 짓누르며 이현은 번쩍 고개를 들었다.

아! 그런데 이럴 수가! 남자가 벌써 책상을 돌아 이쪽으로 걸어오고 있는 게 아닌가!

"저, 저기요……."

이현은 꼼짝도 할 수가 없었다. 머릿속이 하얗게 비워지고 입술도 얼어붙은 듯 아무 말도 할 수가 없었다. 남자의 느끼면서도 힘있는 발걸음이 뚜벅뚜벅 저승사자의 그것처럼 그녀의 귓전을 때렸지만 피할 생각도 하지 못했다. 비로소 그가 걸음을 멈추었을 때, 이현의 얼굴은 이미 절망으로 도포되어 있었다.

"마음대로 생각해. 별로 중요한 문제도 아니니까."

상체를 숙이며 이현의 코앞까지 얼굴을 들이댄 남자가 씩 웃으며 말했다. 사근거리는 말투가 마치 그녀를 조롱하는 듯했다. 이현은 얼굴에 핏기가 가시는 걸 느꼈다. 남자는…… 냄새를 맡고 있었다. 변태같이!

저도 모르게 입술을 벌리고 가쁜 숨을 몰아쉬며 그녀는 두 눈을 동그랗게 떴다.

"사장님……."

"라일락 향이로군."

헉! 라일락 향? 설마 그 향기를 기억하고 있는 건 아니겠지?

두려운 나머지 이현은 찔끔 두 눈을 감아버렸다. 그가 그날의 일을 기억할까 봐 두려운 건지, 아니면 그가 또다시 그날처럼 근사하게 키스할까 봐 두려운 건지는 그녀도 알 수 없었다. 그냥 덜컥 겁이 났다. 기대감 반 두려움 반, 파르르 입술이 떨렸다.

"삼 일이야."

이윽고 열린 그의 입에서 키스가 아닌 목소리가 흘러나왔다. 뜨거운 입김이 이현의 입술 위로 부딪쳐 왔다. 거의 반사적으로 이현은 번쩍 눈을 떴다.

"네?"

"보고서 말이야."

언제 그랬냐는 듯 그는 그녀에게서 멀찌감치 떨어져 그녀의 하는 양을 구경하고 있었다. 이렇게 얄미울 수도 있을까? 잘난 척 대장, 이겸도 이 정도까지 미웠던 적이 없었던 것 같다. 이현을 골리는 게 낙이라는 민석도 이 남자에 비하면 얄밉기가 새 발의 피다.

수치심에 얼굴이 벌게진 이현은 입술을 잘근거리며 더듬거렸다.

"보, 보고서를 어, 어떻게……."

"삼 일 이내에 작성해 오도록. 당신을 믿을지 말지는 그때 가서 결정하도록 하지."

책상 가장자리에 엉덩이를 기댄 자세로 팔짱을 긴 채 그는 빈정거렸다. 냉소적인 말투와 얼음장처럼 차가운 미소로 그는 이현을 조롱하고 있었다.

'하지만 왜?'

어디서 무엇 때문에 생겨난 의문인지는 모르지만 갑자기 궁금해졌다. 왜 이지상이 일개 부하직원인 자신에게 이렇듯 촉각을 곤두세우고 있는지. 솔직히 회장의 아들이라면 무서울 게 없을 사람이다. 갓 발령 받아 들어온 그녀와 같은 사원을 일일이 다 신경 쓸 필요가 없다는 뜻이다.

"뭐 더 필요한 거라도?"

"네?"

"없으면 이만 나가서 일 봐도 좋아."

아무 말도 않고 이현은 물끄러미 그를 바라보았다. 피곤한 듯, 머리가 복잡한 듯 남자의 표정은 별로 좋지 않았다. 방금 전까지와는 사뭇 다른 그의 모습에 입맛이 씁쓸해졌다. 아쉬움이랄까, 서운함이랄까? 지극히 사무적인 그의 반응이 웬일인지 그녀의 마음을 상하게 만들었다.

산란한 마음을 애써 접고 이현은 딱딱하게 중얼거렸다.

"네."

그리곤 경직된 목을 수그려 예를 갖추었다. 그런 그녀를 남자는 아무 감흥 없는 눈으로 내려다보고 있었다. 이현은 서둘러 뒤를 돌아 사무실을 걸어나왔다. 집요하게 찔러드는 남자의 시선이 등 뒤로 느껴졌기에 더욱 발걸음은 성말랐다. 그렇게 쫓기듯 나온 사장실 문을 닫으려는 순간이었다.

오만하고 변덕스러운 사장의 눈동자와 이현의 눈이 정면으로 마주쳤다. 그는 이쪽을 향해 군림하듯 떡 버티고 서서 그녀의 하는 꼬락서니를 빤히 바라보고 있었다. 순간, 이현은 가슴에서 뭔가가 불끈하는 것을 느꼈다. 그리고 자신도 의식하지 못하는 사이 중얼거리고 있었다. 얼굴에 미소까지 띤 채로.

"모르시나 본데, 귀소본능은 여자가 아니라 남자에게 있어요."

어디서 나온 배짱인지 스스로 생각해도 모를 일이었다. 그의 얼굴색이 변하는 것을 목격하고서야 자신이 무슨 짓을 저질렀는지 깨달았으니 그녀의 무의식이 터뜨린 폭탄인 거다. 아무튼 이현은 황당해하는 사장의 면전에 대고 꽝 반항적으로 문을 닫고는 뒤도 돌아보지 않고 도망치듯 복도를 빠져나왔다.

아하하하, 하는 남자의 호탕한 웃음소리가 유령처럼 그녀의 뒤를 따랐다.

"**뭐**라고? 그게 무슨 말이야?"

백윤아는 어처구니없는 표정으로 초등학교 동창인 이현을 바라보았다. 아무리 외국에서 자랐다고, 이렇게 국내 물정을 모를까 싶어서다. 한국 생활이 벌써 사 년째로 접어들지 않는가? 그 정도면 한국에서 사회생활 할 만큼 했고 이쪽 분위기도 익힐 만큼 익혔다. 그런데 어떻게 감히 상관에게 그런 말을 할 수가 있는가? 그것도 바로 면전에 대고!

"아주 잘리고 싶어 환장을 했구나, 환장을 했어."

윤아는 살랑살랑 고개를 저었다. 그녀는 대학 재학 이 년 만에 학교를 그만두고 생활전선으로 뛰어든 탓에 사회생활 경험이 상당하다. 지금은 어엿한 프로로 대접받는 메이크업 아티스트인 윤아는 이현의 오빠이자 유명 배우인 이겸의 메이크업을 전담하고 있다.

"뭐야, 너!"

"배고픈 맛을 덜 봤지. 좋은 회사 들어가서 쭉쭉빵빵 탄탄대로를 걷더니 눈에 뵈는 게 없어, 아주. 보너스 안 나와서 카드빚으로 생활하는 비참함을 맛봐야 네가 제정신을 차리지, 쯧쯧."

"야! 넌 친구가 돼가지고 무슨 그런 말을 하냐?"

제일 친하다는 친구가 자신을 씹어대자 이현은 찌릿, 째려보며 쏘아 말했다. 한국에서의 직장생활이 결정되자마자 제일 먼저 찾은 친구가 이젠 아주 원수다.

"친구니까 이런 말을 하는 거야. 피가 되고 살이 되는 말."

"왜? 내가 뭘 어쨌게? 잘못은 사장이 먼저 했다고."

"물론 잘못은 사장이 먼저 했지. 네 몸을 위아래로 훑어봤다든지 여성을 비하하는 발언으로 네 기를 누르려고 했다는 건 분명 잘못한 거야. 근데, 그렇다고 네가 사장한테 그런 말을 할 필요까지 없었지. 귀소본능이라니!"

"내가 뭐?"

뜨끔, 찔렸지만 이현은 모르는 척 우겼다.

"하여간 넌 참 알다가도 모를 애다. 어떨 땐 순진하고 얼빵한데 이럴 때 보면 또 똑똑 여물어서 직장상사한테도 발랑발랑 잘도 대들고, 종잡을 수가 없다니까."

윤아는 고개를 살랑살랑 내저으며 손에 들고 있던 포크로 접시 위의 스파게티를 돌돌 말았다.

"내가 그렇게 잘못했냐?"

"당연하지. 아무리 사장이 변태같이 굴었다고 너까지 그러면 안 되는 거야. 너, 그런 사람 잘못 건드렸다가 다치면 너만 신세 조진다."

"그럼 참았어야 했단 말이야?!"

이현이 버럭 고함을 질렀다.

"아니, 내 말은, 그러니까……."

"난 못 참아. 여자라고 무시하는 남자 놈들, 내가 왜 참아야 해? 지가 상사면 다야? 어디서 눈을 함부로 이리저리 굴려? 찌질이."

화가 머리끝까지 난 이현은 손에 쥔 포크를 신경질적으로 내돌렸다. 접시 위의 토마토소스가 질척거렸다. 짜증만발. 오늘 아침에 있었던 그 일만 생각하면 짜증이 마구마구 솟구쳤다. 아무리 한 달 전이라지만, 그는 자신이 유혹하며 키스까지 했던 여자를 기억하지 못했다. 그런 치사빤스, 왕찌질이를 한 번만이라도 좋으니 만나보고 싶어서 아이테크까지 내려왔다고 생각하니, 이현은 자신이 한없이 멍청하게 느껴졌다.

아! 그래. 아니라고, 스스로 세뇌를 시키다시피 우겼지만 실은 맞다. 이현은 그를 정말로 만나보고 싶었다. 그날의 일을 잊지 못하는 게 자신뿐인 건지 알고 싶기도 했고. 하지만 그녀의 눈으로 확인한 건, 자신의 어리석음이었다. 이지상은 그녀의 얼굴을 기억조차 못했다.

"원래 그런 자식들한테는 무관심이 최고야. 너 따위한텐 자극 받지 않아! 하는 식으로 대응해 줘야 머쓱해져서 다음엔 그런 짓을 못하는 법이거든."

"쳇! 이론이야 그렇겠지. 실제로 그런 경우, 그게 그렇게 마음대로 되는 줄 알아?"

윤아를 향해 핀잔을 날리며 이현은 입술을 삐죽거렸다.

"그 사람 배경이 보통 배경이니? 상사가 보통 상사야? 우상그룹 아들이라며? 그런 애들 잘못 건드리면 너만 다친다고. 그리고 그 정도 정황으론 콩밥 못 먹어. 감옥에 처넣으려면 적어도 그 후레자식이 네 가슴을 만졌거나 치마 속으로 손을 넣었거나, 아니면 호텔로 가자고……."

"야! 백윤아!"

신나게 떠드는 윤아를 향해 이현은 냉큼 입술을 악물어줬다. 남들 이목도 신경 써주는 센스가 필요했다, 윤아는. 아무튼 다행히도 윤아는 단박에 입을 다물었다. 그녀도 주위의 시선이 부담스럽긴 했나 보다. 어색한 표정으로 배시시 웃더니만 포크에 묻은 소스를 쭉쭉 팔아가며 입장을 정리했다.

"그러니까 내 말의 요지는, 사장이 가만있지 않을 거란 말이야. 그런 말로 창피를 줬으니, 앙갚음을 하겠지. 척 들어도 사장이 보통 독종이 아닌 거 같구마. 마 발령 받아온 시란힌테 보고

서를 제출하라고 했다며! 그런 사람한테 밉보였다간 금세 폐인
되고 말지."

"폐인?"

"그래, 폐인. 24시간 컴퓨터와 서류 쪼가리에 파묻혀 살아야
하는 일폐인."

듣고 보니 그도 그렇다. 벌써부터 이현을 달달 볶지 못해서
안달인 사장을 자극했으니 어쩌면 회사생활이 순탄치 못할 것
같기도 하다. 그런데, 그 말이 그렇게 심한 말인가?

"귀소본능은 여자가 아니라 남자한테 있어요."

아! 그 순간 왜 하필 그 말이 떠올라 가지고. 다 이겸 탓이다.
남자들은 본능적으로 여인네의 자궁 속을 찾아 들어가고 싶어
한다는 말을 항시 입에 달고 다니는 류이겸, 그 때문이다. 그런
위험천만한 소릴 어떻게 그리 천연덕스럽게 하고 다닐 수 있을
까? 아무리 친오빠라도 정말 왕밥맛, 재수탱이다.

"현대인은 일만 해가지고는 살 수가 없어. 지금이 6, 70년대
도 아니고. 스트레스가 얼마나 많으냐? 그 스트레스를 날려 버
리려면 적어도 일주일에 한 번씩은 야외로 놀러가기도 하고, 영
화도 한 편 보고, 나이트도 가끔씩 가주고! 그래야 하는 법이거
든."

하던 말을 멈추고, 윤아는 옆에 있는 잔을 들어 꿀꺽 목을 축

였다. 그리곤 거하게 트림을 한 방 공중으로 쐈다.

"커억!"

으이구! 정말 못 말린다, 백윤아.

"그나저나 우리 나이트 간 게 언제더라? 지난달 아니었냐? 킹카들이랑 부킹도 하고."

"응."

맞다. 그날, 선배에게 된통 혼이 난 윤아의 꿀꿀하고 울적한 마음을 달래주기 위해 생각에도 없는 클럽으로 놀러갔었다. 정말 오래간만에 찾았던 클럽. 미국에 있을 때 몇 번 가보고 처음이었다. 한국으로 들어와서부터 줄곧 일만 했었고, 그랬다고 생각하니 자신이 한심스럽게 느껴졌었다. 부킹이 들어왔을 때 응하자고 했던 것도 아마 그래서였을 것이다. 그녀도 조금은 무모해지고 싶었던 탓. 그런데⋯⋯

'딱 마주쳤지.'

순간, 휙 머리 위를 스치고 지나가는 한자락 풍경이 잠들어 있던 이현의 기억을 흔들어 깨웠다. 초대 받듯 들어선 VIP룸. 온통 붉은색 벨벳으로 장식된 그곳에 그가 있었다.

'이건 일생일대 가장 큰 실수야!'

붉은 천으로 치장된 룸으로 초대 받아 들어온 직후, 그녀는 자신이 실수했다는 걸 직감했다.

평소에 잘 해보지 않던 부킹을 호기심에 응한 게 잘못이었다.

종업원이 둘이나 나서서 '굉장한 분들'이 그들을 원한다고 부추기는 소리에 우쭐해지기도 했지만, 도대체 그 '굉장한 분들'은 어떤 사람들인지 궁금해서기도 했다. 부킹이라는 건, 상대가 어떤 사람들인지 확인을 한 후 응하는 것이 보통이 아니었던가? 그런데 이 '굉장한 분들'은 얼마나 잘났기에 제 낯짝들은 보여주지도 않고 이현과 윤아를 찍었는지 궁금했던 것이다.

호기심으로 모든 걸 망친 판도라처럼, 이현은 이 만남에 응한 자신을 저주했다. 그 굉장한 도련님들 사이에서 낯익은 한 남자를 발견하자 그 저주는 자살 충동으로까지 이어졌다.

이지상. 회사 오너의 아들이자 요 몇 년 동안 크고 작은 스캔들을 일으켜 언론의 주목을 받아왔던 사교계의 난봉꾼. 순간, 불쑥 사 년 전 처음 그를 보았을 때가 떠올랐다.

백년 만의 무더위라는 찜통더위가 기승을 부리던 8월이었다. 입사 동료들과 간단하게 점심을 먹고 회사로 들어가는 도중, 이현은 우연히 건물을 빠져나오고 있던 그를 목격했다. 당시 그는 화가 많이 난 듯 거친 발걸음을 재촉하고 있었는데 아무렇게나 흐트러진 머리카락을 거칠게 쓸어 넘기는 그를 먼발치에서 바라보며 이현은 순간 저도 모르게 발걸음을 멈추었다.

슬퍼 보였다. 금방이라도 눈물을 쏟을 듯 흐릿한 눈이 아파보였다. 울분을 삭이려 불끈 쥔 두 주먹이 감싸주고 싶을 정도로 불쌍해 보였다. 단순히 동정심이라고 하기엔 그 울렁거림이 너무 커서 이현은 한동안 꼼짝도 할 수 없었다. 뜨거운 무언가가 용솟음치는 가슴을 쥐고 한참 동안이나 그대로 서 있었다. 남자가 타고 사라진 자동차 뒤꽁무니를 멍하게 바라보며.

나중에야 알았다, 그가 사내(社內)의 모든 여직원들이 흠모해 마지않는 바로 그 이지상 상무라는 걸. 그 뒤로 그녀는 출근길에서 여러 번 그와 마주쳤고, 그는 기억하지 못하겠지만 엘리베이터 안에 단둘이 오른 적도 두 번이나 있었다. 그때마다 이현은 그의 옆모습을 몰래 훔쳐보며 찌릿해지는 가슴을 다독거렸다. 자신도 모르는 사이에 그녀는 모성애를 자극하는 그의 반항아적 이미지에 매료되었던 거였다.

하지만 그 후 일 년 뒤, 이지상의 아이테크 사장 취임으로 인해 이현은 더 이상 그와 우연히 마주치는 즐거움을 누릴 수 없게 되었다. 실제로 최근 삼 년 동안 짧게나마 그를 목도할 수 있는 기회는 단 한 번도 없었다.

"그냥 나갈까요?"

윤아가 어깨를 움츠리며 겨우 입을 말문을 열었다. 얼마나 다행인지! 이현은 간이 완전히 졸아버려서 무슨 말도 할 수가 없는 상태였다.

휙, 대강 훑어봐도 이 붉은색 방은 어마어마했다. 사십 평도 넘어 보이는 넓은 룸. 일반적 룸과는 차원이 다른 크기와 시설을 갖춘 이곳은 클럽룸이라기보다 바(bar)에 가까웠다. 엄청난 양의 양주들이 진열장 한 면을 차지하고 있었고, 꽝꽝거리는 촌스러운 비트가 아닌 흐느적거리는 재즈 선율이 흐르는 것이 보통의 룸과는 달랐다. 거기다가 천정에서부터 아래로 흘러내리듯 들쑥날쑥 장치되어 있는 비디오 화면, 거기엔 클럽의 면면이 실시간으로 보고되고 있었다.

'도대체 여기가 어디야?'

두려운 마음으로 이현은 윤아의 손을 꽉 붙들었다. 여차하면 확 달아날 생각으로 이현은 입술을 꽉 깨물었다. 떨지 않으려 했지만 떨리는 걸 막을 수는 없었다. 심호흡으로 스스로를 진정시키고 있는데 남자가 벌떡 일어났다.

"아우! 무슨 섭한 말씀을. 이쪽으로 와요."

윤아와 이현이 막 들어서자마자 갑자기 조용해진 분위기를 띄우려는 듯 남자의 표정은 활기찼다. 어색하게나마 윤아는 웃었다. 그러나 이현은 도저히 웃음이 나오지 않았다. 마치 그녀가 누군지 알아본 듯 자꾸만 뚫어지게 바라보고 있는 시선 하나 때문이었다.

"크크크큭!"

술에 잔뜩 취한 이지상이 뭐가 그리 재미있는지 마구 웃어댔다. 평소 흐트러짐 하나 없이 단정한 정장이 그의 트레이드마크라고 생각해 왔던 이현은 술에 취한 그의 모습에 놀라지 않을 수 없었다.

"이쪽으로."

두 팔을 뻗어 좌석 쪽을 가리키는 남자의 손짓에 자리에 있던 여자 둘이 수군거렸다.

"어우, 뭐야? 늙다리들이잖아."

"완전 삭았네. 서른 넘은 거 아니야?"

"어머, 염치도 없네. 오란다고 진짜 들어오냐?"

"나 같으면 그냥 나간다. 척 보면 몰라? 이 자리가 어떤 자린
지."

자리에 앉은 남자들은 전부 넷. 스물이 갓 넘었을 것 같은 여
자들이 둘. 그들은 숫자를 채우기 위해 여자들을 물색 중이었
고, 모니터를 통해 이현과 윤아를 찍었던 것이다. 하지만 실물
로 본 이현과 윤아는 그들 생각보다 훨씬 나이가 들어 보인 거
고. 그렇다고 예의상 다시 나가라고 할 수도 없는 형편이라 남
자들은 매우 난감해하고 있었다.

"그냥 나가자."

이현은 소파로 이동하는 윤아의 귓속에 대고 속삭였다.

"빙구. 넌 쟤들한테 밀리고 싶냐?"

윤아는 거의 복화술에 가까운 방법으로 웅얼거렸다.

"이대로 계속 있다간 내가 미쳐 버릴 것 같단 말이야."

"난 끝까지 있다 갈 거야."

"그러지 말고……."

그 순간이었다. 누군가 큰 소리로 외쳤다.

"야! 너! 치마 입은 애."

번쩍 고개를 돌려보니 남자 하나가 이현을 향해 손짓하고 있
었다. 반말도 기분 나쁘지만, 남자의 잘생긴 얼굴은 뭐랄까? 잔

인해 보인다고 해야 할까? 기분이 별로였다.

"너 마음에 든다. 넌 이리 와라."

"예?"

뭐라고? 이걸 어째야 해? 이현은 후들거리는 두 다리에 힘을 주고 버텼다. 분위기로 봤을 땐 어쩐지 그 옆으로 가야만 할 듯했다.

"이쪽으로 와."

이러지도 못하고, 저러지도 못하는 그녀를 곤궁에서 구해준 남자는 다름 아닌 이지상, 그였다. 이현은 당황한 채 얼떨떨한 얼굴로 그를 돌아보았다.

"쟨 이제부터 내 거다. 아무도 건드릴 생각 마."

기겁하지 않을 수 없는 발언. 이현은 휘둥그레 눈을 뜨고 소파에 널브러진 채 반쯤 눈을 감고 있는 이지상을 바라보았다. 이 사람이 정말 그녀가 아는 바로 그 이지상 맞나 싶을 정도로 완전 충격이었다. 놀란 건 그녀뿐만이 아니었다. 그의 친구들로 뵈는 남자 셋 모두 얼이 나간 모습이었다. 이지상이 이런 말도 할 줄 아나? 하는 표정.

그는 기막혀하는 주변 반응은 전혀 신경 쓰지 않은 듯 뻔뻔한 얼굴로 이현을 향해 피식 웃었다. 이제 주위 사람들은 모조리 신기하다는 듯 놀란 눈으로 두 사람을 주시했다. 이현은 긴장된 숨을 억누르며 그를 노려보았다.

'어떻게 하지? 어떻게 할까?'

고민에 고민을 거듭할 때였다. 윤아의 팔이 옆구리를 푹 쑤셨다. 깜짝 놀라 이현은 윤아를 돌아봤다. 윤아는 찡긋 한쪽 눈을 감으며 특유의 복화술로 말했다.

"저놈보단 요놈이 낫다. 잘해봐."

그렇게 떠밀려 정해진 파트너. 이현은 이지상, 그러니까 자신이 다니고 있는 회사 오너의 아들 옆에 앉게 되었다. 삼 년 전 먼발치에서 처음 보고 그가 가진 이미지에 완전히 사로잡혀 버렸던, 바로 그 남자 옆에.

삼 년 전이나 지금이나 그는 어딘지 모르게 공허함이 느껴지는 남자였다. 자꾸만 쏠리는 마음을 이현은 가까스로 다잡으며 시간이 빨리 흐르기를 기다렸다. 하지만 그는 삼십 분도 안 되어 푹 쓰러졌다.

"꺅!"

그는 그녀의 가슴에 얼굴을 묻고 푹 꼬꾸라졌다. 이현은 본능적으로 그의 머리를 밀어내며 새된 비명을 질렀지만 그녀를 신경 쓰는 이는 아무도 없었다. 이미 룸의 분위기는 달아오를 대로 달아오른 상태였다. 줄기차게 술만 부어라 마셔대는 지상 덕에 반 시간 동안 둘 사이는 데면데면 멀뚱했지만 다른 커플들은 달랐다. 서로 자기들의 이야기에, 자기들의 분위기에 빠져 있었다. 심지어 윤아조차 원석이라는 남자와 자신들만의 2차를 떠날 차비를 하고 있었다.

"외롭다, 많이."

"……."

이현은 거칠게 가슴을 들썩이며 숨을 쉬었다. 하지만 아직도 두려운 건 마찬가지였다.

"넌 안 그래?"

대답은커녕 숨 쉬느라 바쁜 이현은 아무런 대꾸도 해줄 수 없었다.

"그렇지, 그럴 리 없지. 저를 낳아준 엄마를 죽이고 태어난 나 같은 놈이 또 있겠어? 제 아버지한테도 버림받은 놈. 하!"

넋두리에 불과하다는 걸 그녀도 알았다. 하지만 술에 취해 인사불성인 남자가 거의 울 것처럼 중얼거리는 소리는 이현의 가쁜 숨을 잦아들게 만들었다. 벌떡거리는 가슴을 진정시키고, 긴장해 완전히 경직되어 있던 팔을 움직여 그의 머리카락도 쓸게 만들었다. 마법에 걸린 듯 그렇게.

"이거 무슨 냄새지? 라일락인가?"

잠든 것처럼 그의 눈은 감겨 있었다. 그의 팔이 스르르 움직였고 이현의 허리를 부드럽게 안았다.

"좋다, 냄새……."

그는 이미 혀가 풀리고 발음이 꼬였다. 금방이라도 의식을 놓을 것처럼 아슬아슬한 그를 이현은 불안한 눈으로 지켜보았다. 무엇 때문에 이렇게 괴로운 걸까? 뭐가 그를 괴롭히는 거지?

어느새 그의 고개가 들려졌다. 목덜미로 그의 뜨겁고 습한 숨결이 느껴졌다. 뭔가 기묘한 기분이 들어 이현은 화들짝 놀랐다. 아랫배와 사타구니 사이 근처가 야릇하게 움찔거렸다. 제 육체의 낯선 반응에 이현은 몸 둘 바를 몰랐다. 혹시라도 누군 가 눈치 챘을지도 모른다는 생각에 얼굴이 화끈거리고 민망했 다. 그래서 주위를 두리번거렸을 정도.

그때였다. 그의 입술이 스르르 밀려왔다.

"헙!"

놀랐지만 이현은 그를 저지하진 못했다. 아무 말도 할 수가 없었다. 완전히 굳어버렸다는 표현이 옳으리라. 그는 목덜미에 입술을 대고 축축한 혀로 부드럽게 애무하기 시작했다. 혀끝으로 느껴지는 감촉을 음미하듯 천천히 움직이는 입술은 그녀의 내부에서 강렬한 쾌감을 일으켰다. 그 충격적이고도 생경한 감 각은 너무나 감미로워서 고통스러울 정도였다. 게다가 그것은 더 강한 쾌감을 갈구하게 만드는 마약과도 같은 중독성을 가지 고 있는 듯했다.

그는 손쉽게 이현의 입술을 차지했다. 그가 퍼붓는 깃털 같은 숨결과 매순간 그녀를 긴장시키는 유혹적인 키스에 이현은 완 전히 무너졌다.

"넌 누구지?"

그가 속삭였다. 그와 동시에 허리를 감고 있던 그의 팔이 미 끄러지듯 이현의 등과 가슴으로 올라왔다.

"누군데 날 이렇게 미치게 만드는 거야?"

"나, 난……."

그녀의 입이 열리는 순간, 남자의 혀가 밀려들어 왔다. 기다렸다는 듯 날렵하게 들어온 혀는 미치도록 야릇한 느낌으로 그녀의 입 안을 배회했다.

"으흣……!"

신음이 저절로 흘러나왔다. 온몸이 붕 뜬 것만 같은 환락 안에 갇힌 이현을 그는 자신의 무릎 위로 끌어당겼다. 이현은 거의 본능적으로 그의 목을 끌어당겼다. 지금은 그와 떨어지고 싶지 않다는 생각 외에 그 어떤 것도 생각할 수 없었다. 아기를 안듯 옆으로 그녀를 뉘인 그는 이현의 가슴을 천천히 쓰다듬으며 아쉬운 듯 입술을 떼었다.

"우리 집에 올래?"

"에, 에?"

멍청하게 중얼거리는 이현은 숨소리마저 흔들인 채였다.

"자자."

그녀는 몽롱한 정신으로 눈썹을 가운데로 모으며 그가 한 말의 의미를 파악하려 애를 썼다.

"네가 갖고 싶어."

그의 눈동자가 풀리며 살짝 감겼다.

"넌 뭔가 다른 느낌이야."

뭔가 다른 느낌…….

그녀의 심장은 거칠게 두방망이질 쳤다. 그녀의 가슴과 등, 배까지 샅샅이 문지르는 그의 손은 블라우스를 태울 것처럼 뜨거웠다.

"널 좋아하게 될 것 같아. 어쩌면."

반쯤 감긴 그의 눈을 이현은 멍하게 바라보았다. 외로움이 물결치는 깊고 어두운 눈동자. 그것은 오랜 세월 고독에 절은 눈이었다. 주위로부터 철저히 고립된 느낌이랄까?

처음부터 혼자인 사람은 없을 텐데…… 왜 이 사람은 이렇게 쓸쓸해 보이는 거지?

거칠고 뜨거운 숨이 그녀의 가슴으로 떨어졌다. 그의 고개가 숙여지고 얇은 블라우스 안까지 그의 숨결이 전해졌다. 그는 거의 이현을 덮치고 있었다. 이현의 가슴에 얼굴을 묻은 남자가 중얼거렸다.

"내가 널 가지면, 아버진 내게 뭐라고 하실까? 또…… 내게 더러운 자식이라고 하실까?"

"……"

더러운 자식? 설마 그런 말을 아버지에게서 들은 적이 있다는 말일까?

"넌 어때? 날 믿어?"

말문은 여전히 막힌 채. 지상과 같은 남자에게 상처가 있으리라곤 상상도 못했던 그녀는 놀랄 수밖에 없었다.

"아아! 쓸데없는 소릴 해버렸군. 미안. 이 세상에 날 믿는 사람이 존재할 리 없는데. 깜빡 잊었지 뭐야. 빌어먹을!"

매우 자조적인 그의 음성에 이현은 흠칫 몸을 떨었다. 무슨 사연인지는 모르지만, 그는 어떤 계기로 인해 세상으로부터 마음의 문을 닫아버린 것 같았다. 고개를 떨어뜨리는 그의 모습에서 이현은 두 가지의 혼재된 감정을 발견했다.

누군가로부터 관심받고 싶은 갈구와 동정의 눈길에 반항하고 싶은 마음.

한 달 전에 있었던 일을 떠올리던 이현은 조심스럽게 눈살을 찌푸렸다.

당시 자신이 왜 그런 생각을 했는지 지금도 알 수가 없었다. 부잣집에서 남부러울 것 없이 잘 자란 그가 뭐가 부족해서 그런 식으로 행동했을까?

아무튼 그는 그런 말을 중얼거린 직후, 정신을 잃었다. 물론 알코올에 취해서 쓰러진 것이다. 어이없게도 이현은 그때서야 주위에 사람이 아무도 없다는 걸 깨달았다. 그의 키스에 정신을 놓고 있을 때 모두들 자리를 피해준 것이 분명했다. 결국 술에 취한 그는 그녀의 몫이 되었다. 그의 지갑을 뒤져 집주소를 알아내는 건 문제 없었지만, 정신을 놓은 거구의 남자를 운반(?)하는 건 결코 쉬운 일이 아니었다.

몇 번을 쓰러지고 엎어진 후에야 그녀는 포기하고 말았다. 다행히도 그는 클럽 사장과 친구 사이였다. 우연히 지상을 어깨에 들쳐 메려고 안간힘을 쓰는 그녀를 목격한 종업원이 그 사실을 알려주었고, 덕분에 그녀는 그를 룸에 눕혀두고도 죄책감없이 그곳을 나올 수 있었다.

"야! 무슨 생각을 그렇게 해? 갈 거야, 말 거야?"

윤아의 커다란 목소리가 이현의 깊은 회상을 방해했다. 이현은 퍼뜩 정신을 차리며 주위를 두리번거렸다.

"응? 어딜?"

"뭐야! 못 들었어?"

"뭘?"

"너, 요새 허한가 보다. 왜 그래?"

"미안, 못 들었어. 뭐라고 그랬는데?"

"생각난 김에 오늘 저녁에 나이트나 한판 댕기자고. 나도 오늘 비번이고 너도 오늘 첫날이니까……. 아! 넌 오늘 환영회, 그딴 거 있겠구나. 그럼 안 되겠네. 다음에 가자."

혼자 북 치고 장구 치고. 윤아는 제 혼자 결론을 내린 듯 곧바로 꼬리를 내렸다.

"아니야, 환영회 그런 거 안 하기로 했어. 팀 분위기가 너무 안 좋아서 기강 좀 잡아야겠다 싶어."

"팀 분위기? 아니, 왜?"

"왜긴 왜야? 새로 온 팀장이란 애가 나이도 새파란 데다가 여자니까 그렇지."

떫은 표정으로 자신을 바라보던 팀원들을 떠올리며 이현은 들고 있던 포크를 탁 소리 나게 내려놓았다. 짜증이 확 일고, 밥맛이 뚝 떨어졌다. 그녀는 출근 첫날부터 낙하산 인사에, 쇠시

우리 사장님은 연어 65

가 미쳐 돌아가네, 애송이를 데려다가 무엇에 쓰려는지 모르겠네 하고 대놓고 비아냥대는 소리를 오전 내내 들어야 했다. 이미 어느 정도는 예상하고 있었던 일이고 그딴 신소리에는 신경 쓰지 않기로 애초부터 작정하고 있었던 그녀였지만, 그런 어처구니없는 중상모략과 뒷담화에도 이성을 잃지 않고 버텨내기란 쉬운 일이 아니었다.

막중한 책임을 맡고 회사의 사활이 걸린 프로젝트에 투입된 그녀를, 팀원들이 그따위로 생각하고 있다는 건 분명 좋지 못한 징조였다. 앞으로 그녀가 진두지휘할 프로젝트에 악영향을 미칠 것이었다.

"휴!"

회사 일만 생각하면 한숨이 절로 나왔다. 도대체 어떻게 팀을 이끌어야 할지, 답답하기만 했다. 일단 그들의 리더가 누구인지 본때를 보여주기 위해 회식이고 나발이고 집어치우기로 했지만, 이런 초강수는 앞으로를 위해서라도 그다지 좋은 방법이 아니라는 것쯤 그녀도 잘 알고 있었기 때문이다. 그녀는 그녀보다 다섯 살이나 위인 김 대리, 입사 십사 년째인 장 과장, 질투심 많고 입방아 잘 찧을 것처럼 보이는 이재영을 어떻게 다뤄야 할지 좀 더 생각해야 할 필요가 있었다.

"웃기네. 아니, 여자라고 팀장 못하라는 법 있어? 그렇게 고까우면 아예 회사를 그만두시지, 왜?"

마치 자신의 일인 양 윤아가 버럭 화를 냈다. 메이크업 관련 일을 하면서 부당한 대우를 받았던 적이 한두 번이 아니었던지라 그녀에게도 이런 문제는 아주 민감한 사안이었다.

"왜 네가 흥분하고 그러냐?"

피식 웃으며 이현이 곱게 눈을 흘겼다.

"아니, 그렇잖아. 이미 발령 받은 걸 어쩌라고. 너보고 다시 돌아가란 거야, 뭐야?"

그래도 친구랍시고 그녀의 편을 드는 윤아가 귀여워 이현은 낄낄 웃었다. 이런 맛에 사는 거지, 싶은 생각에 고개를 끄덕였다. 날숨이 거칠게 흘러나왔지만, 이번 건 희망에 찬 들숨의 찌꺼기였다.

그래! 한번 부딪쳐 보는 거다. 죽기 아니면 까무러치기 아닌가. 어차피 받아들인 제안이고, 게임은 시작되었다. 남은 건 피터지게 싸우는 거고 그녀는 절대 질 생각이 없었다. 이번 프로젝트를 훌륭히 완수하고 본사에 승전보를 들고 개선할 것이다. 그래서 기필코 전략팀 기획실장 자리를 쟁취하고야 말 것이다. 더불어, 이지상에 대한 미묘한 감정도 모조리 떨쳐 버릴 수 있다면 더할 나위 없을 것이다.

이현은 어깨를 으쓱하며 짧게 미소했다. 이지상 사장, 오늘 본 그의 모습이라면 쉽게 털어낼 수 있을 것 같았다. 멀리서 바라보며 가슴 떨려 했던 이지상의 모습은 절대적으로 그녀의 허상에 불과했다. 오늘 본 그에게서 애수에 젖은 상처받은 영혼은 찾아볼 수 없었다. 그런 싸가지에 밥맛없는 인간은 결대 이현의 마음을 흔들 수 없을 것이다.

그녀는 그렇게 자만했다.

"사장님? 뭐가…… 잘못됐습니까?"

성격 낙낙하기로 유명한 윤 실장이 다급히 물어왔다. 신상품 기획안 보고 도중 사장이 푸홋! 웃어버린 게 이유다. 자신이 무슨 중대한 실수라도 저지른 건 아닌지, 몹시 당황한 그의 얼굴은 순식간에 벌게져 홍당무가 되어버렸다.

'아! 보고 받는 중이지.'

잠시 뭘 하고 있었는지 깜빡한 지성은 살짝 눈살을 찌푸렸다. 아무리 사장의 관여 없이도 잘 굴러가는 회사지만 보고 받을 때만큼은 신경 써서 듣는 편인 그는 자신이 중요한 보고서를 받은 채 딴생각에 빠져 있었다는 사실에 심기가 불편해졌다. 그렇듯 자신의 혼을 쏙 빼놓은 이가 다름 아닌 류이현, 그녀라는 것 또한 못마땅했다.

하지만 그녀의 등장은 상큼했다. 그걸 부인하고 싶진 않았다.

그녀는 문을 열고 들어오면서부터 그의 선입견을 확 깼을 뿐만 아니라 그를 대하는 방식 또한 남달랐다. 이 회장과 준상이 입이 닳도록 칭찬했던 류이현이 여자일 줄이야.

관심이 가지 않을 수 없었다. 어떤 능력을 가졌기에 이 회장과 준상의 절대적인 지지를 얻을 수 있었는지 알고 싶었다. 질투? 하지 않았다면 거짓말이다. 삼십 년 넘도록 아버지로부터 그만큼의 관심과 믿음을 받아본 적이 없었던 지상이기에, 그 질투는 당연했다.

귀소본능! 깜찍한 여자의 대담한 말귀가 다시금 불쑥 떠오르자 지상은 또다시 쿡쿡 실소를 흘렸다. 그렇게 대담한 발언을 눈 하나 깜짝하지 않고 내뱉다니, 그것도 직속상관 앞에서. 정말 깜찍한 여자가 아닌가?

게다가 그녀에게서 풍기는 향기! 그녀는 라일락 향기를 품고 있었다. 그 향은 그를 그녀의 코앞까지 이끌었다. 그녀의 턱을 붙들게 했고 키스하고 싶은 욕망을 불러일으켰다. 한 달 전, 십수 년 만에 여자를 자발적으로 끌어안고 키스했던 사실이 떠오르도록 만들었다.

'빌어먹을 라일락.'

지상은 한쪽 입매를 씰룩거렸다. 한 달 동안 잊어버리려고 부단히 노력해 왔던 그 일이 떠오르자 심기가 불편해졌다. 향기가 배어나오는 와이셔츠, 립스틱 자국이 묻어 있는 그 와이셔츠를 지금껏 세탁하지 않고 놔두고 있을 정도로 그는 그 일에 호기심을 갖고 있었다. 그런데 하필 류이현이 그 향기를 품고 있을 줄이야!

"사장…… 님?"

윤 실장, 어지간히도 놀란 모양이다. 붉어진 얼굴로 안절부절못하는 모양새가 불쌍할 지경이다.

"아! 계속하세요."

"제가 뭐…… 실수라도?"

"아닙니다. 갑자기 다른 생각이 떠올라서요."

"예?"

윤 실장 얼굴이 잠시 굳어진다. 그도 그럴 것이 지금은 웃을 상황도, 딴생각을 할 정신도 없을 때다. 어떻게든 뒤처진 매출을 끌어올려야 할 이때에 사장이 딴생각이나 하고 있으니 한심할 노릇일 게다. 쯧쯧, 혀가 차지겠지. 회사도, 사장도, 오천여 명의 직원들도 다 함께 살기 위해선 이번 제품이 연일 곤두박질치고 있는 매출 곡선을 되살려 주길 바라야 했다.

"그래서, 아이콘이 어떻다고요?"

지상은 아무것도 아니라는 듯 어깨를 으쓱하며 자연스럽게 보고서를 들어올렸다. 적어도 듣고는 있었다는 듯이.

"아, 예."

한시름 놓는 모습이 역력한 얼굴로 윤 실장은 중단했던 상품 브리핑을 다시 이어갔다.

"아까도 말씀드렸다시피, 요즘 젊은이들 최고의 아이콘은 슬림형과 동영상입니다. 휴대폰 회사들은 앞 다투어 초슬림형 기기를 출시하고 있고 인터넷 사이트는 동영상 검색 서비스를 강화하고 있습니다. 젊은 감각을 사로잡기 위해서 이 두 가지는 필수적이라고 해도 과언이 아니죠. 이번 저희 우상아이캠의 새로운 콘셉트도 이런 유행에 발맞춰 기획된 것입니다."

"디자인이 약하다는 취약점도 보완하고, 한층 업그레이드된 기술력도 자랑하고……. 두 가지를 다 잡겠다?"

"예. 특히 이번에 저희 아이캠이 야심차게 개발한 2.6인치 LCD는 넓은 시야에 집착하는 소비자들의 욕구를 충족시켜 줄 것이라 기대하고 있습니다. 동영상을 지원하는 기존 디지털카메라 중에서는 최대입니다. 그리고 색상에 있어서도 좀 더 다양성을 추구해야 된다고 여겨, 이번에 세 가지 색상으로 출시할 예정입니다."

"좋군요. 아! 지난번에 약속했던 손떨림 방지기능은 어떻습니까? 지키셨습니까?"

"아! 기억하고 계셨군요. 물론입니다. 이번 저희 프로젝트, 회심의 역작인걸요."

윤 실장의 뿌듯한 얼굴 가득 희색이 돌았다. 늘 이렇듯 새 신품이 출시될 때마다 제품 책임자인 그를 불러 차근차근 이야기를 나누어주는 사장에 대한 고마움 때문이다. 실제 정식 브리핑 때는 무관심한 듯 심드렁한 표정으로 일관하는 사장이지만, 사실은 꽤나 일에 열심이라는 걸 윤 실장은 잘 알고 있었다. 세상에 어느 사장이, 제품 책임자를 불러 A4용지 열 장 가득 빼곡히 적은 제품 후기를 건네줄 것인가? 비 오면 챙이 튀어나오는 카메라를 만들었으면 좋겠다는 황당무계한 아이디어를 부끄럼없이 웃으며 말할 수 있는 사장은 결코 흔치 않다. 사장이 허심탄회, 솔직담백함, 소탈함으로 대변될 수 있는 사람이라는 걸 윤 실장은 예전부터 느끼고 있었다.

사실, 카메라 크기가 작아지고 가벼워지면 휴대하기는 편해지지만 사진을 찍을 때 심하게 흔들린다는 핸디캡이 생긴다는 건 제품 책임자인 윤 실장이 가장 잘 알고 있는 사실이다. 하지만 아무도 그 문제점을 직접적으로 말해준 적은 없었다. 중역들 대부분은 뭐가 문제인지도 잘 몰랐고, 그나마 문제점이 뭔지 아는 이들은 개발자인 그를 피했다.

뼈아픈 충고만이 좋은 제품을 탄생시킬 수 있다는 걸 그들은 모르는 걸까? 아니, 꼭 상대를 상처 주는 기분 나쁜 말이 아니고도 충분히 훌륭한 제품의 밑거름이 될 수 있다. 이지상 사장의 경우처럼.

"그럼 약속대로 출시되면 바로 제게 가져다주시는 거죠?"

"물론입니다. 제일 먼저 드려야지요. 숨은 공로자이신데요."

"제품 책임자로부터 숨은 공로자란 소릴 들으니 몸 둘 바를 모르겠습니다. 제가 뭘 한 게 있다고."

"사장님도 참. 별말씀을 다 하십니다. 하신 게 왜 없습니까? 이렇게 불러주시고 관심 보여주신 것만도 어딘데요."

괜스레 쑥스러워져 윤 실장은 머리통을 긁적거렸다.

"실장님의 노고는 제가 잘 알고 있습니다. 예전에도, 지금도 아이테크의 대표 상품은 아이캠입니다."

"사장님……."

"또 감사하다는 말씀 하시려거든 그만두세요, 실장님. 그 말은 제가 드려야 하는 말입니다."

자식 같은 사장 앞에서 얼굴을 붉히는 윤 실장을 바라보며 지상은 미안한 마음을 슬쩍 내비쳤다. 매출이 바닥을 치고 있긴 하나, 아이캠의 기술력엔 아무 문제가 없다는 걸 누구보다 더 잘 알고 있기 때문이었다. 확실히 아이템과 광고에서 딸리는 거였다. 소비자의 구매력을 얼마나 잘 자극했느냐, 매번 상대회사에 뒤지는 건 바로 그 문제였다.

이 모든 상황을 류이현이 꿰뚫을 수 있을지 무척 궁금했다. 이 회장과 준상이 입에 침이 마르도록 극찬했던 만큼 기대가 되지 않을 수 없었다.

'흠. 그래 봤자 시간낭비일 걸.'

분석과 전략은 지상도 충분히 해봤던 거다. 하지만 예리한 분석과 획기적인 전략은 말 그대로 분석과 전략일 뿐, 실제로 그가 할 수 있었던 건 없었다. 디자인의 혁신은 이사진들의 꽉 막힌 아집과 자존심에 부닞혀 처참하게 실패했고, 심혈을 기울여 짠 광고 전략은 번번이 CL미디어의 한발 느린 유행감각 앞에 허물어졌다.

도대체 이 회장은 왜 그렇게 CL미디어를 고집하는 건가? CL미디어는 설립된 지 겨우 삼 년째인 완전 생초보, 신생 회사다. 수준? 거의 아마추어로 허섭스레기리고밖에 표현할 수 없다. 아무리 정계(政界)에 단단한 연줄을 가지고 있는 곳이라고 해도, 회사에 이만한 타격을 주는 곳이라면 생각을 달리해야 했지만 이 회장은 그러지 않았다. CL미디어와의 관계를 지속시키겠다는 그의 생각은 아주 단호했다.

"사장님의 이런 모습을 회장님이 아시면 얼마나 좋아하실지……."

"윤 실장님! 회장님 얘긴 안 꺼내는 게 좋겠습니다."

"하지만 회장님께서는 모르고 계시니……."

"아드님이 입사하셨다고요?"

안타까워하는 윤 실장의 말을 가로막기 위해 지상은 화제를 다른 쪽으로 옮겼다.

"예? 아, 예. 이번 공채 시험에서 합격했습니다."

지상을 설득하는 데에 열을 올리던 윤 실장의 얼굴이 단박에 펴졌다. 금세 아들에 대한 자랑스러움이 얼굴 그득 떠올랐다. 뿌듯하고 대견한 마음인 모양이다. 자식을 생각하는 아비의 마음이 모두 그러하듯.

"축하드립니다. 기쁘시겠어요."

"부끄럽습니다."

고개를 살짝 수그리는 윤 실장은 헤벌쭉 벌어지는 입을 다무느라 여념이 없었다. 살짝 부럽다는 생각이 들어 지상은 눈살을 찌푸렸다. 못마땅했다. 자꾸만 서운함이 밀려드는 이 기분이 싫었다. 일찍이 포기한 부자(父子)의 정을 왜 자꾸만 부러워하게 되는 것인지, 스스로가 한심스러울 지경이었다.

"아버지가 일하는 회사에 아들이 입사했다는 것은 꽤나 의미 있는 일이죠. 아버지를 평소에 많이 존경했나 봅니다."

"아이고, 아닙니다. 당치도 않아요. 그 녀석, 여자 친구가 우상 본사에서 근무한다고 합니다. 그래서 덩달아 지원한 거죠 뭐."

그러나 껄껄 웃는 윤 실장은 전혀 기분이 나쁘거나 서운한 기색이 아니었다. 오히려 유쾌한 모습이다.

"아, 그래요?"

"죄송합니다. 염불보다는 잿밥에 관심이 있는 녀석이라, 제가 늘 걱정입니다."

괜한 말을 했다 싶은지 윤 실장은 연신 이마를 쓸었다. 이마를 쓰는 행동은 초조해지면 무의식중에 나오는 윤 실장의 버릇이었다. 지상은 씩 웃으며 고개를 끄덕였다.

"덕분에 우리 우상아이테크가 좋은 인재를 한 명 더 얻었군요."

"그렇게 말씀해 주시니 감사할 따름입니다."

"사랑이란 게 그런 거죠. 불가능도 가능케 하는 것."

"……?"

지상의 입에서 '사랑'이란 말이 흘러나오자 윤 실장은 놀란 눈을 휘둥그레 떴다. 그가 그런 단어를 입에 올릴 거라곤 꿈에도 생각하지 못했던 거다. 태어나자마자 모친을 잃고 일만 아는 아버지 밑에서 유모의 도움으로 자란 그는 전 국민이 알아주는 바람둥이에 문제아였다. 나이가 삼십 줄에 들어서면서 그 명성이 조금 퇴색된 감은 있지만, 그래도 이지상과 사랑이 서로 이

울리지 않는 부자연스러움의 극치였다.

"갑자기 궁금해지네요. 어떤 분이 아드님을 눈멀게 만들었는지."

슬픈 빛이 감도는 눈빛. 말끝을 흐리는 지상은 어딘지 모르게 시무룩해 보였다. 지상의 어깨가 축 늘어진 것 같다고 느끼며 윤 실장은 쯧쯧, 속으로 혀를 찼다. 겉은 어엿한 성인인데 속은 전혀 자라지 못한 어린아이를 보는 것 같아서다. 어릴 때부터 그를 보아왔던 윤 실장으로선 속이 상했다.

'어찌할꼬? 저 외로움을……'

퇴근 이후, 이지상은 친구 소유의 클럽, 'Obi Wan(오비완)'을 찾았다. 사장 친구라는 걸 이미 잘 알고 있는 종업원들의 안내를 받으며 Red Room이라 이름 붙여진 사장 전용룸으로 향한 그는 화려하고 기괴한 문양의 방문을 기세 좋게 벌컥 열었다.

"왔냐?"

강남 일대에서 가장 규모가 크고 화려한 클럽으로, 소위 노는 물이 좋다는 '오비완'의 젊은 사장은 소문난 골초답게 이 사이에 굵은 시가를 끼워 넣은 채 열심히 펜 끝을 놀리고 있었다.

"눈이나 좀 들고 말해라, 인마."

"네가 손님이냐?"

"손님이지. 나만큼 네 가게 매상 많이 올려주는 사람 있으면 나와보라고 해."

털썩, 소파에 몸을 던지며 지상은 거만하게 말했다. 곳곳이 레드 벨벳 일색인 룸을 무의식중에 훑는 시선에는 약간의 초조함이 묻어 있었다.

"착각하지 마. 자주 들르지도 않는 놈이 무슨. 너 정도의 손님은 널렸어. 네 실적으론 VIP 대접 어림도 없다고."

"하긴 자주 오는 걸로 따지면 재혁이 놈이 VIP이겠군."

"사업 때문에 바쁘다는 놈이 어쩐 일이냐?"

근 한 달 만에 클럽을 찾은 친구를 바라보며 사빈은 두터운 안경을 벗었다. 서른넷으로 지상의 친구들 중 가장 연장자인 그는 철없는 다른 친구들과는 달리 신중하고 꼼꼼하고, 가끔 예리하기도 하지만 대체적으로 푸근한 편이다. 그래서인지 속내를 털어놓기 가장 부담이 없는 친구이기도 하다.

"바빠도 놀 땐 놀아야지."

"재혁이도 없이?"

"꼭 있어야 돼?"

시가를 잘근잘근 씹으며 반대편으로 옮기는 사빈의 시선이 묘하게 빛났다. 뭔가를 눈치 챈 듯 반짝이는 그의 시선은 무표정한 얼굴의 지상을 뚫어지게 바라보았다.

사실, 얼마 전부터 지상은 물 좋은 클럽에서 신나게 노는 일에 별 재미를 못 느끼고 있었다. 신물이 났다고나 할까? 진탕 마시고 취하는 일에도, 돈 앞에서는 하나같이 자신의 몸뚱이를 아끼지 않는 여자들에게도 진력이 나 있었다. 그래서 요즘은 이런 게 자발적으로 클럽을 찾는 일이 거의 없었던 그였다. 가장 최근에 방문했던 한 달 전 그날도 재혁의 성화에 못 이겨 온 것에 불과했다. 뭐, 나중엔 가장 적극적인 자세가 되어 즐겼었지만.

아무튼 그런 지상이 제 발로 찾아왔다는 건 범상치 않은 일이었다. 의심할 여지가 충분히 있다고 생각하며 사빈은 시가를 문 입술을 씩 끌어 올렸다.

"말해."

"말? 무슨 말?"

평상시와 다름없이 패셔너블한 슈트를 멋스럽게 차려입은 지상은 살짝 흐트러진 머리카락을 부자연스럽게 쓸어 올리고 있었다. 앞머리를 만지는 건, 뭔가 숨기고 싶을 때 지상이 자주 하는 손버릇이었다.

사빈은 혓바닥과 입술을 이용해 시가를 한 모금 쭉 빨아들이고는 손에 들고 있던 볼펜을 툭, 장부 위로 내던졌다.

"알고 싶은 게 뭐야?"

"알고…… 싶은 거라니?"

옅은 미소가 떠올라 있던 지상의 얼굴이 일순 굳어졌다. 비록 다시 원래의 표정으로 돌아가는데 단 삼 초밖에 걸리지 않았지만, 그 정도면 충분했다. 사빈은 이미 지상의 머릿속에 무슨 생각이 들어 있는지 대략 파악하고 난 후였다.

'자식, 좀 뜨끔할 거다.'

사빈은 몰래 싱긋 웃으며 자리에서 일어났다.

"나한테서 뭔가를 알아내고 싶어서 온 거 아니었어?"

"넌 내가 무슨 산업 스파이라도 되는 것처럼 말한다."

짐짓 눈알을 굴리며 어깨를 으쓱하는 지상의 폼은 당황함을 숨기려는 듯했다. 평소와는 거리가 먼 그의 모습이 우습기도 하고, 호기심도 생겨 사빈은 책상을 돌아 저벅저벅, 지상에게로 다가갔다. 지상의 앞자리에 마주 앉은 사빈은 둘둘 걷어 올렸던 와이셔츠자락을 잡아 내리며 무심히 중얼거렸다.

"그날 일 때문에 온 거 아니야?"

순간이었다. 지상의 숨소리가 딱 멎었다. 호흡곤란 증세를 일으킬 만하지. 큭큭, 웃음이 나올 것만 같아 사빈은 입술 안쪽을 지그시 깨물었다.

"그날, 바로 이 자리에서 일어난 일 말이야. 그게 알고 싶어서 찾아온 거 같은데. 아닌가?"

"무슨 소리야? 그날 일이라니……."

천하에 무서울 것 하나 없는 이지상이 말을 더듬고 있다.

'뉴스에 나올 일이로군.'

그도 그럴 것이 비록 바람둥이, 난봉꾼으로 낙인이 찍힌 지상이었지만 평소 그는 여자 문제에 관한 한 매우 냉정한 녀석이었다. 녀석은 먼저 대시해 오는 여자들을 혐오했으며 사적으로 얽히는 것 또한 극도로 자제했다. 사빈이 알기로, 지상은 첫 동정을 잃은 이후 단 한 번도 여자를 안은 적이 없었다. 거의 기적이나 다름없이.

그렇게 천생 목석인 지상에게 어쩌다가 바람둥이란 꼬리표가 붙었을까?

그 시초는 그가 열여덟 살 무렵에 일어났던 '임신' 사건으로 거슬러 올라간다. 당시 지상은 재벌 2세라는 자신의 배경을 자랑스러워하고 숨기려 들지 않았다. 때문에, 또래 여자 아이들은 그를 표적 삼아 따라다녔고 그 역시 그들의 열렬한 반응을 늘 즐겼었다. 그러던 중 한 여자애를 알게 되었다. 지금 생각해 보면 그녀의 접근은 계획적이었는데, 그 당시 순진한 지상은 그녀와의 만남을 운명적이었다고 여겼다. 그녀를 좋아했고 남자 친구로서 나름 헌신했다.

하지만 여리고 순진한 모습으로 늘 얌전만 빼던 그녀는 어느 날, 지상을 보기 좋게 속여 넘기고 그를 술에 취하도록 만들었다. 앞뒤 분간 못할 정도로 심하게 취한 그에게 달려들어 그녀는 지상의 동정을 빼앗았다. 그리고 그날 이후, 그녀는 자취를 감추고 감쪽같이 사라져 버렸다. 여자를 강간했다는 죄책감에 사로잡혀 지상은 석 달 동안 미친 듯이 여자를 찾아 헤맸다. 그러면서도 그는 자신이 깜찍하고 영악한 여자의 속임수에 걸려들었다는 의심은 단 한 번도 하지 않았다. 겨우 고등학생, 어린 나이였기 때문일까? 생긴 것과는 달리 당시 지상은 많이 순진했다.

아무튼, 석 달 뒤 그녀는 자발적으로 자신을 드러냈다. 아이를 임신했다며 이 회장을 찾아간 것이다. 지상이 아닌, 이 회장을.

그 즈음은 지상이 그 여자 아이의 화려한 이력을 접한 후였다. 너무나 괴로워하는 지상을 위해 마당발이었던 재혁과 사빈이 여자에 대해 수소문한 것이다. 여자 아이는 그쪽 방면에 상당한 이력의 소유자였고 친구들에게 공공연히 '우상그룹의 둘째아들을 꼬셨다'고 자랑했었다 했다. 그때 지상이 받았던 충격은 굉장했다. 여자에게 이용당한 최초의 기억이었을 테니 오죽했을까? 여자의 유혹을 혐오스럽게 받아들이는 것은 이때의 기억이 주요했다. 하지만 그가 상처받은 건 그 때문이 아니었다. 정작 지금껏 치유하지 못하고 있는, 크나큰 상처는 그의 아버지로 인한 것이었다.

자신의 말보다 여자의 말을 더 믿었던 아버지의 반응에 지상은 엄청난 타격을 입었다. 물론 그 깜찍한 계집애가 훌륭한 연기력이 이 회장마저 속여 버린 탓이었겠지만. 아버지라는 사람이 아들인 자신의 말보다 생판 처음 보는 여자애의 말을 더 믿어버리는 상황을, 어린 지상은 쉽게 받아들일 수 없었다. 사빈마저도 이해가 안 됐는데 하물며 아들인 지상은 어땠겠는가? 지금 생각해 보면, 이 회장은 아들을 잘 몰랐던 것 같다. 어릴 땐 아이큐 150의 천재라는 소릴 들었던 아들이 아버지의 시선을 끌기 위해 스스로 자신의 능력을 죽여가고 있다는 걸 그는 몰랐다.

그의 눈에 지상은 망나니였다. 시험 때는 백지 답안을 제출하기 일쑤였고, 여자 아이들과 어울리는 걸 즐겼다. 그럼 지신은 거의 잠으로 때웠고 자신을 감시하는 아버지의 수하들을 상대로 주먹다짐을 일삼았다. 이 회장으로 하여금 아들이 문제아가 되어가고 있다는 걸 알리기 위해 지상은 할 수 있는 짓은 모조리 다 했다. 여자를 후리는 짓만 빼곤 뭐든.

하지만 이 회장은 아들의 의도를 결코 눈치 채지 못했다. 그저 아들을, 여자에게 빠져들어 방탕한 짓을 일삼고 공부는 뒷전인 불량 청소년쯤으로 인식하고 있었다. 어떻게 그럴 수 있었는지, 지금 생각해도 놀라울 따름이다. 사업에 있어서는 예리하고 모험적이며 진취적이기까지 한 이 회장이 아들에게 왜 그리 모질고 무관심했을까? 이해할 수 없지만, 확실한 건 이 회장은 아내를 잃었다는 것이다. 그것도 지상을 낳다가.

아무튼, 그때 이후로 그는 엇나가기 시작했다. 꽤 시간이 지난 후 여자가 사기를 쳤다는 건 밝혀졌지만 이미 부자간의 신뢰는 깨어져 버린 후였고 지상은 깊은 상처를 얻었다. 그를 보면 죽은 아내가 떠오른다는 미명하에 아버지로부터 무려 십팔 년을 버림받듯 방치되어 온 지상에게 이 사건은 그동안 억눌러 왔던 반항의 고삐를 풀어버리는 계기가 되었던 것이다.

그는 난봉꾼의 이미지를 확실히 만들어주자 작정한 듯 여자들과의 스캔들을 끊임없이 만들어냈다. 데리고 다니는 여자들에게 입술 한 번 고이 주지 않은 그였지만 미디어의 힘은 대단했다. 그의 이미지는 금세 '바람둥이, 재벌 2세'가 되었고 그 소문은 곧 사실처럼 퍼져 나갔다. 물론 그는 절대 여자들과 육체적으로 얽히지 않았다. 과거의 그런 추하고 역겨운 기억을 앙금처럼 가지고 있으면서도 여자와 얽힐 생각을 한다면, 그게 더 이상한 일일 터. 금욕적이라 할 정도로 그는 엄격한 규칙을 세우고 또 지켰다.

그런 엄격한 패턴이 깨진 건 바로 한 달 전. 지상은 스스로 여자를 원했고, 즐겼다. 사빈이 지상을 발견했을 당시는 새벽녘이었고 지상의 옷가지는 잔뜩 흐트러져 있었다. 놈이 여자와 무슨 짓을 했을지는 안 봐도 빤했다. 사빈은 종업원으로부터 여자가 지상을 운반(?)하려 했다는 사실까지 들었다. 그 뒤 사빈이 대신 지상을 집에 데려다 주긴 했지만 여자가 어디로 그를 데리고 가려 했을지 궁금한 건 어쩔 수 없었다.

"한 달 전 말이야. 다음날 아침에 내가 전화도 했었잖아. 기억 안 나?"

잔뜩 얼어붙은 지상의 모습을 힐끗 훔쳐보며 사빈은 탁자 위에 놓인 커다란 접시에서 오렌지를 집어 들었다. 지상이 좋아하는 오렌지. 여자의 가슴 같다나? 그가 오렌지에 집착하는 이유는 아무래도 어머니에 대한 그리움 때문인 것 같았다.

"뭐, 그때야 기억나지만……."

"그것 때문에 온 거 아니야?"

휙, 오렌지를 던져 주며 사빈이 물었다. 일부러 대수로운 일이 아닌 듯 무심한 말투를 가장하고 있었다. 오렌지를 받아 든 지상은 쭈뼛쭈뼛 엉덩이를 움직이며 조심스럽게 입을 열었다.

"어, 그건 아닌데……. 그런데 그때 일, 넌 기억나?"

"물론이지. 난 그때 좀 늦게 합류해서 술이 덜 취해 있었잖아. 재혁이랑 원석이는 좀 많이 취했었고. 아, 그리고 재혁이는 지 애인이 전화해서 금방 나갔었어. 그 자리에 나, 너, 원석이, 철 회, 이렇게 넷이 있었지."

수줍어하긴. 속으로 중얼거리며 사빈은 지상의 하는 양을 흥 미롭게 지켜보았다.

"그 여자 얼굴 기억나?"

"홋! 기억이야 나지. 철회가 먼저 찍었는데 네가 예쁘다고 채 갔잖아. 나보단 네가 기억나야 하는 거 아니야?"

"난 제정신이 아니었잖아."

지상은 어깨를 으쓱하며 둥근 오렌지를 손 안에서 빙글빙글 굴렸다.

"음, 예쁘긴 예뻤지. 눈에 확 뜨이는 미인은 아니었지만 그 정 도면 뭐 예쁘다고 할 수 있지. 호감 가는 스타일이었으니까. 내 가 보기엔 한, 스물다섯은 넘어 보였는데. 그런데도 귀여운 타 입 있지? 많이 어색해하는 것 같더라. 하는 행동이 약간 어수룩 해 보이는 게, 클럽에 자주 오는 것 같지도 않고. 어떻게 보면 딱 네 스타일이지. 순진한 애."

"순진한 애가 내 스타일이라고?"

사빈의 말이 마음에 들지 않는지, 지상은 미간을 살짝 찡그렸 다.

"아니야? 노골적인 애들 싫어하잖아, 너."

"그렇군."

자신이 순진한 스타일을 좋아했었던가, 싶어 지상은 조금 심각해졌다. 여자들을 대할 때는 늘 색안경을 끼고 바라보았던지라 그런 쪽으론 한 번도 생각해 본 적이 없었던 것이다. 심지어 '순진한 여자'가 아직 남아 있을지조차 의문스러워했던 자신이 아닌가? 그런데 그런 타입을 늘 원해왔다고?

"그 여잔 왜? 다시 만나려고?"

"응? 아, 아니, 만나긴 뭘. 연락처도 모르는데."

"알면? 알면 만날 생각은 있고?"

사실은 그게 문제이긴 했다. 만날 생각이 있는지 없는지, 지상 자신도 아직은 판가름하지 못하고 있었다. 확실한 건, 궁금하다는 거다. 술이 취한 상태가 아닌 제정신인 상태로 그 여자를 만나 확인하고 싶은 게 있었다. 그 여자의 무엇이 자신을 그렇듯 끌어당겼는지 알고 싶었다.

"알아봐 줄까?"

"네가?"

지상은 사빈을 바라보았다. 이십 년도 넘게 알아오면서 늘 한결같았던 친구. 오늘따라 유난히 싱글벙글 웃는 낯이란 생각이 들었다. 우람한 덩치와 우락부락한 이목구비가 자아내는 위압감과는 전혀 어울리지 않는 순진한 웃음이었다.

"왜? 이 바닥, 거기서 거기야. 여기 드나드는 손님들 키ㄷ 진

표 남아 있을 거고, 그런 거 조회하는 건 일도 아니야."

"불법적인 일에는 손 뗐다며."

"친구의 일이라면 잠깐 다시 붙였다 뗄 수도 있어."

한쪽 눈을 찡긋거리며 사빈이 말한다. 어울리지 않게 깜찍한 행동이라니. 웃음이 새어나와 지상은 고개를 옆으로 슬쩍 꺾었다. 느긋한 시선이 둘 사이를 오갔다. 서로를 신뢰하는, 격려하고 지지하는 그런 시선이었다.

지상은 작은 한숨을 내쉬며 피곤한 눈을 살짝 감았다 떴다.

"사실은 궁금해, 어떤 여잔지."

"풋! 내, 그럴 줄 알았지. 그런 마음을 잘도 숨기고 한 달을 버텼네."

피식 웃으며 사빈은 가죽 소파에 몸을 묻었다.

"그 당시엔 별 의미 두지 않겠다고 하지 않았어?"

"그랬지. 그땐 정말 그럴 생각이었어."

"오호라! 잊으려고 해도 잊어지지 않는다, 이 말이야?"

"글쎄……."

선뜻 대답하지 못하고 지상은 잠시 입을 다물었다. 아니라고, 말해야 하는데 다시 생각해 보니 그런 것도 같았다는 생각이 들어서였다.

"뭐야? 뭐가 있는 얼굴인데?"

사빈의 무뚝뚝한 얼굴에 호기심이 번졌다. 골똘히 생각에 잠겨 있던 지상은 눈을 들어 그를 마주 바라보았다. 휙, 터프하게 뻗은 사빈의 눈썹이 그를 추궁했다.

"어떤 여잘…… 만났어."

"여자?"

은근히 반색하는 기색이 역력한 사빈. 지상은 씁쓸한 입맛을 다시며 조심스럽게 입을 열었다.

"당차고 뻣뻣해."

"뻣뻣해?"

"너무 뻣뻣해서 귀여울 정도야."

붉으락푸르락, 감정이 모두 드러나는 류이현의 화려한 표정들을 떠올리며 지상은 입가에 미소를 그렸다.

"그 여자한테서 라일락 향기가 났어."

"라일락 향기?"

"응. 그 향기 때문인 것 같아. 한 달 전, 그 여자에게서도 라일락 향기가 났었거든."

"그런 걸 다 기억하고 있단 말이야? 신기한 녀석일세. 아니, 얼굴도 생각나지 않는다면서 냄새는 어떻게 기억해?"

골리는 듯한 말투로 말하는 사빈은 재떨이에 시가를 털며 지상의 초조한 손놀림을 눈여겨보았다. 오렌지를 가지고 노는 손가락이 여느 때와는 달리 약간 성말랐다. 뭔가를 깊이 생각하는 눈빛 하며 가끔씩 혓바닥으로 아랫입술을 핥는 행동은 분명 지금의 지상이 보통 때와는 다르다는 증거였다.

'거참! 진짜 신기하네.'

물론 한 달 전에도 신기했던 건 마찬가지지만, 오늘은 진짜 확실히 이상했다. 어떤 여자인지 모르지만 지상의 마음을 움직였다는 점, 그것 하나만큼은 인정해 줘야 했다.

"왠지 모르게 불안해."

"뭐가?"

"몰라, 그냥 불안해. 혹시라도 내가 그 여자한테 책임질 짓을 했을까?"

"그거야 모르지."

사빈은 쓸쓸하게 웃었다. 그는 지상이 무얼 걱정하는 건지 알 것 같았다. 스스로 인정하든 않든, 지상은 책임감이 강한 녀석이다. 그런 녀석이 여자에게 상처를 줬을지도 모르는 상황이 하나도 기억나지 않은 지금이 초조하고 불안한 한 건 당연할 일이었다.

후우! 사빈은 부드럽게 담배 연기를 내뿜었다.

"임신…… 했으면 어쩌지?"

"임신했으면 벌써 연락이 왔겠지."

"지금까지 연락이 없는 걸 보면 의도적인 접근은 아닌 것 같은데……."

"임신 진단이 나오기엔 너무 이르지 않아?"

"그런가?"

"모르겠다. 임신해 본 적이 없어서."

사빈이 하나도 웃기지 않는 시시껄렁한 농담을 던진다. 심각하게 앉아 죽상을 하고 있는 지상을 웃게 할 심사인 모양이다. 지상은 나오지 않는 웃음을 억지로 끌어내며 고개를 뒤로 재꼈다. 울룩불룩 도드라진 기괴한 천장 문양들을 따라 눈동자를 굴리며 지상은 한숨을 푹 내쉬었다.

"휴! 왠지 모르게 불안해."

"뭘 확인하고 싶은 건데?"

"몰라. 그 여자한테 내가 뭘 기대하는지 나도 모르겠어. 그냥 한 번만 봤으면 좋겠어."

"알아봐 줘?"

사빈이 물었다. 그가 알아내기로 작정한다면 못 알아낼 것도 없었다. 그의 정보 수집력이라면 어릴 때부터 늘 지상과 재혁이 부러워했던 것이었다. 열 살 터울의 친형이 조직폭력배의 중간 보스쯤 되는 걸로 알고 있지만 그보다 더한 뭔가가 있다고 해도 믿어질 정도로 그는 정확하고 빨랐다.

하지만 망설여졌다. 그 여자를 만나 뭘 어떻게 하겠다는 것인지, 지상도 자신의 마음을 몰랐다. 그래서 답답했다.

"생각해 보고."

"만날 것까진 없잖아. 그냥 어떤 애인지만 알아보는 거야."

"글쎄다……."

그때였다.

쾅당!

견고하고 묵직한 사장실 문이 경박스럽게 열렸다. 그 비김에 깜짝 놀란 사빈은 입속에서 굴리던 시가를 툭, 바닥으로 떨어뜨렸다.

"오빠—앙!"

벼락 치듯 문을 열고 달려오는 여자는 '오비완'의 꽃, 윤설화. 그녀는 단박에 지상의 옆 자리를 꿰차고 앉았다. 마치 자신의 권리인 양 자연스럽고 당당한 그녀의 행동에 지상은 얼굴을 굳혔다. 무방비 상태였던 자세를 바로 잡았을 때는 이미 설화의 풍만한 가슴이 그의 옆구리와 가슴 한쪽에 찰싹 달라붙어 버린 후였다.

"언제 왔어? 왔으면 나를 불러야지. 남자들끼리 뭐야? 재미없게."

진하게 발라진 립스틱이 아니더라도, 충분히 탐스러운 입술을 새치름하게 치켜올리는 설화는 가히 '오비완'의 전설다웠다. 귀엽고 깜찍한 행동 어디에 저런 색스러운 면이 숨어 있는지 사장인 사빈조차 미스터리였다. 사빈은 황당한 얼굴로 설화를 바라보며 바닥에 떨어진 시가를 주어 올렸다.

"어떻게 알고 온 거냐?"

"내가 누구야? 이지상 오빠 스토커잖아. 클럽에 내 스파이가 쫙 깔렸다구 뭐."

설화는 지상의 허벅지에 제 것을 턱 올려놓고 너스레를 떨었다. 나이 스물을 겨우 넘긴 파릇파릇하고 탱탱한 살결은 지상을 노골적으로 유혹하고 있었다. 설화가 지상을 처음 만난 지 벌써

오 개월, 그동안 그녀는 끊임없이 그를 자극해 왔다. 첫눈에 반했나? 아직 어려서 그런지 몰라도 조금은 무모하면서도 직설적이었다.

그렇지만 옆에서 보는 사빈의 입장으로선 한심하기 짝이 없었다. 설화는 자신의 감정을 숨김없이 드러내고 지상을 자신의 남자로 만들기 위해 최선을 다하고 있었지만, 그건 잘못된 공략이었다. 아무리 눈치가 없기로서니 저렇게 뭘 모를까? 지상의 취향은 수더분하고 음전한 여자란 말이다! 설화에게 몰래 귀띔이라도 해주고 싶은 심정이었다.

하지만 사빈은 멀찌감치 구경만 하는 입장을 고수 중이다. 술집에서 남자를 접대하는 여자와 얽히는 일이 친구에게 득이 되시 않는다는 걸 알기 때문이다. 특히 아버지와의 갈등이 심각하게 커져 가고 있는 지금은 더 더욱 좋지 않았다. 부자 사이가 더할 나위 없이 좋았던 재혁과 그의 아버지만 봐도 딱 답이 나오지 않는가!

최근 재혁은 사귀던 애인과 결혼하겠다고 했다가 아버지로부터 '의절'이라는 강력 처분을 경고 받았다. 그의 애인, 자경은 불우한 가정환경과 짧은 술집 아르바이트 경력을 가진 여자로 '오비완'에서 일할 생각으로 사빈을 찾아왔다가 재혁을 알게 되었다. 그들은 지금 부모와의 의절을 피하기 위해 잠정적으로 헤어진 상태다. 물론 대외적으로만. 실은 정기적으로 몰래 만나 뜨거운 밤을 보낸다고 한다.

어찌 됐든, 설화는 아니었다. 저런 적나라한 유혹으론 지상의 남성본능을 일깨울 수 있을지는 모르나 지상의 마음을 열진 못할 것이다. 녀석의 상대는 좀 더 은밀한 매력이 풍기는 여자여야 했다.

"오빠, 도대체 왜 이렇게 뜸했던 거야? 너무한 거 아니야? 얼마나 기다렸는데."

"비켜라."

점점 표정을 일그러뜨리던 지상이 무겁게 입을 열었다.

"오빠~앙! 얼굴 좀 보고 말해. 응?"

더욱 엉겨오는 여자의 손이 지상의 재킷 속으로 들어왔다. 덩달아 허리를 들썩이는 그녀. 엉덩이 근처까지 타이트하게 붙다가 허벅지 근처에서 활짝 펼쳐진 짧은 스커트 사이로 여자의 붉은색 속옷이 드러났다. 지상은 무감각하게 그것을 내려다보며 다시 한 번 단호하게 말했다.

"비키라고 했다."

"오빠!"

앙칼진 여자의 목소리에 짜증이 일었다.

"한 번 더 말한다. 저쪽으로 떨어져."

악문 이 사이로 잔인하리만치 차가운 음성이 툭 내뱉어졌다. 흠칫 놀란 설화는 슬그머니 엉덩이를 움직이며 일어섰다.

"너무해, 정말."

조금은 토라진 얼굴의 그녀는 제 가슴 밑으로 팔짱을 끼며 중얼거렸다. 지상을 유혹하려는 듯한 그 행동에 풍만하고 탄력있는 가슴 끝이 도드라졌다. 그것을 본 순간, 뭔가가 번쩍 떠올랐다. 아른거리는 영상과 함께.

"냄새 좋다."

또다시 자신의 말소리였다. 여자의 고상한 블라우스에 코를 묻고 신음하는. 빌어먹을! 지상은 당황한 채 스스로를 향해 욕설을 내뱉었다. 자신이 그런 짓을 했을 리 없었다. 아무리 술에 취했다고 여자의 가슴에 얼굴을 묻고 변태처럼 냄새를 맡았다니…….

"넌 누구지? 누군데 날 이렇게 미치게 만드는 거야?"

하지만 자꾸 떠오르는 말은 그를 지옥으로 밀어 넣고 있었다.
'이건 말도 안 돼!'
머리를 쥐어뜯고 싶은 충동과 싸우며 지상은 이를 악물었다.
"내가 어디가 어떻게 부족한 건데? 말 좀 해줘봐요, 사장님. 나, 이래 봬도 오비완이 송혜교잖이. 이런 대접 성말 처음이라고요. 자존심 상해, 정말."
"지상인 포기해. 얘, 임자 생겼어."
"임자? 누구? 어떤 녀이데? 내가 찜채놓은 남길 누가 감히 넘봐?"

설화가 펄쩍 뛰며 지상을 돌아보았다. 그를 만나자마자 줄곧 쫓아다니며 육탄공세를 퍼붓는 설화였다. 그의 여자가 되는 게 목표라며 당당하게 밝히는 그녀의 막무가내에 고용주인 사빈까지도 두손두발 다 들었을 정도였다. 그런 그녀의 유혹에도 단 한 번 넘어오지 않던 지상을 도대체 누가? 표독스러운 그녀의 눈엔 질투심이 가득했다.

"왜? 침이라도 발라놨냐?"

사빈은 재미있다는 듯 낄낄거렸다.

"사장님은 아시죠? 누구예요, 그 계집애? 나보다 더 예뻐요? 가슴 커요? 섹스 잘해요?"

벌떡! 그 순간, 지상이 자리에서 일어났다.

"간다."

무뚝뚝하게 내뱉은 한마디 말을 뒤로 지상은 설화를 지나쳐 출입문 쪽으로 걸어나갔다.

"어, 그래. 멀리 안 나간다."

"오빠, 어디 가!"

히죽거리며 시가를 뻐끔거리는 사빈과는 반대로 설화는 앙칼지게 소리치며 그의 뒤를 따랐다. 다급하게 뻗힌 그녀의 손이 지상의 허리춤을 붙당겼다. 터질 듯한 여자의 가슴이 지상의 너른 등에서 뭉개졌다.

"그 계집애가 나보다 더 잘하는지 아직 모르잖아. 나랑 해보

지도 않았으면서. 오빠, 내가 증명해 보일게. 그럼 그깟 년쯤이
랑은 비교도 안 될…… 아앗!"

하던 말을 채 끝마치기도 전에 그녀는 휘청거려야 했다. 단호
하고도 엄격한 그의 손길이 그녀를 저지한 것이다. 원망 어린
시선이 그의 등으로 쏟아졌다.

"오빠!"

"그만 해라, 윤설화!"

참다못한 사빈이 빨딱 일어나 지상을 다시 따라잡으려는 설
화를 붙들었다. 그 틈을 타, 지상은 육중한 문을 힘껏 밀었다.
꽝! 소리와 함께 문이 닫히고 그가 빠져나온 방 안에선 째지는
비명 소리가 쩌렁쩌렁 울렸다.

"난 오럴도 자신있다고!"

입술을 질끈 깨물며 지상은 발걸음을 재촉했다. 신물이 났다.
신분상승을 위해서라면 저렇게까지 집요해지는 '여자'라는 족
속들이 혐오스러웠다. 설화 역시 그에게 푹 빠진 것처럼 굴고는
있지만, 지상은 알았다. 그녀가 무슨 속셈으로 저러는 건지. 술
따르던 아가씨가 재혁의 연인이 되어 시궁창 같은 이 바닥을 떴
듯이 그녀도 돈 많은 남자 하나 물어 어떻게든 이 생활을 청산
해 보려는 계산속이었다.

"젠장!"

서둘러 클럽 입구를 나온 지상은 그 자리에 우뚝 멈추어 섰
다. 다시금 스멀스멀 치받쳐 올라오는 기억의 흐름을 막을 수가

없었다. 둥그렇고 말랑하고 앙증맞은 가슴. 감촉 좋은 블라우스에 싸인 젖가슴에 코를 묻고 여자의 향기를 들이마시는 영상이 자꾸만 눈앞에서 아른거려, 지상은 더 이상 걸을 수가 없었다.

'당신…… 도대체 누구야?'

제4장 | 그녀와 함께 일을!

"야! 뭘 그렇게 열심히 보냐?"

늦은 점심시간. 회사 근처 카페에 앉아 맛 좋은 커피를 입에 물고 서류를 들여다보고 있는 이현의 어깨를 툭, 누군가가 쳤다. 그 바람에 손에 들고 있던 커피 잔이 흔들리자 이현은 잔뜩 인상을 찌푸렸다. 낯익은 목소리는 그녀의 오랜 친구, 민석의 것이었다.

"아, 진짜 짜증나게! 너, 조심 못하냐?"

"왜?"

평소처럼 깐죽대며 녀석은 풀썩 이현의 앞자리에 앉았다. 무릎까지 얌전히 내려온 이현의 정장 치마와 그 위로 일렁인 커피

자국을 발견한 민석은 얄밉게도 낄낄거렸다.

"흘렸냐? 뭐냐, 다 큰 애가. 칠칠치 못하게 질질 흘리기나 하고."

"너 때문이잖아!"

치마 위를 쓱쓱 티슈로 닦아내며 이현은 짜증을 부렸다. 미국으로 이민 가서 처음 만난 한국인 동급생이자 중학교 시절부터 알고 지내는 동창. 민석이 오빠인 이겸을 제치고 류이현의 천적으로 등극한 지 벌써 십 년이 넘었다. 당시 불었던 조기유학 바람에 고모가 살고 있는 NY에서 중학교를 다니고 있었던 민석은 갓 이민 와 모든 게 어리버리했던 이현에게 자발적으로 다가와 친구가 되어주었다. 당시엔 무지 고마웠던 그였지만, 세월이 지나면서 그녀의 생각은 점점 바뀌었다. 물론 안 좋은 쪽으로.

"내가 뭘! 야, 점심시간까지 서류를 붙들고 앉아서 궁상이나 떨고 있는 친구를 못 본 척 지나치면 그게 더 나쁜 놈 아니냐. 다 너에 대한 애정 때문에 일어난 일이라고."

"지금 그 말이 아니잖아. 치긴 왜 쳐! 너 때문에 엎질러서 옷이 엉망이 됐잖아."

"그거야 네 건강을 생각해서지. 이 빛나는 용안을, 아무 예고도 없이 갑자기 들이대면 네 눈이 얼마나 부시겠냐? 그래서 미리 너한테 알려주느라 그랬던 거지."

약간 과장되게 거들먹거리는 특유의 억양으로 말하며 민석은 찡긋 윙크를 날렸다. 이현은 인상을 팍 쓰고 못 들은 척, 뜨거운 커피를 한 모금 더 삼켰다.

"됐거든. 대략 즐이다, 응?"

"얘가 소싯적 친구들 만나더니 완전 입이 거칠어졌네. 야, 그런 말은 쓰면 안 되는 거야. 표준어를 쓰셔야지, 팀장님께서 말이야. 지체 높으신 분이 채신머리없이 그런 인터넷 용어를 쓰시면 되겠어? 그것도 신성한 회사 안에서? 남들이 들으면 흉봐, 야."

거드름을 잔뜩 피우며 민석은 양 어깨를 의자 등받이에 걸치는 느긋한 자세를 선보였다. 얄미운 짓만 골라가며 해대는 녀석, 다리까지 까딱거리는 중이다. 들고 있던 머그잔을 딱 소리내며 탁자 위에 내려놓은 이현은 팔짱을 낀 삐딱한 자세로 민석을 찌릿, 노려보았다.

"내 흉 보는 걸 낙으로 삼는 놈이 누구시더라?"

"오, 이런! 널 무진장 은애하고 있는 날 그런 식으로 곡해하다니. 완전 실망인걸?"

"은애 좋아하시네. 도대체 넌 왜 하필 우리 회사에 입사해 가지고 날 이렇게 괴롭히는 거냐? 하고 많은 회사 중에 왜 우리 회사야?"

"아, 물론 날 원츄하는 회사는 많지. 그렇지만 아무래도 우리 아버지가 평생을 몸담고 계셨던 회사 아니냐? 그래서 뭐, 특별히 내가 입사해 주신 거지."

"그 말 그대로, 토시 하나 안 틀리게 뚝간이, 네 직속상사께

고해바쳐도 되겠니?"

이현은 심술궂은 얼굴로 떨떠름한 미소를 날렸다.

"오호! 많이 컸는데, 류이현? 썩소도 날릴 줄 알고. 하하! 근데 알지? 나, 그런 거에 굴할 놈 아니라는 거."

물론 안다. 말도 잘 통하지 않은 낯선 타국 땅에서조차 절대 꺾이지 않았던 민석이 이런 사소한 일에 고개 숙일 리는 당연히 없다.

"어쩜 그렇게 뻔뻔하니, 넌?"

"아! 정말 왜 이러실까? 하나밖에 없는 남자 친구한테 뻔뻔이 뭐냐, 뻔뻔이. 응? 너 외로울까 봐 이렇게 회사도 함께 다녀주는데, 좀 고분고분해질 수 없냐? 나 같은 친구가 어디 흔한 줄 알아?"

"남자 친구? 이게 어디서! 네가 왜 내 남자 친구야?"

기겁을 해 이현은 두 눈을 휘둥그레 떴다.

"그럼 내가 여자 친구냐?"

"그냥 친구라고 해라. 아니, 아예 모르는 척해. 그게 낫겠다."

"까칠하게 굴긴. 쯧! 그래, 뭐. 요즘 같은 불경기에 부부가 한 회사에서 근무한다는 것도 좀 눈치가 보이긴 하다. 당분간 사내 연애는 자제해야겠군."

"뭐? 사내연애?"

어이가 가출을 할 위기. 정말 대단하지 뭔가? 그렇게 구박을 하는데도 아랑곳 않고 씨부렁대는 모습에 감탄이 절로 나왔다.

이럴 땐 딱 하나의 방법밖에 없다. 녀석의 붕붕 떠다니는 입술을 잠재우기 위한 묘수는 바로 이 말.

"너, 나 아직도 좋아하냐?"

머그잔을 다시 들며 이현은 이죽거렸다.

"뭐? 야! 너, 너, 지금 뭐라고 그랬어?"

말까지 더듬는 민석. 역시 나불대는 녀석의 입에 자물쇠를 채울 방법은 이게 왔다. 마법의 주문이 따로 없다. 웃음이 쿡쿡 나오는 걸 겨우겨우 참아 넘기며 이현은 정색했다.

"아니, 네가 부부가 어쩌고, 사내연애가 어쩌고 하니까 그렇지."

"너 뭔가 단단히 착각하고 있는 것 같은데. 내가 하이스쿨 시절 잠깐 너를 좋아한 적은 있지만, 그 뒤로는 아니야. 그냥 친구로서 친하게 지냈을 뿐이잖아, 우리. 가만, 언제부터냐? 걔……."

"제인."

이현은 귓바퀴를 슬쩍 만지며 따분하게 중얼거렸다. 지금껏 골백번도 더 들었던 말인지라 녀석의 다음 말을 모조리 기억하고 있었던 거다.

"그래, 제인. 제인을 만나면서부터 내가 너한텐 씩 미련을 버렸잖아. 여자란 이런 존재구나, 하는 걸 깨달았다고 내가 말했지?"

"그랬지."

"좋아. 오케이!"

흥분된 목소리로 급하게 얘기를 마무리 짓는 민석의 모습에선 아까까지의 느긋함을 찾아보기 힘들었다. 뒤로 반쯤 누운 듯 널브러져 있던 상체는 벌떡 일어나 앞으로 바짝 당겨진 채였고, 뻔뻔하고 유들유들했던 얼굴은 바짝 긴장한 모습이 역력하게 떠올라 있었다. 어쩔 때 보면 진짜 민석이 아직 그때의 마음을 버리지 못한 게 아닌가, 의심이 갈 정도로 심히 당황해하는 모습 앞에 이현은 웃지 않을 수 없었다.

"쿡!"

"야! 왜 웃어!"

하지만 이현은 민석이 과거의 로맨스를 마음속에 간직하고 있다고는 생각지 않는다. 고교 시절 이현에게 거절당한 이후, 민석은 단 한 번도 이현에게 '사랑'을 언급하지 않았기 때문이다. 대학 때도 나름 꽤 인기도 많아서 주말마다 여자들과의 데이트를 즐겼다고 한다. 하는 짓은 이래도 머리는 꽤 좋아 남들보다 이 년이나 일찍 대학에 입학한 민석이 네 살이나 위인 그녀의 오빠 이겸과 함께 같은 대학을 다녔기 때문에 이현은 민석의 빽빽한 데이트 일정에 대해 잘 알고 있었다. 이겸의 증언에 따르면 민석은 여자들에게 꽤 인기가 많은 바람둥이 과였다.

아무튼 그런 민석이 아직까지 이현에게 남다른 감정을 품고 있을 리가 없었다. 갖고 있다면, 첫사랑에 대한 미련쯤?

"야, 나가자. 곧 있으면 업무 시간이야."

당황한 민석은 벌떡 일어나 이현의 팔을 잡아끌었다.

"차 안 마셔?"

"지금 차 마실 시간이 어디 있냐? 빨리 가자."

"나, 이거 좀 더 봐야 하는데?"

"사무실 가서 보면 되잖아."

"사무실보단 여기가 집중이 더 잘된단 말이야."

그건 그렇다. 사무실의 적대적인 분위기는 이현의 신경을 곤두서게 만든다. 팀장이라는 위치에서 팀을 지휘하고 조율하기 위해서는 팀원들과 융화되어야 한다는 걸 모르는 바는 아니지만, 정말 사무실 안에서는 일을 할 수가 없었다. 사흘 안에 보고 올리라는 사장의 특별 지시가 아니었다면 조금이라도 노력을 해봤을 테지만, 지금은 아니었다. 코앞에 떨어진 일거리를 당장 해치워야 하는 지금 같은 상황에서는 팀원들을 신경 쓸 여력이 없었다.

그러나 아무것도 모르는 민석은 쥐고 있던 이현의 팔을 힘껏 잡아당겨 그녀를 일으켜 세웠다. 그 바람에 손목이 시뻘게지면서 쓰뻑쓰뻑 아파왔다.

"아야! 야, 아파!"

"너 그거 아냐? 사람들 앞에선 슬슬 일하고 뒷구멍으론 이렇게 빡세게 일하는 거, 그거 완전 왕재수다, 너. 무슨 여자애가 그렇게 악바리야? 여자라고 누가 너 무시하는 사람 있냐? 왜 그래? 애가."

성질을 부리며 마지못해 따라가려고 쭈뼛쭈뼛 움직이던 이현은 일순 발걸음을 멈추었다. 불쑥 머릿속에 한 인간이 떠올라서였다. 벌써 이틀이나 지났건만 아직까지도 분하고 억울하고 화가 나는 그날의 일, 그리고 그 사건 한가운데에 서서 그녀를 조롱하듯 웃고 있는 남자. 그를 생각하면 화가 치솟았다. 더불어 오기도.

"뭐 해?"

툭, 민석이 잡고 있던 그녀의 팔을 흔들었다.

"어?"

잠시 딴생각에 빠져 있던 이현은 민석을 돌아보며 멍하게 중얼거렸다.

"안 가? 돈 내야 해?"

카페 카운터 쪽으로 턱짓을 하며 민석이 물었다.

"아니, 여기 선불이야."

"그럼? 여기 더 있을 거야?"

"됐어. 너 때문에 기분 왕 잡쳤다. 조용히 일 좀 해보려고 했더니."

이현은 민석을 밀어 옆으로 떨어뜨려 놓고는 또각또각, 특유의 씩씩한 걸음으로 카페를 나섰다.

"꼭 점심시간까지 투자해야 하는 거냐? 점심시간은 말 그대로 점심시간이라고."

"중요한 보고서를 작성 중이란 말이야. 아이테크로 와서 처음 맡은 일인데, 잘해야지."

"벌써? 온 지 일주일도 안 된 사람한테 무슨 보고서?"

검토 중인 자료를 가슴에 안고 걷는 이현을 바짝 따라붙으며 민석은 고개를 갸웃거렸다.

"내가 너 같은 생초보랑 같냐?"

"아하! 팀장님이라 이거지?"

"오래간만에 옳은 소리 한번 한다."

"근데 우리 사장, 연어족이라며?"

"뭐?"

이현은 그 자리에서 우뚝 멈췄다. 갑자기 사장 이야기가 왜 나오는 건가 싶어 그녀는 자신의 유일한 '남자 친구'를 향해 휙, 돌아섰다. 덕분에 신나게 걸어오고 있던 민석의 가슴에 쿵, 코를 박아버렸다.

"아야!"

"앗, 미안! 안 다쳤냐?"

"뭐야, 너!"

"내 잘못 아니잖아. 네가 갑자기 멈춰서 그렇지."

"그러게 왜 날 따라와! 네 사무실은 반대쪽이잖아."

"그거야 늑대 같은 놈들이 득시글거리는 이 소굴에서 널 지켜 주기 위해서지. 에스코트. 캬! 완전 멋지지 않냐? 난 기사도 정 신이 너무 투철해서 탈이야."

어깨를 들썩이며 또다시 기들머거리는 민석. 얄미워 죽겠다.

이현은 앙칼진 눈매를 쪽 째리며 이를 뿌드득 갈았다.

"사장이 연어족이라니, 그건 또 무슨 소리야?"

"귀소본능이 있다며."

헉! 순간 이현의 입이 충격으로 쫙 벌어졌다. O 자 모양으로 동그래진 그 입을 한심하다는 듯 내려다보며 민석은 고개를 가로저었다.

"파리 들어가겠다. 입 좀 다물어라. 무슨 계집애가 밥 먹고 이도 안 닦냐? 아휴, 냄새!"

"누구한테 들었어? 누가 그런 말을 해!"

이현은 누가 보든 말든 괘념치 않고 버럭 고함을 내지르며 덥석, 민석의 넥타이를 붙들었다.

"아야! 이 씹…… 장생!"

차마 욕은 못하고 민석은 교묘하게 말을 바꾸며 오만상을 찌푸렸다.

"캑캑! 너, 뭐 하는 짓이야?"

"바른대로 말하라고 했다. 누구야? 우리 오빠지?"

"야! 이 손 놓으라니까! 컥컥컥!"

네 수족을 버르적거리며 곧 죽어가는 시늉을 해대는 민석을 보면서도 이현은 잡고 있는 넥타이 끝을 놓지 않았다. 다 큰 성인 남자인 민석이 어디 힘이 없어서 이렇게 엄살을 부리겠는가? 디 켕기는 구석이 있어서 이러는 거였다.

"우리 오빠한테 들은 거 맞지? 맞아, 안 맞아?"

"얘가 완전 사람을 잡네. 이거 좀 놓고 말해, 인마!"

"너, 회사에다 소문내면 죽을 줄 알아. 알았어?"

이현보다 키가 큰 민석의 머리는 어느새 이현의 코앞까지 내려와 있었다. 멀리서 보면 딱 두 사람이 키스하고 있는 자세. 하지만 이현은 민석의 얼굴에 머리를 들이밀며 인상을 쓰고 있었다.

"대답해. 빨리."

협박조에 가까운 목소리로 이현이 낮게 으르렁거렸다.

"내가 그렇게 입이 싼 놈이냐?"

"응."

"야, 내가 뭘 그렇게……."

찌릿, 백만 볼트의 전류를 싣고 강력한 눈빛이 민석의 얼굴을 째려보았다.

"야! 알았어. 아우, 정말 얘 진짜 민감하게 구네. 알았으니까 이 손 좀 놓고……."

바로 그때였다.

"민석아!"

민석의 넓은 등판 건너편에서 누군가가 녀석을 불렀다.

'힉! 누구지?'

이현은 깜짝 놀라 두 눈을 동그랗게 떴다. 민석 역시 조금 당황스러운지 하던 말까지 멈추고 '이크!' 한다. 마치 못된 짓 하다가 들킨 어린아이 같은 반응으로 봐아 민석은 등장인물이 진체를 이미 가늠하고 있는 듯했다. 회사 안에서 그를 '민석아' 라고 부를 인물이라면…….

'애네 아버지? ……설마!'

펄쩍 뛰며 녀석의 넥타이를 던져 버리고 이현은 민석에게 멀찌감치 떨어졌다. 아니, 떨어지려고 했다. 민석이 이현의 팔을 붙들지만 않았다면 확실히 그럴 수 있었다. 하지만 무슨 생각에서인지 민석은 이현의 어깨에 팔을 얹고 그녀를 제 가슴 속으로 끌어당겼다.

쏙, 민석의 품에 이현이 빨려 들어갔다.

"야, 너 뭐 해?"

얼떨결에 민석의 품에 안겨 버린 이현은 속삭이듯 외쳤다.

뚜벅뚜벅.

두 사람의 것으로 들리는 구두 발자국 소리가 점점 다가오고 있는데, 민석은 전혀 걱정이 되지 않는 모양이다. 걱정은커녕 오히려 재미있어하는 표정으로 그의 품에서 벗어나려고 발버둥을 치는 이현을 내려다보며 씩 웃었다.

"입 좀 다물어라. 미래의 시아버지 앞에서 꽥꽥거리고 싶냐?"

"미래의…… 뭐?"

미래의 시아버지라니! 이 녀석이 멀쩡한 처자, 혼삿길 망칠 일 있나? 참으로 점입가경(漸入佳境)이 따로 없다. 늘 하던 장난스러운 말이지만 지금처럼 어른들 앞에서라면 조금은 조심해야 할 필요성이 있었다. 장난은 장난일 뿐이라는 걸 이해해 줄 어

른은 그다지 많지 않으니까. 한마디 해주고자, 이현은 양미간에
바짝 힘을 주고 민석을 노려보았다.

"너, 정말⋯⋯."

"민석이 너, 여기서 뭐 하는 거냐?"

다시 이현의 입을 막은 이는 민석의 아버지. 민석의 등 뒤에
서 들려오는 목소리는 매우 가까웠다. 민석의 아버지 일행이 바
로 앞까지 다가온 것이다. 지은 죄도 없는데 맥박이 미친 듯이
뛰자 이현은 숨을 거칠게 내쉬었다.

"아버지!"

"여기서 뭐 하나?"

"아! 막 점심 먹고 이제 사무실로 들어가 보려고요."

"네 사무실이 이쪽이었냐?"

"어⋯⋯."

말해! 뭐라고 아무 말이나 해봐! 이현은 미친 듯이 텔레파시
를 보냈지만, 민석은 수초 째 뒷말을 잊지 못했다. 오호, 통재
라! 한강 물에 빠지면 입만 둥둥 뜰 녀석이 왜 아무 소리도 못하
고 있는 건가! 답답할 지경이었다.

이현은 참지 못하고 그녀의 몸을 꽉 붙들고 있는 민석을 확
떠밀었다. 그리고는 조금은 높다 싶은 톤으로 씩씩하게 소리쳤
다.

"안녕하세⋯⋯."

"여자 친구 사무실이 이쪽이가 본데요, 윤 실장님?"

생긋 웃으며 입을 엶과 동시에, 이현은 굳어버리고 말았다. 민석의 아버지로 추정되는 오십대의 남자 옆에, 매우 낯이 익은 한 사람이 서 있었던 것이다. 순간 이현은 앞이 새까매지는 것을 느꼈다. 머릿속이 텅 빈다는 느낌이 이런 걸까? 이현은 혼이 나가 버린 듯 멍한 상태가 되어버렸다.

그녀가 겨우 정신을 차렸을 땐 이미 그의 입가에 묘한 비웃음이 떠오르고 있었다.

"이번에 입사했다는 그 아드님입니까?"

이지상은 사장이라는 직함만큼이나 묵직하게 깔리는 목소리로 다시 물었다. 민석의 아버지는 당황한 듯 식은땀까지 뻘뻘 흘리며 어쩔 줄을 모르고 쩔쩔매고 있었다.

"아, 예……. 민석이! 어서 인사드려라, 사장님이시다."

"알고 있어요."

불쑥, 내내 입을 다물고 있던 민석이 무례하고 퉁명스러운 어조로 대답했다. 평생을 우상아이테크를 위해 헌신한 아비 덕분에 어릴 때부터 우상그룹에 관심을 갖지 않지 않을 수 없었던 민석이었다. 특히, 회장의 둘째아들인 이지상은 비슷한 연배인데다가 화려한 여성 편력으로 매스컴에 자주 오르내렸기 때문에 당연히 민석도 사장의 얼굴쯤은 알고 있었다.

하지만 연어족 사장이 이지상이라니! 꿈에도 생각 못했다. 아, 물론 그가 아이테크의 사장이고 이현이 사장의 서포터로 아이테크로 내려왔다는 건 그도 이미 알고 있었다. 하지만 다 알고 있는 두 가지 사실을 서로 연관시키지 못했다고 한다면 너무 멍청한 답일까? 하여간 그는 이현이 성적인 언어로 사장을 자극했고, 그 자극을 받은 사장이 이지상이라는 사실에 기분이 나빠졌다.

다른 이도 아닌 이지상이라니! 여자들에 관한 한 가히 전설적인 유혹자로 불리는 이지상! 민석은 아버지가 명한 '인사'는 할 생각도 하지 않고 불만 가득한 표정으로 사장을 노려보았다.

"류 팀장! 보고서 준비 다 됐나?"

의도적이라고밖에 느껴지지 않는 무시. 사장의 눈은 민석의 표정 따위엔 전혀 영향받지 않은 듯 이현을 바라보고 있었다. 아니, 그의 존재 자체를 완전히 부정하는 듯했다. 정체를 알 수 없는 비릿한 미소를 머금고.

"예에? 그건 내일까지라고 알고 있는데요……."

이현의 말끝은 지절로 흐려졌다. 화가 난 건지, 사장의 눈빛은 점점 살벌해져 가고 있었다.

"가져와 봐."

"예? 지금요?"

"그래."

지상은 무뚝뚝하게 대꾸하곤 아무 예고 없이 가던 길을 재촉했다. 당황해서 어쩔 줄을 모르고 있는 윤 실장과 잔뜩 뿔이 나 있는 민석, 그리고 얼이 반쯤은 나간 것처럼 보이는 류이현을 뒤로하고 걷는 그의 발걸음은 단호했다.

"왜요?"

또각또각. 이현의 구두 소리가 그의 뒤로 따라붙었다.

"원래 내일까지잖아요, 사장님."

다급하게 덧붙인 그녀는 빠르게 앞서가는 지상을 따라잡기 위해 거의 뛰다시피 걸었다.

"지금 보고 싶으니까."

"하지만……."

욕설임이 틀림없는 중얼거림이 조그맣게 들려왔다.

"준비가 아직 덜 되어 있나?"

"……."

"내일 올릴 기획안을 아직도 끝마치지 못했다?"

"시간이 부족했습니다."

즉각적으로 답이 날아왔다. 불만이 가득한 목소리였다.

"일할 땐 부족한 시간이, 연애할 땐 생기나 보지?"

"예?"

우뚝. 여자의 구두 소리가 더 이상 들리지 않았다. 뒤를 돌아보지 않아도 그녀의 황망한 표정이 눈앞에 선하게 펼쳐졌다. 비릿한 고소를 지으며 그는 모퉁이를 돌았다. 씹어뱉듯 한마디 툭, 던져 놓고.

"삼십 분 주지."

지상은 제법 넓은 창가에 서서 따뜻한 정오의 햇살에 실려오는 포근한 미풍을 맞고 있었다. 한 손엔 뜨거운 커피를 들고 다른 한 손을 잘 다려진 정장 바지의 호주머니 속에 넣은 채였다. 바쁘게 돌아다니는 사람들의 새까만 정수리를 내려다보는 그는 깊은 생각이 잠겨 있었다. 얼굴 위로 떠오른 표정으로 보아, 그다지 즐겁지만은 않은 듯 보였다.

방금 전, 충동적으로 저질렀던 자신의 행동이 못내 거슬린 거였다. 그때 그 상황에서, 자신이 꼭 그렇게밖에 할 수 없었던 '당위성'에 대해 미친 듯이 생각해 보고 있었지만 결과가 신통치 않았다. 아무리 생각하고 또 생각해 봐도 알 수가 없었다. 알 수 없으니 이해도 되지 않았고, 이해가 되지 않으니 찌증이 났다.

첫째, 류이현의 보고서를 지금 당장 보고 싶다고 한 긴 거짓말이었다. 기획안은 내일까지로 기한이 정해져 있었고, 방금 전까지―윤민석과 붙어 있는 그녀를 보기 전까지―그 기획안을 보고 싶은 생각은 눈곱만치도 없었다.

사실, 류이현의 보고서는 그에게 아무런 의미가 없었다. 전혀 궁금하지 않았다고 하면 거짓말이겠지만, 그건 어디까지나 개인적인 호기심일 뿐. 어차피 이 회장이 내세운 지상의 방패막이인 그녀가 회사를 위해서 할 수 있는 일이란 아무것도 없었다. 제품 디자인은 이미 나와 있고, 광고 전략은 광고 회사를 갈아치우지 못하는 한 휴지 쪼가리에 불과할 따름이다. 이런 상황에서 그녀의 보고서가 무슨 의미가 있으랴? 그럼에도 그녀에게 보고서를 써오라 명령한 건, 시간 때우기 내지는 힘 빼기 작전에 불과했다. 괜한 꼬투리를 잡고 딴죽을 걸어 그녀가 제풀에 나가 떨어지기를 바랐던 것이다.

둘째, 그녀가 점심시간에 무슨 일을 하든 그건 그가 관여할 문제가 아니었다. 아무리 사장이라 할지라도 부하직원의 사생활까지 관장할 권한은 없다. 도대체 그녀가 다른 남자와 연애를 하든 키스를 하든 그와 무슨 상관이 있단 말인가? 그녀를 좋아하는 것도 아닌데!

하지만 그는 질투를 했다.

명백한 질투. 왜 그런 얼토당토하지 않는 감정에 휘말렸는지 알다가도 모를 일이다. 열등감이었을까? 그들은 마치 사랑이라는 감정과는 거리가 먼 그를 비웃고 있는 것만 같았다. 순수하게 서로를 믿고 이해하고 보듬어주는 사랑. 그런 사랑을 단 한 번도 경험해 보지 못한 그를 조롱하는 것처럼 그들은 그렇게 친숙해 보였다.

인터폰이 울렸다. 그녀가 온 것이다. 가히 좋지 않은 기분을 재빨리 수습하고 지상은 책상으로 다가갔다.

[사장님! 기획홍보팀의 류이현 팀장님께서 오셨습니다.]

"들어오라고 해."

무뚝뚝하게 대꾸하고 지상은 수화기를 내려놓았다. 싸늘히 식어버린 커피를 책상 위에 내려놓고 의자에 앉은 그는 곧이어 들려오는 정중한 노크 소리를 들었다. 끼익, 문 열리는 소리와 함께 동그랗고 까만 구두코가 고개를 내밀었다.

새삼 그는 여자의 모습을 한눈에 훑어보았다. 어깨까지 내려오는 긴 머리카락을 뒤로 묶어 올리고 브라운 계열의 정장을 깔끔하게 차려입은 그녀는 그 흔한 액세서리 하나 걸치지 않고 있었다. 유행과는 거리가 먼 딱딱한 디자인의 옷차림에서부터, 무늬도 없고 굽도 낮은 펌프스, 그리고 색조감이 전혀 드러나지 않은 밋밋한 화장술까지. 치마 위로 얼룩진 작은 커피자국만 빼면 완벽한 사감 선생의 이미지다.

표정은 더 압권이다. 눈에 독기가 서렸다고나 할까? 꽤나 전투적이다.

'아까 모습과는 전혀 딴판이로군.'

확실히 지금은, 연애나 한답시고 일에 소홀할 여자로 보이지는 않았다. 살짝 기분이 나빠졌다. 애인 앞에서처럼 활짝 웃지는 못할망정, 감정이 메마른 목석처럼 구는 태도가 모욕적으로 느껴졌다. 왠지 모를 치욕스러운 기분. 지상은 매서운 눈초리로 여자를 추궁했다.

"기획안은 물론 가져왔겠지?"

"최선을 다했습니다."

그에 대한 반감을 숨기려는 듯 대답하는 여자의 눈이 순식간에 내리깔렸다. 하지만 꽉 다물린 입가에선 반항심이 여실히 드러나고 있었다. 지상은 그녀를 뚫어져라 응시했다.

'고개를 들어, 들라고.'

반강압적으로 그는 마음속으로 주술을 걸었다. 눈을 마주치지 않고 말하는 그녀가 마음에 안 들었다.

마침내 그녀가 고개를 든 것은 대략 일 분 후. 초조한 듯 입술을 질겅이는 여자가 시선을 들었다. 순간 그녀의 맑고 큰 눈동자 위로 두려움이 스쳐 지나갔다. 잘못 본 게 아닐까 할 정도로 아주 잠깐이었지만, 그는 뚜렷하게 인식할 수 있었다. 그녀의 두려움을.

"봅시다."

위험스러운 침묵이 가르며 지상은 툭, 한마디 던졌다. 아주 잠깐 동안, 무슨 말인지 못 알아먹은 듯 멍하게 있던 여자는 허둥지둥 다가와 손에 들고 있던 서류철을 그의 앞에 내밀었다.

가지런한 손. 성격을 말해주는 듯한 여자의 손은 보드라워 보였다. 한번 촉감을 느껴보고 싶다는 충동이 생길 정도로.

"아직 정리가 잘되지 않았군."

"한다고는 했지만 시간이 여의치 않았습니다. 죄송합니다."

그녀의 대답은 무미건조했다. 로봇처럼 아무 감정도 느껴지지 않는 억양이었다. 반항적인 눈빛과 입매와는 사뭇 다른 어조였다. 얕잡아볼 위인이 아니라는 것쯤은 대충 이미 알고 있었지만, 제법이라는 생각이 들었다. 지상은 피식 웃음을 흘리며 서류철을 무성의하게 뒤적였다.

"이따위로 일을 하는 직원을 내 업무보좌관으로 파견하셨다니, 참! 노인네 노망났군."

"……!"

여자의 숨소리가 거칠어졌다. 고개를 들지 않았지만 지상은 느낄 수 있었다.

'훨씬 낫군.'

목석처럼 구는 것보다 차라리 화를 내는 편이 더 낫다. 류이현에겐 그게 더 어울렸다. 왜 그런 생각을 하게 됐는지는 모른다. 그냥, 류이현과 무표정은 어울리지 않다는 생각이 잠깐 들었을 뿐이다.

"이준상 사장의 대학 후배라고 했나? 흠! 조금 실망이군. 아무리 아끼는 대학 후배라도 공과 사는 구분할 줄 알아야지. 이런 쓰레기 같은 보고서나 작성해 오는 여자한테 뭐 기대할 게 있다고 추천씩이나 했는지 알 수가 없군."

마주 잡고 있던 여자의 손이 비틀렸다. 마치 목이라도 조를 것 같은 기세다.

"우리 회사 직원들 대부분이 이 정도의 보고서는 눈 감고도 써올 수 있어. 겨우 이런 쓸모없는 정보 쪼가리들을 짜깁기해 오라고 이준상 사장이 당신을 추천했겠나?"

지상은 신랄한 어조로 말하며 여자를 쏘아보았다. 여자의 얼굴은 새빨개진 얼굴로 분노를 삭이느라 용을 쓰고 있었다. 어디까지 참는지 궁금해질 정도로.

모욕적일 테다. 딴에는 잘나가는 회사에 좋은 성적으로 입사해, 능력도 제법 인정받고 있는 인테리가 아닌가? 이번 일만 성공적으로 잘 처리한다면, 그녀는 당당히 본사로 귀환하는 것은 물론 전략기획실의 실장 자리까지 맡게 될 것이다. 여성 기획실 장은 회사 설립 이래 단 한 명도 없었다는 것을 감안한다면 매우 이례적이고 경이적이랄 수 있었다.

"네 스타일은 순진한 여자잖아."

불쑥 사빈의 말이 떠올랐다. 한 번도 자신이 좋아하는, 혹은 원하는 여성 타입을 생각해 본 적이 없었지만 십년지기 친구의 말이 아주 틀린 말은 아니었다. 닳아빠진 여자들에 대한 경멸을 평소 숨김없이 드러내곤 했던 그였기 때문에. 하지만…… 엄밀히 따져 보면 그건 진실이 아니었다. 그는 여자 자체를 기피해 왔고 덕분에 정상적인 연애관계를 맺어본 적이 거의 없었다. 그가 아는 여자란, 한자락 추억조차 없는 어머니가 전부였다. 자신의 이상형에 대해서 생각해 본 적도 없을 만큼 여자를 모르는 인물이 바로 이지상인 것이다.

그런 그에게 류이현은 참으로 독특하고 신선한 존재다. 웬만한 남자보다도 더 똑똑하고 성공한 여자. 남자가 보기에, 부럽기도 하고 부담스럽기도 한 여자.

순간, 지상은 흠칫 놀랐다. 자신이 류이현을 부하직원이 아닌 여자로 바라보고 있었다는 걸 깨달은 거였다. 미쳤군, 속으로 자신을 욕하며 지상은 서둘러 머릿속을 비워냈다. 그리곤 혹여

제 마음을 들킬세라 지상은 매혹적인 입술을 거만하게 비틀며 중얼거렸다.

"하긴 잠깐이나마 하찮은 계집 하나한테 명줄을 건 내 잘못도 크지."

"사장님."

여자의 음성이 대차게 울렸다.

"할 말 있나?"

"……네."

꾹꾹 자신의 성미를 억제하느라 이현의 대답은 한 박자 쉰 후 날아왔다. 지상은 즉각 물었다.

"뭐야?"

"우선 만족하실 만한 보고서를 제출하지 못한 전, 저송스럽게 생각합니다. 내일 아침 보고서를 올릴 예정이었기 때문에 미처 정리를 못했습니다. 사장님께서 갑작스럽게 요구하신 바람에 그리 된 거니까 사장님도 양해해 주실 것으로 믿었습니다."

"내가 왜 그래야 되지?"

뻔뻔스럽게 그는 물었다. 아무런 가책도 느끼지 않은 양 매력적인 얼굴 위로 웃음마저 떠올리고 있었다. 욱 치미는 성미를 가까스로 억누르며 이현은 기다린 숨을 연신 내쉬있다. 가슴팍이 들썩거리는 모습을 그가 빤히 바라보고 있다는 것조차 알아채지 못한 채 이현은 엄격하고도 단호한 목소리로 말했다.

"기어 무하시는 것 같은데, 사장님께선 자유 주제의 기획안을

위해 제게 삼 일간의 말미를 주셨습니다. 내일이 바로 그날이고
요."

"내가 기억 못한다고 생각하나?"

"네?"

그녀의 입에서 터무니없이 큰 소리가 나왔다. 거의 비명 소리
에 가까웠다. 화가 머리끝까지 차올라 곧바로 터져 버릴 것 같
았다. '참자, 참자'를 수없이 되뇌며 이현은 후후, 연신 숨을 내
뱉었다.

"그래, 읽어볼 필요도 없는 이 너저분한 자료들 외에 또 뭘 준
비했지?"

'참아야 해. 이 사람은 일부러 도발하는 거야. 화내면 지는 거
라고!'

참느라고 말을 못하는 그녀를 그는 노골적으로 비웃었다.

"비전은 어때? 나와 아이테크가 언제까지 버틸 수 있을 것 같
아?"

이현은 숨을 골랐다. 자신을 한낱 조롱거리밖에 여기지 않는
사장이라는 작자에게 만족감을 줄 수 없다며, 오기로 버텼다.
여기서 이성을 잃으면 그녀만 손해였다. 어쩌면 그녀가 스스로
포기하게끔 유도하고 있는지도 모를 일. 하지만 질 수는 없었
다.

"생각이란 걸 하긴 했나? 애인과 좋은 한때를 보내기도 바빴
을 텐데. 하긴 있는 자료를 찾아 모은 일 외엔 해놓은 게 없으니

이 정도면 끽해야 한나절······."

"사장님!"

버럭, 참지 못하고 이현은 소리를 질렀다. 제법 호기있는 외침에 사장의 눈썹이 휙 치켜올라 갔다. 의외라는 듯, 계속해 볼테면 해보라는 듯.

'항! 하라면 못할 줄 알고?'

오래간만에 특유의 승부욕이 발동하는 걸 느끼며 이현은 어금니를 사려 물었다.

"그게 읽어볼 필요도 없는 너저분한 자료라는 거, 인정하겠습니다. 사실 그런 자료들은 첨부할 필요조차 없었다는 것 역시 시인합니다."

"그래?"

냉정이 뚝뚝 떨어지는 이현의 모습을 흥미롭게 지켜보며 지상이 대꾸했다. 도대체 이 여자가 무슨 말을 할까, 무척이나 궁금한 듯 까만 눈동자가 반짝반짝 빛났다. 그런 남자의 시선을 이현은 똑바로 되받아주었다. 기죽지 않기 위해 아랫배에 힘을 주고 어깨까지 쫙 폈다. 그리고 자신을 조롱하는 사장을 향해 당당히 입을 열었다.

"사실 이이테크의 주력 상품인 우상아이캠의 문제점은 그런 식상하고 빤한 내용의 자료들을 첨부하지 않고도 충분히 말씀드릴 수 있습니다. 다만, 제 의견에 힘을 싣기 위해선 그런 공식적인 자료들이 필요했을 뿐입니다."

잠시 말을 멈춘 그녀를 향해 지상은 계속하라는 허락의 눈짓을 보냈다.

"비전이 있냐고 물으셨습니까? 사장님과 사장님의 아이테크가 얼마나 더 버틸 수 있을지 아느냐고 물으셨나요? 단언컨대, 이대로 간다면 아이테크는 최소 일 년 안에 우상전자의 휴대폰 파트로 흡수, 통합될 것입니다. 현재 그룹 내에서 아이테크는 정리대상 1호라는 거, 굳이 말씀드리지 않아도 잘 아실 겁니다."

사장의 눈썹이 꿈틀거렸다. 기분이 상한 듯 눈매가 가늘어진 그의 표정에서 날카로움이 번뜩였다. 한량 짓으로 위기를 자초한 무책임과 무기력의 결정판인 이지상 사장에게도 자존심이란 게 있긴 있는 모양이란 생각을 하며 이현은 회심의 미소를 지었다.

"전 이번 아이테크행이 결정되기 전부터 늘 우상아이캠에 대해 안타깝게 생각해 왔습니다. 디자인이 좀 아니긴 하지만 기술력도 문제없고, 카메라 하면 우상이 떠오를 정도로 오래된 역사와 지명도를 자랑하는 우리 아이캠이 왜 타사의 다른 제품에 비해 매출이 저조한지 늘 고민해 왔습니다. 제가 봤을 땐 확실히 디자인 쪽엔 문제가 있는 것 같습니다. 디자인 쪽에 문외한인 제가 봐도 선뜻 손이 가지 않더라고요. 실제로, 소비자들은 우상아이캠을 선택하지 않는 이유로 제일 먼저 보수적인 디자인을 꼽았습니다. 혹 객관적인 자료를 원하신다면, 그 너저분한 자료를 뒤져 보시죠. 사장님."

이현은 가차없이 날카로운 혓바닥을 놀렸다. 그가 기분 상하든 말든 신경 쓰지 않기로 작정한 거다. '너저분한 자료'라는 말까진 이해할 수 있었지만, '하찮은 계집'이란 말까지도 그럭저럭 숨을 쉴 수 있었지만, 생각이란 걸 하긴 했냐는 질문엔 도저히 그냥 넘어갈 수 없었다. 애인과 좋은 한때를 보냈냐는 둥, 빈정거리는 그의 말투는 이현의 악바리 근성을 자극시키기 충분했다.

"참고하지."

강렬한 남자의 눈빛이 이현의 두 눈에 고정되어 있었다. 쿵쿵, 심장이 큰 소리로 뛰기 시작했다. 귀가 멍멍할 지경. 뜨거운 숨을 내쉬며 이현은 아랫입술을 핥았다.

"하지만 그뿐입니다. 우리 우상이 뒤지는 건 디자인 하나입니다. 우리 우상에겐 경쟁 업체인 일본의 '제우스'가 따라오지 못하는 최고의 무기가 있습니다. 바로 애프터서비스죠. 지난 십 년간, 우리 우상은 그룹 이미지를 높이기 위해 최선을 다했습니다. 그 결과, '믿음이 가는 기업', '애프터서비스가 가장 확실한 기업'이란 이미지로 대표되고 있지요. 그것을 최대한 살리고 디자인에 혁신을 가한다면 충분히 승산이 있다고 생각합니다."

자신감에 찬 목소리로 이현은 자신의 의견을 마무리 지었다. 만족스러운 미소를 씩, 보조개가 파이도록 지으며 그녀는 사장의 무표정한 얼굴을 의기양양하게 바라보았다.

시장은 잠시 말이 없었다. 빤히 그녀를 바라보는 그의 시선은 마치 이현의 두 볼을 핥는 듯 뜨거웠다. 자신을 무시한 이를 향해 일침을 가했다는 만족감이 빠르게 사라지기 시작했다. 초조함이 물밀듯이 밀려왔다. 점점 더 받아내기가 버거워지는 시선. 이현은 마른침을 소리없이 삼키며 사장의 뜨거운 시선 앞을 꿋꿋이 버텼다.

이윽고 그가 입을 열었다.

"미안하지만 새 디자인을 개발할 만큼 시간이 충분치 않아. 류 팀장의 유배 기간은 겨우 삼 개월에 지나지 않는다는 걸, 상기시켜 줘야 하나?"

"그건⋯⋯."

"새로 출시될 디자인은 이미 결정이 된 상태고, 남은 건 홍보야. 설마 기획안을 작성하면서 자사 브랜드의 새 모델조차 파악하지 못한 건 아니겠지?"

날카로운 지적이었다. 이현은 일순 말이 막히는 걸 느꼈다. 할 말이 없었다. 허에 찔려 버린 것이다. 이지상을 얕잡아본 탓이었다. 보기보다 그는 치밀하고 날카로웠다. 헐렁하고 느슨한 위인이라는 그의 첫인상이 여지없이 깨지고 있었다.

"어때? 이번에도 변명해 볼 텐데? 발령 받은 지 삼 일밖에 안 됐다고 해보지 그래."

끝이 없는 블랙홀처럼 그 속이 불투명한 남자의 눈동자가 이번엔 섬뜩해졌다. 작은 전율이 그녀의 전신을 휩쓸었다. 보이지 않게 입술을 잘근거리며 그녀는 고개를 꺾었다.

"아닙니다."

"아니면, 다시 작성해 올 텐가?"

다시 비웃는 듯한 뉘앙스. 울컥 치미는 성질을 꾸역꾸역 삼키며 이현은 고개를 끄덕였다.

"시간을 주십시오."

"내가 그래야 하는 이유는?"

삐걱 소리를 내며 그가 의자 등받이에 몸을 뉘었다. 얄밉게도 그는 이제 매우 느긋해진 모습이다. 괜히 약이 오르는 것 같아 이현은 입술을 옹송그리며 두 주먹을 꽉 쥐었다.

"사장님께서도 저를 믿어주시는 것 외엔 달리 다른 방도가 없으니까요."

애초 의도와는 상관없는, 매우 건방진 말이 툭 튀어나왔다. 이현은 재빨리 혓바닥을 이 사이에 가두었지만 이미 엎질러진 물이었다.

"자신감이 대단하군."

생각보다 별로 기분이 나쁘지 않은 듯 그는 심드렁한 태도를 취했다. 다행이란 생각에 이현은 안도의 한숨을 내쉬었다. 하지만 퉁명스러운 말 한마디를 불쑥 내던지며 그가 일어나자 이현은 아연해졌다.

"믿어보지."

믿어본다고? 그냥 이대로? 믿어지지가 않았다. 아무리 그에게 딜리 다른 방도가 없니는 게 사실이라지만, 분명히 그녀는 심각한 실수를 저질렀다. 기획홍보팀장이, 그것도 명색이 브랜드매니저라는 사람이 조만간 출시될 예정의 새 모델조차 파악하지 않은 채 보고서를 제출했다는 건 아무리 갓 부임했다 하더라도 쉽게 넘어갈 일이 아니었다. 자기 자신에게 엄격한 편인 이현에겐 특히나 더 그랬다.

뼈아픈 질책이 올 줄 알았다. 하지만 아니다. 그가 지금 이현에게 보이는 태도는…….

"아앗!"

뭔가가 휙, 날아오자 이현은 당황한 나머지 비명을 질렀다. 엉겁결에 받아 든 건, 낯이 익은 노란 볼, 아니, 오렌지였다. 오렌지 마니아인 듯 그의 책상에 늘 가득한 오렌지 더미 중 하나가 그녀의 손에 올라와 있었다. 황당한 얼굴로 이현은 자신의 두 손과 사장을 번갈아 보았다.

느긋하고 세련된 동작으로 양복 상의를 걸치며 이현의 일그러진 표정을 빤히 바라보고 있는 사장은 어처구니없게도 웃고 있었다. 송아지 같은 큰 눈을 반달로 휘고 섹시한 곡선이 그려진 입매가 만들어낸 건 화사하고 천진한 웃음. 일순, 이현의 얼굴이 화끈거렸다.

"이틀 후야. 더는 못 기다려 줘."

"예, 예?"

"먹어두라고. 영양 보충 해야지."

"아……!"

웬일이니! 싸가지 왕창 없어 보이던 아까 태도와는 정반대로, 그는 선선하고 후했다. 게다가 웃잖아! 그 유명한 이지상표 미소를 아낌없이 날리고 있잖아!

다른 뜻이 있어서가 아닌 걸 알면서도, 이현은 괜스레 가슴이 두근거리고 설레는 걸 막을 수가 없었다. 갑자기 사장이 좋아지려고 하자 피가 얼굴로 확 몰려들었다. 술에 취해 흐느적거리면서도 그녀의 귀에 미친 듯이 속삭였던 그 말이 불쑥 떠오른 것이다.

"네가 갖고 싶어. 널 좋아할 것 같아. 어쩌면……."

'아, 미친다! 그만 생각해, 류이현!'

이현은 붉어진 뺨을 식히기 위해 파닥파닥, 손바닥으로 부채질을 했다. 차라리 왕싸가지에 밥맛없는 아까의 모습을 대하는 게 훨씬 쉽겠다는 생각을 조심스럽게 할 무렵 어딘가로 이동할 모양인지 외출 준비를 마친 그가 책상을 돌아 이현의 앞까지 걸어왔다. 꿀꺽. 무의식중에 침이 넘어갔다.

'아, 제발 싸가지없는 놈으로 다시 돌아와 줘. 제발!'

이현은 당사자가 들으면 몹시도 기막혀할 기도를 마음속으로 줄기차게 해대고 있었다. 바짝 마른 입술을 혀로 살짝 핥는 순간, 남자의 길고 하얀 손가락 하나가 이현에게도 뻗어왔다.

헉! 이현은 너무나 놀라 숨이 멎는 것만 같았다.

"류 팀장, 눈 밑에 다크서클이 지존이야."

쿠쿵! 뭐냐, 이건?

뭔가, 색다른 상황이 연출되길 기대했던 건 진짜, 결단코 아니었다. 하지만 여자의 정신을 쏙 빼놓을 만한 로맨틱스마일을 입가에 매달고 이렇게나 가까이 다가온 남자는 절대로 이런 말을 해선 안 되는 거였다. 적어도 고생 많군, 수고해 줘, 이 정도의 멘트는 날려줘야 했다. 그러나 남자가 건넨 말은 그녀의 반응을 무색케 했으며, 손가락은 그녀의 예상과는 달리 이현의 미간 사이를 좌우로 오가고 있었다.

다크서클이라니!

좌절이다…….

쾅, 소리가 나 정신을 차리고 보니 그녀는 넓디넓은 사장실에 혼자 덩그러니 남겨져 있었다. 오렌지 향기만이 주인인 양 허공을 날아다닐 뿐.

제5장 | 지옥 같은 일주일

피말리는 이틀이 더 지나갔다.

아이테크 기획홍보 팀장으로 발령 받은 지 겨우 오 일째, 오늘은 금요일이다. 목요일로 예정되어 있었던 첫 기획안 제출은, 수요일의 대격돌 이후 이틀 후인 오늘로 미루어졌었고 그녀는 그야말로 악으로 버텨가며 이틀을 꼬박 새웠다. 친구들의 숱한 유혹에도 단 한 번 굴하지 않고 쉼없이 일에 매진한 이유에는 당연히 주변이 새안경 낀 시선들도 포함되어 있었다.

팀 내에 첨예하게 퍼진 분위기를 그녀도 인식하고 있었다. 새파랗게 젊은 것이, 그것도 여자라는 것이, 수많은 남자 선배들을 제치고 팀장의 자리에 앉아 있으니 당연히 분위기는 좋지 있았다.

팀원들은 남녀를 막론하고 그녀가 실수하기만을 손꼽아 기다리고 있는 듯, 고깝고 아니꼬운 시선으로 그녀를 지켜보았다. 회장의 승은(?)을 입었다, 이준상 사장의 내연녀다, 별의별 억측이 난무했지만 이현은 묵묵히 일에 집중했다. 이번 일을 제대로 처리하기만 한다면 이런 수많은 오명쯤, 금세 벗어버릴 수 있음을 잘 알기에 더 열심히 일했다. 사장에게도 부하직원들에게도 뭔가를 증명해 보여야 한다는 점이 부담인 건 사실이지만, 사회생활이 다 그런 거 아니겠는가? 이 정도의 시기, 질투쯤으로 휘청거린다면 차라리 사표를 쓰는 게 낫다고 이현은 생각했다.

"팀장님, 어디 가세요?"

점심시간을 앞두고 팀장인 이현이 자리에서 일어나자 김 대리가 물어왔다. 비위를 맞추느라 웃고는 있지만 썩 환한 미소는 아니었다. 누구 말대로 썩은 미소다, 썩소.

"사장실 올라갑니다. 보고가 늦어질 수도 있으니까 난 상관하지 말고 먼저들 식사하세요."

이현은 비단처럼 매끄럽고 달콤한 목소리로 답하며 이현은 생긋 상큼한 미소를 날렸다.

"아, 예……."

부드럽고 해사한 이현의 미소에, 마주 보고 있던 김 대리가 살짝 얼굴을 붉혔다. 당황한 모습이 역력했다. 지금까지 이현이 이렇게 부드럽게 말한 적도, 살갑게 웃어준 적도 없었기에 더 그런 듯했다.

이현은 발령 첫날부터 줄곧 일부러 딱딱하고 사무적인 분위기를 조성해 왔다. 얼굴에 웃음 한 번 띠지 않았고 말투는 언제나 칼처럼 정확하고 또박또박했다. 얄짤없다는 이미지를 심어주어 그녀를 무시하는 일이 없기를 바라고 택한 비책이었으나 효과는 별로였다. 오히려 완전히 직원들 사이에 고립되어 버렸다고나 할까? 이젠 방법을 달리해야 할 필요가 있다고 이현은 생각했다.

이현은 시선을 돌려 전체 팀원들을 향해 여유있고 느긋한 미소를 다시 한 번 지어 보였다. 다들 이현의 난데없는 미소에 적응하지 못하고 황망히 그녀를 바라보고 있었다. 그들의 시선들을 뒤로하고, 이현은 이틀 동안 준비한 서류철을 들고 사무실을 나왔다.

엘리베이터에 올라타 이현은 35라는 숫자를 눌렀다. 35층은 건물의 맨꼭대기 층, 사장실이 위치한 곳이다.

"후우—"

깊은 숨을 몰아쉬며 이현은 천천히 바뀌기 시작하는 붉은 숫자들을 노려보았다. 15, 16, 17······. 허공을 맴도는 듯한 느낌과 함께 승강기는 천천히 하늘 위로 올라갔다.

솔직히 이 순간, 아무 느낌이 없다면 거짓말일 것이다. 이런 업무 보고라든지 브리핑 따위 수도 없이 많이 해봤지만 오늘은 그 차원이 다른 보고이기에 떨리고 긴장되는 것은 당연했다. 진점 뱃가죽이 당겨오고 오장육보가 오그라들 것만 같은 공포 아닌 공포가 밀려들 때만 해도 당연히 긴장이 되어서일 거라고 이현은 생각했다.

하지만 그건 그녀의 착각이었다.

사장실 푯말을 바라본 순간, 머릿속 저편 구석에 처박아둔 한 자락 기억이 불쑥 고개를 쳐든 것이다. 심장이 미친 듯이 뛰기 시작했다. 다리가 후들거리고 머리까지 띵해오면서 이현은 숨도 제대로 못 쉴 정도로 극심한 패닉상태에 빠져들었다.

"넌 어때? 날…… 믿어?"

그의 목소리가, 슬프게 중얼거리다 결국엔 공허한 웃음으로 변해 버린, 그의 음성이 귓전을 때려왔다. 잊어버리기로 마음먹었던 일인데 어쩌자고 다시 떠오른 건지!

이현은 근처 화장실로 황급히 들어갔다. 다시는 그날의 일을 떠올리지 말자는 결심과 함께 대충 마음을 다스리고 화장실을 나설 때는 열두 시. 열두 시 반인 회사의 점심시간이 임박하고 있었다. 성격 괴팍한 사장의 잔뜩 비틀린 얼굴을 떠올리며 이현은 서둘러 움직였다.

전화벨이 울린 건 그때였다. 막 화장실 모퉁이를 돌아 사장실로 향하던 그녀는 그제야 자신이 휴대폰을 가지고 올라온 것을 알았다. 업무 보고 중에는 늘 사무실에 놓고 다니는데, 너무 긴장한 나머지 깜빡한 것이었다. 이현은 인상을 찌푸리며 치마 주머니에 얌전히 들어 있는 휴대전화를 빼 들었다.

이 중요한 순간, 눈치없게 전화를 건 이는 다름 아닌 이겸이었다.

"여보세요."

시간은 없고, 마음은 급하고. 전화 받는 것 자체가 귀찮아진 이현은 자연히 퉁명스러워졌다.

[나다. 어디냐?]

"어디긴 어디야. 회사지."

[회사? 점심시간 아니냐? 밥 안 먹어?]

"아직 일이 덜 끝났어."

[무슨 회사가 점심시간까지 일을 시켜? 언제 끝나?]

"나, 바쁘거든. 용건만 말해."

이현은 손목에 걸려 있는 시계를 들여다보며 짜증스럽게 대꾸했다.

[어쭈! 네가 지금 내 앞에서 시간타령 했냐? 밥 한 끼 사주려고 없는 시간 일부러 쪼개서 비워놨더니만, 뭐?]

"근처야?"

웬일이람. 속으로 중얼거리며 이현은 입술을 삐죽거렸다. '류이겸'이라는 본명보다 '이겸'이라는 예명이 더 익숙한 배우, 이겸은 이현이 밝히고 싶지 않은 오빠다.

대학 재학 중 방학을 이용해 한국에 들어왔다기 우연히 한

CF 관계자의 눈에 띈 이겸은 그대로 눌러앉아 모델 일을 시작했고 지금은 영화배우 겸 탤런트로 나름 인기도 많은 편이다. 훤칠한 키와 세련된 마스크, 거기다 여자들의 애간장을 태울 만한 부드러운 목소리가 인기의 비결이란다. 물론 이현은 동의할 수 없지만.

이겸이 오빠라고 말하면, 사람들의 반응은 모두 한결같다. 처음엔 아예 믿지 않고, 다음엔 의심하고, 그 다음엔 광분한다. 특히 여자들은 다들 이현에게 달라붙어 연락처를 달라는 둥, 소개팅을 시켜달라는 둥, 미친 듯이 매달린다. 애걸복걸하는 여자들에게 이겸은 성격파탄자에 바람둥이라고 아무리 설명을 해줘도 소용이 없다. 그래서 이현은 포기해 버렸다. 이겸에게서 여자들을 떼어낸다는 건 거의 불가능했다.

[곧 도착할 것 같아. 왜? 약속있냐?]

"아니, 따로 약속이 있는 건 아닌데……."

[그럼 빨리 일 마치고 회사 앞으로 나와.]

"시간없어?"

[세 시쯤에 스케줄 하나 있어.]

"그럼 넉넉하네. 조금만 기다려. 나, 사장실에 들어가거든. 업무 보고 끝나면 내가 연락할게."

[오! 머리 좋은 놈은 어디가 달라도 다르네. 사장님과의 독대아?]

"독대는 무슨, 그냥 보고야."

[좌천해 갔다고 하기에 안쓰러워서 밥이라도 한 끼 사주려고 했더니만, 뭐야? 좌천이 아니잖아.]

"윤아가 그래? 좌천이라고?"

이겸의 전담 메이크업 아티스트인 윤아를 떠올리며 이현은 물었다.

[윤아가 말해야 아나? 우상전자에서 우상아이테크로 발령났으면 그게 좌천이지.]

"흥! 오빠 내가 진짜 좌천되길 바랐던 모양이네."

[아니, 그건 아니지.]

껄껄, 수화기 너머로 호탕한 웃음소리가 들려왔다. 무슨 좋은 일 있었나? 이겸이 오늘은 굉장히 기분 좋은 모양이다. 이현은 어깨를 으쓱하며 다시 한 번 시계를 들여다보았다.

열두 시 십 분.

"헛! 오빠! 나, 지금 급하니까 나중에 통화해."

[응? 아! 알았다. 끝나고 연락해라.]

"응."

이현은 웃으면서 전화를 끊었다. 다행스럽게도 아까까지 잔뜩 긴장되어 있었던 마음이 조금은 풀어지는 기분이었다. 기억하고 싶지 않은 그날의 일도 어느덧 깨끗이 사라지고 머릿속도 맑아졌다. 이현은 어깨를 활짝 폈다. 휴대폰을 진동 모드로 바꾸고 주머니에 넣은 뒤, 파일을 가슴에 안고 그녀는 백 미터 앞 사장실을 향해 힌 발자국 내니었다.

그때다.

"날 만나러 왔나?"

등 뒤에서 남자의 목소리가 들렸다. 낮고도 굵으며 소름 끼치도록 부드러운 남자의 목소리. 머리카락이 쭈뼛 올라설 정도로 등골이 오싹했다. 펄쩍 뛰어 목구멍 근처까지 올라붙은 심장이 그 자리에서 꽁꽁 얼어붙어 버렸다. 이현은 예상 가능한 남자의 정체 때문에 이를 악물었다.

'하필이면!'

사실을 알고 보면 그다지 놀랄 일도 아니다. 여긴 엄연히 우상아이테크의 사장실 복도고 동시에 화장실 근처다. 사장실에서 근무하는 직원들이라면 수시로 왔다 갔다 할 수 있는 곳이란 뜻이다.

"지금 시간이…… 열두 시가 조금 넘었군. 업무 보고하기엔 너무 늦은 시간 아닌가?"

주위가 너무 조용했다. 사장실 근처인데다가 아직은 업무 시간인지라 복도는 적막감마저 감돌고 있었다. 덕분에 휘이잉, 바닥을 맴도는 바람 소리가 실내를 도는 에어컨 소리만큼이나 크게 들렸다. 잔뜩 긴장한 채로 이현은 천천히 몸을 돌려 상대를 마주 대했다.

"늦어서 죄송합니다. 보고서 초안이 잘못되는 바람에 다시 작성하느라 시간이 많이 지체되었어요."

또박또박, 천천히. 결코 서두르지 않고 말하며 이현은 똑바로 그를 응시했다. 그와 당차게 맞서기 위함이었다. 그의 눈을 피한다는 건 곧 패배를 의미했다.

"그런가?"

피식, 가소롭다는 듯 그가 웃었다. 싸늘한 냉기가 그의 눈으로 스쳐 지나가고 있었다. 오늘은 또 무엇 때문에 심기가 불편한 걸까? 불안한 기분을 감추며 이현은 어색하게 따라 웃었다.

"점심시간 안에 보고를 끝내겠습니다."

"그러겠지."

사장은 이현의 통화 내용을 들은 게 분명했다. 그의 불쾌한 미소엔 '네 속셈 빤히 들여다보고 있다' 라는 의미가 확실히 내포되어 있었다.

'들을 테면 들으라지. 내가 뭐 잘못한 거 있나?'

물론 근무 시간에 한 통화이지만 이 정도 가지고 뭐라 그런다면, 그건 사장이 치사한 거다. 말 그대로 꼬투리를 잡는 것. 이현은 사장의 추궁 어린 시선에도 아랑곳 않고 꼿꼿하게 고개를 들었다.

"그럼……."

그럼 들어가시지요, 라고 하려는 찰나였다.

"그런데 이를 어쩌나. 내가 지금 약속이 있어서 나가려는 중인데."

"예?"

약속이 있다고?

"삼십 분에 요 앞 식당에서 만나기로 했거든. 지금 나가봐야 해."

"아, 저…… 금방 끝나거든요."

"글쎄, 그건 모르는 거지. 들어봐야 아는 거 아닌가?"

"하지만……."

"응?"

얄미운 사람 같으니. 눈썹을 위로 쭉 치켜뜨면서 살짝 미소 짓는 남자는 일부러 작정하고 그녀의 약을 올리려는 사람 같았다. 하기야 그러고도 남을 위인이지. 어쩌면 일부러 그녀를 골탕 먹일 심사로 이러는 걸 수도 있다.

하는 수 없이 이현은 고개를 숙였다.

"……그럼 오후에 다시 찾아뵙겠습니다."

"아, 이런! 오후엔 내가 바쁜데. 굉장히."

참고, 참고, 또 참고. 참는 자에게 복이 있나니.

치솟는 성미를 꾹꾹 누르며 이현은 공손히 물었다.

"그럼 내일로 미룰까요?"

"그럴 수야 없지. 상품 출시가 코앞인데."

그럼 도대체 어쩌란 말이냐! 속으로 악다구니를 쓰며 이현은 이를 갈았다.

"이렇게 하지. 내가 점심 약속을 취소할 테니 보고는 지금 듣는 걸로."

"예?"

윽! 얕은 신음을 내뱉으며 고개를 살짝 수그렸다. 저절로 구겨지는 얼굴을 사장이 못 알아보도록 하기 위해서였다. 간만에 이겸이 회사 앞까지 왔는데, 그 짠돌이가 점심까지 사주겠다고 했는데, 취소해야 할 판이었다.

'왜 하필 점심이야?'

이현은 사장의 미묘하게 빛나는 눈빛을 알아채지 못한 채로 애꿎은 입술만 잘근잘근 씹어대고 있었다.

"못 들었나? 내가 약속을 취소하겠다고."

"아…… 그러셔도 괜찮겠어요?"

"어차피 그다지 중요한 약속도 아니니까 상관없어."

"예……."

아쉬운 마음에 말끝이 저절로 흐려졌다.

"보고는 식사를 하면서 하는 게 좋겠군. 파일 들고 따라와."

"예?!"

잠시 수그려졌던 이현의 고개가 번쩍 들렸다. 눈동자는 똥그랗게 떠지고 하도 쥐어뜯어 벌겋게 부어버린 입술은 멍하게 벌어졌다. 이번에는 놀란 기분을 숨길 겨를도 없었나 보다. 아까까지는 최저기압으로 떨어졌던 지상의 기분이 금세 쑥 상승했다. 사디스트처럼 여자의 당황하고 놀란 모습에 왜 기분이 좋아지는지는 생각하지 않은 채 지상은 저도 모르게 헤벌쭉 찢어지는 입을 재빨리 수습하며 표정을 굳혔다.

"나이어브하나?"

"아, 아닙니다."

떫은 감 씹은 표정으로 이현은 간신히 대답했다.

"그럼 식사를 거르진 않겠군. 가지."

"예?"

"오늘 점심 안 먹을 건가?"

"먹을 건데요."

"그럼 가자고. 먹는 시간도 아까운 지금이 아닌가?"

"설마 식사를 하면서 보고를 받으시겠다는 뜻은 아니겠죠?"

"왜 안 돼?"

대수롭지 않게 말하고 그는 아무렇지도 않은 듯 몸을 돌렸다. 엘리베이터가 있는 쪽이었다. 서슴없이 움직이는 그의 활기찬 행보에 이현도 머뭇거림을 멈추고 서서히 움직였다. 그와는 족히 이십 미터의 거리를 두고 따라오는 그녀의 발걸음 소리를 들으며 지상은 오래간만에 편안함을 느꼈다. 상황이 그의 뜻대로 되어갔을 때 느끼는 상쾌함 비슷한 거라고 그는 생각했다.

그러나 그 기분은 불과 일 분 만에 확 깨졌다. 그가 엘리베이터 앞에 멈추어 섰을 때, 뒤에서 들려오는 류이현의 말소리 때문이었다.

"여보세요? 응, 나. 있지, 일이 늦게 끝날 것 같아. 먼저 먹어."

이현은 조용히 누군가와 통화를 하고 있었다. 그가 듣지 못하도록 최대한 소리를 죽여 말하고는 있었지만 지상은 느낄 수 있었다. 그녀의 말투에서 풀풀 풍기는 애정과 미안함과 안타까움을. 하늘을 나는 듯 좋았던 기분이 순식간에 바닥으로 곤두박질쳤다.

"나쁘잖이. 나중에 따로 봐. ……아니, 그러지 말고 그냥 오늘 우리 집으로 와라. 내가 퇴근해서 요리 솜씨 좀 발휘해 볼게. ……아이구! 웬일은 무슨 웬일이야. 얼굴 볼 시간이 없어서 그렇지. 바쁜 사람 얼굴 한 번 보려면 뭐, 이 정도 수고쯤은 감수해야 하는 거 아니야?"

우리 집, 요리 솜씨. 그녀의 입에서 흘러나오는 단어 한 마디 한 마디가 지상의 심통을 자꾸만 자극했다. 유치하고 저열한 질투심이 또다시 그의 핏속에서 맹렬히 팽창했다.

지상은 고개를 가로저었다. 자기 자신이 품고 있는 이 미묘한 감정에 대한 혼란 때문이었다. 알 수가 없었다. 스스로 생각해도 기가 막혔다. 아무 상관도 없는 여자에게 질투가 웬 말이냔 말이다! 류이현이 애인과 밀어를 속삭이든 키스를 하든 그와는 아무 상관도 없었다. 무덤덤하고 무감각해야만이 정상인 것이다. 하지만 지상은 그녀의 애정 행각이 싫고 짜증이 났다. 자꾸만 훼방을 놓고 싶은 유치한 충동이 불쑥불쑥 그를 점령한다.

벌써 이번이 두 번째다.

과연 이 감정은 '솔로가 닭살스러운 커플들을 보며 느끼는 보편적 의미의 질투'인 것일까?

"알았어. 기다릴게. 흥!"

무심코 고개를 드는 그녀의 눈동자와 그의 것이 마주쳤다. 지상은 이미 엘리베이터 안에서 그녀가 들어오길 기다리고 있었다. 헝클어진 머릿속을 보여주듯 그의 눈은 잔뜩 날이 서 있었다. 깜짝 놀란 이현은 서둘러 전화를 끊고 엘리베이터 안으로 올라탔다.

"죄송합니다."

기다리게 해서 죄송하다는 말이다. 그녀는 그의 떨떠름한 표정과 날카로운 눈빛을 곡해한 듯하다. 그녀의 오해를 바로잡아 줄 생각은 없었다. 오히려 그 오해 뒤에 숨고 싶을 뿐. 자신의 비겁함을 저주하며 지상은 거칠게 일층 버튼을 눌렀다.

"뭐…… 좋아하시는 음식 있으세요?"

기어들어 가는 목소리로 그녀가 묻자 지상은 짐짓 화가 솟구치는 걸 꾹 참는 얼굴로 휙 그녀를 돌아보았다. 두 사람의 키 차이가 꽤 나는 편이라 그녀의 정수리는 지상의 가슴팍을 겨우 닿을 듯 말 듯했다. 가까운 거리에 서서 키 큰 그를 쳐다보고 있으려니 이현의 고개와 눈이 자연스럽게 위로 치켜올라 온 상태.

그 순간이었다. 휙, 고개를 돌린 지상은 충격적인 침입을 경험했다. 코끝을 스미는 치명적 향기.

라일락이었다.

지상은 그녀의 활짝 열린 눈동자를 빤히 내려다보았다. 마력의 향이 그의 정신을 갉아먹고 이성을 흔드는 동안 그는 멍한 모습이었다. 흐릿한 기억 속에서 한 여자가 움직이고 그녀는 곧

이현의 얼굴과 겹쳐졌다. 여자는 한 손을 들어 그의 차가운 볼을 쓰다듬었고…….

"사장님?"

똑똑 여문 여자의 음성에 지상은 퍼뜩 정신을 차렸다. 그리고 자신이 방금 무슨 상상을 했는지 그제야 깨달을 수 있었다.

'미쳤군, 이지상. 뭐 하고 있는 거냐, 지금?'

류이현을 상대로 그날 일을 떠올리다니. 파렴치한이 따로 없지 않는가 말이다! 양심이 욱신거렸다.

"알아서 뭐 하게."

충격의 구렁텅이에 빠진 자신을 드러내지 않기 위해 지상은 재빨리 고개를 돌렸다. 무뚝뚝한 말투로 두터운 방어벽을 치는 것은 물론이었다

"제가 대접할까 하고요. 기왕이면 좋아하시는 걸로……."

"됐어."

"예?"

이현은 딱 잘라 말을 끊어버리는 사장의 얼굴이 엉망으로 일그러지는 걸 목격했다. 뭐가 잘못되었다는 뜻. 혹 말실수라도 한 건가 싶어 이현은 조마조마한 심정으로 그의 표정을 샅샅이 살폈다.

"류 팀장, 월급 많아?"

"예?"

갑자기 웬 월급 타령일까? 뜬금없는 말에 이현은 의아했다.

"나보다 월급이 더 많냐고."

"아니요. 그럴 리가요."

"그럼 대접한다는 말, 함부로 하지 마."

이렇게 무색할 데가! 이현의 얼굴이 빨갛게 달아올랐다. 같은 말이라도 꼭 저렇게 해야 직성이 풀리는 걸까? 자신의 말 한마디에 상대가 얼마만큼 당황해할지 단 한 번이라도 생각해 본 적이 있는지 의심스러웠다.

"그, 그럼……?"

"더치페이."

다시는, 두 번 다시는 저 인간에게 호의를 베풀지 않으리라 다짐하며 이현은 고개를 숙였다. 붉어진 볼을 싹둑 잘라 떼버리고 싶다는 생각을 하며 그녀는 손 안에 있는 휴대폰을 뿌드득 소리가 나게 쥐어짰다.

"여보세요."

[어, 이지상. 어인 일이냐?]

"오늘 점심은 취소해야겠어. 저녁에 보자."

[점심? 우리가 언제 점심 약속했었던가?]

수화기 속의 재혁이 특유의 굵직하고 높은 톤으로 물어왔다. 본래 녀석의 목소리가 크다는 걸 알고 있었고 그걸 어느 정도 감안한 상태에서 한 전화였지만, 수화기 너머 근처까지 넘실대는 와이드한 공명에는 지상도 인상을 찌푸리지 않을 수 없었다.

과연 고교 시절 밴드부에서 김경호를 능가하는 긴 가발을 쓰고 샤우트 창법을 구사하던 녀석답다는 생각이 들었다.

불안한 마음에 지상은 흘끔, 앞에 앉은 여자의 표정을 살폈다. 다행히 이현은 눈치 채지 못한 듯했다. 다소 어색한 얼굴로 주위를 살피고 있는 그녀는 가끔씩 엉덩이를 들썩이며 데면데면한 지금의 분위기에 적응하려 애를 쓰고 있었다. 사무실에서는 구경하기 힘든 광경이라는 생각을 하며 지상은 재혁과의 통화에 집중했다.

"일 때문에 그래. 화내지 마."

[뭐냐? 느끼하게. 옆에 누구 있어?]

어이가 없는 듯 센스없이 대꾸하는 재혁이었지만 평소와는 사뭇 다른 지상의 억양이 흥미로운 모양이었다. 그럴 수밖에. 애인이 있는 것도 아니고, 성격도 그다지 나긋나긋한 편이 못 되는 지상이 이렇게 부드럽고 사근거리는 말투를 사용하는 일은 매우 드물었다.

"응."

선선히, 그리고 유쾌하게 지상은 시인했다. 재혁이 녀석, 센스는 꽝이지만 구린 냄새는 귀신 같이 맡아내는 재주가 있기 때문이다. 아니라고 해봤자 다 알아챌 게 분명했다.

[설마 회장님은 아니실 테고. 여자냐?]

"글쎄."

[뭐야, 인마! 궁금하게. 누구야? 어떤 아가씨기에 있지도 않은

약속을 펑크 내면서까지 그렇게 공을 들이는 건데?]

재혁이 히죽거리는 웃음소리가 전화선을 타고 넘어왔다.

'공을 들이고 있다고?'

물론 아니다! 공을 들인다는 건 여자에게 관심이 있어서, 잘 보이기 위해 애를 쓴다는 뜻인데. 솔직히 그건 아니었다. 그가 있지도 않은 약속을 있다고 한 이유는 단순했다. 이현에게 약속이 있었듯 그에게도 약속이 있었고, 그 약속을 파기하면서까지 그녀의 보고를 들어준다는 인상을 주고 싶었을 뿐이었다. 그럼으로써 이 팽팽한 관계의 주도권을 확실히 잡을 수 있을 거라고 그는 생각했다. 하지만 재혁의 말을 듣는 순간, 지상은 뭔가 많이 잘못되어 가고 있음을 느꼈다. 과연 자신이 그런 이유에서 이런 유치하고도 허접한 연극을 하고 있는 건지 의구심마저 들었다.

어차피 그는 그녀의 상사다. 관계의 주도권은 누가 뭐라고 해도 상사인 그에게 있다. 적어도 일이나 회사 생활에 있어서만큼은. 그렇다면 도대체 무슨 주도권을 잡겠다고 이런 어리석은 짓을 벌이고 있는 것일까? 친구에게 면박까지 들어가며.

지상의 얼굴은 점점 험악해지고 있었다.

[드디어 때가 된 거로군.]

"때? 무슨 때?"

[이젠 너도 여자를 품을 때가 될 거라, 이 말이야. 벌써 두 번째잖아. 한 달 전에도 클럽에서 만난 여자랑 즐거운 시간을 보

냈다면서.]

"그때 일은 듣고 싶지 않아."

즐거운 시간을 보냈다는 어휘가 썩 마음에 들지 않았다. 왠지 불순한 느낌이랄까? 와이셔츠를 은은히 물들인 라일락 향기에 대한 모독처럼 들렸다.

[아무튼. 네가 달라졌다는 생각은 든다. 사빈이 자식도 요새 만날 네 얘기뿐인데. 너 좋은 여자 만나야 된다고 입에 달고 다니는 거, 너도 알지?]

"내 앞가림은 내가 해."

신경 꺼줬으면 좋겠다, 라고 말하고 싶었으나 지상은 흠칫, 입을 다물었다. 우연히 마주친 이현의 눈동자 때문이었다. 여자의 눈에서 익누른 호기심이 살짝 떠올랐다 사라졌다. 호기심…… 무엇에 대한 호기심인지 궁금해져 지상은 힐끔 한쪽 눈썹을 치켜올렸다.

"그만 끊어. 저녁에 보자고."

[우리, 저녁에 보긴 보는 거냐? 여자 앞이라 구라치는 거잖아, 너.]

"연락할게."

[연락할 땐 각오하는 게 좋을 거다. 신상명세서는 필수인 거 알지?]

류이현의 신상명세를 말하는 거였다. 집요한 녀석, 속으로 중얼거리며 지상은 무뚝뚝하게 응수했다.

"끊는다."

녀석과는 얘기를 하자면 끝이 없었다. 말수가 적은 사빈과 지상의 친구답게, 그들의 무거운 입을 열게 만드는 재혁만의 노하우가 있다고나 할까? 천성이 경쾌하고 낙천적이라 늘 문제를 유쾌하게 풀어가는 편이었고, 그런 쿨하고도 가벼운 사고방식이 사빈과 지상의 무게감을 희석시키곤 했던 것이다. 아무튼, 재혁과는 오래 말을 섞으면 안 되었다. 그는 지상의 맘속 속엣 말을 끌어낼 위험인물이다.

"골랐나?"

전화를 끊고 휴대폰을 주머니에 넣으며 지상은 테이블 맞은편에 앉아 있는 이현에게 물었다. 크리스털 물 잔을 입술에 대고 홀짝거리고 있던 이현은 다른 곳에 정신을 팔고 있었던 듯 깜짝 놀라 펄쩍 뛰었다.

"아, 예……. 뭐, 전 아무거나."

이현은 엔틱한 가구들로 가득 찬 레스토랑의 호사스럽고 격조 높은 실내장식들을 두리번거리며 건성으로 대답했다. 간단한 점심을 예상했던 이현에게 이 거창하고 비밀스러운 식당은 당연히 황당할 수밖에 없었다. 물론 재벌 2세의 점심 메뉴가 된 장찌개라든지 순두부백반 따위일 거라고는 기대도 하지 않았지만, 그래도 그렇지. 점심 메뉴로 프랑스 요리라니!

'자기가 무슨 황실 귀족이야 뭐야?'

고풍스러운 옷차림의 손님들과 도도해 보이는 종업원들, 중

세 프랑스 귀족의 거실을 그대로 재현해 놓은 듯한 홀, 그리고 잔잔히 흐르는 하프시코드 음악. 식당은 멋지다 못해 낭만적이기까지 한 분위기였지만 이현의 눈엔 죄다 코미디로만 보였다. 위화감을 느낀다기보다 뭔가 좀 우스꽝스럽다고 해야 하나? 전혀 현실감이라곤 느껴지지 않았다. 마치 딴 나라에 온 것 같았다.

"이것저것 고르기도 귀찮으니 간편하게 A코스로 하지."

사장이 제안했다. 점심시간에 코스 요리를? 이현은 뜨악한 심정으로 사장을 빤히 바라보았다. 점심때면 늘 샌드위치로 간편하게 때우거나 근처 국밥집에서 밥 한 그릇 뚝뚝 해치우고 잽싸게 회사로 복귀했던 이현으로선 A코스 어쩌고 하는 사장이 제정신으로 보이지 않았다.

"어, 제 생각은요……."

짤랑! 어이없게도 사장은 이현의 의견을 듣는 체도 하지 않고 탁자에 놓여 있는 벨을 울렸다. 종업원을 부르기 위한 벨이었다. 벨이 울림과 동시에 근처에 서 있던 종업원이 사뿐사뿐, 주문을 받기 위해 이쪽으로 다가왔다.

제6장 | **업무와 동거하겠네!**

결국 이현은 초특급호화 코스 요리를 시식하게 되었다. 근처에서 가장 세련되고 가장 비싸고, 골드카드가 아니면 받지를 않는 고급 중에 최고급 식당에서, 상관인 이지상 사장과 새 모델 iCam-SH1024의 홍보에 관한 관련 브리핑을 하며, 거의 체할 것 같은 기분으로.

상상해 보면 참으로 우스꽝스러운 광경이다. 하지만 그날 일을 떠올려 보자면 정말 끔찍하다고밖에 표현 못하겠다. 남자에게, 아니, 심지어 친한 친구에게조차 보이고 싶지 않은 민망스러운 모습을 모두 내보이고만 지독히도 끔찍한 순간순간이었다. 입 안에 음식을 가득 넣었다가 갑자기 날아오는 질문에 웅얼거리지 않나, 밥풀 튀기기는 예사였고, 물 먹다가 사레까지 들려 콜록거리기를 무려 십여 분. 정말이지 그 순간을 모면할 수 있다면 일 년치 연봉을 떼여도 좋다고 생각할 정도였다.

정말 이상한 일이다. 왜 그의 앞에서만 자꾸 얼빠진 여자처럼 굴게 되는 걸까? 일에 관한 한 강력한 철칙과 냉철한 이성으로 무장해 늘 완벽한 이미지를 가꾸어가는 그녀다. 하지만 묘하게 이지상, 그 인간 앞에서만큼은 완전히 망가지게 된다. 덜덜 떨거나 쿵쾅쿵쾅 가슴이 떨리고 자꾸만 그를 상사가 아닌 남자로 바라보게 되는 것이다.

과연 그게 한 달 전, 그 일 때문일까? 그때의 일이 자꾸 오버랩된다는 건 인정하겠지만……. 그의 실체를 모두 파악했고 환상이 철저히 깨진 지금에도 그의 앞에서 '여성스러움'을 드러낸다는 건…….

'위험해, 위험하다고.'

휴! 답답한 마음에 이현은 한숨을 내쉬며 애꿎은 서류를 뒤적거렸다. 사장을 생각하면 일에 집중이 되지 않는다는 것도 역시 위험한 징조였다. 뭔가 조치가 필요했다.

다행히 그렇게 망가진 보람은 있어서, 일 얘기는 나쁘지 않은 쪽으로 흘러갔다. 사장은 그녀의 언구 분석력을 어느 정도 인정해 주는 것 같았고 그녀가 제시한 꼴찌 탈출법에도 솔깃해했다. 퇴짜 맞을까 걱정되었던 그녀의 광고 전략 기획도 대략 동의하는 것 같았고. 비록 그녀의 깔끔한 인텔리적 이미지에 입은 타격이 적지 않았으나 그 정도면 꽤 만족할 만한 성과라 할 수 있었다. 하지만 사장 앞에서 그런 모습을 보인 것은 몇 번을 생각해도 께름칙했다.

그에게 틈을 보였다는 게 어쩐지 불안했다.

"어이, 류 팀장! 아직도 일하는 중?"

누군가 그녀의 등을 툭 쳤다. 두툼한 손의 감촉이 민석의 것 같다는 생각을 하며 이현은 뒤를 돌아보았다. 아니나 다를까, 녀석이다. 퇴근 시간을 훌쩍 넘긴 이 시간에 웬일일까?

"어! 왔어? 여긴 웬일이냐?"

"뭐, 지나가는 길에 잠깐 들렀지. 퇴근 안 해?"

일을 열심히 한 건지, 피곤한 기색이 역력한 얼굴로 민석이 물었다. 이현은 피곤으로 무겁게 뭉친 어깨를 한 손으로 주무르며 다시 서류에 코를 박았다.

기묘한 점심식사 이후로 일주일이 지난 지금. 그녀는 광고 전략에 맞는 모델과 광고 콘셉트를 짜기 위해 밤낮없이 일에 몰두하고 있었다. 사장과의 미팅이 바로 내일, 코앞으로 다가왔기 때문에 오늘 밤에 마무리를 짓고 퇴근할 생각이었다.

"응, 해야지. 이거 조금만 더 보고."

"열심히도 하시네. 그런다고 회사에서 상 주냐? 어지간히 해, 인마."

"상, 주지. 우상그룹 전략기획실."

"기집애가 악바리 같기는."

"그래, 나 악바리다. 악착 같이 일해서 성공할 거야. 돈 많이 벌어서 사십대엔 일 안 하고 죽을 때까지 세계일주나 하면서 보낼란다."

서류 위로 정신없이 눈을 굴리며 이현은 중얼거렸다. 장시간 책상 앞에 앉아 있었던 탓에 심하게 욱신거리는 등과 어깨를 그녀는 여전히 문지르고 있었다.

"밥은 먹으면서 일하는 거냐?"

"대충 때웠어."

잠시 침묵. 뒤통수가 따끔거려 이현은 고개를 획 돌렸다. 민석의 얼굴은 어느새 무거운 그늘이 내려앉아 있었다.

'무슨 일이 있나?'

민석의 아버지와 시장을 회사 복도에서 딱 마주쳤던 그날 이래로 처음 대하는 민석이었다. 그날 이후 시작된 사장의 들볶임 때문에 민석에게 신경을 못 썼던 게 못내 마음에 걸렸던 이현은 어두운 표정으로 뚱하게 서 있는 민석이 적지 않게 걱정되었다. 막 입사해 모든 게 서투를 그가 아닌가? 모르긴 몰라도, 자기 일에만 열심인 이현에게 녀석도 서운한 감정을 갖고 있을 것이다.

"왜 그래? 너 무슨 일 있어?"

"무슨 일은 너한테 있는 것 같은데?"

"응? 나? 나한테 무슨 일이 있다고. 아무 일 없어."

멀뚱멀뚱. 둘은 서로를 바라보며 한참을 침묵했다. 평소 민석의 성격이라면 이런 성후 넌지시 말을 걸었니. 속상한 게 있으면 그녀에게 먼저 털어놓고 위로를 구하고, 그녀에게 서운한 게 있어도 스스럼없이 말한다. 한데, 오늘은 녀석의 입에 보이지 않는 자물쇠가 달린 것마냥 꾹 닫힌 상태다. 아무래도 안 되겠다는 생각이 들어 이현이 먼저 조심스레 물었다.

"너…… 나 때문에 삐졌냐?"

"……."

"내가 너 안 챙겨줘서 삐졌어?"

"에이, 씹……!"

헉! 아니 웬 욕? 민석은 험악한 표정으로 욕 비슷한 말을 늘어놓으며 뒤 마려운 강아지처럼 안절부절못하고 있었다. 진짜 뭔가가 있다는 느낌을 지울 수 없었다.

"야, 너 뭐야? 무슨 일인데 그래?"

"너, 진짜 몰라?"

"말을 안 하는데 어떻게 아니? 내가 점쟁이냐?"

"그래도……. 휴! 관두자, 관둬."

민석은 지친 듯 축 늘어져 간신히 목에 걸려 있는 넥타이를 잡아 빼며 몸을 돌렸다. 그대로 나가려는 것이다. 기운없고 쓸쓸한 뒷모습을 보며 이현은 조금 어이가 없고 억울하기도 해 이현은 자리에서 벌떡 일어났다.

"그냥 가면 어떻게 해? 말은 하고 가야지. 뭘 관두는데! 응?"

어라? 대답도 않고 민석은 사무실을 나가려고 했다. 녀석이 들어오면서 열어두었는지 사무실 문은 훨쩍 열려 있었다. 그 열린 문 사이를 민석은 벌써 터벅터벅 통과하고 있었다. 걸음도 참 빠르네, 중얼거리며 이현은 그의 뒤를 쫓았다.

"야! 너 뭐야! 내 탓인 것처럼 말하고 그냥 가버리면 어떡해? 무슨 일인지 말해주고 가!"

그리고 그녀가 민석의 팔을 휙 붙들었을 때였다. 무거운 남자의 몸이 이현을 짓눌렀다.

"꺄악!"

비틀거리며 중심을 잡으려던 이현은 문고리를 잡고 버텨야 했다.

"윤민석! 너, 왜 이래! 술 먹었어?"

갑작스럽게 몸을 돌려 이현을 덮친 민석은 그녀의 목에 팔을 두르고 꽉 껴안고 있었다. 당황하고 놀란 이현은 뭘 어떻게 해야 할지 생각이 안 났다. 민석에게 무슨 일이, 그것도 심경의 변화를 일으킬 만한 무슨 일인가가 생긴 것까지는 알겠는데…….

"사장…… 엄청 젊더라."

"사장?"

불안한 마음으로 이현은 민석의 팔을 풀어보려고 힘을 주었다. 하지만 놈은 평소답지 않게 억척으로 꽉 조인 팔을 풀지 않았다. 혹시 너무나 젊은 사장 때문에 좌절한 건가? 비슷한 연배에 사장과 말단 직원이라는 엄청난 신분의 차이 때문에 비참함 내지는 위화감에 젖어버린 것일 수도 있었다.

"서른은 넘은 걸로 아는데, 우리보다는 더 먹었어."

짐짓 가볍게 말하며 이현은 다시 움직였다. 하지만 역시나 놈의 무거운 상체와 팔의 집요함은 이현을 가두고 풀어주지 않았다. 기운이 쏙 빠져 버린 이현은 전투의지를 상실한 채 움직임을 멈추고 말았다.

"그 자식, 혹시 너한테 딴마음 있는 거 아니야?"

"딴마음? 웬 딴마음?"

뜬금없는 민석의 말에 찔리는 건 이현이었다. 딴마음이라면 그녀에게 있는 거 아닌가? 인간성 최악이라고 욕하면서도 속으론 수시로 그날의 일을 떠올리고 있는 사람은 그녀였다.

"너 이렇게 열심히 일하는 거, 사장한테 인정받기 위해서 아니야?"

"그거야 두말하면 잔소리지. 다들 그러는 거 아니야? 상관한테 능력을 인정받아야 승진하고, 승진을 해야 돈을 벌고, 돈을 벌어야 사십에 세계일주를 하지."

"……."

"야, 이거 좀 놓고 말해봐. 너 진짜 무거워. 어깨에 담 걸리겠다."

하지만 민석은 대답이 없었다. 진짜 무슨 일이 있는 게 확실한데. 혹시? 이현은 잠시 걱정스러운 생각이 들었다.

'지금껏 짝사랑하는 감정을 숨기고 있었던 건가?'

사실 느낌이 야릇할 때가 간혹 있긴 있었다. 민석도 남자고, 비록 고등학생 때였지만 그녀에게 사랑을 고백한 적도 있었기 때문에 이현을 그냥 단순히 친구로만 보긴 힘들었을 것이다. 하지만 그렇다고 그걸 '사랑'이라 칭하고 싶진 않았다. 아무리 목석인 사람도 여자를 보면 마음이 흔들리는 게 당연할 터. 이현은 민석도 그런 경우라고 여겼다.

하지만 아니라면? 정말, 진심으로 민석이 이현을 좋아하는 감정을 가지고 있다면?

복잡한 머릿속을 정리하지 못한 이현은 저도 모르게 불쑥 묻고 말았다.

"너, 사장님 질투해?"

민석과 사귄다는 생각은 단 한 번도 해보지 않은 이현은 멍한 표정으로 심각하게 물었다. 여전히 민석의 힘찬 두 팔 안에 안겨 있는 채로. 순간, 놈의 어깨 근육이 움찔했다.

"날 진짜로 좋아하는 거야, 너?"

"사실은……."

허공에 떠 있는 사무실 불빛을 멍하게 바라보며 그녀는 막 입을 열기 시작한 민석의 다음 말에 귀를 기울였다. 가슴이 콩콩 뛰고 있었다. 기묘한 자세로 기묘한 고백을 듣기 일보 직전이었다.

"사무실에서는 자제합시다."

저음의 굵고 나직한, 매우 낯이 익은 목소리가 민석의 말을 가로막았다. 순간, 사레 걸린 것처럼 이현은 미친 듯이 콜록거리기 시작했다. 민석의 팔이 시눌리 놓이지고, 준비할 새도 없이 풀려난 이현은 균형을 잃고 흔들렸다.

"아앗!"

억센 팔뚝이 그녀를 양쪽에서 붙들었다. 정신을 차려보니 한 팔은 민석의 손에, 다른 한 팔은 사장의 손에 붙들려 있었다.

왜 하필 이 시간에 사장! 정신이 번쩍 들었다. 이현은 벌떡 일어서서 고개를 수그렸다.

"퇴, 퇴근 아직 안 하셨네요?"

목이 졸린 듯한 괴상한 목소리가 나왔다. 민석을 흘깃 돌아보니 녀석은 어느새 멀찌감치 떨어져 나가 조금 떨떠름한 표정으로 이쪽을 응시하고 있었다. 사장이 마음에 들지 않는 듯 불만이 얼굴에 가득했다. 간이 아주 배 밖으로 나왔다고밖에 여길 수 없는 민석을 보며 이현은 얼굴을 찡그렸다.

"여기가 당신 놀이터인가, 류 팀장?"

"죄송합니다, 사장님."

변명거리를 이것저것 떠올리며 이현은 아직도 사장의 손에 잡혀 있는 한쪽 팔을 잡아 뺐다. 안 그래도 사장이 그녀에게 흑심을 품고 있는 게 아니냐는 오해로 괴로워하고 있는 민석에겐 이런 자세도 거슬릴 터였다. 하지만 잡아당기는 팔은 빠지지 않고 도리어 그녀의 몸이 휙 사장에게로 날아갔다.

"아야!"

순식간에 그녀는 사장의 단단한 가슴팍에 코를 찧었다. 즉시, 남자 특유의 체취가 이현의 후각을 자극했다. 익히 알고 있고,

또 정확히 기억하고 있는 이지상의 체취를 인식하자 일순, 이현의 가슴이 철렁 내려앉았다.

또 뛴다, 심장!

민석에게 안겼을 때와는 너무도 다른 설렘이었다. 그동안 사귀어봤던 몇몇 남자 친구들이 주지 못했던 낭만적인 떨림을 지금 이지상이 주고 있었다.

'이러니 내가 안 미치냐고!'

왜 이 남자 앞에서는 이렇게 안절부절못하는 여인네가 되는 건지 이현은 그게 궁금했다.

"내가 아니라 부하직원이 봤더라면 어땠을지 생각해 봤나? 이런 짓이 하고 싶었으면 집에서 해야지. 안 그래?"

그가 으름장을 놓았다. 맞는 말만 골라가며 해대는 그가 오늘따라 밉지가 않은 것은 아무래도 눈물 가득 머금고 사랑을 호소하던 그날 일이 떠올라서인가 보다. 이현은 신음을 억누르며 중얼거렸다.

"죄송합니다."

"업무 시간은 지났습니다."

그때 이현의 뒤통수를 찌르르 울리는 한마디. 날이 잔뜩 선 민석의 목소리였다. 뒤이어 녀석의 손이 이현의 손목을 그러쥐었다.

"열한 시예요. 근무 외의 시간이란 말입니다, 사.장.님."

산뜩 꼬인 억양으로 민석이 밀했다. 사장에게 이런 식으로 대거리를 하다니! 미친 게 틀림없었다. 기겁을 한 이현을 무시한 채 민석은 그녀를 자신 쪽으로 확 잡아당겼다.

"아앗!"

얼떨결에 민석의 품에 안겨 버린 이현. 재빨리 사장을 돌아보았다.

"야! 너, 뭐 하는 거야?"

"참견이 너무 과하신 거 같아서 그런다. 왜? 넌 이렇게 혹사당하면서도 억울하지도 않냐?"

사장은 부릅뜬 눈을 단 한 번도 깜빡이지 않고 민석을 노려보고 있었다. 꽉 쥐어진 두 주먹은 곧이라도 날아올 것만 같았다. 민석도 만만치 않았다. 살벌한 눈으로 사장을 쏘아보는 녀석은 그녀가 알고 있던 그 윤민석이 아니었다. 이러다가 진짜로 대판 싸우기라도 할까 봐 이현은 덜컥 겁이 났다.

"호, 혹사는 무슨 혹사라고 그래. 내가 좋아서 하는 일이야. 너도 알잖아. 왜 이래, 너!"

소리를 죽여 말하느라 이현은 민석에게로 몸을 가까이 붙인 다음 맹렬히 속삭였다. 하지만 다음에 날아온 말은 사장이 모두 들었음을 짐작케 했다.

"좋아서 하는 일이라잖아."

민석을 조롱하는 듯한 비웃음이 사장의 입가에 떠올라 있었다.

"애를 밤낮 없이 일하게 만들어놓고, 뭐라고요? 이 개새……."

"개나리!"

날카로운 소프라노 소리가 저도 모르게 이현의 입속에서 터져 나왔다. 무슨 마술의 주문이라도 되는 양, 그 소리는 민석과 사장의 냉소 어린 대화를 단숨에 틀어막았다. 사장은 개나리가 뜻하는 바가 무엇인지 모르는 것 같았고, 민석은 '개새끼'라 욕하려는 자신을 막기 위해 한 말임을 즉각 감지한 듯했다.

"죄송합니다만, 사장님. 전 이만 퇴근하겠습니다."

이현은 새빨간 얼굴을 푹 숙이고 서둘러 재킷과 서류 뭉치를 챙겨 들었다. 이 자리에 계속 있다가는 자신의 실제 모습을 모조리 들킬 것만 같아서였다. 이현을 대표하는 이미지, 냉랭하고 도도한 커리어우먼의 모습이 그녀가 만들어낸 허상임을 아는 이는 오빠인 이겸과 민석, 그리고 친구들 몇몇뿐이었다.

책상 정리도 제대로 하지 않고 서둘러 나가는 이현을 뒤따르며 민석은 한껏 입술을 비틀어 사장을 향해 비웃음을 날렸다.

"즐거운 밤 되십시오."

태워다 주겠다는 민석의 고집을 꺾지 못하고 결국 이현은 그의 차에 올라탔다. 집으로 가는 내내 뿔이 난 듯 침묵을 지키는 이현의 눈치를 보며 민석은 사과할 기회를 엿보는 듯했다. 그리고 목적지인 그녀의 아파트가 가까워오자 놈은 슬슬 입을 열었다.

"미안해."

"……뭐가?"

"사장 앞에서 그런 추태를 벌여서."

"참나! 그게 추태인 거는 알고 있냐?"

참고 참았던 열통을 터뜨리느라 이현은 벌컥 고함을 싸질렀다.

"응……."

망설이듯 입을 연 그는 이제, 완전히 기가 죽어 다 기어들어가는 목소리로 겨우 대답했다.

"내가 진짜 많이 참은 줄 알아라. 그나마 다니고 있는 직장, 안 잘리려고 참고 또 참았다. 너희 아버지가 안쓰러워서 너도 구제해 준 거고. 그때 네가 개…… 욕하는 거 내가 안 막았으면 넌 오늘부로 사직서 썼어야 했어. 생각을 해봐, 어느 사장이 자기한테 욕하면서 대드는 놈을 부하직원으로 데리고 있냐?"

할 말이 없는지 민석은 아무 말도 하지 않았다. 살짝 화색이 도는 표정으로 봤을 땐, 은근히 그녀의 행동에 감동을 받은 눈치다. 사실이 그렇다. 그때 이현이 '개나리'란 엉뚱한 말로 그를 막지 않았다면 그는 성질대로 욕을 내뱉었을 것이다. 그리곤 나중에 땅을 치고 후회했을 것이다. 왜냐? 또다시 취업 준비를 하러 절로 들어가야 했을 테니까. 그 지옥 같은 경험을 또 하라면 자살하고 말거라는 말을 입에 달고 다니던 민석이 후회하지 않을 리는 없었다.

"으이구! 내 팔자야. 어쩌다 내가 너 같은 친구를 뒀는지 모르겠다. 아주 웬수네, 웬수. 아니, 왜 우리 회사엔 들어와 가지고 날 이렇게 괴롭히는 거냐?"

"말은 바로 해라. 네가 아이테크로 좌천된 거잖아."

"좌천이라고? 야! 나, 좌천된 거 아니라고 했지! 가만, 네가 우리 오빠한테 좌천이라고 했냐?"

"뭐?"

"네가 했지!"

"아, 아니, 그게 아니야!"

끼익!

갑자기 운전석으로 덤벼드는 이현 때문에 민석은 급하게 차를 세웠다.

"아니긴 뭐가 아니야! 야, 내가 말했잖아. 나, 좌천된 거 아니고 아이테크를 구제하러 온 거라고."

민석의 멱살을 잡고 머리를 들이대며 이현은 악다구니를 썼다. 자존심 빼면 시체인 그녀에게 좌천이란 말은 정말 참을 수 없는 모욕이었다. 그 모욕감 뒤에는 혹시라도 우상아이테크와 함께 영원히 묶여 버리면 어떡하나, 하는 불안감이 있었다. 다시 본사로 불러들이겠다고 약조한 이 회장과 이준상 사장의 얼굴이 슥 이현의 뇌리를 스치고 지나갔다.

"다 쓰러져 가는 아이테크를 내가 구제하러 온 거라니까!"

민석은 대답하지 않고 기름 쓰고 우겨대는 이현을 빤히 바라보았다. 그녀의 초조함을 감지한 걸까? 그녀의 흔들리는 눈망울을 들여다보는 그의 얼굴은 짐짓 심각했다. 뭔가 잘못돼도 한참 잘못되고 있다는 느낌이 퍼뜩 들었다. 이현은 아랫입술을 혀로 축이곤 무언가 말하려고 입을 벌렸다. 하지만 민석이 더 빨랐다.

"이지상 사장을 구제하러 온 거 아니야?"

"뭐, 뭐?"

엉뚱한 민석의 말에 이현은 당황했다.

"아이테크를 구제하러 온 게 아니라 이지상을 구원하러 온 게 아니냐고, 내 말은. 내 보기엔 그런 것 같은데."

체념이 민석의 안면을 뒤덮었다. 뜨거운 한숨이 그의 폐로부터 폭, 흘러나왔다. 그와 동시에 이현의 팔이 힘없이 뚝 떨어졌다. 딱 부러지게 아니라고 대답할 수 없는 미묘한 감정이 이현의 입을 막고 있었다. 이윽고 두 사람은 그림처럼 못박혀 버렸다.

자동차 안은 무거운 침묵이 흐르기 시작했다.

꽝! 소리와 함께 검은 테이블 위에 서 있던 양주병들과 컵들이 달그락거리며 휘청거렸다. 테이블 주변에 앉아 노래하고 찝쩍대고 음탕한 짓거리를 일삼던 이들은 깜짝 놀라 굉음의 근원지를 돌아보았다.

이지상이다. 취미대로, 평소대로, 달라붙는 여자도 물리고 혼자 미친 듯이 퍼마시더니 드디어 맛이 간 모양이었다. 말렸어야 했는데. 클럽에 처음 들어설 때부터 기분이 엉망이었지만 원래 좀 뿌루퉁한 구석이 있는 놈이라, 그러려니 했던 게 화근이었다.

테이블 주변에 앉아 있던 멤버들은 어느덧 서로의 눈치를 살피고 있었다. 재혁과 사빈, 원석이 그들이다. 한 달 전에도 모였었던 이들은 각각 GI자동차의 정식 후계자, 서울 일대의 값비싼 땅이란 땅은 모조리 다 가지고 있다는 큰손의 막내아들, 3선 국회의원을 지낸 야당 총재의 차남이라는 타이틀을 지닌 이른바 정재계의 '황태자'들이다. 신분이 신분인지라, 동시에 시간 내는 게 쉽지만은 않은 그들이지만 적어도 한 달에 한 번쯤은 얼굴 보고 마음껏 흥청망청 취할 수 있는 시간을 가지려고 노력하고 있었다.

"젠장! 너, 뭐야! 네가 뭔데, 네가 뭐냐고!"

고개를 테이블에 거의 처박다시피 숙이고는 지상이 고함을 버럭버럭 질렀다. 평소 술좌석에서 조용하기로 유명한 지상이 시끄러워졌다는 건 필름이 끊겼다는 것이다. 그건 녀석이 술 따르는 계집애들의 타깃이 되었다는 걸 의미하는 거였다. 워낙 여자들의 접근을 스스로 차단하는 지상이라, 그에게 근접하는 건 이렇듯 정신을 놓을 때나 가능했던 것이다.

사빈의 눈매가 가늘어졌다. 지상이 취했다는 걸 알아본 계집들 셋의 눈이 희번덕거리고 있었다. 지상의 학창 시절 이야기가 이미 접대부들 사이에 쫙 퍼진 만큼 놈을 보호할 필요가 있다는 판단이 선 사빈은 재혁과 원석을 차례로 돌아보며 모종의 사인을 주고받았다. 그리고 잠시 후, 원석이 눈치껏 분위기를 전환시켰다.

"야, 야, 야! 오늘은 이 오빠가 너희들을 책임진다. 다들 따라와라."

한꺼번에 계집들을 데리고 나갈 요량인 거였다. 사빈은 클럽 사장이고 재혁은 애인이 있는 몸이라, 원석이 총대를 멘 셈이다. 여자들은 군소리없이 원석을 따라 나갔다. 찰거머리처럼 달라붙는 윤설화의 행태에 질려 버린 후라 그런지 몰라도, 조용히 나가준 계집애들이 고마울 지경이었다. 안도의 한숨을 내쉬며 사빈은 지상의 옆 자리로 자리를 옮겼다.

"무슨 일이냐? 왜 그래?"

"꼰대랑 무슨 일 있었냐? 또 깨진 거야? 실적 나올 때는 아직 안 된 것 같은데. 설마 벌써 깨졌어?"

재혁도 걱정이 되는 듯 이마에 석 삼(三) 자를 그리며 물었다.

"미치겠어. 미쳐 버리겠어!"

쾅!

지상의 주먹이 또다시 테이블에 내리꽂혔다. 이를 악물고 소리치는 그의 모습으로 봤을 때 사태가 급박하다는 걸 알 수가 있었다. 도대체 무슨 일이 일어나고 있는 것일까?

"테이블 쪼갤래? 말을 해, 인마. 그렇게 소리만 지르지 말고."

사빈이 특유의 시니컬한 표정으로 지상을 바라보며 핀잔을 줬다. 물론 지상이 알아들을 리는 만무하다. 이 정도로 취한 지상은 필름을 완전히 끊어먹는다. 그래서 다음날 일어나면 자신이 무슨 말을 했는지, 어떻게 행동했는지 전혀 기억하지 못한다. 한 달 전, 그날의 경우처럼.

"네놈은 다 가졌잖아. 행복한 가정도, 따뜻한 아버지도…… 부러울 거 하나 없는 놈이면서……."

"애, 도대체 왜 이러는 거냐? 너, 뭐 아는 거 없어?"

사빈은 머리통을 테이블에 박고 괴로운 듯 웅얼거리는 지상을 물끄러미 바라보았다.

"글쎄, 모르겠는데. 며칠 전에 전화 연락 받은 거 외엔 요새 만난 일도 거의 없고 해서…… 가만, 혹시……!"

사빈의 질문에 머리를 긁적이던 재혁은 문득 떠오르는 기억에 눈을 반짝였다. 뜬금없이 전화해 하지도 않은 약속을 지키지 못하겠다며 요상한 말을 해댔던 바로 그 일이 떠오른 거였다. 설마 그때 잠깐 언급했던 그 여자 때문에 이러는 걸까?

"하핫! 정말 알다가도 모를 일일세. 이놈, 그동안 내숭 떤 거 아니야?"

"왜? 무슨 일인데?"

영문을 모르는 사빈이 궁금증이 잔뜩 서린 얼굴로 물어왔다.

"그러니까 한 일주일 전에 말이야. 나한테 이 녀석이 전화를 했더라고……."

재혁은 재미있어 죽겠다는 얼굴로 술잔의 갈색 빛 도는 투명한 액체를 한 모금 홀짝 들이마시더니 본격적으로 이야기를 시작했다. 지상이 테이블에 엎드려 잠에 빠질 때까지.

제7장 | 주체할 수 없는 ♥

다음날, 아침 일찍 사장실을 찾은 이현은 아까운 시간을 무려 두 시간이나 허비해야 했다. 지난번 보고 때와 같은 실수를 저지르지 않기 위해 최대한 서두른 거였으나 어처구니없게도 사장은 출근 전이었다. 아니, 이지상 밑에서 일하기엔 좀 약하다 싶을 정도로 순진해 뵈는 양 비서의 어눌한 거짓말에 의하면, 출근은 했지만 잠깐 자리를 비웠단다.

"말도 안 돼. 잠깐 자리를 비운다는 사람이 어떻게 두 시간이 넘게 안 돌아올 수 있어? 날 물 먹이려고 아주 작정을 하신 것 같은데! 흥! 어림도 없지. 딱 걸리셨습니다, 이지상 사장님. 저한데는 안 될걸요? 저도 잠요기 하는 네까예요."

주먹을 불끈 쥐고 복수의 칼을 갈며 이현은 버티고 있는 중이었다. 내기라고 하듯 그녀는 사장이 돌아올 때까지 눈에 힘까지 주고서 기다렸다.

"치사한 자식!"

이현은 손목을 들여다보며 분통을 터뜨렸다. 시곗바늘은 어느덧 열두 시를 향해가고 있었다. 아홉 시를 약간 넘긴 상태로 사장실을 노크했으니, 두 시간 넘게 그를 기다리고 있다는 거다. 황금 같은 시간을 이런 식으로 허비하게 될 줄은 꿈에도 몰랐던 이현. 그녀의 심정은 '오기만 해봐라, 가만 안 둔다' 였다.

솔직히 말해서, 이현은 자신이 잘못한 게 하나도 없다고 생각했다. 그녀는 아이테크의 소생을 위해 정식 발령까지 받아 이곳으로 파견되어 왔고, 오자마자 프로젝트를 착수해 지금에 이르렀다. 업무를 파악하고 자시고 할 시간이 당연히 주어져야 함에도 누릴 수 없었던 건 말할 것도 없고, 그럼에도 그녀는 최선을 다했다. 그런데 그런 자신에게 돌아온 대접이 겨우 이거였다.

"이지상이란 한 인간을 구제하러 온 거 아니야?"

어젯밤, 민석이 한 말이다. 맞다. 민석이 제대로 본 거다. 어젯밤엔 당황해서 대답을 해주지 못했지만 맞는 말인 거 같았다. 그녀는 아이테크를 구제하고, 이지상을 구원하러 보내진 특수요원이었다. 이 회장도 아들인 지상이 이대로 회사를 말아먹게 두고 싶지는 않았던 거다. 돈이 아까워서가 아니라, 아들의 미래가 안타까워서일 터다.

그러면, 안 내켜도 그냥 구원받으면 될 게 아닌가? 특수요원이네, 구제입네 해도 결국 회사가 회생하면 그 공은 지상에게 돌아가게 되어 있었다. 어차피 세상만사 다 그런 것. 그녀도 그런 공치사를 받고 싶은 생각은 없었다. 어차피 이현도 성공하게 되면, 전략기획 실장 자리를 보장받게 될 거고 그 정도면 감지덕지라고 생각했다.

다만 이지상이 속만 안 썩이면 좋겠다는 생각이었다. 협조는 둘째 치고, 이렇게 초는 치지 말아야지. 안 그런가?

"류 팀장님! 사장님, 지금 올라오고 계신답니다."

언제 들어왔는지, 사장의 비서가 진땀을 흘리며 이현에게 조심스럽게 말을 걸어왔다. 괜한 고집을 부리며 사장실을 뜨지 않았던 이현 때문에 비서는 매우 난처해하고 있던 참이었다. 이현은 잘못 하나 없이 자신의 신경질을 모두 받아내야 했던 양 비서에게 조금은 미안해졌다.

"고마워요."

"아니에요. 류 팀장님이 너무 오래 기다리셨죠."

"그거야 제가 기다리겠다고 해서 기다린 건네요 뭘. 실례는 제가 했죠."

"휴! 우리 사장님이 다른 건 다 좋은데, 출근 시간이 좀 그래요. 제각각이시. ㄴ데 그신 다른 회사도 비간시께네요. 다른 데서 근무하는 친구들이 그러더라고요. 우리 사장님은 그나마 나아요. 적어도 여자 문제는 깨끗하거든요."

양 비서는 고등학교를 막 졸업한 소녀의 얼굴을 하고는 수줍게 속삭였다.

'여자 문제가 깨끗하다고?'

바람둥이로 소문이 난 사장이 어떻게 그럴 수 있단 말인가? 상식적으로 말이 안 맞았다. 이현은 조금은 뜨악한 시선으로 양 비서를 보았다.

두 볼에 붉은 기운이 몽실몽실 올라와 있는 양 비서는 사랑에 빠진 여자의 모습과 똑 닮아 있었다. 필시 양 비서는 이지상이라는 악마의 손길에 물든 게 확실했다. 이지상은 분명 여자들이 혹할 만한 화려하고 섹시한 미소를 그녀에게 듬뿍듬뿍 날렸을 것이다. 그 미소에 여자들이 어떤 기대를 갖는지 잘 알면서. 기분이 잡치는 걸 느끼며 이현은 눈살을 찌푸렸다.

"얼마나 멋지세요! 직원들 보너스도 듬뿍듬뿍 주시죠, 잘 웃고 화도 안 내시죠, 회식도 엄청 자주 하시죠. 진짜 그런 사장님 없다니까요."

그럼 그렇지. 안 봐도 비디오다.

"성격이 호탕하신 것 같긴 하대요."

마지못해 이현은 양 비서의 말에 맞장구를 쳐주었다. 그러자 갑자기 신이 났는지 양 비서는 이현에게 양해도 구하지 않고 이현이 앉아 있는 소파 옆 자리에 풀썩 주저앉았다. 아주 본격적으로 수다를 떨 참인가 보다. 난감하게 됐지 뭔가? 사장이 곧 온다고 했는데…….

"우리 사장님, 솔직히 좀 안 풀려서 그렇죠, 일도 얼마나 열심히 하시는데요. 개발실 윤 실장님이랑 가끔 미팅하시거든요. 그럼 밤새는 줄도 모르세요."

브리핑 들으면서 꾸벅꾸벅 조는 거 아니야? 전날 밤, 술 진탕 마셔서 정신 못 차리고. 이현의 마음이 삐딱하게 속살거렸다.

"일에 대한 열정이 장난 아니세요. 모르는 사람들은, 우리 사장님이 일을 못해서 회사를 이 모양으로 만들어놨다고 하지만 실은 그게 아니라고요. 우리 사장님이 다 생각이 있어서 그런 거다, 이 말이라고요. 우리 사장님은…….'"

우리 사장님, 우리 사장님! 귀에 말뚝이 박힐 지경. 한숨을 지그시 내쉬며 이현은 연신 고개를 끄덕였다. '네, 네, 알았으니 이만 끝내주세요' 하는 심정으로.

"이번에 류 팀장이 잘해주셔야 해요. 그래야 우리 사장님, 안 불쌍해지죠. 정말 요새 같으면 짠해서 못 봐주겠어요. 어휴!"

"사장님이 왜 불쌍해요? 다 가지신 분이…….'"

퉁명스레 한 마디 던지려다가 이현은 금세 말을 멈추었다. 한때 자신도 불쌍하다고 여겼었다는 게 떠올랐던 거다. 이현의 얼굴이 급속도로 일그러졌다.

우상의 여직원들이 지상을 선망의 대상으로 여기고 있다는 건 예전부터 잘 알고 있었던 이현이었지만 양 비서의 이런 반응은 왠지 기분이 나빴다. 뭐랄까? 그녀만의 영역을 침범당한 느낌이랄까? 양 비서가 지상을 불쌍하다고 느낀다는 게, 어이없게도 불쾌했다.

"아니에요. 우리 사장님은 운이 없어서 그런 거라고요. 회장님께서 미워하시잖아요. 솔직히 류 팀장님 오시는 거에 대해서 말이 많았어요. 하고 많은 사람 중에 왜 하필 여자냐! 못 미덥다, 회장님께서 우리 사장님을 완전히 버리신 것 같다! 그러니까 여자를 보낸 거……."

"사장님이 그렇게 말해요?"

말이 날카롭게 나왔다. 약간의 배신감이 느껴지는 건 인간으로서 당연한 반응이라고 생각하며 이현은 점점 굳어져 가는 표정을 재빨리 수습했다.

"아니, 사장님께서 그렇게 말씀하신 건 아니고요. 우리 비서실 안에서 그런 말들이 오갔었…… 다는 말이었어요. 기분…… 나쁘셨어요?"

"아니요."

아니긴 개뿔. 말은 아니라고 하면서 목소린 얼음장처럼 차갑지 않나? 이현은 자신의 반응이 못마땅했다. 회사 생활이라곤 겨우 일 년 남짓 될까 말까 하는 햇병아리 직원 앞에서 이게 무슨 속 뵈는 짓인지. 이현은 쯧쯧, 스스로에게 혀를 차며 짐짓 아무렇지도 않은 척 싱긋 웃었다.

"괜찮아요. 그럴 수도 있죠 뭐. 그나저나 사장님, 지금 출근하시는 거 맞죠?"

"예?"

갑작스런 화제 전환에 당황한 양 비서는 허에 찔린 표정으로 멍하게 되물었다.

"아까 양 비서님이 사장님, 잠깐 출타하셨다고 하셨잖아요. 근데 지금 말은 또 다르고. 솔직히 말해봐요. 이제 출근하시는 거죠?"

"아, 저…… 그건요……."

"처음부터 눈치 채고 있었어요. 양 비서님이 사장님 감싸느라고 그러는 거. 사장님, 만날 늦으시죠?"

이해할 수 없는 묘한 감정으로 이현은 양 비서를 추궁했다. 죄라곤 착한 게 다인 양 비서는 자신의 혀를 깨물며 당혹해하고 있었다. 사장의 최측근자로서 그의 비밀을 누설한 대죄를 저질렀으니 그럴 수밖에 없을 것이다. 하지만 그게 무슨 비밀이라고? 이지상 사장이 평소 일 안 하고 농땡이 피우는 건, 우상그룹 전 직원이 다 아는 사실이다.

"그건 저 기밀사항이라……."

"그런 것도 기밀이에요?"

"그린 게 아니라 닌, 지……."

"왜요? 무슨 문제 있어요?"

양 비서는 우물쭈물 말을 못하고 애먼 입술만 깨물어대고 있었다.

"내가 회장님한테 이를까 봐?"

안쓰럽게도, 양 비서의 얼굴이 순식간에 확 굳어졌다. 대충 넘겨짚어 본 것뿐인데 양 비서는 이현이 마치 영험한 처녀도사라도 되는 양 파르르 떨며 바라보았다.

"나, 끄나풀 아니에요. 나도 아이테크 직원이라고요."

"······."

"이봐요, 양 비서님. 아무리 내가 본사에서 파견돼 왔다고 스파이 취급까지 할 필욘 없잖아요. 나도 이지상 사장님 좋아한다고요!"

"어, 저······ 예?"

"못 알아먹었어요? 나도 사장님 좋아한다고요. 사장님이 이번 프로젝트를 훌륭히 완수하실 수 있도록 돕는 게 내 일이란 거, 양 비서님 몰라요?"

"아니, 그게 저······."

"아, 글쎄 나도 사장님 좋아한다니까!"

또박또박, 버럭버럭. 왜 고함까지 질렀는지 알 수 없었으나, 아무튼 이현은 답답하고 순진하고, 어찌 보면 멍청하게 보일 정도로 어눌한 양 비서를 앞에다 두고 소리를 질렀다. 어쩌면 양 비서의 눈초리가 그녀를 자기의 우상인 이지상 사장을 해치려고 온 나쁜 마귀쯤으로 여기는 불신에 찬 눈동자 때문인지도 모르겠다. 매우 불쾌했다. 회사를 구하러 투입된 그녀를 스파이 취급하다니.

"그렇게 고함까지 치지 않아도 압니다, 류 팀장."

"흡!"

귓전을 습격하는 바리톤의 음성. 장난기까지 가득 밴 목소리는 다름 아닌 이지상의 것이었다. 깜짝 놀라 고개를 휙 돌렸지만 이미 훤칠한 키의 지상은 성큼성큼 문턱을 넘어 자신의 큰 책상 앞으로 걸어가고 있었다.

"말도 안 돼. 설마 뒤에서……."

그녀의 광대짓을 잘 관람하고 있었다는 얘기다. 배슬배슬 웃는 양 비서가 바로 그 증거다. 이현의 앞에 앉아 있던 양 비서는 그녀의 등 뒤로 다가오는 사장과 눈이 마주쳤음이 분명했음에도 불구하고 이현에게 아무런 눈치도 주지 않았다. 배신자! 아무리 사장에게 푹 빠져 있다고 이렇게 배신을 때리냐!

"죄송해요. 사장님께서 말하지 말고 있어보라고 하셔서."

원망 어린 그녀의 눈빛을 캐치했는지 양 비서는 소심하게 중얼거렸다. 여전히 입가에 유쾌한 웃음을 달고 있음은 물론이다.

"음, 전 그럼…… 이만 나가보겠습니다."

이제 제가 할 일은 다 했다는 듯 양 비서가 자리에서 일어났다. 떠나가는 그녀는 특유의 생글거리는 미소가 넘쳐 있다. 이현은 절망적인 눈으로 그녀를 바라보았다. 잠깐만 기다려 줬으면 하는 마음을 담아 눈으로 애원했다.

'행운을 빌어요!'

윽! 하지만 양 비서는 입술만 벙긋거리며 소리없이 그녀의 행운을 빌어줬다. 그리고 휑하니 사장실을 나가 버렸다.

쿵하고 사장실 문이 닫히는 소리를 들으며 이현은 푹 고개를 숙였다. 끼익끼익, 사장의 의자가 규칙적으로 움직이는 소리 외에 실내는 쥐 죽은 듯 고요해졌다. 방음장치 하나는 철저하게 잘되어 있다는 쓸데없는 생각을 하며 이현은 침을 꼴깍 삼켰다.

'이제 뭐라고 하지?'

이현은 미친 듯이 머리를 굴렸다. 자연스러운, 뭔가 쿨한 한마디를 던져 줘야 덜 창피하지 않을까 싶은 마음에 머릿속이 복잡했다. 부드러운 호명이 들려오는 건 그때였다. 다행히도 그가 먼저 나서서 침묵을 깨준 거다.

"그래, 날 그렇게나 좋아하는 류 팀장!"

"예?"

이해심이라곤 약에 쓸래도 없는 인간! 이현은 속으로 저주를 쏟아 부으며 입술을 깨물었다. 기왕이면 좀 더 사려 깊은 말로 침묵을 깨주면 어디가 덧나서. 정말 심술궂은 남자다, 이지상은.

"어디 보고서 볼까?"

"아, 예……!"

사장의 작전은 성공했다. 그녀는 벌써 얼간이처럼 더듬고 있었으니까. 게다가 세련되지 못한 동작으로 벌떡 일어나 주인 명령에 복종하는 삽살개처럼 쪼로로 달려가, 냉큼 사장 앞에 대령해 서기까지 했다. 이현은 또다시 자신의 얼빠짐에 한탄했다.

정말 이 남자 앞에서는 왜 이렇게 얼간이처럼 굴게 되는 걸까! 그의 시선 한 줄과 그의 말 한마디에 완전히 휘둘리는 꼴이라니. 이건 단순히 그가 상사이기 때문만은 아니었다. 그날의 일이 자꾸만 떠올라서도 아니었다. 물론 처음엔 그 황홀해 마지 않던 키스가 떠오르는 통에 갈피를 못 잡았던 게 사실이었다. 하지만 지금의 감정은 사뭇 달랐다.

"장동혁이라……."

사장의 뜨거운 시선이 이현의 머리통으로 쏟아졌다. 그녀는 끽끽거리며 움직이지 않는 목덜미를 간신히 움직여 고개를 들었다.

"고급스럽고 세련된 이미지 마케팅에 장동혁이 어울린다고 생각하나?"

다행히 사장은 이미 시선을 거둔 상태다. 그는 가늘어진 눈으로 그녀의 보고서를 노려보고 있었다.

"예."

사장의 물음에 이현은 다부지게 답했다. 마음과는 달리 목소리는 떨리지 않았다. 브리핑에 집중하자는 결심을 다시금 굳게 하며 이현은 조심스럽고 조용히 심호흡을 했다.

"그 이유는?"

"장동혁은 국내 최고 배우이자 한류의 핵입니다. 현재 광고시장에서 최고의 몸값을 자랑하고 있고요. 장동혁이라면 베스트 오브 베스트라는 우리 아이겐의 이미지를 더욱 더 굳건히 해줄 거라고 생각합니다. 더불어 꼽은 정우민, 조인재, 강동민 등도 역시 비슷한 이유입니다."

"모두 남자 모델이로군. 특별한 이유가 있나?"

시선을 보고서에 둔 채로 사장은 계속해서 질문을 던졌다. 이현은 어깨를 폈다. 최대한 차분하고 전문적인 모습을 보이기 위해서다. 적어도 일에 있어서만큼은 유능하다는 인상을 심어줘야 했다. 그것이 자신의 능력을 확실히 인정을 받는 수단 중에 하나임을 그녀는 익히 알고 있었다.

"최대 경쟁사인 '제우스'는 전통적으로 여성 모델을 앞세워 왔습니다. 우리 회사도 지난 몇 년간 그 전략을 그대로 따랐었고요. 하지만 전 우리 우상아이캠의 실패 원인 중 하나가 바로 타사 전략의 모방이라고 생각했습니다. 제우스의 광고들을 쭉 훑어보면 주로 여성 모델의 섹시함에 역점을 두고 있다는 것을 알게 되실 겁니다. 한마디로 제우스는 상품 자체의 성능이나 브랜드 이미지와는 별도로 전서린이라는 모델 하나에 의지하고 있는 겁니다. 하지만 제우스와 전서린은 이미……."

"날 비난하고 싶은 건가?"

사장이 그녀의 말을 끊었다.

"……네?"

"이미 알고 있는 것들, 되새겨줄 필요 없어. 결과만 말해."

여전히 서류에 눈을 두고 사장은 무뚝뚝하게 명령했다. 순간 할 말을 잃은 이현은 약간 무안한 마음이 되어 어색하게 말끝을 흐렸다.

"아, 예······."

참으로 알 수 없는 사람이다. 대하면 대할수록 새로운 모습을
보게 된다고나 할까? 솔직히 이렇게 함께 일을 하기 전까지는
'가십거리로 매스컴에 자주 등장하는 재벌 2세 출신의 방탕아',
'무능력한 한량'이란 이미지가 전부인 그였다. 어두운 옆얼굴,
그늘진 아스라한 모습은 수많은 여심을 흔드는 매력남인 동시
에 무능력함의 대명사였다.

하지만 지금, 사장에게서는 예사롭지 않은 기운이 풍겼다.

그는 알고 있었다. 회사의 문제점이 뭔지, 앞으로 나아가야
할 바가 뭔지 죄다 파악하고 있으면서 그녀를 시험하고 있다.
이현은 불편한 심기가 역력히 드러나 따따하게 군은 그의 전신
에서 그걸 느낄 수 있었다. 초보적인 내용을 상세하게 늘어놓는
그녀의 말을 딱 잘라 버리는 그의 태도는 모욕감에 절어 있었
다.

의구심이 들었다. 도대체 왜? 어떻게 하면 회사를 살려낼 수
있는지 다 알고 있으면서, 왜 그는 회사가 이 지경이 되도록 방
치해 뒀던 걸까? 무슨 문제이든 원인을 알면 방책은 딸려 나오
는 법이다. 그렇게 따져 보면, 이지상은 능히 그 스스로의 힘으
로 회사에 닥친 위기를 이겨낼 수 있는 사람임이 틀림없었다.
하지만 그러는 대신 그는 아버지가 내린 도움의 손길을 기다렸
다.

"그래서 결과는?"

남자의 차가운 음성이 혼란 속을 헤매는 그녀를 현실로 끄집어냈다. 잠시 정신을 놓고 있던 그녀는 짧은 순간, 이지상의 눈동자가 힐끗 자신을 훑는 것을 느꼈다. 이현은 재빨리 마음을 가다듬고 대답을 준비했다.

그러나 그가 빨랐다. 대답을 준비하는 이현의 입을 그는 틀어막았다.

"경쟁사에 맞불을 놓겠다?"

그의 입가에 희미한 미소가 서려 있었다. 무슨 뜻으로 짓는 건지 가늠하기 힘든, 매우 복잡한 미소였다. 하지만 한 가지만은 확실했다. 그가 이현의 의도와 작전을 100% 확실히 이해하고 있다는 것. 그녀가 넘겨짚었던 바대로 그는 모든 상황을 완벽하게 숙지하고 관장하는 중이었다.

그녀의 머릿속에서 의구심은 더욱 짙어졌다.

"맞아요."

"나쁘진 않아."

즉시 그가 대답했다. 청신호다. 근 오 년 넘게 이어왔던 우상 아이캠의 기본 콘셉트를 완전히 뒤집어놓을 정도로 파격적인 그녀의 기획안을 그가 긍정적으로 여기고 있다는 건 이현을 만족스럽게 했다.

"그럼 이대로 진행시키겠습니다."

"자신있는 말투로군."

"제게 맡겨만 주시면 최선을 다하겠습니다."

이현은 확신이라는 의기로 힘차게 고개를 끄덕였다. 묵묵함으로 일관 중이지만 사장이 지지하고 있다는 게 미미하게나마 느껴졌기 때문이다. 힘이 되었다. 어깨가 가벼워지고 마음 또한 든든해졌다.

"일은 류 팀장 혼자 하는 게 아니야."

무표정한 사장의 얼굴이 천천히 그녀에게로 향했다. 내내 피했던 그의 눈이, 그 빛이 그녀의 눈빛 안으로 들어왔다. 그의 눈동자는 검게 소용돌이치는 어둠 속의 파도 같았다. 짙고 깊으며 상대를 빨아들이는 듯 악마적인 홍채가 그녀를 직시했다. 고요하고도 강렬한 눈이었다. 결코 거부할 수 없을 것 같은 강력한 힘이 우러나왔다.

일 초, 이 초, 삼 초…….

영원처럼 긴 몇 초가 지났다. 차분히 그의 시선과 맞선 그녀는 다부졌다.

"개인 플레이는 여기까지야."

마침내 그는 결론을 내리고 시선을 거두었다. 기획홍보팀 내의 어지러운 분위기를 보고 받은 게 분명했다. 이게 다 누구 때문인데, 하는 오기가 솟구쳤나. 억울했다. 출근 첫날부터 지금까지 쉴 새 없이 몰아친 사람은 바로 사장이 아닌가?

'누군 같이 의논해서 일하기 싫은 줄 아세요?'

획 싸질러 수고 싶은 걸 그녀는 꾹 참았다. 이처럼 중요한 일을 빠른 시간 내에 처리하기 위해선 혼자 독단적으로 일할 수밖에 없다는 걸 사장도 모르지 않을 거였다. 여럿의 의견을 듣고 결정하기엔 너무 시일이 촉박했다는 걸 그도 알고 있었다. 그럼에도 그는 지적하고 있다.

"죄송합니다."

가슴 안에서 아우성거리며 차고 오르는 수많은 반박을 조용히 누르고 이현은 고개를 숙였다.

"조만간 홍보팀 회식 한번 하지. 류 팀장 환영회 겸. 경비는 회사에서 지급하는 걸로 하고."

사장은 냉랭했다. 이현은 싸늘하고 격식에 맞춘 성의없는 답변으로 응수했다.

"감사합니다. 그것도 준비하겠습니다."

"다 좋은데……."

이젠 다 됐나 보다 하고 안심하고 있을 찰나였다. 세상사에 달관한 듯한 특유의 어조로, 마치 엉터리 TV 시트콤을 촌평하듯 심드렁히 그가 말했다.

"한 가지 걸리는 게 있어."

삐걱. 의자가 움직였다. 사장이 다리를 꼬아 넘기고 있었다. 빳빳하게 다림질된 양복바지가 팽팽하게 당겨졌다. 이현은 떨어지지 않는 시선을 겨우 떼며 사장의 신랄한 눈빛과 마주했다.

"말씀하십시오."

다부지게 대답했지만 속내는 그렇지 못함을 그는 아는 듯했다. 비릿한 웃음이 그의 입가를 스쳐 갔다.

"류 팀장이 거론한 이 모델들, 타사의 디지털카메라 모델을 한 번씩 했던 사람들 아닌가? 물론 큰 반향을 불러일으키진 못했지만. 맞나?"

놀란 이현은 허에 찔린 표정으로 사장을 바라보았다. 어제까지 전혀 하자없다고 여겼던 문제가 갑자기 크게 느껴져 그녀는 당황했다. 그가 일에 관심없는 무능력한 사장이라고 여겼기 때문일까? 그래서 보고 또한 안이하게 준비했던 게 아닐까? 이현은 쓴 입맛을 다시며 꿀꺽 마른침을 삼켰다.

"맞습니다. 장동혁을 제외한 나머지 세 배우가 일본의 하이픽스사(社) 광고에 출현한 적이 있습니다. 하지만 그건 일본 내수시장 광고였고 모두 일 년 기흔의 단발계약이었던 걸로 압니다."

"그럼에도 굳이 이들을 꼽은 이유는 SMBI 때문이겠군."

SMBI(Star Marketing Brand Index)는 스타 마케팅을 통해 브랜드의 가치를 얼마나 높였는지에 대한 지수를 말한다. 이 보고서를 작성하면서 그녀가 가장 고려했던 문제이기도 했다. 역시 이지상은 그녀의 생각을 꿰뚫고 있었다.

"맞습니다. 아시겠지만 아직까진 이들이 소비자에게 주는 이미지는 매우 신선합니다. 특히 장동혁이 우리 제품의 전속모델이 된다면 커다란 반향을 일으킬 거라고 생각합니다."

또박또박 이어지는 그녀의 답변에도 불구하고, 그의 얼굴은 묘하게 일그러지고 있었다. 뭐가 마음에 들지 않는 걸까?

"······좋아하나?"

"네?"

"장동혁 말이야. 이런······ 타입을 좋아하느냐고 물었어."

"누가요? 저요?"

순간, 이현은 제 귀를 의심했다.

"류 팀장의 취향이 반영된 게 아닌가 싶어서 말이야."

사장의 입가가 삐딱하게 구겨졌다. 그가 무슨 생각을 하고 있는지 이현은 미치도록 궁금해졌다. 조여들고 오그라드는 심장을 느린 심호흡으로 달래며 그녀는 똑똑한 어조로 대답했다.

"아주 아니라고는 말할 수 없을 것 같습니다. 저를 포함한 대다수의 여성들이 장동혁 씨와 같은 타입을 좋아하니까요. 일단 이미지가 굉장히 좋습니다. 스캔들도 없고 매너 좋기로 소문이 나 있거든요. 겉으로 풍기는 이미지가 그렇다 보니 세련되고 고급스러우면서도 자상한 남성이라고 많이들 인식하고 있습니다."

"너무 노멀해."

툭, 이현의 보고서가 그의 책상 위로 던져졌다. 장황하게 부연하고 있던 이현은 영문을 모른 채 반문했다.

"네?"

"세련되고 고급스러운 이미지가 우리 아이캠에 적합하기는 하지만 장동혁은 아니야. 너무 정형화되어 있어."

"그럼······?"

어떻게 하자는 건가? 그녀가 묻고 싶은 말이었다. 괜한 꼬투리를 잡고 있다는 느낌을 지울 수 없어 그녀는 치열하게 인상을 찌푸렸다.

"적합한 다른 모델을 알아봐야지."

사장이 의자에서 일어났다. 무엇으로부터 쫓기고 있는 듯 상당히 초조하고 불안한 모습이었다. 그는 책상 한쪽을 장식하고 있는 오렌지 더미 위에서 향기를 가득 머금은 황금빛 오렌지를 하나 집어 들며 고개를 가로저었다. 생각에 듬뿍 잠긴 얼굴이었다.

이현은 소리 죽여 한숨을 내쉬었다.

"다시 준비해 보겠습니다."

"시일이 촉박해. 적어도 내달 말까지는 광고가 나가야 한다는 걸 잊지 마."

툭툭, 오렌지가 그의 손 안에서 튀어 올랐다 내려오기를 반복했다. 무엇이 그의 생각을 바꾸었는지 짐짓 궁금해졌다.

"최대한 빨리 준비하겠습니다."

빨리 끝내고 싶었다. 하지만 제대로, 성공적으로 마무리를 짓고 싶었다. 그러기 위해선 기획 단계가 치밀하고 정확해야 한다. 아름다운 그림에 세심한 밑그림이 필수이듯 그렇게 말이다. 이현은 그러한 밑그림을 그리고 있는 중이었다. 그녀가 맡은 일은 최대한 많고 다양한 정보를 모아 구매자들의 심리를 정확히 분석해 내는 거였다. 그만치 집중력이 필요한 일이고, 그녀가 팀장으로 부임되어 온 지 벌써 이 주가 지나도록 의례적인 환영회나 회식 한번 갖지 않았던 이유도 비교 이 집중력 때문이었다.

하지만 다시 시작해야 했다. 괜찮은 남자 모델을 또 어떻게 찾아내야 한다는 말인지…….

"나가봐."

싸늘하기 그지없는 남자의 음성을 들으며 이현은 고개를 숙였다. 그녀는 절제된 동작으로 사장의 책상 위에 아무렇게나 널브러져 있는 보고서를 찾아 들었다. 착잡한 심정이었다. 이 보고서를 작성하기 위해 이번 광고 전략에 들어맞는 인물들을 죄다 검색해 본 그녀로서는 새로운 인물을 찾아내야 한다는 부담감은 꽤 컸다.

그녀의 심정을 알아챈 걸까? 사장은 등을 돌려 무거운 발걸음을 옮기는 그녀의 뒷모습을 물끄러미 바라보다 매우 느리게 입을 열었다.

"이겸이 어떨까?"

"네?"

처음에 그녀는 자신이 잘못 들은 줄 알았다. 고개를 돌려 사장을 돌아보면서도 긴가민가했다. 설마 사장이…….

"영화배우 이겸. 세련되고 고급스러운 이미지에 어울리면서도 독특한 매력의 소유자. 난 장동혁보다는 이겸이 더 적합하다고 보는데."

저절로 그녀의 입이 벌어졌다.

"류 팀장 생각은 어때?"

제8장 | 인식

그 순간 지상의 머릿속에 배우, 이겸이 떠오른 건 순전히 우연이었다. 그에 대한 배경 지식이라곤, 인터넷 신문에서 보았던 기사 한 줄과 스물넷의 나이에 아직까지도 인기스타에 열광하는 순진무구한 양 비서가 동료 직원과 떨던 수다 한자락이 전부였다.

이겸이라는 배우는 작년과 재작년, 광고계가 선정한 호감형 모델 1위였다. 아마도 지기 관리가 철저한 배우이기 때문일 것이다. 그는 영화든 드라마든, 동시에 출연하지 않는 배우로 정평이 나 있었다. 그건 CF 분야에서도 마찬가지였다. 그러면서도 매번 엄청난 반향을 불러일으켜 언론의 주목을 받기 일쑤였다.

그런 그를 모델로 밀어붙이겠다는 결심이 선 건, 류이현의 흥미로운 반응 탓이었다. 그녀는 이겸에 대해 안 좋은 추억이 있는 듯 기겁을 했다. 얼굴이 하얗게 질리며 '이겸은 제품 이미지와 결코 맞지 않다'고 주장하는 폼이 여간 재미있지 않았다. 그녀는 끝까지 장동혁을 주창했다. 그 이유는 굳이 듣지 않아도 짐작이 갔다. 스캔들이 없고 여자들에게 매너가 좋은, 부드러운 성격의 소유자이기 때문일 터다.

　　그는 이현의 의견을 싹둑 잘랐다. 장동혁이 얼마나 이미지가 좋은 배우인가, 열심히 설명하던 이현의 얼굴은 완전히 일그러졌다. 그때까지 자신의 감정을 잘 컨트롤하고 있던 그녀는 완전히 이성을 잃어버린 듯했다. 한동안 그는 그녀의 망연자실한 얼굴을 씁쓸한 심정으로 바라보았다.

　　"영화배우 이겸의 매니지먼트사와 연락을 취할 수 있는지 알아봐."

　　한 시간 전, 그는 비서실에 지시를 내렸다. 이례적으로 그는 이겸 측과 직접 접촉하여 계약 여부를 타진해 볼 작정이었다. 이현에게 맡겨서는 안 되겠다는 생각이 들었던 이유다. 머리 좋은 여자이니, 가만히 있지 않을 것이다. 장동혁이 아니면 안 되게끔 무슨 수를 쓸지도 몰랐다.

　　필사적으로 장동혁을 추천하던 그녀의 얼굴이 다시금 떠올라 지상은 거칠게 앞머리를 쓸었다. 어젯밤 미친 듯이 마셔댄 덕분에 그의 지금 몸 상태는 완전히 엉망이었다. 머릿골이 깨질 것 같고 속은 엄청나게 쑤셔댔다.

버티다 못한 지상은 결국 한 시가 살짝 지난 시각, 이른 퇴근길에 올랐다. 물론 그는 사원들이 눈치 채지 못하도록 조용히 움직였다. 사장 전용 엘리베이터를 이용해 지하주차장까지 걸어오는 동안 그는 사람들 눈에 단 한 번도 노출되지 않았다.

"댁으로 모실까요?"

수행에 나선 김 비서실장이 정중히 물어왔다. 평소 출퇴근길을 직접 운전해 왔던 지상이었지만 오늘만큼은 어쩔 수 없이 그의 수행을 받아들였다. 두통이 너무 심해 당장이라도 수면제를 먹고 뻗어버리고 싶을 지경이었다.

정말이지, 딱 쉬고 싶었는데. 다른 때 같았으면 하루 쉬었을 텐데. 하지만 그는 출근했다. 하룻밤에 친구 둘과 함께 양주 일곱 병을 작살낸 그가 초인적인 힘을 발휘한 데에는 류이현이란 여자의 존재가 커다란 힘으로 작용했음을 이현은 스스로 인정했다. 아침에 그녀의 보고를 듣기 위해 그는 숙취제 세 병을 들이부어야 했다.

'젠장, 빌어먹을!'

지상은 김 실장을 향해 고개를 끄떡하고 자동차 뒷좌석으로 가 털썩 몸을 뉘었다. 속이 정신없이 쓰렸다. 위가 뒤틀리고 꼬아져 구멍이 난 게 아닐까 의심들 정도였다. 아닌 게 아니라, 오늘 먹은 거라곤 숙취제와 아침에 일어나서 까먹은 오렌지 하나가 전부였다.

지상은 휴대전화를 꺼내 버튼을 눌렀다. 누구라도 만나야 그나마 뭐든 먹게 될 것 같은 기분이라 전화를 거는 거였다. 그 행운의 주인공은 재혁이다. 녀석의 싼 입은 어젯밤 그가 끊어먹은 필름을 분명히 이어줄 것이다.

[여~! 지상 최고의 꼴통! 어쩐 일이냐, 이 시간에?]

"어디냐? 밥이나 먹자."

[의외로 일찍 일어났네. 난 한 24시간쯤 푹 잘 줄 알았지. 평소 같으면 지금도 꿈나라일 텐데 어쩐 일이냐, 벌써 일어나고?]

"오늘 해가 서쪽에서 떴나 보지. 퇴근 언제 할 거냐?"

[지금 나, 너희 집에 있어.]

"오늘 출근 안 했어?"

[넌 출근했었냐?]

그의 질문이 또 다른 질문이 되어 날아왔다. 역시나 재혁은 출근을 못 한 모양이다.

"일이 있어서."

[오호라! 그 여직원 때문에 출근한 거구나? 이거야 원, 까무러칠 일이로군. 너, 설화 그 계집애한테는 절대 말하지 마라.]

"뭘?"

[너를 미치게 만드는 그 여자 말이야.]

재혁의 수다스러운 입에서 침이 튀기는 모습이 연상되었다. 터프한 남성미가 철철 넘치는 녀석은 말투에서도 과격한 성격이 확연히 드러난다. 그런 녀석이니 사랑에 있어서도 거침이 없는 거겠지만. 그나저나 미치게 만들다니, 누가?

"나를 미치게 만드는 여자라니?"

[시치미 떼지 마. 아까 말한 그 여직원 말이야. 그 여자 때문에 미치겠다며, 화가 나서 죽겠다고 난리쳤잖아.]

"내가 그런 말을 했어?"

설마! 그럴 리가 없다. 술에 취하면 말을 좀 하는 편이긴 하지만, 그렇다 해도 그는 술김에 속내말까지 다 떠벌릴 만큼 가벼운 타입이 아니다. 좀 더 쌀쌀해지고, 좀 더 비밀스러워진다고나 할까? 그런 자신이 친구들 앞에서 그런 추태를 벌였다고? 얼간이처럼 남의 여자에게 질투나 해댔다는 걸, 설마하니 다 말했다고……?

[왜 화가 나는지는 말하지 않았지만 대략 알 만했어.]

그러면 그렇지. 휴, 지상은 안도의 숨을 내쉬었다.

[그 여자가 너 싫다고 하던? 너처럼 부잣집 망나니는 밥맛이라던?]

"그건 너 처음 만났을 때, 제수씨가 했던 말 아니냐?"

재혁의 애인인 자영을 지상은 '제수씨'라고 부르고 있었다. 물론 재혁은 '형수님'이라고 부르라고 윽박지르기 일쑤다.

[우리 사영이는 싸가지없고 재수없는 놈이라고 했지.]

"홋! 그게 그거네."

[이거 왜 이래. 내가 싸가지는 좀 없어도 망나니는 아니거든?]

"그래. 너 잘났다, 인마."

[아무튼 난 너의 그녀가 무척 궁금하다. 조만간 알지?]

"실없는 녀석."

애정이 담긴 말 한마디를 던지며 지상은 전화 수화기를 반대편 손으로 옮겨 잡았다. 입맛이 썼다. 왜 자신이 '류이현과는 아무 관계도 아니며 사귀는 사람이 따로 있다'라는 명명백백한 사실을 시원하게 밝히지 못하는지, 그는 알 수가 없었다.

윤민석. 그는 꽤나 괜찮은 남자였다. 적어도 사원카드에서 본 대략의 프로파일로만 봐선, 좌절의 'ㅈ' 자도 모르고 자라온 이였다. 고모가 미국 시민권자인 덕에 그는 어려서부터 미국에서 공부를 하며 자라왔고, 뛰어난 두뇌로 두각을 나타내 십칠 세의 나이로 하버드에 입학하는 기염을 토했다. 비록 입학 후 전공을 이것저것 바꾼 덕에 졸업이 늦어버리긴 했어도 남들보다 두 해나 더 일찍, 그것도 명문대학에 입학했다는 사실은 꽤 고무적이었다. 게다가 윤 실장의 아들이라니, 집안이야 볼 것도 없는 거고.

류이현은 그런 잘난 남자의 여자다.

[아무튼 너, 집에 일찍 들어오지 마라.]

"뭐? 무슨 소리야?"

아무짝에도 쓸모없는 생각으로 한순간을 허비한 지상은 재혁의 느닷없는 질문에 멍히 되물었다. 쓰윽, 위가 다시금 뒤틀렸다. 아픈 위를 손바닥으로 슬그머니 짓누르며 지상은 친구의 난

데없는 잡소리에 집중했다.

[말했잖아, 네 아파트에 있다고. 이 형님이 지금 즐거운 시간을 보내고 계시다.]

자영과 만나고 있음이라. 둘 사이를 반대하는 재혁의 부모님 때문에 두 사람은 일주일에 두어 번, 지상의 아파트에서 남몰래 만나고 있었다. 사람들 눈을 피하는 데에는 지상의 아파트만한 곳이 없나? 혼자 사는 데다 그나마도 자주 비우기 때문이다.

"어제 그렇게 마시고도 그럴 힘이 남아 있나?"

[내가 또 힘 빼면 시체지 않냐? 지금 우리 자영이 완전히 뻗어가서 한숨 때리고 있어. 하하하!]

너스레를 떠는 재혁의 웃음소리가 수화기를 타고 호탕하게 흘러들었다.

"그래, 알았다. 쉬어라."

좋지만은 않은 기분으로 전화를 끊고 지상은 막 주차장을 나서기 시작한 김 실장에게 클럽으로 가달라고 부탁했다. 좋은 시간을 보내고 있는 연인 사이를 방해하고 싶지 않았다. 때문에 어쩔 수 없이, 영업 준비가 한창인 클럽으로 향했다. 아무리 바빠도 밥 먹을 시간은 있겠지.

무득 이현과 거의 반강제적으로 같이한 점심이 떠올랐다. 뚱뚱하지도, 앙상하지도 않은 적당한 체구의 그녀는 의외로 식사를 맛있게 하는 타입이었다. 먹기도 잘 먹고 씹기도 잘 씹고, 우습지만 씹으면서 말도 잘했다. 가혹 밥풀이 튀어 민망한 표정은 지을 때 보이는 그녀만의 독특한 찡그림도 귀여웠다. 그러면서도 끊임없이 이야기하는 그녀는, 평소 말없이 식사만 하는 그에게 신선한 재미를 주었다.

'젠장! 그래서? 그래서 뭘 어쩌려고?'

스스로를 향해 의문하는, 질문 아닌 질문. 무의식중에, 지상은 둥글게 말아 꽉 쥔 주먹을 입으로 가져가 질근질근 씹었다.

이현이 윤민석과 함께 있는 모습을 보면 순식간에 불쾌해지고 배알이 꼬이는 제 마음을 그는 이해할 수 없었다. 애인 사이임이 명백한 둘 사이를 자꾸만 떼어놓고 싶어 온몸이 근질근질해졌다. 그렇다고 딱히 류이현에게 딴마음이 있는 것도 아니었다. 물론 처음 보자마자 호기심이 일었고 호감이 가는 여자라는 생각도 잠깐 했었다. 하지만 남의 여자다. 남의 걸 탐내는 건 그가 제일 혐오하는 일이다.

그런데도 자꾸 그녀를 향해 남자의 본능적인 소유욕이 솟구치는 건 왜일까? 라일락 때문일까? 류이현이 라일락 향을 지니고 있기 때문에? 그의 안에 내제되어 있는 신경세포가 본능적으로 라일락 향에 반응하고 있는 것은 아닐까?

그렇다면 정신 차려야 한다. 류이현은 한 달 전의 그 여인이 아니며, 단지 그의 세포가 만들어낸 대체물에 지나지 않기 때문이다.

'바보 같은 놈! 무엇 하나 제대로 해내지 못하는 못난 놈!'

그는 마음속으로 자신을 향해 일갈했다. 아버지인 이 회장으로부터 항시 듣던 말을 지금은 제 스스로 내뱉고 있었다.

끼이이익!

날카로운 금속 마찰음이 들린 건 그때였다. 찢어질 듯한 비명 소리가 뒤를 이었다. 사고가 난 것 같았다.

"쯧쯧쯧!"

김 실장이 혀를 찼다. 코앞에서 사고를 목격한 그는 고개까지 가로저으며 안타까워했다.

"뭡니까?"

"사고입니다. 큰 사고는 아닌데, 그래도 좀 지체될 것 같은데요."

자신의 잘못이 아니건만, 김 실장은 송구스러운 듯 머쓱한 표정이다. 위장이 또 한 번 뒤틀리는 걸 느끼며 지상은 얼굴을 찡그렸다.

"무슨 생각으로 다니는 건지 원. 젊은 친구가 정신을 쏙 빼놓고 있었구만."

김 실장의 혼잣말을 귓등으로 스치며 지상은 눈을 감았다. 곧이라도 빠개질 것 같은 머리를 편히 뉘고 긴 한숨을 내쉬었다. 웅성웅성, 사람들이 사고 현장 주위로 몰려들고 누군가 119를 불러야 된다고 소리를 쳐댔다. 사고를 당한 당사자가 의식을 잃었는지, 정신을 차리라며 다그치는 소리도 들렸다. 지끈지끈 아파오는 머리통을 문지르며 지상은 고개를 돌렸다. 119구조대가 도착할 때까지 이렇게 우짜닦싸 못할 게 빤하 터, 그사이 잠깐이라도 눈 좀 붙여볼까 싶어서였다.

그러나 다음 순간, 지상은 번쩍 눈을 떴다. 김 실장이 뭐라고 중얼거렸는데…….

"뭐라고 했습니까?"

"예?"

김 실장이 뒤를 돌아봤다. 그의 얼굴엔 의아해하는 기색이 역력했다.

"방금 누구라고 했어요?"

"아, 저……."

기분이 묘해졌다. 뭔가 불길한 예감이 그의 전신을 휘감기 시작했다. 지상은 찌르는 듯한 위장의 고통과 흔들리는 두개골에도 아랑곳하지 않고 벌떡 상체를 일으켰다. 전면 유리로 상체를 밀어붙이며 지상은 불길함에 몸을 떨었다.

"사장님!"

번개처럼 귓속을 파고드는 김 실장의 외마디 외침.

그 순간 지상은 그녀를 보았다. 사고 현장에서 울부짖는 류이현을……

"휴!"

가습기가 돌아가는 이 인용 병실을 이현의 한숨이 그득 채웠다. 쾌적한 공기의 흐름이 한순간 흐트러졌다. 답답한 마음을 가눌 길 없어 이현은 자리에서 일어났다. 친구는 깊은 수면에 빠져 있었다. 팔뚝에 깁스를 한 친구를 내려다보며 이현은 또다시 깊은 한숨을 푹 내쉬었다.

민석이 다친 건 그녀의 책임이었다. 외근 나가 있는 그에게 전화해 빨리 들어오라고 다그친 이가 다름 아닌 그녀였기 때문이다. 외근하다 집으로 곧바로 퇴근하기로 되어 있던 민석은 난데없는 다그침에 허겁지겁 차를 몰다 사고를 내고 말았다. 그녀가 보는 앞에서. 충격이 컸는지 정신까지 잃은 민석을 보며 그녀는 비명을 질렀다.

아! 왜 밖에 있는 민석을 불러들인 걸까? 이겸에겐 택시를 타고 가도 되는 것을. 당황하고 급하기로서니 밖에서 일하는 애까지 불러들일 것까지는 없었다는 생각으로 이현은 괴로웠다.

오후 내내 초조함에 손톱을 잘근잘근 씹으며 오빠인 이겸에게 그야말로 줄기차게 전화를 걸어댔다. 하지만 통화는 되지 않았고 겨우 연결이 됐을 때는 그의 매니저가 전화를 받았을 뿐이었다. 이겸이 드라마 티저 포스터 촬영 때문에 바빠 통화를 할 수 없다는 말에, 그녀의 초조함은 극에 달하게 됐다.

결국 그녀는 그곳으로 직접 이동할 결심을 했다. 민석은 급할 때 생각나는 유일한 친구였고, 그때까지만 해도 민석이 사고를 당할 거라곤 상상도 못했다. 그냥 포스터 촬영 현장이 너무 멀어 택시를 타기엔 돈이 아깝다는 생각뿐이었다.

젠장, 게으름이 죄지. 게을러서 펑크 난 타이어를 고치지 않았고, 게을러서 전철을 타고 출근했다. 민석은 게으르고 이기적인 그녀 때문에 사고를 당한 거였다.

"류이현!"

속삭이듯 내리깔리는 목소리를 들으며 이현은 퍼뜩 정신을 차렸다. 생각에 빠져 자책하고 있던 그녀는 병실 문을 열고 들어오는 훤칠히 잘생긴 남자를 돌아보았다.

"오빠!"

"어떻게 된 거야?"

선글라스를 벗으며 들어오는 그는 스포티한 점퍼와 청바지 차림이었다. 190㎝에 가까운 키에 짧은 헤어스타일을 멋들어지게 빗어 넘긴 그는 최근 맡은 섹시한 경호원 역과 썩 잘 어울리는, 자신만만하고 유혹적인 모습이었다.

"혼자 왔어?"

"혼자 왔지, 그럼."

"일은?"

"끝났어. 뭐야? 왜 이래?"

이현의 질문엔 대답하는 둥 마는 둥. 이겸은 민석에게로 다가왔다. 다쳤다고 했어도 이 정도인 줄은 몰랐는지 꽤나 놀란 모습이었다.

"사고."

짧게 말하는 이현은 금세 울상이 되었다. 모두가 자신의 책임이라고 여기고 있는 듯 그녀의 모습에서 죄책감이 역력히 드러났다. 이겸은 한쪽 눈썹을 힐끗 끌어 올리며 동생을 내려다보았다.

동생은 유난히 눈물이 많다. 여자들이 다 그렇지만, 이현은 특히 더 그렇다. 너무 감성적이라고 해야 하나? 정에 약하고 마음이 여려 가끔 공과 사를 구분 못할 때도 있고, 남의 부탁을 거절 못하기도 한다. 그래서 이겸은 이현과 같이 절대 슬픈 영화를 보지 않는다. 이겸에겐 그다지 슬프거나 감동스럽지 않은 장면에서도 이현은 펑펑 눈물을 쏟는 바람에 당혹스러울 때가 한두 번이 아니었기 때문이다. 여자들에겐 당연히 있는 모성본능이 남들보다 더 강한 모양이다. 은근히 로맨티스트이기도 하고. 아무튼 그 감성적인 성격이 이현에겐 장점이자 단점이다.

"네 책임이 아니잖아. 왜 울고 그래?"

"나 때문이야. 내가 빨리 오라고 재촉하지만 않았어도……. 오빠도 알잖아. 민석이, 운전면허 따고 지금까지 한 번도 사고 낸 적이 없는 애야."

붉게 충혈되는 이현의 눈망울을 내려다보며 이겸은 한숨을 내쉬었다.

"나한테 오려다가 그랬다며."

"응."

"급한 일이었어? 네 차는 어떡하고 민석일 불렀어?"

"나, 얼마 전에 차 펑크 났어."

기어들어 가는 목소리로 이현이 변명했다. 쯧쯧, 저 귀차니즘 때문에 뭔 일을 내도 크게 낼 줄 알았지. 이겸은 속으로 혀를 찼다.

"중요한 일이었어?"

"어, 그게 그러니까……."

이현은 초조해하고 있었다. 무슨 일일까?

같은 하늘 아래 있으면서도 각각 따로 떨어져 살고 있는 그들이었다. 서로 바쁘고 만날 시간이 없어서 함께 사는 게 더 피곤하다는 이유에서였다. 하지만 이겸은 그보다 더한 이유가 있다는 걸 잘 알고 있었다.

이현은 오빠가 연예인이라는 걸 부담스러워했다. 친한 친구들 외엔 이겸과의 사이를 밝히지 않았고 가끔 들어오는 가족 인터뷰 요청에도 매우 비협조적이었다.

"우리 회사에서 다음 제품 광고 모델로 오빠를 지목했어."

아하! 그랬었군. 이겸은 빙긋 웃었다.

"오빠가 적합하대. 세련되고 고급스러우면서도 뭔가 독특한 분위기라나?"

"그거야 그렇지. 누군지 몰라도, 사람 볼 줄 아네."

"지금 농담이……."

이겸의 농담조에 버럭 고함을 지르던 이현은 새삼 이곳이 병실이라는 사실을 깨달은 듯 주변을 둘러보았다. 적막에 휩싸인 병실에는 민석 이외에 꼬마 환자가 다리 한쪽을 허공에 매달고 누워 있었다. 눈을 감고 쌕쌕 잠들어 있는 꼬마를 바라보며 이현은 하던 말을 끝맺었다.

"나와?"

"그럼 나보고 어쩌라고?"

"사장이 나한테 오빠랑 얘기해 보래."

"그래서?"

"오빠가 안 하겠다고 해."

"뭐?"

이겸은 한쪽 눈썹을 휙 끌어 올렸다. 방금 전까지 민석에게 미안하다며 눈물을 그렁그렁 매달고 있던 동생의 눈이 반짝이고 있었다.

"오빠도 요새 드라마 준비하느라고 정신없잖아. 귀찮게 CF는 뭐 하러 해? 그냥 하지 마. 알았지? 나, 사장한테 그렇게 말한다. 응?"

"글쎄…… 할 의향이 아주 없는 거 아닌데……."

"오빠! 오빠도 나랑 남매라는 거 밝히고 싶지 않잖아. 괜히 사생활 보도되고 언론에서 입방아 찧고. 그거 좋아? 가뿐하게 지금처럼 지내는 게 좋다며."

느낌이 야릇했다. 동생이 필요 이상으로 기를 쓴다는 느낌이 팍팍 들었다. 이겸은 무럭무럭 치받쳐 올라오는 호기심을 억누르지 않고 찡긋 눈매를 휘었다.

"그건 그거고, 이건 이거고."

"무슨 소리야?"

"무슨 소리긴, 하겠다는 의미지."

"뭘?"

당황한 채로 이현이 이겸을 올려다보았다. 온몸이 바짝 얼어붙어 눈만 껌뻑거리는 형상이 여간 귀여운 게 아니었다. 호기심이라는 재료에 장난기 소스가 따끈따끈 뿌려졌다.

"CF 제의, 받아들이겠다고."

"뭐어?!"

즉각 이현이 대경실색했다. 구린내가 물씬 풍겼다. 이건 단순히 유명인 오빠와 얽히고 싶지 않은 동생의 반응이 아니었다. 그보다 더 강력한 뭔가가 있었다.

"스케줄이야 조절하면 될 거야. 드라마 초반에는 내가 잠깐씩만 나오거든. 중반 이후에 여주인공과 자주 얽히면서 사랑에 빠지게 되고, 그때부턴 좀 바빠지겠지."

"하지 마, 오빠! 오빠는 마음만 먹으면 CF는 마음대로 고를 수 있잖아. 왜 하필 우리 회사 CF를 하겠다는 거야?"

"왜 이래. 디카 선전은 나도 꼭 해보고 싶었던 거야."

물론 거짓말이다. 이현은 더욱더 안달해서 이겸에게 매달렸다.

"다른 거 하면 되잖아. 응? 하지 마라. 제발!"

"난 그 사장이란 친구가 무척 마음에 들거든."

"응?"

뭔가 찔린 듯 이현은 흠칫 놀랐다.

"네 방해 공작이 이렇게 심한데 결국 나로 최종 결정이 났다는 건, 너보다 훨씬 입김이 센 사람의 지지를 얻었다는 거 아니야? 너보다 파워가 센 사람이라면 적어도 사장급은 되어야 할 거고. 혹시 너희 사장, 여자냐?"

"무, 무슨 소리야? 남자야!"

살짝 붉어지는 두 볼. 이현의 흥분한 듯 홍조를 띤 볼을 지그시 내려다보며 이겸은 만족했다. 회사에서 능력을 인정받아 자칭, 타칭 커리어우먼인지는 모르겠으나 이현은 여전히 이겸의 손바닥 안에 있었다. 어릴 때부터 어리버리한 듯 순진했던 동생은 이겸의 유도심문에 늘 자신의 비밀을 들키곤 했었다. 물론 당사자인 그녀는 자신이 뭘 들켰는지도 모르고 지나가곤 했다. 지금처럼.

"그래? 그럼 뭐……."

"안 할 거지?"

"네가 정히 원한다면, 어쩔 수 없지."

"휴! 고마워."

조금 더 찔러볼까? 그 사장이라는 작자와 동생의 관계가 이겸은 무척이나 궁금했다. 이대로 이 문제를 덮어버리면 오늘 저녁 잠들지 못할 것 같은 불길한 예감에 이겸은 슬쩍 아랫입술을 핥았다.

"회사 사람들이 아는 게 그렇게 싫으냐?"

"당연하지. 귀찮아. 꼬치꼬치 캐묻고 내 일거수일투족에 일일이 다 관심을 보인단 말이야. 나를 보는 눈빛도 달라진다니까."

"일만 하고, 너랑 무슨 사이인지는 안 밝히면 되잖아. 너랑 나랑 별로 닮질 않아서 괜찮지 싶은데."

"안 돼. 사장이 얼마나 예리한데. 눈치가 백단이라고."

"눈치가 백단이야?"

가슴 아래로 팔짱을 끼며 이현이 얼굴을 찌푸렸다.

"겉보기엔 멍청하고 아무 생각 없는 것 같은데 알고 보면 아주 미쳐. 강적이야, 아주."

"잘생겼냐?"

"잘생기기야 잘생겼지. 아주 여자들이 껌뻑 죽어. 한 번 웃기만 해도 100m 근방 여자들이 죄다 쓰러질걸? 쳇! 일이나 열심히 하지."

이런, 이런! 이현이 사장을? 그의 예상대로 이현과 사장 사이가 심상치 않음을 이겸은 포착했다. 사장이란 놈을 만나보지 않아서 딱히 뭐라 결론 내릴 순 없지만, 야릇한 뭔가가 있긴 있었다.

'흥미로워지는데……?'

이겸은 겉으로 드러나지 않게 씩 웃으며 뒤를 돌았다. 편안한 모습으로 잠들어 있는 민석의 곁으로 다가가며 그는 중얼거렸다.

"웃기만 해도 넘어간다……. 바람둥이의 전형적인 모습인데. 젊은가 보지?"

"바람둥이도 보통 바람둥인가? 소문이 만발한 바람둥이지. 오빠, 몰라? 우상그룹 둘째아들, 이지상."

들어본 적 있는 이름이었다. 최근에 유명 댄스가수와의 스캔들로 연예계를 떠들썩하게 만들었던 인물이었다. 터지자마자 긴급히 수습된 스캔들의 각본은 '둘은 우연히 파티에 동석하게 되었고 그걸 본 기자들이 스캔들 기사를 터뜨린 것'이다. 그걸 사실로 믿는 이들은 거의 없었다. 워낙 이 바닥에서 소문이 좋지 않은 여가수였고, 예전만큼은 아니지만 이지상 역시 만만치 않았기 때문이다. 이러면 좀 곤란해지는데…….

이현은 눈에 넣어도 아프지 않을 그의 하나밖에 없는 여동생이다. 그런 그녀가 하필 천하에 둘도 없는 바람둥이를 마음에 두고 있다니! 마음에 안 들었다. 과연 녀석이 보석 같은 동생의 관심과 애정을 받을 자격이 있는지 의심스러웠다. 마음이 여리고 천성이 따뜻한 녀석이지만 남자 관계에 있어서만큼은 늘 지각있게 행동했던 이현이 도대체 이지상의 뭘 보고 반한 걸까?

"이지상이 너희 회사 사장이야?"

"그렇다니까!"

이현이 그의 등 뒤에서 절규했다. 비록 큰 소리는 아니었지만 소리치는 그녀의 목소리는 절망적으로 일그러져 있었다. 그를 좋아하긴 하지만 그녀 자신도 용납이 안 되는 상황이라는 걸 이겸은 짐작할 수 있었다.

이성으로도 제어되지 않는다? 그만큼 녀석을 좋아하게 된 건가?

"바람둥이 오입쟁이로 소문나 높이잖아. 혹시 녀한데 찝쩍대지는 않던?"

민석이 누운 침상 앞에 놓여 있는 간이 의자에 앉으며 이겸은 슬쩍 떠봤다.

"아, 아니야! 그, 그런 짓은……."

"아직까진 아니야?"

"공과 사는 구분할 줄 아는 사람 같아. 반말하는 버릇만 빼면 나한테는 얌전하게 구는 편이야."

"반말만 하고 얌전하게 군다……."

봐주는 말투다. 동생이 저런 식으로 엄마인 양 말하는 건 좋지 않은 징조였다. 마음이 이미 기울었다는 얘기. 이현은 이지상이 별 험한 짓을 해도 저런 식으로 다 이해해 줄 것이다. 남자에게 감정적으로 군 적이 거의 없는 동생이 어쩌다가 저리 된 거지?

'만나봐야겠어.'

이겸은 생각을 굳혔다. 그리고 우물쭈물 어정쩡히 서 있는 동생을 향해 고개를 돌렸다.

"연락했어?"

"응?"

"민석이네 집에 말이야, 연락했냐고."

"아! 아니……."

갑작스러운 화제 전환에 멍하게 서 있던 이현은 펄쩍 뛰었다. 사고난 지 몇 시간이나 지났는데 겨우 이겸에게만 연락을 했었던 거다.

"깜빡했지 뭐야. 어휴! 내가 미쳤나 봐. 아무 정신이 없네."

"다른 데다 정신을 팔고 있으니까 그렇지. 네 베스트프렌드가 다쳤는데 넌 네 회사 일에만 신경 쓰고 있잖아. 너무한 거 아니야? 너한테 불려오다가 사고 난 건데."

"어, 그러게……."

죄책감이 이현의 안면을 뒤덮었다.

'쯧쯧!'

이겸은 혀를 차며 고개를 저었다. 평화롭게 잠들어 있는 민석을 내려다보니 안타깝기만 했다. 이겸은 민석이 십 년 넘게 한결같이 이현만 바라봐 왔다는 걸 누구보다도 잘 알고 있기 때문이다. 이겸도 어릴 때부터 봐왔고 겉부기와는 다르게 진국인 민석을 일찌감치 처남감으로 낙점시켜 놨었다.

'한심한 사식! 그렇게나 붙어 있었으면서 어떻게 여자 마음 하나 못 잡냐?'

어쩔 수 없는 일이다. 아무리 민석이 괜찮은 녀석이라 해도 이현의 마음을 움직이지 못한다면 아무 소용 없는 거였다.

게다가 이현은 민석을 보면 여드름 덕지덕지 난 중학 시절 얼굴이 생각나 웃음밖에 안 난다고 한다. 그런 동생에게 민석을 억지로 붙여줄 생각은 추호도 없었다. 사랑이란 건 마음이 시켜서 한다지 않나?

그런 의미에서, 이겸은 이지상이란 자자를 주목히기로 했다.

민석이 이현과 십 년 동안이나 붙어 다니면서도 그녀의 마음을 훔치지 못한 반면, 그는 불과 한 달도 채 안 되는 짧은 시간 안에 이현을 흔들어놓았다. 이현이 남자에게 그다지 후한 점수를 주는 편이 아니라는 걸 감안한다면 그건 상당히 고무적인 일이었다. 이지상에게는 우상그룹이라는 그 대단한 후광 이외의 뭔가가 있는 게 확실했다. 그것이 이현을 끌어당기고 있었다.

"여보세요? 민석이네 집이죠?"

어느새 이현이 민석네 집에 전화를 걸고 있었다. 이겸은 동생의 뒷모습을 바라보며 짧은 한숨을 내쉬었다. 사랑, 감정이나 소모하는 쓸모없는 신경전. 바로 그 지독한 굴레 속으로 스스로 걸어가고 있는 동생이 조금은 안쓰럽게 느껴졌다.

'부디 괜찮은 놈이어야 할 텐데.'

제9장 | 미로, 질투, 그리고…

"그래, 잘하고 있다고?"

막 샤워를 마친 듯 축축한 머리와 상쾌한 냄새를 풍기며 준상이 기다랗게 휘어진 계단을 타고 내려오고 있었다. 속내를 가늠하기 힘든 무표정으로 지상은 형의 장난기 배인 얼굴을 바라봤다.

"사람 불러다 놓고 무슨 소리야, 뜬금없이?"

"류 팀장 말이야. 일 잘하고 있다고 하던데, 정말 그러냐고 묻는 거야."

얌전하고 기품있는 자세로 소파에 몸을 묻으며 준상은 동생의 표정을 살폈다. 지상은 별다른 반응이 없었다. 찍어도 쉽으론 아무 감정도 드러내지 않고 있었다.

'괴물 같은 놈.'

속으로 중얼거리며 준상은 고개를 살짝 옆으로 돌렸다. 등 뒤에서 사람의 체취가 감지되었다. 준상은 그 사람이 자신의 인형 같은 아내라는 걸 보지 않아도 알 수 있었다.

"여기 차 좀 내와."

"네."

그들 부부의 사이처럼 일말의 감정도 느껴지지 않는 딱딱한 음성. 아내, 혜인은 늘 그렇듯 순종적으로 대답했다.

"술로 해주세요, 형수님."

결코 살가운 시동생이라 할 수 없는 지상이 역시나 조금은 퉁명스럽게 요구했다. 혜인은 아무 말도 하지 않았다. 아마도 준상의 허락이 떨어지길 기다리고 있을 것이다.

"차 안 가져왔어?"

"놔두고 가지 뭐."

"죽어도 자고 간다는 말은 안 하지."

"죽어도 자고 가지 않을 거란 건 누구보다 형이 더 잘 알잖아."

"입만 살아가지고. 내가 말을 말아야지."

준상은 다시 고개를 움직여 말없는 명령을 내렸다. 등 뒤에 꼿꼿이 서서 그의 명령을 기다리고 있던 혜인이 소리없이 움직였다. 유령 같은 아내. 어젯밤 꼼짝 않고 누워 자신의 남성을 말

없이 받아내던 아내. 자신의 영역임이 분명함에도 가질 때마다 범하는 듯한 이 더러운 기분은 24시간 꼬박 그를 괴롭히고 있었다.

입술 안쪽을 지그시 깨물며 그는 동생에게 집중했다. 동생은 친구, 사빈의 클럽에서 그의 호출을 받고 막 달려온 참이었다.

"마케팅 전략은 세워졌겠지?"

"왜? 궁금해?"

지상은 준상의 눈동자를 빤히 들여다보았다.

"물론이지. 어찌 됐든 류 팀장은 아버지의 강력한 신임을 받고 있으니까. 너와는 정반대의 입장에 서 있잖아?"

"그 의심 많은 영감이 누군가를 신임하고 있다는 게 놀라울 따름이야."

심드렁한 말투로 지상은 응수했다.

"질투하는 거냐?"

"질투? 훗! 글쎄."

"류 팀장이 뭐라고 했는지 말해봐."

"별로."

별거없다는 듯 지상은 어깨를 으쓱했다. 실제로 준상이 알고 싶어하는 류이현의 기획 내용은 실제화될 가능성이 거의 없었다. 우상아이캠의 광고를 전담 대행하고 있는 CL미디어는 그녀의 기획 내용을 세대로 구현해 내지 못할 것이다.

CL미디어(Creative Life Media)는 여당 수뇌인 지석진이 내연의 관계를 맺고 있는 유진화가 대표이사로 재직 중인 곳으로 진석진 역시 대주주로 경영에 적극 참여하고 있는 신흥 광고회사다. 우상그룹이 알게 모르게 여러모로 여당의 강력한 지원을 받고 있다는 걸 감안하자면 CL미디어와의 관계를 지속시키지 않을 수 없었다. 물론 회사는 매년 천문학적인 숫자의 정치자금을 대주고 있다. 그러나 이 회장은 불필요하게 진석진의 심기를 건드릴 필요 없다고 생각했고, 때문에 마음에 들지 않은 회사와 같이 일을 해야 하는 고충을 지상은 매번 겪고 있었다.

"류 팀장은 일에 대한 열정이 대단한 아이야. 일에서만큼은 거침없이 돌진할 줄도, 영리하게 빠질 줄도 아는 애지."

"실제 성격은 안 그렇다는 뜻이야?"

"뭐, 내가 아는 한은."

이현과 준상은 예일 선후배 사이였다. 서로가 가진 성격의 장단점이 뭔지 그들은 잘 알고 있을 것이다.

"이현인 예민한 아이야. 겉보기엔 강할 것 같고 또 실제로 부딪치는 면도 그렇지만, 실상은 많이 여려."

"류 팀장에 대해서 많이 아는 것처럼 얘기하네."

왠지 모를 불쾌감에 지상은 딱딱하게 중얼거렸다.

"너보다야 잘 알지. 대학 시절 몇 년간을 함께 보냈으니까. 너도 알다시피 유학을 가게 되면, 한국 학생들끼리는 대충 안면을 익히고 살게 돼. 과나 학년이 다르더라도."

"류 팀장을 추천한 사람이 형이란 소문, 맞군."

"부인하진 않아. 내가 걜 아버지께 천거했다. 이현인 분명 능력이 있고 눈에 보이는 성과도 올려주었어. 하지만 소문처럼 사적인 뭔가가 있어서는 절대 아니다. 물론 너도 알고 있겠지만."

"류 팀장을 완전히 신임하는군. 나보다도 더."

"물론이지."

"그런데도 류 팀장이 어떻게 하고 있는지 알고 싶다는 거야? 류 팀장을 못 믿는다고?"

"훗! 쓸데없는 짓은 못하게 하는 게 내 임무이니까. 혹시라도 무모한 짓을 할까 봐 걱정되는 거다, 난."

류이현을 완벽하게 신임한다면서 그녀가 무모한 짓을 못하도록 감시하겠다고? 지상은 떨떠름한 심정으로 소파 등받이에 몸을 묻었다. 야릇한 기분이 자꾸만 그의 신경을 건드리고 잔잔한 심경에 파문을 만들어냈다. 뭔가 심상치 않은 음모가 느껴졌다.

"형과 아버지의 든든한 후원을 빌은 덕에 류 팀장은 지금 잘하고 있어. 내 말도 잘 무시하고, 날 아주 잘 깔아뭉개고 있지. 모든 게 완벽해."

"이런, 이런. 우리 지상일 너무 몰아붙이나 본데. 내가 한마디 해줘야겠어."

준상이 웃기지도 않는 농담으로 안 그래도 썰렁한 공기를 더욱 얼려놓았다.

"무슨 말? 우리가 함께 작업할 회사가 감각이라곤 약에 쓸래도 없는 멍청이들의 모임이라는 것?"

그가 CL미디어를 비꼬아 말하고 있다는 걸 알아들은 듯 준상이 피식 웃었다.

"네 마음은 이해해."

"이해해? 웃기지 마! 형은 아무것도 몰라. 걔네들이랑 일도 안 해봤잖아. CL 애들은 개허접이야. 개념이 없는 애들이라고. 시대의 흐름도 모르고, 감각도 없어. 무조건 남들이 하는 걸 따라 하는 것들이라고."

"흥분하지 마. 왜 그래? 지금까지 잘해왔잖아."

"잘해오긴, 개뿔. 우상이란 브랜드 하나로 버틴 거지. 솔직해지자고, 형. 류이현은 못해. 탁월한 기획력? 그 정도의 기획력을 갖춘 애들, 내 밑에도 수두룩했어. 그래도 못했던 매출 1위를 류이현 혼자서 해낼 수 있을 것 같아? CL미디어에 대해서 알게 되면 저절로 나가떨어질 애라고. 아무것도 모르니까 할 수 있다고 까부는 거지. 걘 내가 뻥뻥이 돌리고 있다는 것도 몰라."

"뭐? 뭔 뻥이?"

"뻥뻥이. 이것저것 꼬투리 잡아서 기획서만 수도 없이 받아냈어."

"훗! 그랬구나."

이상야릇한 미소. 준상은 이제야 돌아가는 상황을 알겠다는 듯 웃었다. 안도하는 듯한 미소. 지상은 준상을 뚫어져라 바라보며 인상을 찌푸렸다. 뭔가 이상했다. 자신이 파견해 보낸 직원을 동생이 일은 안 시키고 괴롭히고 있다는데, 웬 안도? 이쯤 되면 준상의 속셈은 뻔한 거다. 이 회장의 스파이는 류이현이 아니라 이준상이었다. 준상이 난데없이 그를 호출한 건 이번 프로젝트에 관한 프리뷰가 필요했기 때문이다.

"웬만큼만 해둬라. 아버지께서도 아이캠이 단번에 매출 1위로 올라설 거라곤 기대하지 않을 거야. 꼴찌만 면해. 네 말대로 우리 우상은 CL미디어와 떼어놓고 생각할 수 없어. 아버지와 진석진이 결정한 문제를 우리의 힘으로 어떻게 할 수는 없는 거다."

"류이현도 이 사실 알아, 제깟 게 아무리 잘하려고 노력해도 소용없다는 거?"

"이현이한텐 이런 사실까지 알릴 필요 없지."

류이현이 너무 잘해낼까 봐 걱정하는 꼴인가?

순간, 지상은 세찬 바람을 피해 자신의 둥지로 찾아온 연약한 새 한 마리를 떠올렸다. 그 가녀린 새의 모습에 류이현의 얼굴이 겹쳐졌다. 매출 결과가 나쁘면 그 책임을 지상 대신 모든 걸 뒤집어써야 할 그녀. 그러나 잘될 확률은 거의 제로. 결과적으로 그녀는 지상의 탄핵을 막기 위해 이 회장이 내세운 방패에 불과했던 것이다.

'빌어먹을.'

지상은 피곤한 눈을 한 손으로 문지르며 생각에 잠겼다. 어떻게 해야 할지 선뜻 판단이 서질 않았다. 류이현은 지상의 말을 손톱만큼도 듣지 않으려 한다. 왜 그가 회사를 이 지경까지 내

몰았는지, 그녀는 진실을 몰랐다.

이사회, 진석진, CL미디어, 이 회장. 아무리 두드려도 허물어지지 않는 그 장벽들. 그녀는 그것들의 실체를 전혀 모르고 있다. 순진한 그녀는 조만간 그 패기 넘치는 날개가 꺾이는 아픔을 겪을 것이다. 순수한 열정과 의욕들이 철저히 무시당할 것이며 그가 느꼈던 완벽한 패배감을 똑같이 느끼게 될 것이다.

하지만 그가 입을 다물면? 지상만 묵과하면 이 프로젝트는 성공할 가능성이 아주 많았다. 그렇게 되면 그녀는 이사회의 총알받이가 되지 않을 수도 있었다. 또한 그가 지난 몇 년간 맛보았던 지독한 무력감과 회의를 느끼지 않아도 된다. 회사야, 그 정도의 일로 무너질 우상그룹이 아니질 않는가? 꼭 한 사람의 미래를 망가뜨려 가면서 이익을 챙겨야 할까?

'웃기는군. 왜 그깟 계집애의 좌절에 신경 쓰는 거냐, 이지상? 그 여자가 뭔데?'

지상은 질끈 입술을 깨물었다. 어젯밤 심하게 과음을 한 데다가 퇴근길에 봤던 류이현의 모습까지 떠올라 머리통이 깨질 것만 같았다. 다른 남자를 안고 울부짖는 여자의 모습이 머릿속 통증처럼 아프게 스쳐 지나갔다. 나지막이 욕설을 내뱉으며 지상은 머리를 흔들었다.

"어제 또 펐냐?"

술 마셨냐는 말이다. 지상은 놀리는 듯한 억양으로 물어오는 준상을 노려보았다.

"이럴 땐, 술 마시면서 세월이나 죽이는 게 제일 속 편하지. 열심히 한다고 되는 일도 아니고. 아무것도 모르는 계집애 하는 짓, 구경하는 것도 이젠 신물나."

"웃어야 할지, 울어야 할지. 참나!"

준상이 어이없어한다. 동생의 회의적인 답변이 마음에 걸린 듯. 하긴 그럴 만도 하다. 지금은 술이나 퍼마시고 계집질이나 해댔던 한량으로 알려져 있지만 지상도 한때 천재 소리를 듣던 영재였다. 비록 커다란 집에 덩그러니 혼자 앉아 놀던 외로운 꼬마 시절 얘기지만.

'유독 외로움이 많은 애였지.'

물론 겉으로는 전혀 내색하지 않았다. 타고난 천성이 표현을 잘 못하는 녀석인데다가 남자다움을 강조하던 이우철식 교육의 영향 때문이기도 했다. 하지만 그건 준상도 마찬가지. 그 역시 비슷한 유년 시절을 보냈었다. 그럼에도 지상이 유달리 더 폐쇄적이고 어둡고 고독한 존재가 되어버린 건, 여자 문제로 아버지와 심한 트러블을 겪었던 고등학교 시절 이후부터였다.

"웃어. 좋은 게 좋은 거잖아."

지상은 눈을 감고 고개를 돌렸다. 소파에 몸을 뉘고 있는 상태였다. 피로에 찌든 뇌가 지끈거리며 쉬기를 갈망했다. 류이현을 보호해 줘야 할까, 말아야 할까, 갈등에 싸인 두 마음이 그의 뇌를 찢어놓고 있었다.

"드세요."

소리없이 다가온 형수, 혜인이 탁자 위로 쟁반을 놓았다. 생명없는 유령처럼 무표정한 얼굴이 눈 감고도 그려졌다.

"괜찮겠냐? 어제도 과음했는데 오늘은 마시지 말아야 하는 거 아니야?"

"술을 한두 번 마셔보나?"

향긋한 과일 냄새가 코끝을 스며들자 지상은 천천히 눈을 떴다. 혜인이 들고 온 커다란 접시에는 예쁘게 벗기고 깎인 갖가지 과일들이 오밀조밀하고 깔끔하게 배치되어 있었다. 한 치의 흐트러짐도 없이 각도마저 정확한 과일들의 배치에 입이 떡 벌어질 정도였다. 역시 사람의 성격은 무시 못하는 법인가 보다.

류이현의 접시는 어떨까?

"차린 게 별로 없네요, 갑자기 오셔서."

"이거면 됐습니다. 형수님은 들어가 주무세요. 나머진 저희가 알아서 할게요."

밤 열한 시를 넘기는 이 시각에, 도우미도 없이 이 정도면 훌륭하지 싶어서 한 말이었다. 하지만 혜인은 준상의 눈치를 살폈다. 입 꾹 다물고 뭐가 못마땅한 듯 아내를 바라보고 있던 준상이 마지못해 입을 열었다.

"먼저 자."

"예⋯⋯."

서운한 기운이 지상에게까지 느껴졌다. 정략적인 결혼에 매인 몸이었지만, 그래서 자신의 감정을 죽이고 또 죽이며 살아가는 혜인이었지만, 준상에게 아주 정이 없는 건 아닌 모양이었다. 지상은 왠지 모를 안도감에 마음이 편안해졌다. 그는 형수를 향해 장난스럽게 웃었다.

"빨리 끝낼게요, 형수님. 주무시지 말고 기다려도 돼요. 오늘은 형 컨디션이 꽤 좋아 보이는데요."

"뭐?"

준상의 얼굴이 굳어졌다. 하지만 지상은 알았다, 준상이 당황해하고 있다는 걸. 그는 당황하면 화부터 낸다. 강도 높은 후계자 승계 수업을 이수하면서 생긴 부작용의 일종이었다.

"형, 오늘 술 먹지 마. 술 먹고 해서 생긴 애는 코가 빨갛대."

"이지상!"

얼굴이 홍시처럼 빨갛게 달아오른 채 꽁지 빠져라 달아나는 아내를 바라보며 준상이 엄한 목소리로 꾸짖었다. 하지만 지상은 모르는 척 히죽거리며 딴청을 피웠다.

"와우! 이거 형이 제일 아끼는 까뮈잖아?"

그날 밤, 지상의 꿈속엔 이상한 아이가 나타났다. 코가 빨갛고 라일락 향에 휩싸인 작은 여자 아이.

아이는 류이현을 꼭 닮아 있었다.

토요일, 이현은 출근하자마자 곧바로 회식 일정을 잡았다. 그녀로선 꽤 기분 좋은 결정이었다. 부임해 오자마자 일에 매달리는 바람에 팀원들과의 그 어떠한 교류도 없었던 게 마음에 걸리던 차에 내려진 사장의 특별 지시였기 때문이다.

다음 주 수요일에 회식 어떻냐는 그녀의 질문에 팀원들은 다들 환영하는 분위기였다. 팀장 신고식을 치르겠으니 각오 단단히 하라는 농담 섞인 협박이 이곳저곳에서 날아들었다. 늘 경직되어 있던 팀 분위기가 다소 풀어지는 것 같아 안도하며 이현은 일에 몰두했다.

파일을 들여다보는 이현의 마음은 유달리 편했다. 기획 일이 거의 마무리 단계에 있으니 광고회사만 잘 섭외하면 끝이었기 때문에 한시름 덜었다고 해야 하나? 광고가 제작에 들어가면 마케팅팀과 협력해 새로운 기획을 착수해야겠지만, 그건 크게 문제될 게 없었다. 기본 골자가 모두 세워져 있으니 나머지는 팀원들의 의견도 들어가면서 느긋하게 연구해 가면 될 것이다. 마지막 남은 숙제는 광고회사 섭외였다.

"김 대리님!"

"예?"

"저번에 준비해 달라고 했던 거, 지금 볼 수 있나요?"

"아, 예! 그럼요."

김 대리는 밝은 표정으로 준비해 놓았던 서류를 들고 다가왔다. 예전에 봤던 떨떠름한 '썩소'가 아니다. 서서히 팀장으로서 인정을 받고 있다는 뿌듯함에 이현은 예의 부드러운 미소로 응수했다.

"그런데 이런 자료가 필요할까 싶네요, 팀장님."

서류는 성실했다. 이현은 올라오는 보고서만 보고도 그 사람의 성격을 대략 짐작할 수 있는데, 김 대리 경우는 치밀하고 꼼꼼한 구석이 엿보였다. 광고회사의 최근 작품과 성향뿐 아니라 자산이 얼마나 되는지, 재정은 얼마나 탄탄한지까지 세세히 조사되어 있었다.

"뭐라고요?"

내심 감탄하며 이현은 무의식적으로 되물었다. 눈은 아직 서류를 향한 채였다.

"이 자료들 말입니다. 필요없을 거라고요. 광고회사가 바뀔 리 없거든요."

"무슨 소리예요? 광고 효과가 좋지 않으면 당연히 바꾸는 게……."

"정석이죠."

이현의 말을 가로채며 김 대리가 말했다.

"근데 우리 우상은 아니에요. 조사해 보시면 아시겠지만 우상 아이캠뿐만 아니라 우상 계열의 모든 광고는 CL미디어에서 제작하고 있어요."

"그런 룰을 따라야 할 필요가 있나요?"

이현은 인상을 찌푸렸다.

"잘은 모르지만, 위쪽에서 그렇게 시키니까 우리도 어쩔 수 없이 따라 하는 거예요. 솔직히 말해서, CL미디어 애들은 진짜 답답하기든요? 이렇게 해서 우리 우상 같은 몰수를 집있는시 노통 이해가 안 가요. 능력도 없는 애들 같고. 우리가 하는 얘기는 하나도 못 알아먹어요."

"빽이 있는 거죠."

김 대리의 말을 누군가 거들었다. 이현이 소리 나는 쪽으로 고개를 기울이니 사무실 내의 팀원들이 죄다 이쪽을 바라보고 있었다. 그들의 관심이 이현의 다음 말에 쏠려 있는 게 눈에 보였다.

"사장님이 시키니까 어쩔 수 없는 거란 말이죠?"

"그렇다니까요. '제우스' 광고랑 똑같은 콘셉트로 나가는 것도 다 걔네들 아이디어라고요. 참나! 자존심도 없나? 그러고도 아직까지 우리랑 일하는 걸 보면 빽도 보통 빽이 아닌 거죠."

"근데 우리 사장님이랑 CL미디어 사장이랑 그렇고 그런 관계라는데, 그거 진짜일까요?"

사원 중 유일한 여자인 이재영이 혼잣말처럼 중얼거렸다. 이십대 여자답게 이재영 역시 이지상 사장에게 지대한 관심을 갖고 있었다.

"누가 그래?"

사십대 초반의 장 과장이 히죽거렸다. 그도 알고 있는 소문인 듯했다.

"화장실에서 들었어요. CL미디어 사장이 연하를 엄청 좋아한다는 소문이 있는데, 그 여자가 우리 사장님을 찍었대요, 글쎄."

"그게 사실일까?"

"아닐걸. CL의 사장이라면 거의 오십 줄 아니야? 이혼녀라며! 우리 사장님이 뭐가 아쉬워서 그런 늙은 여우랑 사귀냐? 가만히 있어도 젊은 여배우들이 줄을 서는데. 안 그러냐?"

"근데 우리 사장님, 정말 이주리랑 사귀는 거 맞을까?"

어느새 팀 내 분위기는 화기애애해지고 있었다. 이현이 팀장으로 부임해 온 이래로, 처음 있는 일이었다. 농담 한 번 건네지 않는 팀장의 싸한 모습 때문에 팀원들은 무조건 사무실 내에서는 입을 다물고 팀장의 눈치를 살폈던 거였다. 누가 시작했는지, 시작된 잡담은 이제 점점 사장의 사생활 쪽으로 넘어가고 있었다. 그에 따라 이현의 기분도 점점 나빠져 가고.

"그냥 우연히 파티에 동석한 것뿐이라잖아."

"그래도. 아니 땐 굴뚝에 연기 나겠어?"

CL미디어의 사장과 그렇고 그런 관계는 아닐 거라고 이현은 생각했다. 아무리 여자가 없기로서니 엄마뻘 되는 여자와 관계할 리 만무다. 그가 엄마 없이 자란, 모성애 부족의 사랑 결핍증 환자라는 사실을 애써 무시하며 이현은 찔끔 눈을 감았다. 만약 누군가와 사귀고 있었더라면, 그날 그렇게 자신을 유혹하지는 않았을 거라고 이현은 마음속으로 속삭였다.

하지만 아무 관계도 없다면, 왜 CL미디어와의 관계를 고수하려는 걸까?

"아무튼 돈은 있고 봐야 해. 돈이 많으니까 이기들이 시중을 못 쓰잖아."

김 대리가 투덜거렸다.

"말은 바로 합시다. 사장님은 돈이 있어서 여자가 따르는 게 아니라고요."

즉각 이재영이 카랑카랑한 목소리로 김 대리에게 핀잔을 주었다.

"남자들의 착각 중 가장 큰 게 바로 그거라고요. 돈만 많으면 여자들이 좋아하는 줄 아는 거. 근데 그거 아니거든요?"

"아니긴 뭐가 아니야?"

"우리 사장님은 일단 얼굴이 받쳐 주잖아요. 송승헌 뺨치게 잘생긴 얼굴에 깊고 부드러운 목소리. 옷 태는 또 얼마나 좋아? 뭘 입어도 간지가 줄줄 흐르잖아요. 아우, 멋져!"

"쟤 뭐야~!"

김 대리가 연예인 말투를 섞어가며 얼굴을 찡그렸다. 얼굴 밝히는 여자들을 향한 일갈이려나? 속이 좀 상한 모양이다. 돈 없고 얼굴도 그만그만한 남자의 비애를 그는 고스란히 느끼고 있는 것 같았다.

"하여간 여자들이란⋯⋯."

장 과장도 고개를 살랑살랑 흔든다.

한숨을 소리 죽여 내뱉고 이현은 자리에서 일어났다. 그리고 한마디 말로 상황을 서둘러 종료시켰다.

"고마워요, 김 대리님. CL미디어 건은 사장님과 의논해 볼게요."

소문의 진실과 맞닥뜨릴 용기가 없었을까?

김 대리에게 말은 그렇게 했지만, 주말을 지내고 수요일이 지날 때까지 이현은 사장을 찾아가지 않았다. 대신 그녀는 장동혁 매니지먼트사와 접촉을 시도하는 동시에 새로운 모델 찾기에 집중하며 시간을 보냈다. 다행히 CL미디어와 사장을 두고 잡담 비슷한 토론이 한바탕 이루어지고 난 이후, 팀 내의 분위기는 눈에 띄게 부드러워졌다. 줄곧 느껴왔던 적대감도 현저히 줄어들었고 이현이 있을 때면 쥐 죽은 듯이 조용했던 사무실도 조금은 숨통이 트이는 것 같았다.

주말은 내내 민석의 병실을 지켰다. 민석은 팔목에 살짝 금이 간 것과 몇 군데 멍이 든 것 외에는 특별한 이상이 없었다. 폐차 신세가 되어버린 민석의 소형차에 비하면 그나마 운이 좋았다고 해야 할 것이다. 하지만 교통사고라는 게 원래 후유증이 더 무섭다고 하지 않던가? 머리가 띵하고 온몸 여기저기가 쑤신다는 민석에게 의사는 며칠간 더 병원에서 휴식을 취하길 권고했다. 하도 쑤시고 결린다는 바람에 이현은 정밀검사를 해봐야 하는 거 아니냐고 했지만 그렇게 걱정할 것까진 없단다. 간호사가 귀띔해 주길, 민석은 평소엔 멀쩡하다가 이현만 나타나면 죽는다고 난리법석을 피운다는 것이다.

꼬투리 하나 잡았다, 이거다. 언제까지 우겨먹을지. 하지만 민석일 욕할 수는 없다. 어쨌든 그녀 때문에 일어난 사고이니 달리 길이 없었다. 그저 엄살 피우는 민석일 최대한 수발해 주는 수밖에. 수발이라 해봤자 만화책을 대신 빌려다 준다든지 퇴근 후 찾아와 말벗 해주는 게 고작이지만 말이다.

하여튼 시간은 그렇게 흘러 딱히 해놓은 일도 없이 수요일이 왔다. 예정대로 환영회 겸 회식은 근처 음식점에서 치렀다. 술잔이 오가는 가운데 분위기는 나쁘지 않게 흘러갔고 저녁 아홉 시가 넘어갈 무렵 남자 직원들이 서서히 2차 이야기를 꺼냈다.

"죄송해서 어떡하죠? 난 빠져야겠는데."

"어? 팀장님이 빠지시면 안 되죠. 팀장님 환영회도 겸하는 건데. 안 그래요?"

김 대리가 펄쩍 뛴다.

"맞아요, 팀장님! 저도 가는데. 팀장님 빠지시면 저도 안 갈 거예요."

홍일점, 재영이 게슴츠레한 빛으로 이현을 흘겨봤다. 그녀의 애교 섞인 콧소리에 콧잔등을 찡그리며 이현은 난감한 듯 주변을 둘러봤다.

"어, 나도 가고 싶은데 친구가 아파서 병원에 누워 있거든요. 가봐야 해요."

"어머! 오늘 사고 났어요? 많이 다치셨대요?"

"며칠 됐어요. 교통사고인데 많이 다친 건 아니고 살짝 손목에 금이 간 정도……."

"에이! 그럼 내일 가요, 내일."

약간 취기가 오른 장 과장이 붉어진 얼굴로 고개를 뒤흔들었다. 여러 말 하지 말라는 투다. 솔직히 하루쯤 빠져도 상관이 없긴 없다. 하지만 민석은 지금 이 시간 병원에 혼자 있을 텐데…….

죄책감이 들었다. 이상한 일이지만, 그녀가 병실을 찾을 때면 항상 민석은 혼자였다. 가족도, 친구도, 하다못해 사무실 식구들조차 병문안 온 적이 없었다. 마치 연출된 상황처럼 그는 늘 혼자였고 그런 모습을 몇 번 목격하고 나니 이제는 조금씩 걱정이 되었다. 혼자 있을 텐데, 무료하고 답답할 텐데, 내가 가줘야 하는데, 하는 생각이 드는 것이다.

이현은 다시금 떠오르는 민석의 모습에 한숨을 내쉬었다. 오늘도 그는 혼자 무료한 시간을 보내며 그녀가 오기만을 기다리고 있을 것이다. 이러지도 못하고 저러지도 못하고, 이현은 참으로 난감했다.

"어머! 사장님!"

그때였다. 드르륵, 움직이는 문소리에 무심코 고개를 돌린 재영의 눈이 번쩍 뜨였다.

'사장님이라고? 설마…… 이지상 사장?'

이현은 저도 모르고 휙 고개를 돌렸다. 설마 하는 심정으로. 그러나 이게 웬일인가? 정말로 그가 서 있었다. 큰 키에 말쑥한 정장 차림으로, 특유의 달콤한 미소를 머금고, 여긴 어인 일로 온 걸까, 바쁜 사람이?

"와아! 사장님!"

"엇! 사장님, 웬일이세요?"

"어쩐 일이세요? 어떻게 알고 오신 거예요?"

다들 일어나 사장을 맞이하는 가운데 재영이 유독 호들갑을 떨었다. 여직원들의 영원한 우상이 납시었으니 오죽할까?

"김 실장님한테 전해 들었습니다. 이거, 괜히 끼어들어서 오붓한 분위기 망치는 건 아닌지 모르겠습니다."

평소답지 않게 지상이 겸손하게 말하자 이현은 삐뚜름하게 입술을 비틀며 못마땅한 시선을 쏘았다. 다른 여자들 앞에선 늘 저러나 보지?

"당연히 아니죠! 무슨 그런 섭섭한 말씀을 하세요!"

"딱 맞춰서 오셨네요. 저희 지금 막 2차 가려고 했거든요. 사장님도 함께 가시죠?"

"아, 그렇습니까? 그럼 지금 나가는 건가요?"

사무실 식구들의 환대를 받으며 자리에 앉으려던 그가 엉거주춤 다시 몸을 일으켜 세웠다. 그러자 재영이 사장의 어깨를 슬쩍 붙잡으며 애교스럽게 말했다.

"아뇨, 팀장님 때문에 지금 못 가고 있어요."

몸까지 비비 꼬는 폼이 눈꼴사나워 도저히 그냥 보고 있을 수가 없었다. 우웩, 토가 나올 것 같은 비위를 맥주 한 모금으로 다스리며 이현은 재영의 손이 올라가 있는 사장의 팔뚝을 노려보았다.

"류 팀장 때문에? 왜요?"

방 안에 들어선 이후 처음으로, 지상이 이현을 향해 시선을 돌렸다. 파팟! 불쾌한 듯 뚱한 표정으로 그를 노려보고 있던 이현과 눈이 마주쳤다. 무슨 생각을 하고 있는지, 그의 눈동자는 투명하고 맑을 뿐 그 뜻은 읽혀지지 않았다. 이현은 마지못해 고개를 살짝 수그리며 인사를 건넸다.

"글쎄, 팀장님 환영회인데 당사자가 빠지겠다고 하시잖아요. 사장님께서 한마디 해주세요. 설마 사장님이 가자고 하는데 안 간다고 버티겠어요?"

어처구니없는 재영의 언행에 이현은 할 말을 잃어버렸다.

직속상관인 이현에 대해 사장에게 일러바치다니. 그것도 그녀를 버젓이 앞에다 세워두고! 게다가 저 느끼한 자세를 보라. 사장 앞이니 얼 법도 한데, 재영은 신세대 특유의 당당함으로 그를 유혹하고 있었다. 지상의 팔에 자신의 팔을 끼우고 얼굴까지 가까이 들이대며 흐느적거리는 꼴이라니! 아무리 알코올이 들어갔다고 하지만, 어떻게 상사에게 저럴 수 있는지 이해가 안 됐다. 요새 젊은 것이란……

"중요한 일 아니면 갑시다, 류 팀장."

지상의 입가에 부드러운 미소가 어렸다.

'갑시다? 핫! 웬 존댓말이람?'

기분이 팍 상해 이현은 아랫입술을 쥐어뜯었다. 저런 미소를 아무 때나 날리니까 어린 계집애들이 날파리처럼 달려들지 싶으니 속이 부글부글 끓었다. 왜 이런 기분이 되는지 생각할 겨를도 없이 이현은 통명스럽게 대꾸했다.

"아직 보고서를 작성하지 못해서요."

"보고서? 무슨 보고서 말입니까?"

"모델 선정 건 말입니다."

이현은 그의 말투를 비꼬아가며 대답해 줬다. 사람들 앞이라고, 얌전 빼는 그가 정말이지 얄밉기가 그지없었다. 고상한 척, 공손한 척, 신사인 척. 척, 척, 척! 가증스럽기 짝이 없었다.

"아! 모델! 그거, 이겸으로 결정됐습니다."

"예?"

"어머! 아이캠 모델이 이겸으로 결정되었어요? 웬일이야, 웬일이야! 진짜예요?"

재영이 또다시 끼어들었다.

모델 건이 결정됐다고?! 정말? 말도 안 된다!

"아니죠? 저랑은 상의도 없이 설마……. 완전히 결정난 건 아니죠?"

이현이 다급히 캐물었다. 숨이 턱 막혀 나오지 않는 말을 쥐어짜 내는 그녀의 표정은 거의 애원 수준이었다. 감정이 실리지 않은 무표정으로 지상은 물끄러미 그녀를 바라보았다. 그녀가 굳이 장동혁만을 고집하는 이유가 떠오르자 지상은 불쾌감이 치받쳐 올라오는 걸 느꼈다. 가당치도 않은 질투심과 함께.

"결정됐습니다."

그는 딱딱하게 중얼거렸다.

"어, 어떻게······."

"내가 결정했습니다. 원칙적으론 류 팀장과 의논해야 맞겠지만 사안이 사안인지라."

평정심을 잃지 않겠다는 결심과는 달리 그의 목소리는 점점 싸늘해져 갔다.

"그쪽에서 아직 오케이 하진 않았겠죠?"

이현의 음성이 살짝 떨렸다.

"운이 좋아 연락이 닿았습니다. 무슨 이유에서인지 사장과 직접 계약하는 조건하에 수락했다는군요. 이번 주 안으로 계약서를 작성하기 위해 우리 회사를 방문할 겁니다. 류 팀장도 별일 없으면 동석하세요."

일순 충격받은 얼굴로 그녀는 얼어붙어 버렸다. 튀어나오는 욕설을 간신히 목구멍으로 집어삼키며 지상은 여전히 설레발인 재영을 향해 고개를 돌렸다. 충격받은 모습의 그녀를 애써 외면하는 그는 꼭 이렇게까지 해서 그녀의 보고서를 무용지물로 만들어야 하나, 하는 의구심과 죄책감에 사로잡혔다.

그녀는 최선을 다해 데이터를 수집하고 분석했다. 그 결과 그녀는 장동혁을 지목했고, 지상은 그것이 지극히 객관적이고 신뢰할 수 있는 결론이라는 걸 알면서도 싹 무시했다. 전혀 객관적이지 못한 이유로, 한순간 이루어진 사장의 충동적인 결정으로 그녀의 자존심은 쓰레기통으로 처박혔다. 일주일간 밤새며 작업했던 노고가 아무 쓸모없게 되어버린 것이다.

이렇게 상처를 주면서까지, 그녀를 꺾어야 할 필요는 없었다. 어차피 광고회사를 선정하는 단계가 오면 그가 그러했듯이 그녀 역시 꺾일 것이다. 좌절의 깊은 맛을 맛보며 자신의 무능력함에 고뇌하고 또 고뇌할 것이다. 그걸 알면서, 벌써부터 잔인하게 굴 것은 진정 없었는데…….

'하지만 장동혁은!'

죽었다 깨어나도 그는 장동혁이 될 수 없었다. 처음엔 아버지에 대한 반항심으로 시작한 스캔들 만들기, 이제 그는 스캔들 제조기였다. 아버지조차 믿어주지 않는 지상은 여자에게 웃음 한 번 주기만 해도 소문이 퍼질 정도로 악명이 높다. 그런 그가 사생활 깨끗하기로 소문이 자자한 연예인의 명성을 따라잡기는 불가능하다. 매너? 그는 이미 이현에게 악당으로 낙인찍힌 터다.

장동혁이 싫었다. 죽어라고 싫었다. 그녀가 원하는 걸 모두 갖춘 완벽한 남자이기에 싫을 수밖에 없었다.

불길한 전조다. 여자가 원하는 남자가 되고 싶다는 욕구는 단 한 번도 느껴본 적이 없었다. 결단코 단 한 번도 없었다. 여자에 대해선 진지해질 수가 없는 과거를 가지고 있는 그가 아닌가? 지금껏 그의 상처를 치유해 준 여자는 없었고, 또 그래 주길 바랐던 여자도 그에겐 없었다.

음식점 방문을 나서며 그는 입술을 질끈 깨물었다. 다들 2차는 어디서 어떻게 놀 것인지 의논하며 신발을 신고 있었다.

"가요, 팀장님. 사장님도 오셨는데 팀장님께서 빠지는 건 말이 안 되죠. 가실 거죠?"

뒤를 돌아보니 김 대리가 이현의 어깨를 붙잡고 있었다. 그녀 역시 백을 들고 나올 채비를 서두르고 있었다. 그에게 한 방 먹은 관계로 그녀의 표정은 잔뜩 굳어 있었다.

"그래야죠. 먼저들 나가세요. 친구랑 한 통화만 하고 뒤따라 갈게요."

"아, 예. 그러죠. 팀장님, 2차 가신답니다!"

반색하며 김 대리가 큰 소리로 외치자 다섯 명의 직원들이 일제히 환호성을 외쳤다. 박수를 치며 엄지손가락까지 들어올리는 이들을 지상은 담담하게 바라보았다. 여러모로, 최근 보고받은 내용들과는 사뭇 다르다는 것이 느껴졌다. 김 실장의 보고에 의하면 류이현과 팀 식구들의 관계가 좋지 못하고, 그래서 업무에 상당한 차질을 겪고 있다고 했었다. 하지만 그녀는 잘해 나가고 있었다. 적어도 지금 그의 눈엔 그리 보였다.

뭔지 모를 뿌듯함이 그를 감쌌다.

"사장님, 안 나가세요?"

계산대 근처에 서서 이현의 모습을 바라보는 그에게 재영이 불쑥 물어왔다.

"아! 먼저 나가세요, 계산하고 따라 나가겠습니다."

"어? 안 그래도, 이거 회사에서 계산하기로 되어 있어요."

재영이 겸연쩍게 웃으며 말했다. '회사=이지상'이란 생각 때문인 것 같다. 분명히 틀린 공식이지만 대부분은 그렇게들 인식하고 있다는 걸 지상은 알고 있었다.

"개인적으로 내고 싶어서 그래요."

별다른 설명 없이 그렇게 말하고 지상은 씩 웃었다. 그러자 순식간에 재영의 얼굴이 새빨개졌다. 둥실둥실, 들뜬 표정이 얼굴에 묻어나왔다. 콩닥콩닥 심장 뛰는 소리가 여기까지 들리는 듯했다. 그녀는 수줍게 고개를 끄덕이고는 그를 배려해 주듯 자리를 피했다.

지상은 지갑에서 카드를 꺼내 계산을 마치고 뒤를 돌아보았다. 그때까지도 통화가 끝나지 않았는지 이현은 전화 수화기를 귀에 대고 있었다. 나머지 한쪽 귀를 틀어막는 폼이 아무래도 식당 안이 시끄러워 상대의 말소리가 잘 들리지 않는 모양이었다.

아니나 다를까, 그녀는 바깥으로 걸어나오며 말했다.

"어, 잠깐만. 나 밖에 좀 나가고. 너무 시끄러워서 하나도 안 들린다. 응? 아니, 잠깐만 기다려 봐. 뭐라고? 응? 뭐?"

잡음이 많은 전화기를 붙들고 정신을 집중하며 그녀는 빠른 걸음으로 식당을 빠져나가고 있었다. 자신을 바라보고 있는 지상을 스쳐서. 지상은 알 수 없는 기분에 사로잡혀 그녀의 뒤를 밟았다. 무슨 통화이기에 일행이 기다리고 있는지도 모르고 지나갔는지 궁금했다.

"아니, 물론 나도 약속했다는 건 알아. 근데 사람이 살다 보면 어쩔 수 없는 경우라는 것도 있잖아. 너는 그런 적 없냐?"

팀원들은 음식점 바로 앞에서 그녀와 지상을 기다리고 있었다. 그리고 이현은 팀원들과는 조금 떨어진 골목 안, 외진 곳으로 걸어 들어가며 통화를 하고 있었다. 지상은 반기는 팀원들에게 하는 둥 마는 둥 고개만 끄덕이고 그녀의 뒤를 밟았다.

"만화책? 그래, 알았어. 빌려다 준다고. ⋯⋯오늘 어떻게 가냐? 2차가 언제 끝날지 어떻게 알고. 그리고 오늘은 내 환영회도 겸하는 거라 진짜 빠지기가 그래."

퉁명스러운 목소리. 하지만 끝에 가서는 아이를 어르는 엄마 같은 어조다. 누구지? 궁금증이 더해갔다

"어휴! 그래, 착하지. 알았어. 이 누나가 내일은 무슨 일이 있어도 간다. 조금만 참아, 응?"

누나? 그 말은 상대가 남자라는 소린데⋯⋯. 앤가? 조카?

"그래, 윤민석. 너, 나 때문에 사고 나서 그 고생하는 거 다 알아. 진짜 미안하다."

윤민석? 지상은 온몸이 굳어지는 걸 느낄 수 있었다.

"대신 내가 몸으로 때우고 있잖아."

몸으로 때워? 어떻게? 심장이 철렁 내려앉는 소리가 그의 귓가를 쩌렁쩌렁 울렸다. 인식하지 못하는 사이, 그가 두 주먹을 꽉 쥐고 부르르 떨었다. 뭔지 모를 것이 그의 가슴을, 신경을 뚫

고 지나갔다. 고통스러우리만치 격한 통증을 느끼며 지상은 이현의 뒷모습을 뚫어져라 바라보았다.

"솔직히 말해서, 나만큼 너한테 잘하는 사람 있냐? 참나, 어떻게 병원에 입원해 있는데 개미 새끼 한 마리도 얼씬거리질 않냐? 회사 사람은 고사하고 가족들까지. 네가 살아온 족적이 심히 의심스럽다, 진짜. 나 아니었으면 진짜 넌……."

그때, 그의 시선을 느꼈는지 무심코 뒤를 돌아본 이현. 자신을 불태울 듯 강렬한 눈빛으로 바라보고 서 있는 지상을 발견한 그녀는 깜짝 놀랐다.

"어, 야! 나, 끊어야 해. ……응. 내일 갈게. 끊어!"

이현은 지상의 뜨거운 시선을 받으며 서둘러 전화를 끊었다. 꼼짝 않고 그녀의 하는 양을 바라보고 있는 그는 어두운 가로등 불빛을 지고 어둡게 서 있었다.

"다들 기다리고 있죠?"

"윤민석 씨, 다쳤다고?"

"예?"

의외의 말에 이현은 당황했다. 칠흑 같은 어둠과 하나가 되어 서 있는 그가 무슨 생각을 하고 있는지 알 길이 없었다.

"가야 된다면 가도 돼. 내가 태워다 주지."

"그럴 것까진 없는데요, 사장님."

이현의 목소리가 떨렸다. 쌀쌀한 밤공기 때문은 아니었다. 내부에서부터 올라오는 한기 때문이었다.

"많이 다쳤나 본데 가봐야 하면 가봐야지."

저벅, 지상의 발이 움직였다. 이현과의 사이가 한층 좁혀졌음은 물론이다. 이현의 심장이 커다랗게 공중제비를 돌더니 맹렬하게 뛰어대기 시작했다. 저절로 숨이 가빠지자 두 눈을 동그랗게 뜬 채로 그녀는 입술을 조금 벌렸다.

"아, 아니에요. 이미 2차 가겠다고 말했는걸요. 사장님이야말로…… 안 바쁘세요?"

"바쁜 건 내 사정이야."

저벅저벅. 지상의 발이 두어 발자국 더 앞으로 다가왔다. 이현은 뒤로 물러나고 싶은 마음을 꾸욱 눌렀다. 그가 한 걸음 더 다가왔다. 그의 표정은 알아볼 수가 없었다. 다만 뜨거운 그의 숨결이 코끝을 스치는 걸 느낄 뿐. 너무 가깝다는 생각에 이현은 덜컥 겁이 났다. 두 주먹을 불끈 쥐고 이현은 똑 부러진 목소리를 연출해 냈다.

"좀 비켜주실래요?"

그는 대답이 없었다. 초조해진 그녀는 조금 더 큰 목소리로 경고했다.

"이 골목 밖에서 회사 사람 다섯이 우릴 기다리고 있어요. 모두들 왜 우리가 나타나지 않는지 궁금해할걸요."

그녀의 말이 채 끝나기도 전에 푸흣, 남자의 웃음소리가 들렸다. 컴컴한 공중에서 남자의 새하얀 이가 약탈자의 그것처럼 번쩍였다. 머릿속 경고등이 미친 듯이 울려댔다. 지금 당장 이 자리를 벗어나라고. 그렇지 않으면 후회할 일이 생길 거라고. 그러나 그녀는 꼼짝도 할 수가 없었다. 발바닥이 땅바닥에 붙어버린 것 같았다.

"사장님……."

"당신! 건방져."

그녀의 말끝을 삼키며 지상이 입을 열었다. 묵직한 목소리가 음울하게 울렸다. 맥박이 빨라지고 숨이 가빠졌다. 쌕쌕, 숨을 몰아쉬며 이현은 입술을 움직였다. 무슨 말이든 해서 남자의 관심을 다른 곳으로 돌려놓을 요량이었다.

그러나 그가 더 빨랐다.

"어떻게 감히 나한테 협박을 할 수 있지?"

낮게 깔리는 음성이 부드럽게 울리고, 곧바로 그의 상체가 덮치듯 그녀의 코앞까지 다가왔다. 턱 소리와 함께 남자의 두 손이 그녀의 위를 스쳐 지나 단단한 벽을 짚었다. 순식간에 지상의 팔 안에 갇힌 그녀는 흠칫 몸을 떨었다. 상큼한 향기가 후각을 급습하자 아찔한 기분이 되었다. 남자의 끝을 알 수 없을 만큼 깊고 짙은 눈동자를 그녀는 두근거리는 마음으로 응시했다.

'이 남자, 지금 키스하려는 걸까?'

여자의 직감이 예감하고 있었다. 이 남자가 지금 그녀에게 키스하고 싶어한다는 걸. 하지만 지금은, 이곳에서는…….

'지금이 아니면? 이런 곳이 아니면? 그럼 너도 키스하고 싶다는 말이니?'

안 될 말이다. 직장 상사와 얽히는 일은 그녀와 같은 커리어 우먼에게 치명적인 약점이 될 수 있었다. 게다가 한 달 전에 있었던 그 일이 혹시라도 탄로나게 된다면? 지금은 운이 좋아 그가 기억을 하지 못하고 있지만, 키스와 같은 친밀한 행위를 나누게 된다면 문제는 달라질 수 있었다.

"날 네 마음대로 할 수 있다고 생각한다면, 그건 오산이야. 넌 날 어쩔 수 없어."

"무슨 말씀이세요, 사장님?"

'당신'이란 존칭이 사라졌다. 뭘 의미하는 걸까? 약간 두려운 마음으로 이현은 거의 맞닿은 남자의 눈동자를 뚫어져라 바라봤다. 시선을 뗄 수가 없었다. 그의 눈에 사로잡힌 양 꼼짝도 할 수가 없었다. 쌔근쌔근, 점점 가빠오는 숨을 아슬아슬 제어하는 거 외에는 정말 아무것도.

"내 앞에서 윤민석, 그 친구 얘기하지 말라는 소리야."

"네?"

이건 또 무슨 얘기지? 그는 마치 질투에 사로잡힌 남자처럼 말하고 행동하고 있었다. 있을 수 없는 일이지만 이현의 여성적인 감각이 자꾸만 그걸 주장했다. 혼란이 그녀를 감싸 뒤죽박죽 헝클어놓았다.

"듣기 싫어. 알고 싶지 않아. 그러니까 하지 마."

아무 말도 할 수가 없어, 이현은 꾹 입을 다물었다. 상처받은 아이처럼 그는 떼를 쓰고 있었니. 특별한 이유도 없이 특성 상대를 미워하는 건, 이성이 있는 성인의 사고방식이 아니었다.

"빌어먹을……!"

지상의 섹시한 입술이 움직이더니 욕설을 뱉어냈다. 흡사 자신의 행동이 마음에 들지 않은 듯 이를 악물고 그는 거칠게 몸을 돌려 저벅저벅, 반대쪽으로 사라졌다.

이현은 한동안 그 자리에서 꼼짝도 하지 않고 서 있었다. 끝없이 맴도는 수많은 의문점들로 인해 머릿속이 혼란스러웠다. 그리고 서운했다. 어쩐지 허전한 것이, 가슴이 텅 비어버린 느낌이었다. 골목을 빠져나올 때쯤, 그녀는 그 허전함의 정체를 깨달았다.

그녀는 다시 한 번 그의 키스를 고대했었다.

제10장 | 원하다

그날 밤 내내, 이현이 골몰해서 내린 결론은 '이지상은 민석을 싫어하고 그 이유는 민석으로 인해 상처를 받았기 때문'이다. 지상의 눈빛은 분명 상처받은 것이었고 그 눈빛을 설명할 길은 그것밖에 없었다. 어떤 연유로 민석을 싫어하고 무엇 때문에 상처받은 건지는 알아낼 길이 없었다. 단지 자신이 두 남자 사이에 미묘하게 낀 형국이라는 것밖에는. 한 가지 추측할 수 있는 건, 민석의 아버지다. 민식과 지상이 얽힐 공통분모는 윤 실장밖에 없다고 이현은 생각했다.

이현은 그 공통분모 안에 자신이 포함되어 있다는 걸 간과하고 있었다 아무튼 이현은 확신했다. 지상이 자신을 괴롭히고 있는 건, 민석과 연관이 있다고. 그도 그럴 것이, 전날의 과한 회식 일정으로 인해 새벽 두 시에 귀가했음에도 정시에 출근한 그녀에게 그가 내린 형벌은 너무나 가혹했기 때문이다. 말이 정시 출근이지, 사실 제시간에 일어나기 위해 그녀가 얼마나 초인적인 힘을 발휘했는지 이지상 같은 남자는 죽었다 깨어나도 모를 것이다. 부족한 수면 시간을 뒤로하고 떠지지 않는 눈을 억지로 뜨면서도 부하직원으로부터 책잡히지 않기 위해서 기를 썼었다. 그렇게 출근한 그녀에게 내린 그의 지시는······.

[류 팀장님! 여기 사장님 비서실입니다.]

"네, 양 비서님."

[사장님께서 호출하셔서요. 급해요.]

"아, 예. 지금 올라갈게요."

[아니, 저······ 사실은 그게 좀······.]

"왜요?"

[저······ 사장님께서 아직 출근 전이시거든요. 댁에 계세요.]

"네? 아니, 그게 무슨 말······."

[팀장님께서 직접 서류를 들고 사장님 댁으로 가셔야겠어요.]

꽈당! 뒤로 넘어갈 일이었다. 어떻게 그런 지시를!

인간적으로, 이건 너무나 비열한 짓이었다. 사실 막말로, 술은 자기 혼자 마셨나? 그녀도 마셨고, 팀원들도 모두 마셨다. 마신 양으로만 따지면 장 과장이 제일 많이 마셨을 것이다. 그 다음으론 김 대리였고, 그 다음으론 이재영이다. 그렇게 따져 보니 이지상이 제일 적게 마셨군. 그런데 그 혼자만 출근을 못하고 집에서 신선놀음이라니! 욕을 하지 않을래야 않을 수가 없는 남자다, 진짜.

하지만 어쩌겠는가? 사장이 오라면 가야지, 다른 도리가 없다. 나쁜 놈, 썩을 놈, 재수없는 놈, 별의별 욕을 다 하면서도 이현은 양 비서가 불러주는 사장의 주소를 받아 적었다.

위풍도 당당한 강남, 대치동의 고급 빌라에 도착한 것은 그로부터 약 두 시간이 지나서였다. 펑크 난 타이어를 아직도 갈아놓지 않은 탓에 전철과 택시를 이용해 가까스로 도착한 이현은 진땀이 흐르는 이마를 훔치며 현관문 앞에 섰다. 손에는 그가 가져오라고 지시한 '장동혁' 관련 파일이 들려 있었다.

이걸 가져오라고 했다는 건, 모델 건을 재검하겠다는 뜻. 그나마 조금은 위안이 되었다.

띠— 리리리리리리 띠리리~

벨을 누르자 엘가의 '사랑의 인사'가 흘러나왔다. 벨소리가 끝날 때까지 이현은 초조하게 손바닥을 흔들며 부채질을 했다. 날씨가 더워서인지 초조해서인지, 열기가 그녀를 덥게 했다. 이현은 바빠서 드라이도 못한 앞머리가 마음에 걸렸다. 이마를 덮은 앞머리를 매만지며 성마르게 아랫입술을 빨았다.

'립스틱!'

다 흡수되고 지워졌을 텐데, 땀 때문에 화장도 얼룩이 졌을 테고. 이현은 통통 퉁겨오는 심장을 한 손으로 꽉 누르며 종아리가 드러난 아래를 내려다보았다. 혹시 스타킹에 올이 나가지나 않았는지 점검하는 거였다.

'좀 긴 치마를 입고 올 걸.'

직장에서는 사무적으로 보이는 게 제일이라는 원칙에 따라, 그녀는 베이직 스타일 치마 정장을 선호하는 편이었다. 그러다 보니 인상이 쌀쌀맞고 딱딱해 보인다는 말을 많이 듣게 되었는데, 이 치마는 그 때문에 충동적으로 산 미니 스커트다. 미니 스커트라고는 하지만 무릎 위로 5~6㎝ 정도 올라간 길이로, 요즘 추세에 비하면 비교적 무난한 스타일이었다. 그렇지만 늘 무릎을 덮는 보수적인 스커트 입는 걸 고집해 온 이현에겐 약간 부담스러울 수밖에 없는 길이. 특히 보고서를 들고 직장상사의 집을 방문하는 지금은 허벅지가 살짝 드러난 이 치마가 더욱 신경 쓰였다. 그 직장상사가 매력적인 호색한에 혼자 사는 독신남이란 사실까지도.

괜스레 떨리는 마음을 가라앉히려 애쓰며 이현은 다시 손을 움직였다. 벨을 누르기 위해서였다.

"도대체 뭘 하는데 이렇게 꾸무럭거리는 거야? 빨리 문 안 열고……."

그녀가 불평하는 소리를 들었을까? 하던 말을 채 마치지도 않았는데 벌컥 문이 열렸다.

"꺄악!"

이현은 기겁하며 비명을 질렀다. 집주인이 갑자기 문을 열어서가 아니었다. 그건…… 손님을 맞이하는 집주인의 솔직한 모습(?) 때문이었다.

"뭐, 뭐, 뭐 하는 거예요?"

문을 연 그는 막 샤워를 마친 듯 온통 젖어 있었다. 이마와 콧날을 가로지르는 앞머리에서 뚝뚝 물방울이 떨어지고, 떡 벌어지고 근육이 물결치는 상체는 벌거벗은 상태였다. 그래, 거기까진 이해할 수 있었다. 남자의 벗은 상체를 보고 얼굴을 붉힐 정도의 나이는 이미 지난 그녀였으니까.

하지만 그는 나체였다. 달랑 타월 한 장으로 아랫도리만 간신히 가린.

"안 들어오나?"

지상이 태연하게 물어왔다. 이현은 양손으로 얼굴을 가린 채 고함을 질렀다.

"빠, 빨리 옷 입으세요! 지금 당장!"

"입지 말라고 해도 입을 거야. 그러니까 일단 들어와, 호들갑 떨지 말고."

이 태연함이라니! 어떻게 여자 앞에서 반나체를 보이고도 이렇게 자연스러울 수가 있을까? 이런 게 일상적이라서 그런가, 아니면 그녀를 여자로 보지 않아서 그런가? 정답이 뭐든, 이현은 불쾌했다. 화가 치밀었다. 이현은 이를 악물고 최대한 자신을 자제했다.

"호들갑이라니요?"

"설마 남자 벗은 모습, 처음 본 건 아니겠지?"

"무, 물론 아니에요."

수도 없이 봤다고! 비록 모두 열다섯 살 전이지만.

"그래? 그런데 뭘 그리 새삼스레 부끄러운 척을 하지? 류 팀장도 내숭과인가?"

"뭐, 뭐요?"

내숭 떠느냐는 말에 이현은 발끈했다. 저도 모르게 얼굴을 묻고 있던 손을 거칠게 떼고 그녀는 잔뜩 일그러진 얼굴로 지상을 노려봤다. 얄밉기도 해라. 그녀의 살인적인 기세에도 그는 아무렇지도 않은 듯 싱글싱글 웃고 있었다. 젖은 머리를 손으로 툭툭 털고 한쪽 팔을 근사하게 움직이며 '어서 납시옵소서!'의 제스처까지 펼쳐 보였다. 아주 이현의 약을 바짝 올려놓으려고 작정을 한 사람처럼.

'뭐가 저리 즐겁담.'

얼굴이 온통 붉게 상기되어 홍당무가 되어버린 이현은 마지못해 쭈뼛쭈뼛 빌라 안으로 들어갔다. 벌거벗은 지상의 몸을 쳐다보지 않으려고 기를 쓰면서. 하지만 그의 기품있게 굴곡진 이두박근과 가슴에서 복근으로 이어지는 화려하면서도 천박하지 않은 근육 모양에서 눈을 떼기란 쉬운 일이 아니었다. 보통의 정신을 가지고 있는 여자라면 누구나 넋을 빼고 바라볼, 너무나 완벽한 근육이었다. 옷 태 좋은 게 다 이유가 있었던 거다.

신발을 벗고 실내로 들어가자 꽝, 현관문이 닫혔다. 이현은 저도 모르게 흠칫 놀라며 뒤를 돌아보았다. 지상은 웃음기 가시지 않은 얼굴로 그녀의 뒤를 따라 들어오고 있었다.

"기다려."

무뚝뚝하게 명령하고 그는 침실로 보이는 방 안으로 들어갔다. 금세 이현은 텅 빈 듯 고요한 집 안에 혼자 덩그러니 서 있게 되었다.

쓱 둘러본 빌라는 한마디로 광활했다. 혼자 살기엔 너무나 큰 집. 실내는 오렌지 향기가 은은하게 퍼져 있었고 슬플 정도로 적막했다. 나른한 재즈 선율이 부드럽게 흐르고 있었지만 특유의 쓸쓸함이 음악으로 채워질 리는 없었다.

이런 곳에서 그는 뭘 하는 걸까? 이 외롭고 추운 곳에서. 이현도 혼자 살고 있지만, 그래서 외롭고 가족이 보고 싶을 때가 종종 있었지만 이 정도는 아니다. 이 집은, 이 집은······.

이현은 느낄 수 있었다. 그가 얼마나 외로운 사람인지, 얼마나 약한 사람인지. 넓은 공간을 화려하게 장식하고 있는 물건들은 그가 느끼는 상실감의 깊이였고, 외롭지 않다는 자기 최면이었다. 타인의 동정을 거부하는 몸짓이었다. 이현은 이 큰 집 구석구석까지 깊이 배어 있는 고독감을 느끼며 눈을 감았다.

"여기까지 불러서 기분 상했나?"

문소리와 동시에 그가 말했다. 이현은 천천히 눈을 떴다. 물 빠진 진에 블루 캐주얼 셔츠를 입은 그는 눈이 튀어나올 정도로 멋있었다. 하지만 불쌍한 사람이란 생각이 드는 건 어쩔 수 없었다.

"진짜 상했나 보네. 내가 조만간 약속이 있거든. 시간이 애매해서 회사에 들어갈 수가 없겠더라고."

"보고서 가져왔습니다."

딱 잘라 말하고 이현은 손에 들고 있던 서류철을 불쑥 디밀었다. 한참 동안 지상은 그녀가 내민 서류를 물끄러미 내려다봤다. 말없이. 무슨 생각을 하는지 넘겨짚기 힘든 무표정이었다.

"거기 놔."

한참 뒤, 그가 말했다. 응접실 탁자 위로 턱짓을 하며. 그리곤 몸을 돌려 어딘가로 향했다. 화려한 오렌지 빛 커튼이 양쪽으로 드리워진 걸로 봐서 주방인 모양이었다.

"손님이 왔으니 뭘 좀 대접해야 예의겠지?"

"아니, 전……."

필요없다고 말하려 했지만 그의 뒷모습은 이미 자취를 감춘 상태였다. 뭘 하려는 건지 뒤따라가서 확인하고픈 충동이 밀려왔다. 그렇지만 이현은 꾹 참았다. 이대로 지상의 페이스에 말려들고 싶진 않았다.

"마실 게 없네. 과일 좋아하지?"

드리워진 커튼 밖으로 쑥 지상의 얼굴이 튀어나왔다. 조금은 무안한 듯 그는 일부러 밝은 표정을 해 보이고 있었다. 자기 집에 뭐가 있는지 없는지도 모르고 있다는 사실을 그녀에게 들킨 것이니, 그럴 만도 했다.

"커피가 떨어졌을 뿐이야. 그런 눈으로 보지 마."

그녀의 시선이 부담스러웠는지 그는 어깨를 으쓱해 보였다. 어젯밤에 그런 일이 있었는데도 별생각이 없는 모습이다. 하기야, 여자와 키스할 뻔했던 사건이 어디 사건 축에나 낄까? 이 사람에겐 밥 먹는 것보다 훨씬 더 빈번한 일일 것이다. 이런 생각이 들자 이현은 속이 상했다. 불쌍한 사람이란 생각과 얄미운 놈이란 생각이 그녀의 내부에서 엄청난 갈등을 일으켰다.

"상관없습니다. 괜찮으시다면 빨리 서류를 검토해 주셨으면 좋겠네요. 어서 들어가 봐야 해서요."

일부러 냉한 목소리를 가장하며 이현은 딱딱하게 말했다. 그런 그녀를 물끄러미 바라보던 지상은 툭, 한마디 내뱉었다.

"자리에나 앉으시지, 곧 떠날 것처럼 그렇게 서 있지 말고."

"곧 떠날 겁니다."

"사장으로서 명령하는 거야. 앉아."

"전 사장님께서 하는 말은 무조건 들어야 합니까?"

발끈한 이현은 더욱 싸늘하게 대꾸해 줬다. 명령만 하면 다인가? 키스도 제 타이밍에 제대로 못하는 작자가, 술 마시면 아무것도 기억 못하는 주제에!

"지금은 업무의 연장이라는 걸 잊지 마."

"그럼 업무를 보세요, 사장님."

이건 아니잖아……,

어찌 됐든 사랑에 굶주린 사람이다. 사람 한 명 얼씬거리지 않는 집에 손님이 오니 들떠서 저러는 것을. 괜한 심술을 부려 그의 기분을 망칠 필요까진 없었다. 하지만 자꾸 화가 나는 걸 어쩌나. 저 밝은 척하는 모습도 짜증이 났고, 어젯밤 같은 애매한 사건을 일으킨 것도 짜증이 났다. 그래 놓고 아무 일도 없었던 것처럼 행동하는 남자의 뻔뻔스러움에 짜증이 났고, 그 때문에 심란해하는 자신에게도 짜증이 났다.

그리고 이현은 그 분풀이를 당사자인 지상에게 하고 있었다.

"훗! 제법이네."

예상 밖에 그는 웃었다.

"하긴 그런 기백이 없었다면 여기까지 오지도 못했겠지. 노인네가 왜 당신을 내 옆에다 붙여놨는지 이제야 이해가 가는군."

수하 직원에게 업무나 보라는 소릴 듣고도 뭐가 그리 기분이 좋은지 지상은 이지상 표 섹시스타일 마크를 입가에 드리우고 있었다. 이현은 인상을 팍 쓰며 입을 열었다.

"전 사장님 옆에 붙어 있는 게 아니고……."

"그만!"

뭐라고 더 쏴줄 요량이었지만 그는 이미 주방으로 모습을 감춘 후였다. 지상은 그 안에서 한참을 부스럭거렸다. 가서 도와야 할지 말아야 할지 갈팡질팡하는 마음에 이현은 계속 서 있는 상태였다. 잠시 후, 커다란 잎사귀 모양 유리 접시를 들고 나오는 지상이 그런 그녀를 보며 아직도 서 있냐는 듯 눈을 동그랗게 떴다.

"이런! 아직도 그러고 서 있나?"

접시에는 껍질이 벗겨지지 않은 오렌지들이 한 바구니 쌓여 있었다. 뭔 놈의 오렌지를 저리 많이 들고 나오는지. 이현은 콧잔등을 잔뜩 움츠렸다.

"앉아."

"이러지 않으셔도 되는데요."

자포자기의 심정으로 이현은 중얼거렸다. 그래도 명색이 사장이란 사람이 과일까지 가지고 나와 손님 대접을 하겠다고 나서는데 매몰차게 거절할 수도 없고 난감했다. 여기서 기어코 가겠다고 우긴다면 분위기 싸해질 듯. 게다가 그냥 돌아서 나가는 상황을 상상해 보니 마음에 걸리는 부분이 있었다.

오늘 이지상, 이상했다. 유난히 밝은 척하는 모습이 자꾸만 마음에 걸렸다. 외로움에 절인 티가 확연한 그 모습은 이현의 발목을 틀어잡고 놓아주지 않았다. 결국, 이현은 털썩 자리에 주저앉아 버렸다.

"집에 먹을 거라곤 이거밖에 없군. 집에선 거의 뭘 먹질 않아서. 일주일에 한 번 집안일을 도와주시는 분이 계시는데, 음식보다는 주로 청소나 밀린 빨래 같은 거야. 오렌지는 떨어지지 않게 하라고 주의를 줬더니 늘 냉장고 가득 채워주는 거고."

이현의 앞자리에 앉으며 그는 주절주절 변명을 늘어놓았다. 그녀가 뭐라고 이렇게 구차한 변명을 늘어놓는 것일까? 그녀는 아무것도 아니다, 그의 명령을 받는 부하직원일 뿐.

"먹어봐."

그가 재촉했다. 떨떠름한 얼굴로 이현은 커다란 접시에 뭉게구름마냥 동글동글 몽실몽실 모인 덩어리들을 빤히 내려다보았다.

"까줄까?"

뭐라 할 말이 없어 이현은 잠자코 있었다. 지상이 무슨 꿍꿍이로 이러는지 머릿속이 복잡했다. 친밀한 척하는 것이 마음에 걸렸다. 집까지 오라, 가라 부려먹을 때는 언제고. 부담스러울 정도로 극진한 손님 대접은 또 뭘까? 내놓은 건 겨우 오렌지 몇 개지만 이현은 알았다, 이게 그가 해줄 수 있는 최상의 대접이라는 걸.

"과즙, 손에 묻히기 싫은 모양인데 내가 껍질 벗겨주지."

한숨이 나왔다. 블랙코미디를 보는 것 같아 짐짓 슬퍼지기까지 했다. 우스꽝스러운 이 상황을 이현은 빨리 끝내고 싶었다. 무엇엔가 쫓기는 듯 안절부절못하는 지상의 모습이 그녀는 더 이상 보고 싶지 않았다.

"죄송합니다. 제가 할 일은 다 한 것 같습니다. 전 이만 회사로 들어가 보겠습니다."

작은 과도를 쥐고 오렌지를 자르던 그가 고개를 들었다.

"서류를 검토해 보신 후에 혹여 의논할 일이 생기시거든 내일 회사에서……."

이현은 순간, 당황하여 하던 말을 멈추었다. 고개를 들고도 손놀림을 멈추지 않던 지상이 한 손에 쥐고 있던 과도로 다른 편 엄지손가락을 베어버린 것이다. 깨끗하고 기다란 남자의 손에서 붉은 핏방울이 맺혔다.

"사, 사장님! 어머, 세상에……!"

지상은 멍하게 자신의 손가락을 내려다보았다. 자신의 의도와는 다르게 살짝 금이 간 정도로 그친 상처에선 그래도 피가 흘렀다. 이 정도의 상처는 당장 상처 부위를 누르고 지혈을 하면, 연고 따위 바를 필요도 없이 금세 아물 것이었다. 하지만 지상은 그러지 않았다. 그저 피가 흐르도록 방관했다.

더 깊이 베었어야 했는데……. 아쉬울 따름이었다.

그러나 여자는 피를 보고 놀란 모양이다. 이만한 상처는 아무것도 아니건만 그녀는 지상이 민망할 정도로 괴히게 소리를 쳤다. 잠시 어떡하느냐고, 발을 동동 구르더니 허둥지둥 핸드백을 뒤져 손수건을 꺼냈다. 그리곤 조금은 거칠게 그의 손을 잡아채 갔다. 피가 뚝뚝 바닥으로 흘렀다.

"어떻게 해……. 그렇게 왜 이런 걸 가지고 나와요? 안 먹는다고 했잖아요. 칼질도 잘 못하면서. 아, 이 피 좀 봐. 아프죠? 아프죠, 그죠?"

그는 아무 말도 하지 않았다. 씀벅씀벅, 칼날이 스칠 때도 느끼지 못한 욱신거림이 손끝으로 느껴졌지만 참을 만했다. 그렇지만 그는 괜찮다고 말하지 않았다. 손가락 조금 벤 곳에 커다란 손수건을 칭칭 감아대는 이현의 호들갑스러움이 왠지 좋아서. 그의 손과는 비교할 수 없을 만큼 얇고 조그만 그녀의 손이 자신을 감싸고 있는 지금 이 순간을 충분히 만끽하고 싶어서.

지상은 비로소 알 것 같았다, 자신이 왜 제 손가락을 일부러 베었는지를. 그 알 수 없는 행동의 기저에 어떤 의도가 깔려 있었는지를.

오렌지 껍질 까는 일은 눈 감고도 해낼 수 있는 일이었다. 평생 그 일처럼 자신있게 해내는 일이 없을 정도로 그에겐 식은 죽 먹기였다. 하지만 그는 그녀를 잡고 싶었다. 오늘따라 싸늘하기만 한 이현의 시선을, 관심을 붙잡고 싶었다. 조금 더 같이 있고 싶은데, 당장 회사로 돌아가겠다고 일어서는 그녀를 잡고 싶은데, 방법이 없었다.

그래서 그는 손가락을 베기로 마음먹었다. 미친 짓이라고밖에 생각할 수 없는 일이지만 그만큼 절박했었다. 비록 깊은 상처를 내지는 못했지만 피를 내는 데는 성공했고, 그녀의 마음도 돌려놓았다. 순전히 동정심 때문에 남아 있는 거겠지만, 그래도 그는 마음이 놓였다. 적어도 이 순간만큼은 이현이 그를 악당으로 취급하지 않을 테니까.

"미치겠다. 무슨 남자가 그렇게 부주의해요?"

"……."

"꿀 먹었어요? 무슨 말 좀 해보세요."

그녀는 알까? 지금 이 순간, 너무나 예뻐 보인다는 것을. 눈물이 당장이라도 흐를 듯 촉촉하기만 한 눈동자에는 안쓰러움이 둥둥 떠 있고, 머금으면 툭 터질 것 같은 싱싱한 입술은 한숨이 배어나왔다. 이까짓 손가락, 이까짓 피가 뭐 대수라고. 그녀는 정말로 안타까워했다. 이만큼의 관심과 걱정은 결코 받아본 적이 없는 그의 가슴엔 깊은 파장이 물결쳤다.

앞으로 쏟아지는 머리카락을 뒤로 넘기고 발그레하게 달아오른 복숭앗빛 볼에 입술 자국을 남기고 싶은 충동이 불쑥 일었다. 숨 막히게 멋진 키스를 선사하고 싶었다. 그녀를 만족시켜 더욱 원하도록 만들고 싶었다. 지금 이 자리에서⋯⋯. 청바지 아래에서 뭔가가 꿈틀거리기 시작하자 지상은 번뜩 정신을 차렸다.

'빌어먹을! 지금 무슨 생각을 하고 있는 거지? 미친 거 아니야? 부하직원을 두고 어떻게 그런 상상을⋯⋯!'

그에겐 의무가 있었다. 한 달 전, 필름이 끊겼을 때 자신이 범했을지도 모를 한 여자를 찾아야만 하는 의무. 그는 술에 취한 채 그가 정말 일을 저질렀는지, 그 뒤로 그 여잔 어떻게 지내고 있는지 알아야 했다. 또 그 여자가 어떤 여자고, 그날 자신이 왜 그리 끌렸었는지 알아야 했다. 다른 여자에게, 그것도 일로 묶여 있는 부하직원에게 이끌릴 여유가 없는 것이다. 게다가 그녀는 엄연히 다른 남자의 여자였다.

"민망하군. 별것도 이닌 상처에 손수건씩이나."

조용히 속삭이듯 그는 말했다. 더 크게 말하면 가까스로 붙들고 있는 이 알량한 자제력이 날아갈까 봐.

"약상자 어디 있어요? 구급약품 없어요?"

약간 누그러진 목소리로 그녀가 물었다. 그녀는 여전히 손수건으로 싸맨 그의 손가락을 꽉 붙들고 있었다. 딴에는 피가 흐르지 않도록 지혈을 하고 있는 거였다.

"괜찮아. 손수건이면 됐어."

"지금 그게 말이라고 해요? 칼에 베었잖아요. 파상풍 같은 거 걸리면 어쩌려고 그래요?"

"이런 걸로 무슨 파상풍이 걸리……."

"왜 이렇게 고집이 세요!"

갑자기 버럭, 그녀가 소리쳤다. 그 바람에 놀란 지상은 오른쪽 눈썹을 살짝 휘며 치떴다.

"그러니까 제 말은……."

불쌍하게도, 이현은 자신이 반사적으로 한 행동을 깨닫고 당황하고 있었다. 왜 자신이 화를 낸 건지도 그녀는 잘 모르는 것 같았다.

"죄송합니다. 제가 잠깐 착각을 했나 봐요."

착각. 상대하고 있는 사람이 이지상이 아니라 윤민석이라고 착각했었다는 말일까?

"전…… 아무래도 안 되겠습니다. 밀린 일도 있고, 빨리 회사로 들어가 봐야 할 것 같아요. 오렌지는…… 감사합니다."

고개를 바닥에 떨군 채 중얼거린 그녀는 그의 대답을 듣지도 않고 벌떡 자리에서 일어났다. 백을 어깨에 메고 부리나케 현관문을 나서는 그녀를 그는 잡지 않았다. 순식간에 텅 비어버린,

만경장판의 거실 한복판에 앉아 지상은 그녀의 빈자리를 절절히 느낄 뿐이었다. 그녀의 존재감은 의외로 컸다. 돌이키기 힘들 정도로.

옆구리가 허전했다.

"별것도 아닌 것에 손수건씩이나."

꿀 먹은 벙어리처럼 아무 말도 못하고 있던 그가 맨 처음 뱉은 말이다. 특별한 감정을 겉으로 드러내지는 않았지만 평생 그런 호의는 처음 겪은 듯한 표정으로 보아 그녀는 알 수 있었다. 그가 감동받았다는 것을. 그 말을 듣는 순간, 그녀는 코끝이 찡해지는 기분을 맛보아야 했다. 그깟 손수건 한 번 묶어준 일에 감동씩이나 받았다는 사실이 가슴 한쪽을 뭉클하게 만들었다.

"외롭다. 많이. 그렇지. 그럴 리 없지. 저를 낳아준 엄마를 죽이고 태어난 나 같은 놈이 또 있겠어? 제 아버지한테도 버림받은 놈. 하!"

그때, 술에 취한 그가 중얼거린 말이 떠올랐다. 도대체 이 사람은 어떻게 자라왔기에! 어쩌면 그의 참모습은 바람둥이가 아닌 아직도 사랑을 바라는 여 살찌기 〵넌일기도 모른너는 〵생각이 들었다. 그러자 고통스러우리만치 아픈 통증이 그녀를 찾아왔다. 단지 연민이라고 치부하기엔 그 도가 넘칠 정도로 커다란 통증이.

'이건 뭐지? 이 기분은……?'

솔직히 말하자면, 그때 왜 자신이 그렇게 놀랐는지 그녀는 모른다. 이틀이 지난 지금도 그녀는 설명할 수 없었다. 이론적으로는 도저히 설명할 수 없는 거였다. 사장의 상처는 그 부위가 넓었지만 깊지 않았고, 피는 흘렀지만 살점이 떨어져 나가거나 뼈가 다친 게 아니었으니 대단치 않았다. 겨우 과일칼에 베인 것뿐이었다. 피를 보니 순식간에 두려움이 밀려왔던 건 사실이지만 충분히 이성적으로 조용히 대처할 수 있는 문제였다. 하지만 그녀는 소리치고 발을 굴렀다.

피가 솟구치는 상처 부위를 무표정한 얼굴로 바라보는 그의 모습에 덜컥 놀란 탓이다. 그런 표정을 지을 줄 아는 사람이라면 제 동맥도 그을 수 있을 것만 같았다. 육체적 고통보다도 더 큰 고통을 간직한 사람이라는 생각이 들어 견딜 수가 없었다.

"휴—!"

한숨이 봇물 터지듯 폐로부터 길게 흘렀다.

"땅 꺼지겠다. 뭐냐? 책 읽어준다면서 딴생각이나 하고."

"으, 응?"

순간, 이현은 자신이 어디에 있는지 잠시 깜빡했었다는 걸 깨달았다. 그녀는 금요일 저녁을 민석의 병실에서 보내고 있었다.

내일이 퇴원이기 때문에 굳이 이럴 필요까진 없었지만. 어차피 친구를 위해 이 한 몸 희생하려고 했던 그녀, 외롭다고 엄살 피우는 민석을 위해 기꺼이 왕림했던 것이다.

"아, 미안! 어디까지 했지?"

"아파요."

"응?"

"남자 주인공이 다쳐서 여자 주인공이 놀라는 장면 말이야. '아파요?' 까지 했다고."

맞다. 남자 주인공, 윤재가 다치자 여자 주인공인 유진이 걱정하는 장면이었다. 하필 그런 장면이 나올 게 뭐람. 괜히 이지상 생각만 더 나서 가슴이 벌떡벌떡 뛰질 않았나?

'좋지 않은 징조야……'

이런 두근거림은 생전 처음이었다. 내장이 노글노글 흐물흐물 다 녹아내리는 것 같은 긴장감이 뱃속을 조여왔다. 가슴을 꾹 누르며 이현은 숨을 골랐다.

그날 이후, 만 이틀이 지난 지금까지 단 한 차례도 사장과 대면하지 않은 그녀였지만 아직까지 이현은 그때의 흥분을 고스란히 간직하고 있었다. 그의 손을 쥘 때 느꼈던 따스하고 부드러운 감촉. 손바닥을 어루만지는 것처럼 스쳐 지나갔던 그의 손길. 마치 그녀를 원하는 것 같은 갈망 어린 눈동자. 그리고 막 샤워를 끝낸 남자 특유의 상쾌한 콜론 향까지.

"음, 잠깐만. '아파요' 가 어디 있냐……"

이현은 자신을 뚫어져라 내려다보고 있는 민석의 눈을 의식하지 못한 채 열심히 책장을 뒤적이고 있었다. 어느새 제 마음대로 넘겨진 덕에 '아파요' 라는 문장은 쉽게 찾아지질 않았다.

"너 무슨 생각을 그렇게 해?"

"응?"

갑작스레 날아온 질문에 이현은 고개를 들었다.

"고민있어?"

민석의 심각한 눈동자가 그녀를 내려다보고 있었다. 걱정스러운 눈빛이다.

"아무것도 아니야."

"아무것도 아닌데, 인마! 책을 읽다 말고 한숨을 쉬냐? 혼자 뭐라고 중얼거리지를 않나, 가슴을 막 누르지를 않나."

민석의 눈이 이현의 가슴 언저리를 향했다. 아직도 그녀는 한손으로 가슴 한가운데를 꽉 누르고 있었다. 살짝 상기된 그녀의 두 볼 역시 수상쩍긴 마찬가지였다.

"그게 뭐 어때서. 그저 소화가 안 돼서 그래. 저녁을 늦게 먹었더니 그런가 봐."

미심쩍은 어조다. 민석은 굳어진 얼굴로 이현을 노려봤다.

"말해. 어느 놈이야?"

"뭐?"

곧바로 그는 추궁에 들어갔다. 이현은 천성적으로 거짓말은 못하는 성격이라 이런 식으로 계속 추궁해 나가면 결국에 가선 모든 걸 자진해서 실토하는 아이다. 대학 시절 그녀가 한때 잠깐 짝사랑했던 선배의 존재를 캐낼 때도 같은 수법을 사용해서 성공했었다. 그땐 같은 학교를 다니지 않았던 관계로 방학 때만 잠깐씩 만나 여행을 가곤 했었는데, 어느 학기엔가 여행을 안 가겠다고 하는 거다. 낌새가 이상하다고 눈치 챈 민석이 그 이유를 추궁하다가 결국 '대니'의 존재를 알게 되었다. 갈색 눈동자에 금발머리를 한 대니 맥과이어.

"이름 한 번 끝내준다. 대니 맥과이어? 왜 제리가 아니고 대니래?"

질투심에 눈이 먼 민석이 잔뜩 비꼬며 했던 말이다.
"너 누구 좋아하지?"
"응?"
"누구냐? 이지상이냐?"
"야! 너…… 무, 무슨 소리야?"
그녀가 말을 더듬었다. 아니라고 단호하게 말하지 못하고 말을 더듬는다는 건, 분명 그들 사이에 뭔가가 있다는 뜻. 민석의 기분은 급속도로 나빠졌다. 지독한 로맨티스트라 사랑에 잘 빠지는 이현이지만 이번엔 감이 좋지 않았다. 상대가 상대이니만큼, 두려웠다.
"그 자식, 여자 관계 복잡하지? 재벌 2세란시고 일은 안 하고

허구한 날 여자들이나 꼬시고. 그런 놈이 뭐가 좋다고. 머리엔
든 거 하나도 없으면서 부모 잘 만나 사장입네 하고 거드름이나
피워대는 놈이 뭐가 좋냐?"

두려움을 감추고 그는 퉁명스럽게 말했다.

"사장님 그런 사람 아니거든?"

불쾌한 듯 이현이 인상을 구겼다. 그런 이현이 더욱 못마땅해
민석은 속으로 욕설을 중얼거렸다.

"그런 사람 아니긴 개뿔! 야, 이지상 소문 못 들어봤어? 겉만
번드르르하지 속은 완전 맹탕인 놈 아니야, 그놈이! 정신 차려,
이 계집애야."

"소문은 소문일 뿐이야. 사람을 겪어보지도 않고 소문만 믿는
거, 그거 안 좋은 버릇이야, 윤민석. 애먼 사람 모함하지 마."

열이 확 뻗치자 민석은 침대 헤드에 기대고 있던 등을 확 떼
며 상체를 앞으로 굽혔다.

"너 지금 내 앞에서 그 자식 역성 드는 거냐?"

"역성은 무슨 역성을 들었다고 그래? 사실을 말하는 것뿐이
야, 난."

"너랑 나랑 알고 지낸 지가 십 년이 넘어. 열세 살 때부터 알
았으니까 횟수로 십오 년이야. 그런데 그런 내 앞에서, 겨우 안
지 한 달도 안 된 사람을 편들어?"

"말했지! 사실을 말한 것뿐이라고. 이지상 사장, 소문처럼 멍
청한 사람 아니야. 알 만큼 알고 할 만큼 하는 사람이라고. 사생

활 지저분한 거? 그건 모르는 거 아니야? 내 눈엔 네가 더 이상해. 네 눈으로 직접 확인한 것도 아니면서 다 아는 것처럼 말하는 네가 더 불공평하게 보인다고!"

"네가 그놈을 알면 얼마나 안다고 이래?!"

"알아!"

고성이 오간 공방전이었다. 다행히 병실엔 두 사람 외에 아무도 없었고 고함을 내지르는 그들을 제지하러 달려온 간호사는 문을 열자마자 마법에 걸린 듯 정지한 두 사람의 모습에 의아해하고 있었다.

침묵이 병실을 무겁게 내려앉았다. 씩씩거리는 그녀의 숨소리만이 거칠게 울렸다.

"아니면, 너 죽는다."

이윽고 부담스러운 침묵을 가르며 민석이 말했다.

"하지만 네 말이 틀림없다면, 가장 친한 여자 친구의 남자로 인정해 줄게."

간호사가 조용히 문을 닫는 소리가 들렸다. 병실엔 다시 두 사람만 남게 되었다.

침묵. 민석의 마음을 아는지 모르는지, 이현은 줄곧 침묵을 지켰다. 그리고 아무 말 없이 자리에서 일어났다.

잠시 후, 그는 혼자 남았다.

제11장 | 프러포즈

이겸과는 연락이 닿지 않았다.

이현은 사장이 이겸과 계약을 체결하기로 결정되었다는 말을 들은 이후 지금까지, 거의 한 시간에 한 번 꼴로 전화를 넣었지만 그는 받지 않았다. 아무래도 그는 일부러 이현을 피하는 것 같았다. 그렇지 않고서야 사나흘이 지나도록 전화를 받지 않을 리가 없다.

도대체 뭣 때문에 기를 쓰고 아이캠 광고를 찍겠다는 건지 이현은 알 수가 없었다. 친오빠라서 하는 말이 아니라, 이겸은 연예계에서도 능력이 있는 축에 속한다. 드라마 한 편으로 일약 대스타가 된 이후 연기력도 인정받아 최근엔 청룡영화제에서 신인 남우주연상까지 받은 배우다. 그 정도면 돈도 궁하지 않을 뿐더러 광고 하나쯤 골라 촬영하는 건 식은 죽 먹기일 거다. 그런데 굳이 꼭 아이캠을 선택한 이유가 뭘까?

오늘도 이현은 전화기의 통화 버튼을 눌렀다. 신호가 떨어지자 이현은 숨을 죽였다. 혹시라도 오늘은 통화가 되지 않을까 하는 기대감에 이겸을 기다렸다.

[고객님께서 전화를 받지 않아 음성사서함으로 연결됩니다. 삐 소리가 나면……]

역시나. 이겸은 오늘도 받지 않으려나 보다. 사장의 말에 의하면, 이겸은 이번 주 안으로 계약서를 작성하러 회사로 오겠다고 했다. 그리고 오늘은 주말이다. 그 생각을 하니 갑자기 뒷골이 확 땅겨왔다.

'날 물 먹이려고 아주 작성을 했구나, 류이겸. 아, 미쳐!'

안 그래도, 어젯밤 이후 그녀의 컨디션은 계속해서 바닥이었다. 민석과 그렇게 심하게 다툰 건 그를 알고 지낸 이래 처음 있는 일이어서 지금껏 계속 마음에 걸렸다. 긴 외국 생활 동안 우정을 나눠준 민석이다. 그는 이성 문제, 진로 문제, 부모와의 트러블까지 그녀의 고민 대부분을 상담해 준 지기(知己)였다. 그와 언성을 높이고 싸웠다는 게 그녀 스스로도 믿어지지가 않았다. 지상에 대해 그리 심한 말만 하지 않았어도 그렇게까지 화를 내지 않았을 텐데.

"어머, 팀장님! 어디 가셨었어요? 방금 사장실에서 호출 왔었어요. 급하대요."

막 들어서자마자 이재영이 반색한다.

"사장실? 무슨 일이래요?"

"그건 말 안 했는데. 하도 비서가 오두방정을 떨어서 묻는다는 게 그만 깜빡해 버렸지 뭐예요."

사장실 호출이라……. 혹시 이겸이 도착한 것? 콩닥콩닥 심장이 뛰기 시작했다. 도대체 그가 무슨 짓을 하려는 것인지 짐작조차 못하고 있으니, 답답할 노릇이었다. 이현은 사장실에 지상과 마주 앉아 있을 이겸을 대비하며 마음을 단단히 먹었다. 이겸이 어떤 돌출 행동을 할지 모르는 상황에서 마음의 대비가 무슨 소용이 있겠냐마는.

그녀의 예감은 적중했다. 사장실로 들어가기도 전에 그녀는 이겸이 와 있다는 걸 알 수 있었다. 비서들의 들뜬 얼굴과 숨죽여 속삭이는 그들의 수군거림만으로도 충분히 짐작이 가능했다.

"류 팀장님, 혹시 사인 같은 거 받아주실 수 없으세요?"

철없는 양 비서가 이렇게 말할 땐 정말이지, 땅으로 꺼져 버리고 싶을 지경이었다. 주변 여자들의 관심을 최대한 참아 넘기고 똑똑, 노크를 하자 묵직하고도 남성적인 음성이 이에 응답했다.

"들어와요."

삼 일 만에 듣는 지상의 음성이었다. 팔딱팔딱 뛰는 맥박을 진정시키며 이현은 깊은 숨을 들이마셨다. 그날 이후 처음 대면하는 거라는 사실을 떠올리니 심장이 파르르 떨렸다. 심호흡으로 다시 한 번 마음을 가다듬은 이현은 사장실 문을 열고 들어갔다.

넓진 않지만 은근한 위압감이 느껴지는 사장실 한가운데에 있는 응접세트에 지상과 이겸이 자리하고 있었다. 이현은 하나밖에 없는 오빠의 뒤통수를 노려보았다. 등을 지고 앉아 있는 이겸은 동생이 들어오는 걸 뻔히 알면서도 아는 체를 하지 않고 있었다. 게다가 늘 이겸 옆에 붙어 다니는 매니저도 오늘은 없었다. 이런 중요한 일에 매니저가 빠진다는 건 불길한 징조였다. 불안한 마음에 이현은 이겸을 잔뜩 째려보며 아랫입술을 이로 쥐어뜯었다.

"어서 와요, 류 팀장."

지상이 희미한 미소를 띠고 그녀를 맞았다. 달콤하면서도 다정함이 깃든 미소였다. 순간, 그녀의 예민함은 완전히 날아가 버렸다. 멍해졌다고나 할까? 그날에 이어 오늘도 웃는 낯인 지상이 적응 안 되었다. 왜 이러지?

"인사해요, 영화배우 이겸 씨입니다."

그녀가 가까이 다가가자 이겸이 일어섰다. 그리곤 생선 처음 보는 사람처럼 인사를 건넸다.

"류이현 팀장님이시군요. 반갑습니다."

지상의 미소에 얼이 빠져 있는 사이 웃지 못할 헤프닝이 별이

지고 있었다. 하나밖에 없는 친오빠와 '처음으로' 인사를 나누는 해프닝. 그것도 지상의 소개를 받아서.

"반가워요, 이겸…… 씨."

이겸이 본명인 '류이겸'이 아닌, '이겸'이란 예명을 쓰는 탓일까? 지상은 전혀 아무런 눈치를 못 채고 있었다. 두 사람이 그렇게 안 닮았나?

사실 두 사람을 친남매로 매치시키는 일이 쉬운 건 아니다. 이겸은 남자답고 굵직굵직한 외모의 아버지를 닮은 반면, 이현은 섬세하고 오밀조밀한 어머니의 외모를 닮았기 때문이다. 그래서 다들 두 사람이 남매라는 사실을 쉽게 받아들이지 않는다. 하지만 그건 따로 떼어놨을 때의 얘기고, 이렇게 붙어 있으면 대부분 닮았다고 인정해 준다. 나름 풍기는 분위기가 닮았다나. 직계가족만이 가지는 특유의 분위기가 그들에게도 있었다. 하지만 지상은 그걸 캐치하지 못하고 있었다. 그의 표정에선 아무것도 읽을 수 없었다.

이현은 떨떠름한 얼굴로 이겸의 손을 맞잡고 악수를 했다. 장난기가 가득 들어찬 그의 눈이 짓궂게 빛났다. 이현은 양쪽 눈을 가늘게 뜨며 말없는 경고를 건넸다.

'쓸데없는 짓 하면 죽어.'

그러자 이겸이 씩 웃었다. 뭇 여성들의 가슴을 설레게 하는 바로 그 섹시 스마일이었다. 여성의 환상을 자극하는 미소.

'이게 미쳤나!'

깊고 맑은 눈동자 속에 유혹이 떠 있는 걸 발견하고 이현은 소스라쳤다. 정신 차려, 류이겸! 어깨를 붙잡고 뺨을 이쪽저쪽 때려주고 싶은 충동이 일었다. 도대체 이겸이 무슨 짓을 하려는 건지 그녀는 궁금해 미칠 지경이었다.

"큼! 다들 앉으시죠."

이현과 이겸 사이에 흐르는 미묘한 기류를 느꼈는지, 지상이 작은 기침으로 주위를 상기시켰다. 이현은 서둘러 이겸의 손을 떨쳐 냈다. 그리고 이겸의 맞은편으로 가서 앉을 생각으로 지상의 뒤를 돌아 걸었다.

"아, 죄송합니다. 이렇게 미인은 처음이라. 잠시 제가 실례를 했군요."

힉! 이현은 걸어가다 너무나 놀라서 순간 넘어질 뻔했다.

'아흑! 완전 미치겠네, 진짜.'

이쯤 되면 이겸의 속셈이 대략 드러나는 셈이다. 각오를 더욱 단단히 하지 않으면 안 된다는 생각을 하며 이현은 간신히 자리에 앉았다. 멀지 않은 자리에 마주 앉은 이겸은 사랑에 빠진 얼간이처럼 헤벌쭉 웃으며 찌뿌둥한 표정의 이현을 삼킬 듯 정열적으로 바라보고 있었다. 그리고 둘 사이에 자리한 지상은 매우 경직된 자세로 탁자 위이 서류를 뚫어져라 내려다보았다.

"팀장님은 나이에 비해 굉장히 앳돼 보이시네요. 나이를 여쭤봐도 되겠습니까?"

"스물…… 여덟인데요."

"오! 역시 동안이시군요. 그보다 훨씬 어리게 봤는데. 음, 저 완 네 살 차이군요. 네 살 차이는 궁합도 안 본다는 옛말이 있는데, 그 말 들어보셨죠?"

"네, 물론이죠."

이 웬수! 목을 졸라 버릴 거야! 이현은 속으로 외치며 힐끗 지상의 눈치를 살폈다. 왜 그래야만 하는지는 모르지만, 어쩐지 눈치가 보였다. 그러나 그는 묵묵히 서류에 시선을 두고 있을 따름이었다.

"계약서를 작성하고 계셨던 거죠?"

살인적인 적의를 담아 이현은 이겸을 향해 웃었다.

"우상 측에서 재고해 주셨으면 하는 부분이 있어서 말씀드리던 차였습니다. 사장님께서 검토 중이시죠."

"재고요?"

"상대 배우를 제가 지목했으면 해서요."

"아직 광고 시안이 나오지 않았는데요, 이겸 씨. 상대역이 있을지, 없을지도 아직은 모릅니다."

이 무식한 양반아! 하고 쏴주고 싶은 걸 이현은 겨우 참았다. 하지만 이겸은 뻔뻔하고 느끼한 목소리로 비밀스럽게 속삭였다.

"난 여자 없인 일 안 합니다."

오, 주여! 성호를 마구마구 긋고 싶은 충동에 이현은 멀미가 날 지경이었다. 이겸은 연기를 하고 있었다. 여기가 세트장이라고 생각한 다음, 자신과는 완전히 다른 인물을 설정하여 몰입, 연기 중이었다. 뜨거운 욕망으로 물결치는 저 색스러운 눈빛이 바로 그 증거였다.

도대체 뭐 하자는 거야? 저러는 의도가 뭐냐고!

"그, 그러세요?"

그렇게 말하는 이현은 속으로 소리치고 있었다. 너, 조금 있다가 죽었어! 류이겸!

그녀는 다시 힐끔 지상을 훔쳐보았다. 아직까진 아무런 변화를 감지할 수 없었다. 그렇지만 약간 굳은 그의 포즈로 봐서 이 상황을 그리 탐탁지 않게 여기고 있다는 것만큼은 확신할 수 있었다.

"아! 갑자기 굉장한 아이디어가 떠올랐어요."

뭔가 대단한 걸 생각해 낸 듯 이겸이 딱 소리 나게 손가락을 부딪쳤다.

"뭐, 뭐가요?"

불안에 떨며 이현은 물었다. 제발…… 제발, 이 인간아!

"이현 씨가 제 상대역을 해주시는 겁니다."

"예?"

기겁을 해 이현은 되물었다. 그 밑에는 지상도 놀랐는지 줄곧 책상에 박고 있던 고개를 번쩍 들었다. 이현과 지상의 표정을 번갈아 바라보며 이겸은 만족스레 웃었다.

"어때요? 굉장하지 않습니까?"

"벼, 별로 좋은 생각 같지 않은데요?"

이현이 덜떨어진 얼굴로 멍하게 중얼거렸다. 도무지 이겸을 제 오빠로 인정할 수 없는 모습이었다. 폭소가 터지는 걸 겨우 참아내며 이겸은 싱긋 웃었다.

"이현 씨처럼 아름다운 분이라면, 충분히 제 파트너가 되실 자격이 있습니다. 광고 자막으로 '우상아이캠 류이현 팀장'이라는 문구를 집어넣으면 금상첨화겠죠. 만만치 않은 홍보 효과가 있을 텐데. 제 이기심을 충족시키는 대가로 충분하지 않겠습니까? 어떻게 생각하십니까, 사장님?"

"글쎄요, 지금 당장 답변을 드리기가 어려운 문제군요. 회의를 거쳐야 할 것 같습니다."

이지상은 끝까지 정중했다. 하지만 사적인 감정을 겉으로 드러내지 않기 위해 갖은 노력을 다하는 게 이겸의 눈엔 보였다.

'이거 점점 흥미로워지는걸?'

이대로 물러서는 건 류이겸다운 행동이 아니었다. 무슨 문제든 끝장을 보는 게 이겸의 스타일. 이지상이 이성을 잃고 흔들리는 걸 보아야 직성이 풀릴 것 같았다. 이현을 좋아하는 남자라면 지금 이 상황에서 멀쩡할 수 없을 테니까.

"긍정적으로 검토해 주셨으면 좋겠군요. 개인적으로 제가 이현 씨 같은 타입을 좋아합니다. 시원시원한 마스크에 볼륨도 죽여주고……."

이겸은 느끼하고 의뭉스러운 시선으로 이현의 전신을 훑었다. 어느 누가 봐도 그는 흑심을 품은 늑대였다. 이겸은 자신의 연기에 흡족해했다.

"특히 거기, 바스트가 꽤 인상적이어서 딱 내 스타일이라는 생각이 드는군요."

그러면서 이겸은 노골적으로 이현의 가슴에 시선을 맞추었다. 이현의 얼굴이 한여름 수박처럼 빨갛게 익어가고 있다는 걸 알고 있었지만 이겸은 개의치 않았다. 그는 지금 연기 중임과 동시에 아주 중요한 테스트를 진행하고 있었다. 일명 '매제' 자격 시험.

"죄송합니다만, 이겸 씨. 이 계약, 없었던 걸로 하죠."

순간, 이지상 사장이 벌떡 자리를 박차고 일어났다. 그리곤 이겸이 보는 앞에서 쫙— 계약서를 찢었다. 아직 사인을 하지 않은 계약서라 굳이 찢을 필요는 없었지만, 이지상은 거절의 의미를 좀 더 사실적이고 적극적으로 전달하고 싶은 모양이었다. 상징적인 의미로, 이지상은 이겸의 엉덩이를 걷어찬 거였다. 물론 이겸이 원하던 바였다.

이제야 좀 마음에 드는군. 이겸은 속으로 이죽거렸다.

"계약을 이렇게 일방적으로 깨뜨려도 되는 겁니까? 구두 계약도 계약입니다."

"위약금은 회사 측에서 지불하도록 하겠습니다."

지상이 고압적으로 맞섰다. 표정 하나 바꾸지 않는 그는 냉정했다. 아까까지 유지하고 있던 호의적인 태도와는 사뭇 다른 것이었다. 그의 태도에선 어떠한 낌새도 발견되지 않았다. 이현을 특별하게 여기는지 아닌지 전혀 넘겨짚을 수 없었다, 아직까지는.

"갑자기 생각을 바꾸신 이유가 뭡니까? 혹시 이현 씨 때문입니까?"

일순 지상의 눈썹이 꿈틀거렸다. 이겸은 느긋하게 긴장을 풀며 소파에 몸을 맡기었다. 이제부터 그는 구경만 할 작정이었다.

"설마…… 사장님께서 벌써 접수하신 건 아니겠죠?"

헉! 다리까지 꼬고 밥맛없이 중얼거리는 이겸을 보며 이현은 기겁을 했다. 이글거리는 지상의 분노가 느껴지지 않는지 그는 천하태평이었다. 도대체 어쩌려고!

"계약이 무산돼서 유감스럽습니다. 안녕히 가십시오, 이겸 씨."

현명하게도, 지상은 이겸의 말을 못 들은 척하고 있었다. 얼굴 붉힐 일을 만들지 않으려는 듯 마음에도 없는 예의를 차리느라, 지상의 음성은 딱딱해졌다. 그러나 이겸은 고삐를 늦추지 않고 더욱 비아냥거렸다.

"제게 넘기시죠. 어차피 이 바닥 생리는 그쪽이나 나나 빠삭한데, 거리낄 게 뭐 있습니까? 난 남이 갖고 놀다 버린 여자와도 충분히 즐길 용의가 있습니다. 어차피 이현 씨도 재벌이랑 오래 갈 거라고 생각지 않았을 거고, 사장님도 장난 삼아 갖고 논 여자 치우려면 골치깨나 아플 텐데. 누이 좋고 매부 좋은 일⋯⋯."

이겸은 채 말을 마치기도 전에 멱살을 잡혔다. 대견하리만치 잘 참고 있던 지상이 벼락처럼 뒤를 돌아 이겸의 멱을 쥐고 끌어당겨 올렸다.

"너, 이 자식!"

엇비슷한 키의 두 남자가 공중에서 엉켰다.

"이런! 황태자님께서 화가 나셨네. 사이가 꽤 심각하나 본데? 그러니 더 군침이 도는군요."

너무나 놀라 완전히 얼어붙어 입도 뻥긋 못하는 이현을 곁눈질로 한번 힐끗거리더니 이겸이 말했다. 뭘 잘못 먹은 게 틀림없었다. 그러지 않고서야 어떻게 저런 망언을 입에 담는 건지! 이겸이 이러는 모습을 처음 보는 이현은 황당할 따름이었다. 아무리 연기라지만 이건 정말 너무했다. 이현은 당장에 두 사람을 뜯어말려야 한다고 생각했다. 그러지 않으면 뭔가 끔찍한 사고가 일어날 것만 같았다.

"한 마디만 더 해. 후회가 어떤 건지 알려주겠어."

지상이 잇새로 천천히 내뱉는 말은 잔인했다. 지상의 그런 일면을 역시나 처음 대하는 이현은 온몸이 찌르르 전기에 감전된 듯 강렬한 느낌을 맛보았다.

"왜? 남 주긴 아깝나?"

이겸이 겁없이 이죽거렸다. 지상에게 상황을 판단할 이성이 최소한이라도 남아 있었더라면, 아마도 눈치 챘을 것이니. 뭔가 상당히 어색하고 이상하다는 것을. 영화배우 이겸이 왜 이런 어처구니없는 말로 잘되어가는 계약을 파토내고 있는지. 하지만 지상은 전혀 눈치 채지 못하고 있었다. 이미 그의 이성은 그 능력을 상실한 것이다.

퍽!

이현이 말리기도 전에 지상의 주먹이 앞섰다. 그와 동시에 이겸이 소파 위로 나뒹그러졌다.

"꺄악!"

사태는 급변했다. 이제 모든 걸 설명하지 않으면 지상은 물러서지 않을 것 같았다. 하지만 어떻게 설명한단 말인가? 막막함이 앞서 이현은 선뜻 입을 열지 못했다.

"하하! 이런, 개 같은 일이 다 있나. 천하의 이겸. 스타일 구기는군. 남의 쓰레기, 나서서 처리해 주려다 옴팡 뒤집어쓴 꼴이잖아."

"입 닥쳐!"

"사장님!"

또다시 달려들려는 지상의 허리를 이현은 뒤에서 끌어안으며 저지했다.

"이거 놔. 저 자식, 턱을 날려 버리겠어. 다시는 더러운 입을 놀리지 못하도록 부숴 버리겠다고!"

"사장님, 제발요. 오빠도 이제 그만 해!"

이현은 울상이 된 얼굴로 소리쳤다.

"······오빠라고?"

지상의 등이 움찔했다. 그의 고개가 옆구리 사이로 삐져나온 이현의 얼굴로 향했다. 의문으로 가득 찬 시선. 이현은 음울한 그의 눈빛에 전율했다. 기에 잔뜩 눌린 이현은 간신히 속삭였다.

"네, 우리 오빠예요."

잠시 후, 지상은 회사 옥상으로 올라갔다. 이현이 그의 뒤를 따라갔다. 이현은 '이겸이 내 오빠다'는 초강력폭탄을 터뜨린 이후, 어이없어하는 지상을 사장실에 남겨둔 채 이겸을 데리고 어디론가 나가 버렸었다. 그리고 한참 뒤에야 다시 나타나서는 해명을 하겠다고 나섰다. 사장실보다는 조용한 옥상이 낫겠다 싶어 지상은 조용히 이곳으로 발걸음을 옮겼다.

"그 말을 어떻게 믿지?"

그녀를 돌아보지 않으며 지상은 물었다. 잔뜩 기가 죽어 있는 그녀는 보기만 해도 웃음이 나올 지경이어서 도저히 마주 보며 얘기할 수가 없었다.

"제가 뭣 때문에 그런 거짓말을 하겠어요? 정 못 믿으시겠다면 주민등록등본이라도 떼어오겠습니다."

등 뒤에서 대답하는 이현은 똑똑 여물었다. 겁도 없이 사장 앞에서 비꼬기나 하고, 아무튼 류이현은 명물이다. 암팡진 그 입을 꽉 깨물어주고 싶은 충동을 억누르며 지상은 높은 난간에 상체를 기댔다.

이현이 이겸의 동생이라니, 그것도 친동생이라니! 이런 기막힌 일이 또 있을까?

그녀가 이겸이 오빠라고 말하는 순간, 모든 게 명확해졌다. 어지럽게 흩어지고 엉켜 있었던 것들이 한순간 깨끗하게 정리되는 기분이었다.

그녀가 한사코 이겸만은 안 된다고 우겼던 이유는 그녀 자신이 이겸의 동생이라는 걸 밝히고 싶지 않았기 때문이다. 또한 그녀는 가족과 일로 얽히는 것은 피하고 싶었을 것이다. 비즈니스의 첫 번째 원칙은 바로 사감정이 개입되어선 안 된다는 것을 잘 알기에 더욱 조심스러웠을 게다. 그러니까 정리하자면, 그녀가 장동혁을 고집했던 이유는 그가 특별히 마음에 들어서가 아니라, 유력 후보로 떠오른 이겸을 반대하기 위해서였던 거다. 그게 지상을 흡족하게 했다.

하지만 이해 못할 부분도 있었다. 이겸이 도대체 왜 그런 행동을 했는지, 그는 아직도 알지 못했다. 그녀의 오빠라는 걸 밝히지 않고 그는 지상을 상대로 위험한 게임을 시도했었다. 그 때문에 지상은 미친 듯이 날뛰었고 거의 이성을 잃었었다. 조금 더 지상을 자극했더라면 이겸은 아마도 '류이현은 내 여자이니 건드리지 말라'는 그의 협박을 들을 수 있었을 것이다.

참고 있는 중이었다. 위험수위에 다다른 욕구를 억제하기 위해 용을 쓰고 있고 있었다. 이현을 원하지만, 지난 팀 회식날부터 시작된 그 마음이 점점 커져 극심한 욕망으로 발전하고 있는 중이지만 그래도 그는 잘 참아내고 있었다. 윤민석처럼 다치거나 아프면 그녀가 좋아해 줄까, 하는 어리석은 마음도 이젠 접고 정말로 꾹, 잘 참아볼 예정이었다.

그런데 아까 이겸과의 일로 인해 그는 폭발하고 말았다. 그리고 더 이상 마음을 숨길 수 없게 되어버렸다.

"나도 믿고는 싶지만, 도무지 설명이 안 되는 부분이 있으니 쉽지가 않군. 도대체 왜 내 앞에서 그런 연극을 하셨을까? 류 팀장은 아나?"

"그건…… 작은 오해가 있었던 것 같습니다. 그 부분에 대해서는 정말 할 말이 없습니다. 죄송합니다."

"사과를 듣고자 한 말이 아니야. 이유가 궁금한 거지."

그녀가 대답을 않자 지상은 뒤를 돌아봤다. 맨 처음 이현의 앙증맞은 손이 눈에 쏙 들어왔다. 그녀의 손이 무릎 길이의 까만 정장 스커트를 꽉 쥐고 있었다. 또 폭폭, 작은 한숨을 연발 내쉬기까지 했다. 도대체 무슨 이유이기에 저렇듯 안절부절못하는 걸까? 지상은 호기심이 일었다.

"해명하겠다고 나선 사람은 내가 아니라 류 팀장이야."

그는 조용히 그녀가 알아두어야 한 것을 상기시켰다. 퓨, 그녀가 또다시 땅이 꺼져라 한숨을 내쉬었다. 그리곤 쥐어짜듯 중얼거렸다.

"사장님과 제 사이를…… 오빠가 오해했습니다."

"무슨 오해?"

그는 다그쳤다.

"제가 사장님을 좋아하는 줄 알고 테, 테스트를 좀 했다고……. 정말 죄송합니다. 하, 할 말이 없습니다. 제 오빠도 죄송하다고 전해달라고 했습니다. 직접 사과하겠다는 걸 제가 우겨서 겨우 돌려보냈습니다."

"테스트라……?"

이겸은 확실히 그의 동생보다 눈치가 빠른 인물이었다. 그녀와 지상 사이가 보통의 직장상사와 부하 사이와는 조금 거리가 멀다는 걸 그는 얘기만 듣고도 알아낸 것이다. 짐짓, 지상은 궁금해졌다. 이현의 어떤 점이 그 점을 예상케 했는지.

"정말 죄송합니다."

거듭 사과하는 그녀를 빤히 바라보다 그는 불쑥 캐물었다.

"아닌가?"

"예?"

그녀가 고개를 들었다. 자신의 귀를 의심하는 얼굴이었다. 그건 그가 한 질문의 의도를 대충 파악하고 있다는 것이었다.

"아니냐고. 날 좋아하지 않아?"

"무, 무슨 말씀이신지……."

속마음을 들켜서일까, 아니면 불쾌해서일까? 이현의 얼굴이 새하얘졌다. 지상은 한 걸음 움직여 그녀에게 다가갔다. 그녀가 화들짝 놀라 뒤로 물러섰다.

"지금 도망치는 건가? 설마 날 무서워하는 건 아니겠지?"

의도적으로 그는 살짝 비꼬았다. 그녀의 자존심을 건드림으로써 그녀가 달아나는 일을 미연에 방지하기 위해서였다. 역시나, 그 의도는 적중해 이현은 달아나고 싶은 욕구를 억누르며 그 자리에 못 박혀 섰다.

"그럴 리가요. 사장님께서 협박하시는 것도 아닌데 제가 왜 무서워하겠어요?"

똑똑하게 대거리하는 그녀의 억양은 그러나, 살짝 떨리고 있었다.

"그럼 말해줘야지. 날 좋아하는지 아닌지."

"어, 물론 전 사장님을 좋아합니다. 직장상사로서 좋아하고……."

"그런 걸 상사로서 묻는 남자는 없어."

순간, 지상은 이 문제를 흐지부지 애매하게 끝낼 생각이 싹 없어지는 것을 느꼈다. '남자'라는 단어가 그를 부추겼다고나 할까? 남자의 이기심, 소유욕, 반항심이 꿈틀거리며 여자를 몰아붙이라 요구했다. 그는 결심했다, 이 자리에서 양단간에 결정을 내릴 거라고. 이현을 가지든지, 아니면 마음속에서 몰아내든지.

"이지상. 사장이 아닌 이지상으로 묻는 거야. 대답해."

무덤덤한 얼굴로 그가 물었다.

"사장님……."

이현은 혼란스러운 듯 중얼거리며 미친 듯이 생각했다. 도대체 사장이 무슨 의도로 묻는 것인지, 그 의도를 파악하기 위해 기를 쓰고 집중했다. 언뜻 듣기엔 그도 그녀를 좋아하기 때문에 묻는 것처럼 들리지만, 그렇다고 마냥 믿고 솔직히 대답해 줄 수는 없었다. 만약 아니면? 아니면 어떡하라고?

"말해."

아니라고 대답할 찰나였다. 고개를 쳐든 이현의 눈으로 지상의 촉촉한 동자가 들어왔다. 그 눈동자에는 간곡한 그 무언가가 들어 있었다. 애절한 그 무엇이 순식간에 이현의 혀를 묶어버렸다. 굳어버린 채 이현은 그의 시선을 받았다.

순간이지만, 많은 장면들이 휙휙 그녀의 눈앞으로 스쳐 지나갔다. 한 달 전, 그녀를 사로잡으며 숨 막힐 만큼 멋진 키스를 했던 순간부터 시작해서 재회하게 된 그날, 질투하는 남자처럼 그녀를 다그쳤던 회식날, 오렌지 껍질을 벗기며 애정과 관심을 구걸하던 날, 그리고 이겸을 향해 주먹을 휘둘렀던 아까의 일까지. 그와 함께했던 모든 순간들이 이현의 눈앞에 펼쳐졌다.

한참 후 이현은 까칠한 목소리로 중얼거렸다.

"좋아해요."

지상의 굵은 눈썹이 가운데로 움찔, 몰렸다.

"사랑인지 아닌지는 모르겠어요. 하지만 좋아하는 건…… 맞는 것 같아요."

그때였다. 한걸음에 지상이 다가와 그녀를 안아버렸다. 바람처럼 빠르고 부드러운 포옹이었다. 따뜻한 그의 체온이 이현의 피부로 스며들어 와 혈관을 데웠다. 순식간에 그녀는 단단한 근육들 사이에 갇혀 버렸다.

"나도, 나도 그래."

그가 쉰 목소리로 속삭였다. 그와 동시에 그녀를 조이고 있는 근육들이 점점 더 그녀를 압박했다. 당장이라도 날아가 버릴 것만 같은 그녀를 사라져 버릴 것 같은 그녀를, 날아가지 못하게 사라지지 못하게 꽉 껴안았다. 그의 절박한 마음이 고스란히 가슴으로 전달되어졌다. 이현은 코끝이 시큰거리는 걸 느꼈다.

"우리 사귀자."

그가 이현의 귓속에 대고 속삭였다. 첫사랑의 열병을 앓는 열여섯 여드름 소녀의 그것처럼 그의 고백은 수줍었다. 천하익 이 지상이 여자 앞에서 수줍어하다니! 아무도 믿지 않을 것이다. 하지만 이현은 믿었다. 그가 어떤 사람인지 뼛속까지 다 알고 있는 그녀이기에, 그녀는 믿었다. 그의 고백이 진심이라는 것을.

"잠깐만요. 몸이 으스러질 것 같아요."

그의 포옹을 풀기 위해 그녀는 몸을 뒤채었다. 딴청을 피우는 거였다. 그가 대답을 기다리고 있다는 걸 알지만, 더 기다리게 하고 싶었다. 여자의 허영심이라고 해도 할 말은 없다. 그냥 그를 안달하게 만들고 싶었다.

"사귀자고 싫어?"

"숨이 막힌다니까요. 대답을 못하겠어요. 잠깐만 이 팔 좀 풀고 얘기해요."

"대답할 때까지 안 풀 거야."

그의 입술이 목 근처로 움직였다. 귓가로 따뜻한 입김이 들어오자 소름이 오싹 돋았다. 하지만 불쾌하거나 이상한 기분이 든 건 아니었다. 돋아난 소름이 채 가시기도 전에 두개골을 관통하는 짜릿한 감각이 온몸을 휘젓기 시작한 것이다.

"사, 사장님……."

"이지상. 지상 씨라고 불러야지, 이제부턴."

또다시 귓가를 울리는 느릿한 음성. 찌릿한 느낌이 목을 타고 아랫배까지 쉬지 않고 쭉 흘러 내려갔다. 순식간에 아랫배에 야릇함이 응어리졌다. 팔딱거리는 심장 위로 젖가슴이 단단해졌다. 그의 가슴과 맞닿아 있다는 것을 뒤늦게 인식한 이현은 온몸이 불덩이처럼 달아오르는 경험에 옅은 신음을 흘렸다.

"불러봐."

뜨겁고 촉촉한 그의 목소리가 다시 그녀의 귓바퀴를 자극했다. 지상의 꽉 짜인 포옹이 서서히 움직이며 두 손의 위치가 교묘하게 바뀌었다. 이현의 양 어깨를 쥐고 있던 손은 어느새 허리와 가슴 근처까지 옮겨가 있었다. 그의 손이 닿을 듯 말 듯 팽팽히 부푼 가슴을 위협했다.

"지상…… 씨……."

이현은 똑바로 말할 수가 없었다. 흐느적거리는 다리를 지탱

하기 위해 그녀는 필사적으로 매달렸다. 전신이 뜨거웠다. 그의 손이 닿은 부분들이 모두 델 듯이 뜨거워졌다. 새어나오는 헐떡임을 억누르며 이현은 속삭였다.

"키스해 주면 사귈게요."

"기꺼이."

그의 얼굴이 서서히 내려왔다.

"단, 내 마음에 들어야 해요."

"최선을 다하지."

그의 입술이 좀 더 내려왔다. 심장이 쿵쾅쿵쾅 미친 듯이 뛰었다. 기대감에 온몸이 불덩어리가 된 기분으로 이현은 헐떡였다.

"마음에 안 들면 사귀겠다고 한 말, 취소할 거예요."

"그런 일은 없을 거야."

"과신은 금물이에요."

"날 믿어."

두 입술 사이는 이제 거의 0.1㎜로 좁혀졌다. 떨려서 나오지도 않은 목소리로 이현은 다시 속삭였다.

"명심하세요. 난 취소할 수 있어요……."

"류이현, 당신은 너무 말이 많아."

그와 동시에 그의 입술이 이현을 덮었다. 지상의 한손이 움켜쥐고 있던 그녀의 허리를 바짝 잡아당겼다. 그의 하체는 이미 거세게 꿈틀거리며 생동하고 있었다. 이빗배를 숏 위토 성신없이 찔러대는 그것을 고스란히 느끼며 이현은 신음했다.

입술 사이로 서서히 밀고 들어오는 불덩어리. 그의 것은 뜨거웠다. 촉촉하며 까칠하고 부드러운 놀림으로 이현의 입속을 샅샅이 매만졌다. 아찔한 감각이 온몸을 꿰뚫었다. 그의 힘에 밀려 그녀의 허리는 점점 뒤로 휘어졌고 가슴을 배회하던 그의 손이 풀어헤친 단추 사이로 들어왔다.

쾌감이 자궁 안에서 커져 갔다. 움찔거리며 촉촉이 젖어드는 것을 느끼며 이현은 본능적으로 엉덩이를 뒤틀었다.

"빌어먹을, 너무 좋아."

그녀의 입 안에서 그가 속삭였다. 서서히 그녀의 안으로 그가 침잠해 들어갔다. 더 이상 헤어나오지 못할 정도로 깊이 그는 빠졌다. 산들바람이 뜨겁게 달궈진 옥상 위의 연인을 어루만지고 지나갔다.

횅한 옥상은 더 이상, 횅하지 않았다.

제12장 | 당신은 선샤인, 나만의 햇살

"친구라고?"

그가 얼굴을 찌푸렸다. 그와 사귀기로 한 지 일주일이 지난 오늘, 지상은 일주일 동안 내내 그랬던 것처럼 그녀의 아파트까지 차를 가지고 마중 나왔다. 귀차니즘의 대가답게 아직까지도 펑크 난 타이어를 교체하지 않은 그녀를 태우러 오기 위해서였다. 미션 임파서블을 능가하는 첩보전 속에서 출근과 퇴근을 비밀리에 함께하고 있는 그들은 짧은 출퇴근 시간에 굉장히 집착하고 있었다. 진짜 데이트를 하는 느낌이랄까? 워낙 일하는 사이사이 자주 부딪치는 사이라 따로 데이트할 필요성을 못 느꼈지만, 그래도 사적으로 이렇게 만나는 것과 함께 일하는 건 그

느낌이 많이 달랐기 때문이다.

"그렇다니까요. 걔랑은 고등학교 때부터 알았어요. 어렸을 적부터 볼 거, 못 볼 거 다 보고 자라서 이성친구라기보다 차라리 동성친구라는 말이 더 잘 어울리는 애라고요. 그런데 무슨 남자 친구?"

말도 안 된다는 듯 이현은 과장되게 어깨를 으쓱거렸다.

"남녀 사이에 친구는 없어."

딱딱하게 중얼거리는 그의 목소리엔 질투심이 심하게 배어 있었다. 그동안 얼마나 마음고생이 심했을지 짐작이 가는 순간이었다.

그는 처음부터 그녀와 민석과의 사이를 오해하고 있었다. 민석의 아버지로부터 들은 잘못된 정보로 인한 오해였다. 사실, 감정의 골이 미묘하게 흘렀던 적도 간혹 있었지만 민석과의 사이는 예나 지금이나 친구, 그 이상도 이하도 아니다. 혹시 모른다, 민석은 예전의 감정을 아직도 가지고 있는지도. 하지만 이현은 아니다. 그녀에게 민석은 늘 '학창 시절 단짝 친구'였다.

"여기 있잖아요."

"혼자 착각하고 있는 거야. 그 자식은 당신을 친구 이상으로 생각하고 있을 거라고."

이렇게 노골적으로 질투심을 드러내는 남자는 지금까지 한 번도 만난 적이 없어서 이현의 기분은 괜스레 우쭐해졌다. 사실, 평소 그녀가 생각하는 질투남(男)은 스토커 기질이 다분하고 질척거리며 들러붙는, 이른바 짜증나는 스타일이었다. 하지만 막상 그런 남자의 질투를 경험하고 보니 공주가 된 기분이었다.

"그 자식이 뭐예요? 내 친구한테."

이현은 일부러 정색했다. 고슴도치마냥 잔뜩 가시를 곧추세우고 있는 지상의 모양새가 여간 귀여운 게 아니어서 마구 놀려주고 싶어졌다.

"왜? 기분 나빠?"

"음."

"왜?!"

버럭 그가 고함을 질렀다. 도저히 용납이 안 된다는 듯 그의 반응은 험악했다. 터지는 폭소를 꾹꾹 눌러 참던 이현은 결국 푸훗, 웃음을 터뜨렸다. 깔깔거리는 그녀를 지상은 찌뿌듯한 얼굴로 돌아보았다.

"왜 웃어?"

"웃기니까요."

배꼽을 잡고 헐떡거리며 이현이 겨우 대답했다. 하지만 답변이 그다지 마음에 들지 않는지 지상은 더욱 인상을 험악하게 구겼다.

"뭐가 웃긴다는 거야?"

"그거 알아요, 지상 씨 엄청 귀엽다는 거?"

지상 씨, 스스로 생각해 봐도 무척 닭스런 단어라고 이현은 여겼다. 하지만 지상은 '사장님'이란 호칭을 극구 사양했다. 실은 거의 죽을 것처럼 싫어했다. 사귀는 여자에게까지 '사장'이라고 불리는 건 고문이나 마찬가지란다. 그래서 조금은 아양스럽지만 '지상 씨'라고 부르기로 했다.

"내가 어딜 봐서 귀여워?"

불쾌한 듯 그는 찌푸린 얼굴로 못마땅한 시선으로 그녀를 쏘아봤다.

"귀엽죠. 민석일 내 남자 친구로 오인한 것부터가 귀여운 발상이잖아요."

"남자는 남자가 보는 게 더 정확한 법이야."

"민석이가 날 여자로 보고 있다고요? 그래서 걜 그렇게 미워했었던 거예요?"

기분이 좋아져 이현은 배시시 웃었다.

"내가 윤민석 씨를 미워했다고?"

"미워했잖아요."

"언제?"

짐짓 부정하는 듯 지상이 퉁명하게 대꾸했다.

"회식하던 날, 그날 말이에요. 그때 보니까 민석일 엄청 싫어하던데 뭘. 맞죠? 그때부터 질투했었죠? 그렇죠?"

그는 꾹 입을 다물고 앞만 노려보고 있었다. 그렇다고 인정하면 뭐 어때서. 그는 자신이 질투하고 있었다는 걸 끝까지 인정하지 않으려는 모양이었다.

"걱정 말아요, 사장님. 민석인 그냥 친구니까. 걔랑은 십 년이

지났어도 친구고, 앞으로 십 년이 더 지나도 계속 친구일 거라고요."

깜찍하게, 그녀는 골이 잔뜩 나 있는 지상의 옆구리를 푹 찔렀다.

"사장님이라고 하지 말랬지."

여전히 앞을 뚫어져라 찔러보며 그가 말했다.

"사장님을 사장님이라고 하는데 뭐. 틀린 말 했나?"

"애인을 사장님이라고 부르는 여자가 어디 있어?"

"여기 있다, 왜? 내 애인, 내 마음대로 부른다는데 누가 뭐라고 그래? 응? 불만있는 사람 있으면 나와보라고 그래."

어이가 없는지 지상은 한숨을 푹 쉬었다. 하지만 표정은 한층 누그러져 있었다. 꽁한 마음이 조금 풀린 것 같았다. 이현은 활짝 웃으며 찡긋 윙크를 날렸다. 그가 보든 안 보든 그냥 하고 싶어서. 골난 그가 너무 귀여웠다.

"그만 해. 안 속아."

운전에 몰입한 채로 그가 말했다.

"우와! 눈이 옆에도 있나 봐."

"류이현!"

"뭘 안 속는다는 거예요? 내가 뭘 속인다고. 응?"

반짝반짝 동그랗게 뜬 눈, 생글거리는 미소. 그녀는 순진한 표정으로 그를 올려다봤다. 나름대로 애교를 떠는 거였다. 앞만 바라보며 운전하고 있던 지상은 뭔가 결심한 듯 서서히 차를 갓 길로 빼기 시작했다.

차는 회사 건물 뒤쪽 한곳에 몸체를 숨기고 완전히 정차했다. 그는 피곤한 듯, 운전석 머리받침대에 머리를 기대고 눈을 감았다. 푹, 그의 입에서 한숨이 쏟아졌다.

"왜 그래요? 어디 아파요?"

이현이 걱정스레 물었다. 하지만 그는 한참을 말하지 않았다. 복잡한 머릿속 생각들을 정리하기 위해 정신을 집중하고 있는 것 같았다. 뭔가 중대한 결심을 하고 있다는 생각이 들었다. 무슨 일일까? 궁금했지만 이현은 그가 마음의 준비를 끝마칠 때까지 조용히 기다렸다.

오래지 않아 그가 입을 열었다. 눈은 여전히 감은 채였다.

"난 나쁜 놈이야."

심각한 어조로 그가 고백했다.

"알아요."

"그래도 좋아?"

"그래도 좋으니까 만나기로 한 거죠."

대수롭지 않다는 느낌을 주기 위해 이현은 일부러 가볍게 대꾸했다. 하지만 그는 역시 속지 않았다.

"나중에 무슨 일이 생기더라도, 날 믿어줄 수 있어?"

"무슨 일이라니요?"

그는 대답 대신 눈을 떴다. 그리고 아린 눈동자로 이현을 돌아보았다. 회한이 가득 담긴 그 눈은 까맸다. 윤기나는 암흑이 그녀를 빨아들일 듯 바라보고 있었다. 서서히 불안감이 밀려들어 이현은 저도 모르게 마른침을 삼켰다.

"사랑해."

"지상 씨……."

"윤민석을 미워했어, 당신 말대로. 자꾸만 당신한테 끌리는데, 그 마음 접어야 한다고 생각하면서도 꼭 고장 난 브레이크처럼 제어가 안 됐어. 그런데 그런 내 앞에서 그 자식이 당신 품에 안겨 있었어. 증오심이 절로 솟구치더군. 그 자리에 대신 누워 있고 싶은 충동이 일 정도였어. 사고 난 사람이 부러웠던 적은 그때가 처음이야."

"사고? 설마 그때 그 교통사고 현장에 있었던 거예요?"

휘둥그레 치켜뜬 눈으로 이현은 물었다

"맞아."

"난 몰랐는데……."

새롭게 알게 된 사실은 충격적이었다. 지상이 그 자리에 있었다니, 꿈에도 생각 못했던 일인데! 멍한 얼굴의 이현을 물끄러미 바라보던 그는 씁쓸한 미소를 지었다. 그리곤 아직까지 희미한 칼자국이 남아 있는 손가락을 들어올렸다.

"이 손가락, 사실은 자해야."

충격적인 고백이 줄을 이었다.

"네에?!"

"관심받고 싶어서 그랬나 봐."

너무나 놀라 이현은 할 말을 잃어버렸다.

"나 미친 걸까?"

심각하게 그가 물었다. 멍하게 자신을 바라보는 이현의 턱을 그는 다정하게 쓸었다.

"처음 봤을 때부터 그랬어. 당신의 관심을 받고 싶어 죽을 것 같았어. 말하지 않았지만, 그럴 수 없었지만, 그랬어."

자신을 생각하는 그의 마음이 이렇게 간절하고 절실한 건지, 이현은 몰랐었다. 그는 늘 이현에게 싸늘하고 냉소적이며 사무적이고 퉁명스러웠다. 거만하고 권위적인 것은 물론, 이현을 못 잡아먹어서 안달인 것처럼 말하고 행동했다. 그런 남자에게서 사랑의 감정을 느낀다면 그게 더 이상한 거였다.

하지만 그는 그 순간, 순간에도 그녀를 원하고 있었다. 선생님의 관심을 받고 싶어 말썽을 피우는 학생처럼, 좋아하는 소녀의 머리카락을 잡아당기는 개구쟁이 소년처럼 그는 그녀를 괴롭혔던 것이다.

"왜 진작 말 안 했어요?"

감격한 그녀가 겨우 꺼낸 말이었다.

"그랬으면 달라졌을까?"

"그럼요."

거의 울듯이 그녀는 대답했다. 사실이 그랬다. 그녀는 몇 년 전부터 그를 흠모하고 있었다. 우수에 젖은 듯한 그의 말간 눈동자를 처음 본 순간 푹 빠져 버려 헤어나질 못했다. 그가 어두운 출생의 비밀을 간직한 고독한 남자일 거란 상상을 하며 혼자 가슴 아파하기도 여러 번, 그런 남자를 위로하며 감싸주고 싶다는 생각도 몇 번이나 했는지 모른다.

"정말?"

"적어도 그 섹시한 손가락이 잘릴 뻔한 일은 생기지 않았을 거 아니에요."

"훗! 정말 그렇군."

그날의 일이 떠오르자 갑자기 눈가가 욱신거렸다. 씀벅씀벅, 눈물이 나오려고 했다. 안 그래도, 그 일에 대해 말을 할까 말까 망설이고 있는 시점에서 이현은 잠시 숨을 멈추었다. 생각이 필요했다. 그가 기억하지 못하는 일을 굳이 말할 필요가 있을까 싶었다.

그에겐 여자에게 이용당한 경험이 있었다. 그것도 술에 취해. 너무나 흡사한 정황 앞에서 이현은 머뭇거릴 수밖에 없었다. 의도적으로 접근했다고 여길 수도 있고, 그로 인해 이현의 진심은 의심당할 확률이 컸다. 그냥 이대로 입을 다물어도 상관없을 이야기, 벌써부터 꺼낼 필요는 없다는 결론을 그녀는 조심스럽게 내렸다. 한다 해도 지금은 아니었다. 좀 더 시간이 흐른 후에…….

"여자한테 관심받고 싶어서 손가락을 자를 생각을 하다니, 당신은 미친 게 분명해요."

"자를 생각은 아니었어, 그냥 피마 주글 나오게 헤서 동성님을 불러일으킬 생각이었지."

그는 별로 대수롭지 않은 듯 어깨를 으쓱했다. 이현은 복잡한 심경을 털어버리려는 듯 웃음을 터뜨렸다.

"그게 바로 당신이 제정신이 아니라는 증거예요, 이지상 씨. 이 지상에서 제일로 어리석고 무모한 남자!"

"제일 행복한 남자이기도 하지."

뜨거운 그의 시선이 그녀의 오밀조밀한 이목구비를 핥듯이 훑어 내렸다. 마치 가질 수 없는 금단의 열매를 바라보듯, 그의 눈빛은 갈망에 가득 차 있었다. 한 가닥, 이마 위를 흘러내리고 있는 그녀의 머리카락을 그는 가만히 쓸었다. 아침 햇살을 받아 그녀의 머리칼은 반짝였다.

"난 나쁜 놈이야."

쉰 목소리로 그가 중얼거렸다.

'자꾸 왜 그래요? 무슨 일이 있는 거예요?'

그녀는 묻고 싶었지만 묻지 않았다. 불길했다. 그가 뭐라고 대답할지 몰라 괜스레 겁이 났다.

"당신을 가질 자격이 있는지 모르겠어."

그의 입술이 성마르게 움직였다. 눈은 욕망으로 어두웠고 손끝은 뜨거웠지만, 그는 꼼짝도 하지 않았다. 혹시……? 설마 CL미디어 여사장이랑 그렇고 그런 관계?!

'아니야, 아니야. 지상 씨가 그럴 리 없어. 그럴 리 없다고.'

초조한 마음으로 그녀는 고개를 흔들었다. 그가 악당일 수는 있을지 몰라도 속물은 아니다. 여자에게 이용당한 일로 돌이킬 수 없이 깊은 상처를 받고, 그 상처로 인해 스스로 악당을 자처하며 인생을 낭비해 온 그가, 과거의 악몽을 똑같이 되풀이하고 있다는 건 있을 수 없는 일이었다. 이현은 떠오른 생각을 빠르게 지워 없앴다.

"이런! 출근 시간 임박이야. 당신 먼저 들어가."

언제 그랬냐 싶게 씩 웃으며 그가 말했다. 그녀가 복잡한 심경일 거란 생각은 꿈에도 하지 못한 듯 그의 웃음은 환했다. 정말로 행복한 양 그렇게.

햇볕이 근사한 그의 얼굴을 비추었다.

출근길은 함께였지만, 함께임을 회사 사람들에게 목격되는 걸 지상은 원치 않았다. 사람들이 이런저런 입방아를 찧을 게 자명했고, 그건 사적으로나 공적으로나 그다지 바람직스럽지 않다는 게 그의 논리였다. 이현도 그 생각에는 이의가 없었지만…… 서운한 기분은 어쩔 수가 없었다.

결과적으로 두 사람이 사귀는 걸 외부에 밝히지 말자는 건데, 이유가 어쨌든 그건 여자로서 상당히 불쾌한 일이었다. 내 남자를 내 남자라고 부르지 못하는 서러움이랄까? 괜히 내연의 여자 취급 받는 것 같은 기분도 들고, 아무튼 썩 좋은 기분은 아니었다. 하지만 이현은 내색하지 않았다. 커리어우먼이라고 자칭하는 그녀가 일에 방해가 되는 짓을 자처해서 하자고 할 수 없었다. 쿨한 척, 대범한 척, 그렇게 하자고 술술 받아 넘겨줬다.

그렇지만 어떨 땐 회사 사람들을 붙들고 마구 떠벌리고 싶단 생각도 들었다.

〈키스하고 싶어 미치겠어.〉

이런 문자 메시지를 받고도 아무에게도 자랑할 수 없다는 건 정말 슬픔이었다. 이게 사내(社內) 커플의 비애일까? 정말이지, 이럴 땐 '무책임하게 사장과 스캔들이나 내는 중간 간부' 란 욕 따위 두렵지 않았다. 차라리 배불리 먹고 말겠다는 무모한 용기가 불끈불끈 솟았다.

첫 메시지를 받고도 답변을 않자, 삼 분 후 그는 다시 이런 메시지를 보내왔다.

〈보고 싶어.〉

그 뒤로 일 분 뒤, 그는 짧은 단문 하나를 더 날려 보냈다.

〈당장 올라와.〉

그리고 서너 분이 더 지난 후, 그는 성질 급한 티를 역력히 드러냈다.

[류 팀장님! 사장님 호출이에요. 엄청 급하신가 봐요. 빨리 와 주셔야겠어요.]

인터폰 상의 양 비서 음성은 잔뜩 겁에 질려 있었다. 불쌍한 양 비서. 완전히 쫀 그녀를 위해 아무래도 이현이 나서야 할 모양이었다. 도대체 왜 애먼 사람에게 화풀이람. 부잣집 도련님의 이 제멋대로의 성격은 어쩔 수 없나 보다. 고압적인 이 성격을 단단히 고쳐 줘야겠다는 생각을 하며 이현은 광고회사 섭외 관련 파일을 들고 자리에서 일어났다.

"나, 사장실 올라가요."

"어머! 팀장님! CL미디어 건, 드디어 터뜨리러 가시는 거예요?"

팀원들에게 말하고 나가려는 그녀에게 이재영이 눈을 반짝이며 물어왔다.

"네!"

벌써 이긴 듯 득의양양하게 어깨를 쫙 편 채로 이현은 씩씩하게 대꾸했다. 그녀의 보고서는 여느 때처럼 완벽했고 반박할 논리도 명확하게 서 있었다. 만약 그가 이번에도 CL미디어를 옹호하고 나선다면 이현과의 대립을 피할 수 없을 것이다. 뿐만 아니라, 이현의 명확한 논리를 뛰어넘는 필사의 이유를 기어코 대야 할 것이다.

"팀장님만 믿겠습니다."

"파이팅, 팀장님!"

저마다 한 마디씩 던지는 응원 소리에 힘입어 이현은 주먹을 불끈 쥐고 파이팅을 외쳤다. 씩씩한 걸음으로 사장실까지 걸어간 그녀는 양 비서의 우그렁쪽박이 된 얼굴을 지나 곧바로 똑똑, 사장실 문을 노크했다.

"들어와."

척 듣기에도 심기가 많이 불편한 사장의 무뚝뚝한 목소리가 들렸다. 이현은 '몸조심하세요' 하는 양 비서의 속삭임에 능청스런 웃음으로 화답하며 휙, 문을 열고 들어섰다. 지상은 의자에 앉아 있었다. 잔뜩 굳은 자세가 불편하게 보였다.

"부르셨습니까, 사장님?"

문이 닫히자 이현은 또박또박 책을 읽듯 예정된 대사를 읊었다.

너무나 태연한 그 모습에 지상은 그만 웃음을 머금고 말았다. 정말 대단한 여자다. 천하의 이지상을 쥐락펴락할 수 있는 여자는 류이현, 이 여자뿐일 것이다.

"문 잠가."

지상은 차분하면서도 간단명료한 명령을 내렸다. 굉장히 사무적인 말투의 그는 평소와 다름없이 여유로웠다. 의외의 모습 앞에 일순, 이현의 눈동자가 잠깐 크게 떠졌다 작아졌다. 놀란 것이다. 성마른 지상을 예상했던 그녀로서는 당연한 반응이었다.

"밖에서 이상하게 생각할 거예요, 사장님."

다시 평정을 되찾은 그녀가 얄미운 이유를 늘어놓았다. 그녀가 일부러 뜸을 들이고 있다는 걸 잘 알고 있는 지상은 당장 달려가 이현의 입술을 틀어막아 버리고 싶은 충동을 꾹 참아 눌렀다.

"안 잤을 때 무슨 일이 일어날지 생각해 봐. 난 아무것도 장담 못해."

나른한 눈을 반쯤 감은 채 그는 속삭였다. 여유를 가장하고 있지만, 손가락은 의자 손걸이를 참을성없이 톡톡 찍고 있었다.

"사장님, 공과 사는 구분하셔야지요. 회사에선 업무에 충실해야 합니다. 그것 때문에 사귄다는 걸 비밀로 한 거잖아요."

이미 알고 있는 얘길 주지시키는 이현은 상냥했다. 하지만 그 안에 박힌 가시를 그는 알아챘다. 지상은 누 눈을 가늘게 좁히며 씩 웃었다.

"화났군."

"화가 나다니요? 제가 화를 왜요? 사장님께는 전혀 불만없습니다. 있다면 제 애인한테 조금, 아주 조금 있을 뿐이죠."

"이리 와."

그는 팔을 벌렸다. 귀엽고 사랑스러운 이현을 당장에 안고 싶어 미칠 지경이었다. 하지만 그의 애간장이 다 타 들어가는 줄도 모르고 이현은 어깨를 으쓱하며 순진한 눈을 휘둥글 치떴다.

"여긴 회사예요, 사장님. 공과 사는 구분하시라니까요."

"난 그딴 거 신경 안 써."

"하지만 사장님……."

"당장 이리 안 오면, 내가 가. 내가 가면 당신, 감당 못할 거야."

"나만큼 사장님을 잘 감당하는 사람 있으면 나와보라고 그래요."

그의 경고를 무시하고 이현은 느긋이 팔짱을 꼈다.

"그래? 그럼 하는 수 없지, 내가 가는 수밖에."

지상은 상체를 일으켜 세우고 팔꿈치를 책상 위로 굽혔다. 적극적인 자세로 그는 나른한 정오처럼 부드럽고 나긋나긋한 목소리로 말했다.

"가서…… 키스를 하고, 안아버려야지. 삼켜 버릴 거야."

짙어지는 그의 눈빛은 그녀의 몸을 정면으로 관통했다. 이현은 저도 모르게 가늘게 몸을 떨었다.

"벽으로 밀어붙인 다음에, 밖에서 듣든 말든 상관없이……."

"그만!"

어떤 음담패설이 흘러나올지 심히 두려워진 이현은 양손을 들어 그의 입을 틀어막았다. 힐끔 훔쳐본 그의 표정은 이미 승리감에 도취되어 있었다.

"거기까지! 알았어요."

현명한 여자는 치고 빠지는 순간을 잘 조절할 줄 알아야 하는 법. 좋다, 여기까지다. 이현은 이쯤에서 물러서기로 했다. 사실은 그녀 역시 그에게 안기고 싶어 죽을 지경이니까.

이현은 내키지 않은 듯 문을 살짝 잠그고, 느긋이 맵시 좋은 자세로 앉아 있는 지상을 향해 천천히 다가갔다. 일부러 서류를 가슴에 안은 다분히 방어적인 자세를 취한 채였다.

"여기 앉아."

그녀는 순순히 그의 무릎 위에 앉았다. 그녀가 앉자마자 그는 바짝 그녀를 끌어당겨 꽉 껴안았다. 등 뒤로 그의 단단한 가슴 근육이 느껴졌다. 엉덩이 근처에서 꿈틀대는 존재까지도 적나라하게 느껴지자 이현은 숨이 턱 막혔다. 그의 한 손이 이현의 허리를 바짝 조이는 가운데 다른 한 손이 서서히 위로 올라가고 있었다. 몽글몽글 탄력있는 가슴께까지 올라오자 이현은 얕은 숨을 들이쉬었다. 그가 소리없이 웃으며 그녀의 귓가로 고개를 숙였다.

"만지고 싶어 죽겠어."

"지금도 만지고 있잖아요."

"옷 없이. 맨살을 말이야."

"사장님이 이렇게 야한 남잔지 몰랐어요."

"지상 씨."

그가 부드럽게 정정했다.

"아직 회사잖아요. 사장님이라고 부를 거예요."

"사장의 무릎에 앉아서 보고하는 사원은 없어."

"정말?"

믿을 수 없다는 듯 이현은 가늘게 그를 째려보았다. 그녀의 목덜미에 고개를 박고 있던 그가 낮게 웃었다. 뜨거운 숨결이 여린 피부를 자극했다. 솜털이 쭈뼛 일어서게 하는 강렬한 전율이 그녀를 휩쌌다. 점점 그녀는 달궈지고 있었다. 움직이는지 눈치 채지 못할 정도의 매우 느린 속도로 가슴 근처를 애무하는 그의 손길이 미치도록 좋았다.

"난 순진한 남자라고."

"퍽이나."

"이거 왜 이래. 당신보다 내가 더 경험이 없을지도 모른다고."

"내가 외국에서 생활했다고 이런 일에 익숙하다고 생각하는 건 아니죠?"

"아닌가?"

이현의 귓불에 코끝을 간질이는 데에 집중하며 그가 되물었다. 이현은 양미간에 힘을 주며 얄미운 그를 노려봤다.

"그랬으면 좋겠어요?"

"아니."

그럼 그렇지. 그럴 리가 없다. 이현은 새침하게 말했다.

"그럼 됐어요."

"뭐야? 그렇다는 거야, 그렇지 않다는 거야?"

지상이 눈을 번쩍 뜨고 물었다. 정신이 번쩍 나는 모양이었다. 당연히 뒷내용을 들려줄 줄 알았나 보다.

'흥, 어림없지. 쉽게 말해줄 내가 아닙니다요.'

이현은 어깨를 으쓱하며 심술궂은 미소를 띠었다.

"말해주기 싫어요. 그건 걸 말해주는 여자가 어디 있어요?"

"말해, 괜찮으니까."

"싫다니까. 과거는 절대로 말하는 거 아니래요. 괜찮다고 안심시켜 놓고 나중에 막 화내고 펄쩍 뛰고 그런대요."

"난 달라. 내가 그런 허섭스레기 같은 자식들이랑 같아 보여?"

"네."

그의 인상이 눈에 띄게 굳어졌다. 화난 걸까? 그냥 말해줘? 갈등하고 있을 찰나였다. 가슴 근처를 슬슬 문지르고 있던 손이 순식간에 그녀의 둥글고 작은 가슴을 감싸 쥐었다. 헙! 기습적이면서도 달콤한 접근에 이현은 숨을 뭉텅이로 들이마셨다.

"대답하시는 게 좋을 겁니다, 류 팀장. 내 고문 기술은 경험이 없어 미숙하지만, 그래서 더 위험하답니다. 브레이크가 없거든요."

"뭐, 뭐 하는 거예요?"

"털어놓을 때까지 고문할 겁니다, 류 팀장."

그녀의 가슴을 쥔 손아귀에 힘이 더해졌다. 찌릿한 감각이 발끝까지 전달됐다. 이현은 허리를 뒤틀며 헐떡였다.

"죄없는 사원을 고문하는 사장도 있어요? 회사 인권위에 고발해 버릴 거야."

"죄가 왜 없어?"

달콤한 목소리로 속삭이며 그는 허벅지로 그녀의 허벅지를 눌렀다.

"내가 뭘! 난 잘못없단 말이야!"

절박한 심정으로 그녀는 소리쳤다.

"쉿! 밖에서 듣는다고. 조용히 해야지, 여긴 당신 말대로 회사 안이야."

"방음장치 되어 있는 거 다 알아요."

"오! 이런. 들켜 버렸네."

느리게 중얼거리며 그는 길고 굵은 손가락을 퇴폐적으로 놀렸다. 정말 경험이 전무한 남자가 맞는지 의심스러울 정도로 그는 정확히 그녀가 원하는 지점을 찾아냈다. 가슴 끝이 아려오자 이현은 이를 악물었다.

"알았어요, 젠장! 말할게요."

"뭐야? 벌써 항복이야?"

"왜요? 불만있어요?"

"너무 빠르잖아. 좀 더 있다가 말해도 되는데. 한창 새로 개발한 신기술을 선보일 예정이었거든. 이쪽 가슴을 돌리면서……."

놀리는 듯한 그의 말에 이현은 팔꿈치로 그의 옆구리를 쿡 찔렀다.

"윽!"

"한 번만 더 날 놀리기만 해요, 이 정도로 안 끝날 거니까."

"복수하고 싶으면 똑같이 날 고문하든지."

"정말요?"

이현의 눈이 가늘어졌다. 그런 그녀를 향해 지상은 히죽 웃었다.

"나야 그런 고문이라면 언제든지 환영이지."

"흥! 그럼 그렇지."

"그래서. 경험이 많다고, 적다고?"

살인적인 째림으로 눈이 쪽 째진 이현의 허리를 바짝 부둥켜안으며 지상은 그녀의 귓가에 코를 묻었다. 그녀의 남자 경험이 왜 이렇게 중요하다고 느끼는지, 그는 스스로도 이해할 수 없었다. 그도 숫총각은 아니었다. 물론 반강제적으로 의식도 없는 사이 치러진 경험이었지만, 하여튼 그는 유경험자다. 그녀의 처녀성을 강요할 수 있는 입장이 아닌 것이다. 그럼에도 그는 신경이 쓰였다. 무진장. 혹시라도 윤민석과……

"없어요, 미안하지만."

"없다고? 적은 게 아니라, 아예 없단 말이야?"

"왜요? 확인시켜 드려요?"

순간이지만 머릿속이 환해지는 느낌이었다. 지상은 찢어지는 입매를 감추려 하지 않았다. 이현의 앞에선 뭐든 숨기고 싶지 않았다. 느끼는 대로, 생각하는 대로, 이현의 앞이라면 모두 다 보여줘도 좋다고 생각했다.

"좋지."

"그 음흉한 낯짝 좀 저리 치워줘요 얄미워 죽겠어."

그러나 그녀가 흘기는 눈매에는 애정이 담겨 있었다. 지상은 충만한 기분으로 이현의 몸 냄새를 흠뻑 들이마시며 눈을 감았다. 그녀 특유의 라일락 향기가 몸속 깊이 들어왔다.

"확인 안 시켜줄 거야?"

"꿈 깨요. 난 혼전관계는 안 하는 주의예요. 특히 당신과는 안 할 거야."

"왜?"

"그냥."

"설마 떠도는 소문을 죄다 믿는 건 아니지? 내 스캔들의 99%는 거품이라고."

"알아요."

그렇게 말하는 그녀의 등이 일순 굳어졌다. 신경 쓰지 않는 것처럼 굴지만 실은 그의 화려한 스캔들을 의식하고 있다는 뜻이었다.

지상은 한숨을 쉬었다. 처음으로 자신의 과거가 부끄러워졌다. 비록 대부분 이 회장과 집안의 명예에 먹칠을 하기 위해 의도적으로 만들어낸 스캔들이었지만, 스캔들은 스캔들이다. 스캔들에는 진실 여부가 통하지 않는다.

"미안해."

"뭐가요?"

뽀로통 튀어나온 입으로 그녀가 대꾸했다.

"스캔들이 많아서."

"그게 무슨 자기 잘못이라고……."

"내 잘못이지."

그녀의 등을 더 포근히 끌어안고 그는 말했다. 더 부드러운 목소리로, 더 다정하게. 그것만이 그녀에게 사죄할 수 있는 길이라는 생각이 들었다.

"미안해."

"왜 자꾸 미안하다고 그래요?"

"미안하니까."

"한 가지만 물을게요. 이것만 제대로 대답해 줘요."

"뭔데?"

이현이 허리를 비틀며 뒤를 돌아봤다. 그녀의 얼굴엔 근심이 가득 서려 있었다. 죄책감에 그의 마음 한쪽이 욱신거렸다. 생애 처음으로 아끼고 사랑하게 된 연인에게 고통을 안겨주었다는 죄책감이었다. 후회가 절절이 그의 온 마음을 적셨다. 오늘처럼 무능력함을 절감했던 적이 과연 있었던가?

"CL미디어요. 거기 사장이 여자라면서요?"

"CL미디어?"

움찔, 그는 긴장했다. CL미디어에 대해 이현이 알아냈다고 생각하니 갑자기 등골이 오싹해졌다. 두대체 이 여자의 머리엔 뭐가 들어 있는 것일까? 어떻게 알았지?

"네. 사십대 이혼녀라고 하던데요? 맞아요?"

"글쎄, 왜?"

"그 여자는……."

이현은 지상을 찬찬히 뜯어보았다. 그의 변함없는 표정에서는 한 점 의혹도 발견할 수 없었다. 그러나 이현은 확신했다. 그녀가 'CL미디어'라는 말을 꺼냈을 때 지상은 분명 놀랐었다. 지상이 워낙 포커페이스랄 정도로 표정 변화가 별로 없는 편이라 거의 드러나지 않았을 뿐이다. 하지만 류이현이 누군가? 이지상을 겨우 먼발치에서 한 번 보고 그가 뼛속 깊이 외로운 사람이란 것을 단번에 알아본 그녀가 아닌가! 그에 관한 한 그녀는 거의 본능적이었다.

'정말 그 여자와 내연의 관계면 어떡하지?'

이현은 저도 모르게 침을 꿀꺽 삼켰다. 아니, 아닐 거라고 이현은 생각을 고쳤다. 그녀는 그를 믿었다. 그가 그 정도로 쓰레기는 아니란 걸 이현은 알았다.

"알고 싶은 게 뭐야?"

한참 뜸을 들이는 그녀에게 그가 참을성있게 물었다. 이현은 숨을 크게 들이쉬고 천천히, 그리고 또박또박 하고 싶은 말을 단 세 어절로 요약했다.

"그 여자랑 만나요?"

"뭐?"

그녀의 말을 못 알아들었는지 지상이 되물었다. 잘생긴 눈가에 주름이 쫙쫙 그어졌다. 이현은 뻑뻑한 목구멍으로 겨우겨우 타액을 넘기며 재차 말했다.

"그 여자랑 만난다는 소문, 사실이냐고요."

당황했나? 그는 약간 멍한 얼굴이 되어 입까지 살짝 벌리고 그녀를 빤히 바라보고 있었다. 무슨 반응이 이런담. 그렇다는 건가, 안 그렇다는 건가? 이현은 짜증이 나 버럭 고함을 질렀다.

"그 여자랑 그렇고 그런 사이라서, 우상이 CL미디어하고만 일한다고 회사 내에 소문이 파다해요. CL이 우리랑은 엄청 안 맞는다고 하던데. 지금껏 해놓은 광고만 봐도 그렇고요. 그런데도 계속 일하는 것 보면 뭔가 다른 내막이 있다고 생각하는 것 같다고요! 회사 사람들이 그 문제로 수군거리고 난리도 아니에요. 내가 봐도 수상쩍은데 오죽하겠어요?"

"그러니까, 내가 그 사장의 애인이다?"

"아니에요?"

"풋……!"

요즘 들어 약간 해쓱해진 지상의 얼굴이 한순간 일그러졌다. 그가 웃음이 나오려는 걸 참고 있다는 건 한참 뒤에 알았다. 낄낄낄, 그가 웃기 시작할 때쯤. 그리곤 곧 그는 난감해하는 그녀를 앞에 두고 폭소를 터뜨렸다. 이현은 배꼽을 잡고 눈가를 비비는 지상을 향해 떨떠름한 표정을 날렸다.

"이봐요, 사장님. 아무 말이라도 해봐요. 왜 웃기민 해?"

그는 알까? 이 웃는 행위가 소문을 부인하는 직간접적인 표현이라는 거. 아니라고 확실히 말해주면 좋으련만. 왜 자꾸 웃기만 하는 거야? 기분 나쁘게.

"무슨 말 좀 해봐요, 조옴!"

얼굴을 붉히며 이현이 벌떡 일어났다. 쉼없이 웃는 지상 때문에 괜스레 무안해졌다. 저렇게 웃는 건, 도대체 무슨 의미람? 소문이 사실이라는 거야, 아니라는 거야? 뭐야?

하지만 그 뒤로도 지상은 눈물이 날 때까지 계속 웃었다. 픽 토라진 이현이 밖으로 나가 버리려고 하자 그는 겨우겨우 웃음을 멈추었다. 눈물을 머금고 그는 최대한 진지하게 선언했다.

"지금까지 내 애인은 딱 한 명. 류이현, 당신뿐이야. 과거에도 난 애인이 없었고, 앞으로도 그럴 거야. 내 여잔 류이현, 하나야."

이현의 눈동자는 눈물이 맺힐 것처럼 촉촉이 젖어들었다. 급속도로 붉어지는 눈자위로 그녀는 덥석 지상의 품에 안겼다. 감격한 모습이었다. 한참을 그렇게 꽉 안고 있더니, 그녀는 어린애처럼 웅얼거렸다.

"그럼 이번 일, CL미디어와 안 해도 상관없는 거죠?"

지상은 고개를 끄덕였다. 그게 뭘 의미하는 건지 알았지만 개의치 않았다. 어차피 이 여잘 욕심낸 대가는 언젠가 치러야 한다고 생각했으니까. 이미 각오한 일이었다.

세상이 더럽고 치사한 곳이란 걸 알기엔 아직 너무 순진하고 어린 여자. 이 여자의 섬세하면서도 강인한 어깨에 그는 날개를 달아주고 싶었다. 훨훨. 가고 싶은 만큼, 갈 수 있는 만큼 위로 올라갈 수 있도록 지켜주고 싶었다. 그래서 그는 이미 마음을 정해두었다. 이 문제를 끝까지 혼자 떠안고 갈 생각이었다. 스스로 그녀의 방패가 되는 것이 이현을 사랑하는 그만의 방식이었다.

이현이 사무실로 돌아가고 혼자 남게 되자, 지상은 절친한 친구에게 전화를 걸었다.

"사빈이냐? 그때 그, 클럽에서 만났던 여자 말인데……."

이제 자신을 억압하고 있는 과거를 놓아버릴 때였다. 그도 이젠 조금은, 아주 조금은 행복해지고 싶었다.

아무리 망나니라도 이 정도 누릴 자격은 있지 않을까?

제13장 | 불시의 전주곡 ♥

행복한 시간은 화살처럼 빨리 지나갔다. 한 달하고도 보름이라는 시간이 지나는 사이, 이현이 맡은 프로젝트는 거의 완성 단계에 이르러 이젠 그 결과만을 남겨두고 있었다.

우상아이캠의 대표 이미지는 '럭셔리하고 세련되면서도 기능이 강조된 최첨단 테크놀로지의 결정체'이다. 대표 모델은 유력 영화제 신인상에 빛나는 한류 스타, 이겸이며 각종 국제광고제에 큰 상을 수상한 바 있으며 신선한 감각으로 대표되는 회사, '대현기획'에서 광고의 제작을 맡았다. 시간이 빠듯했지만 다들 기한 내에 무사히 일을 마쳤고 이현의 기획력이 빛나는 반짝 이벤트와 함께 첫 방영을 앞두고 있었다.

시험을 앞둔 아이처럼 이현은 초조했다. 최선을 다했지만 성과가 좋지 못할 경우 돌아올 좌절이 두려웠다. 사사건건 고집을 부리고 우격다짐으로 이루어놓은 일이라 더 그랬다. 실패한다면 이 회장에게도, 팀원들에게도 면목이 안 설 것 같았다. 그중 가장 두려운 사람은 지상이다. 그에겐 그녀가 거의 마지막 희망이나 다름없었고 이번에도 실패한다면 그에겐 더 이상 물러설 곳이 없어진다. 그녀가 그에게 해를 입히게 되는 셈이었다. 그래서 뚜껑 열기가 두려웠다.

열린 마음을 가진 이지상은 최고의 파트너였다. 부하직원의 말에 귀를 기울이고 자신의 결점을 고치려고 노력하는 상사야말로 베스트 중의 베스트가 아닐까? 그는 자신보다 더 훌륭한 제안이나 생각을 쉽게 받아들였다. 처음부터 다 갖고 태어난 사람치곤 아집이 별로 없는 사람이었다. 때문에 일은 아주 수월하게 진행되었다. 이런 사람이 왜 전략 기획단계에서는 그녀를 지치고 힘들게 했었는지 조금은 이해가 안 가는 일이다. 아무리 시험단계였고, 그래서 없는 까탈도 부려 그녀의 인내심과 창의력을 테스트했던 거겠지만. 아무튼 그녀는 땅을 잘 고르고 양질의 씨앗만 골라 뿌려놨으니 이번 수확은 대풍년일 거라는 지상의 격려에 힘을 얻었다.

지상은 연인으로서도 훌륭했다. 비록 회사 사람들뿐만 아니라 가족에게까지 두 사람이 사귄다는 사실을 비밀에 부친 점은 그녀를 서운하게 했지만, 그 점만 제외한다면 최고였다. 의외로 자상한 일면이 많아서 마음 씀씀이가 좋았고, 비번인 주말은 늘 그녀를 위해 봉사했다. 이현을 만나기 위해 지상은, 그 친하다는 나이트클럽 멤버들도 만나지 않고 가족모임에도 서슴없이 빠졌다.

요새는 가끔씩 이젠 때가 된 거 아닐까, 하는 생각을 한다. 그날의 일……. 지상이 알아도 그녀의 순수성을 의심하는 일은 없을 것 같다는 확신이 들었다. 어차피 알아야 할 일, 다 말해 버려야 그녀도 마음이 개운할 듯싶었다. 어찌 됐든 그도 알 권리는 있으니까.

"어머! 사장님, 지금 안 계시는데. 한 시간 전쯤 나가셨어요."

근 두 달 동안 바닥에 윤이 날 정도로 뻔질나게 드나들었던 사장실 입구. 양 비서는 똥그란 눈을 더 똥그랗게 뜨고 말했다.

"그래요? 어디 가신다는 말씀은 없었고요?"

"외출하실 때 말씀하시고 나가시는 분 아니라는 거 잘 아시잖아요."

이젠 스스럼없이 수다도 떨고 농담도 하는 사이가 되어버린 양 비서는 한쪽 눈을 찡긋 감았다. 다 안다는 표정. 양 비서는 겉은 어려 보여도 속은 놀놀한 구석이 있는 편이어서 여간 신경이 쓰이는 게 아니었다. 요사이 사장과 이현의 사이가 심상치 않다는 걸 대충 눈치로 때려잡고 있는 듯했다.

"그래요?"

"에이, 다 알면서 그런 말 하는 거죠?"

"에? 무, 무슨 말을⋯⋯?"

"사장님 스케줄 말이에요. 비서인 저보다 류 팀장님이 더 잘 아시잖아요."

몹시 서운한 말투다. 비서로서 서운한 건지, 여자로서 서운한 건지. 쉬이 가늠할 수 없는 그녀의 말에 이현은 대충 얼버무렸다.

"그거야 일 때문에 그랬던 거지. 지금이야 뭐, 일은 다 끝났고⋯⋯."

"일은 다 끝났고, 뭐요? 뭐가 남았는데요?"

갑자기 신이 난 양 비서가 호기심 어린 눈동자를 반짝반짝 빛내며 고개를 들이밀었다. 너무 부담스러운 눈빛에 이현은 부르르 몸을 떨었다. 한시 바삐 이 자리를 떠야겠다는 생각이 퍼뜩 들었다. 토시 하나라도 잘못 전달되면 오늘 내로 사장과의 염문설이 사내에 파다하게 퍼지는 불상사가 벌어질지도 몰랐다.

"이벤트 문제로 잠깐 얘기를 드릴까 했지. 안 계시다니까, 그럼 난 나중에 다시 들를게."

"어머, 팀장님! 팀장님!"

뒤도 안 돌아보고 꽁지 빠지게 달아나는 이현을 양 비서가 불렀다. 물론 이현은 못 들은 체하고 바삐 걸음을 재촉했다.

"휴! 진짜 눈치 하나는 캡 빠르네."

고개를 가로저으며 안도의 한숨을 내쉰 이현은 주머니에서 휴대전화를 꺼냈다. 도대체 지상은 어디로 간 걸까? 사귀기로 한 시점부터 지금껏, 단 한 번도 행선지를 말하지 않고는 사라진 적이 없는 그였다. 그전엔 몰랐는데 이렇게 말없이 사라지니 답답하고 걱정되고, 또 보고 싶었다.

[고객님이 전화를 받을 수 없어 소리샘으로 연결됩니다. 삐 소리가 나면······.]

전화를 받을 수 없단다. 무슨 일인데 전화도 못 받는 걸까? 걱정이 됐다.

"오늘이 첫 방영일인데······."

몇 달을 밤새서 함께 작업한 결과물이 마침내 그 첫 방영을 앞두고 있는 뜻 깊은 날. 당연히 그가 같이 있어줄 줄 알았다. 그녀의 기분을 누구보다도 잘 알 그이기 때문에 당연히 그녀의 곁을 지켜줄 줄 알았다. 그래서 오늘, 숨겨놓았던 진실을 밝히려고 했던 이현이다.

다시 한 번 전화를 걸어봤다. 하지만 역시 전화는 불통.

얼마 후에 그녀는 깨달았다. 그에 대해서 아는 게 거의 없다는 사실을.

굉장히 친하다는 친구들 연락처도 몰랐고, 그의 집 전화번호도 몰랐다. 그가 이렇게 아무 연락 없이 사라졌어도 누구에게 물어볼 수도 없다. 유일하게 아는 그의 가족, 준상에게도 연락할 수 없었다. 왜냐하면 그녀는 지상이 숨겨놓은 여자이니까.

그녀가 지상의 여자라는 걸 아는 사람은 이 세상에 단 한 명도 없었다.

"누구냐?"

전화번호가 뜨는 휴대폰 액정을 조용히 내려다보는 아들을 이우철은 다그쳤다. 특유의 무게감 어린 음성은 탐탁지 않은 기운이 잔뜩 서려 있었다. 아무리 눈에 넣어도 아프지 않을 막내, 아내가 죽음을 불사하면서까지 남기고 간 혈육, 뭘 해도 안타까운 아들이지만 그는 이번 일만큼은 용서할 수가 없었다.

집안이 망조가 들려는 건가? 어떻게 다른 이도 아닌 친아들이, 쥐도 새도 모르게 이런 일을 계획하고 저지를 수 있는 것인가! 사십 년을 이어온 영광이 와르르 무너지는 소리가 들리는 것만 같아 이우철은 제대로 서 있을 수가 없었다. 어떻게 이어온 부와 명예인데……. 이제 모두 끝장이다. 진석진은 절대 가만있지 않을 것이다.

몇 년 전 진석진이 자신의 권력으로 덮어준 우상그룹의 불법 행위는 CL미디어를 거래조건으로 내놓은 거였다.

"누구냐고 묻지 않느냐?!"

이우철은 무릎을 꿇은 막내아들을 향해 벼락처럼 고함을 내질렀다. 혈압이 머리끝까지 뻗쳤다. 다리가 휘청거렸지만 그는 악으로 버텼디.

"류이현 팀장입니다."

"류이현? 류 팀장이 왜 너한테 전화를 거는 거냐?"

"모릅니다."

"몰라?"

"네."

한 치의 동요도 없는 아들의 표정에서는 어떤 것도 읽어낼 수 없었다. 찬 시멘트 바닥에 무려 두 시간째 무릎을 꿇고 앉아 있는 놈치고는 지독하리만치 차분했다. 아들이지만 독한 놈이란 소리가 절로 나올 지경이었다.

지상은 멍청이가 아니다. 품행은 개망나니일지는 모르나, 머리는 둔하지 않는 놈이 지상이다. 우철이 이 문제에 얼마나 민감해하는지, 또 얼마나 철저한지 지상은 알고 있을 것이다.

아! 물론 녀석에게 직접적으로 설명해 준 적은 없다. CL미디어의 전속이 된다는 조건으로 우상의 유예를 약속받았다는 건, 우철로서는 매우 굴욕적인 일이었고 그랬기 때문에 학생이었던 작은 아들에게까지 그런 사실에 대해 굳이 구구절절 설명하고 싶지 않았던 것이다. 하지만 그럼에도 지상은 우철의 뜻을 정확하게 파악하고 지금껏 단 한 번도 이의를 제기한 적이 없었다. 불평이야 두어 번 들은 적이 있었지만 그 정도는 준상의 선에서도 잘라낼 수 있었을 정도. 오늘처럼 위험한 짓을 저지를 정도는 아니었다. 도대체 무슨 연유로 이런 어이없는 짓을 저질렀을까? 우철이 절대 허락하지 않을 거란 걸 잘 알면서도 왜?

뭔가 있었다. 우철은 그 뭔가를 알아내고 싶었다.

하지만 녀석은 쉽사리 입을 열지 않을 태세다. 표정없는, 소름 끼치도록 무자비한 냉정함으로 무장된 아들의 얼굴을 노려보며 우철은 부르르 몸을 떨었다. 회사와 맞바꿀 만큼 대단한 그 무엇이 뭔지, 우철은 아들의 입에서 기어코 듣고야 말 심사였다.

"그 일 때문이 아니란 말이냐?"

"아닙니다."

너무 단호하다. 짐짓 태연하고 자연스러운 지상의 말투에, 별 의심 없이 지나갈 뻔했지만 사십 년간 회사를 이끌어온 관록과 연륜은 우철을 버리지 않았다. 그의 사업적 본능은 지상의 태연함과 자연스러움이 너무 과하다고 경고했다. 너무 태연하고 너무 자연스러운 것. 그리고 그 안에 들어 있는 단호함과 약간의 두려움. 우철의 경고등이 작동했다.

"류 팀장이 네 개인 전화번호를 알고 있다는 게 뭘 뜻하는 것이지?"

지상의 눈썹이 꿈틀거렸다. 우철의 주름진 눈매는 그 상서로운 징후를 포착했다.

"뭘 의미하는 거냐?"

입술을 비틀며 우철은 한 걸음 다가섰다. 위협적인 아비의 재촉에 땅으로 떨어져 있던 지상의 시선이 서서히 들렸다. 눈꺼풀로 인해 반쯤 가려진 눈동자가 온전히 우철에게로 향했다. 우철은 칼처럼 번뜩이는 눈으로 지상을 속속들이 들여다보았다.

"진정 그걸 몰라서 묻는 겁니까?"

비아냥거림이 머리에 피도 안 마른 놈의 입에서 흘러나오자 우철의 머리는 끓기 시작했다. 오늘 오전, 아들이 저지른 일을 처음 알게 된 이후로 줄곧 팽팽히 곤두서 있던 신경이 드디어 위험수위의 경지로까지 다다른 것이다. 거만하고 더러운 속물에 불과한 진석진의 입으로 아들의 일을 전해 들었을 때 우철은 믿지 않았다. 준상의 보고에 의하면, 지상은 류 팀장의 일을 의도적으로 방해하고 있다고 하지 않았던가? 그러나 직접 조사해 본 결과는 놀라웠다.

"이 자식! 이 고얀 자식! 네가 날 시험하는 거냐?!"

몇 년 전, 그가 진석진에게 잡힌 약점이 떠오르자 우철은 이성을 잃었다. 위엄도 잃었다. 시정잡배마냥 달려들어 무릎을 꿇고 사죄하고 있는, 아니, 사죄하는 시늉을 내고 있는 아들의 멱살을 휘어잡았다. 철퍼덕 무너져 앉아 아들의 멱을 움켜쥔 우철의 손아귀가 부들부들 떨리고 있었다. 옆에서 보기 안쓰러울 정도였으나 지상은 검버섯이 무성히 핀 아버지의 얼굴을 빤히 바라보며 뻔뻔하고도 비열한 미소를 지었다.

"시험하고 계신 분은 제가 아니라 아버지 아닙니까? 전 아버지가 원하는 답을 드릴 수 없습니다. 왜냐하면 그건 진실이 아니니까요."

필사의 힘으로 멱살을 쥐고 있는 우철의 힘에 의해 목이 졸린 상태였지만 지상은 미소를 잃지 않았다. 그는 말을 이었다.

"전 아버지가 원하는 아들이 될 수 없습니다. 애초부터 그럴 수 없는 놈입니다. 아버지 말씀대로 여자나 후리고 집안의 명예에 먹칠하고 밥이나 축내는 빌어먹을 놈이죠. 그런 놈이 무슨 생각으로 그리했겠습니까? 매출을 위해서? 능력을 인정받기 위해서?"

우철은 어쩌면 아들이 그렇다고 말해주길 바랐는지도 모르겠다. 회사를 되살리기 위해 진정 필요한 방법을 택한 거라고, 아버지의 인정을 받기 위해선 어쩔 수 없었다고, 그렇게 말해주길 내심 바랐는지도 몰랐다. 하지만 아들놈의 미소에서 꾸무럭거리며 피어나는 환멸을 발견하는 순간, 우철은 절망했다.

정말 이 정도밖에 안 되는 놈인 것인가?

"천만에 말씀입니다. 아버지의 애지중지하는 이 회사, 무너뜨리고 싶었을 뿐입니다. 류 팀장에 대해서 물었습니까? 무슨 사이냐고요? 물론 제가 지금 후리고 있는 여자죠. 아버지를 닮아 아랫도리 하나는 대단한 놈이 저 아닙니까? 아직 완전히 넘어온 건 아니지만, 거의 다 됐습니다. 순진한 여자더군요. 제가 하는 말은 모두 믿더라고요. 제 아랫도리 맛을 보게 되면 아마⋯⋯."

"입 닥치지 못해! 이 빌어먹을 놈!"

우철은 멱살을 쥐고 미친 듯이 흔들었다. 혈관이 터질 듯 팽창되고 있다는 것도 인식하지 못한 채 발악했다.

"이 못된 놈! 내 진작부터 네놈 싹을 알아봤지만, 이 정도까지 추잡해졌을 거라곤 상상도 못했다, 이놈! 어디서 감히 내 직원을 건드려⋯⋯."

울고 싶은 마음을 우철은 꾸역꾸역 짓눌렀다. 죽은 아내의 얼굴이, 죽기를 각오하고 낳은 핏덩어리 아들을 바라보며 행복하게 죽어간 아내의 얼굴이 눈앞을 어른거렸다.

십 몇 년을 미친 듯이 일에만 매달렸던 그다. 아내를 잃은 슬픔이 너무 커 자식 돌볼 마음도 싹 사라졌었던 그였다. 그사이 네 살배기 어린 아들은 집 떠나 유학하겠다고 나섰고, 아내의 죽음과 맞바꾼 아들은 고등학생이 되어 있었다. 어미의 사랑도, 아비의 사랑도 받지 못하고 큰 불쌍한 자식들. 지상이 어린 시절 객기를 주체하지 못하고 순진한 여고생을 임신시켰을 때서야 비로소 우철은 자신이 얼마나 자식들을 방치하며 살아왔는지 깨달았다. 다행히 사실이 아님이 밝혀졌고, 문제의 여고생은 경찰에 인도가 되었지만 우철은 그 사건을 계기로 많은 걸 알게 되었다. 지상은 그가 생각했던 것보다 훨씬 더 망가져 있다는 걸.

준상은 천성적으로 타고난 성품이 냉철하고 이성적이며 차분해 별 문제가 없었다. 사업가로선 안성맞춤의 성격이라 후계자로서도 무난했다. 결혼 문제도 아비의 뜻에 따라 결정해 주었고 이 년이 지난 지금까지 별 트러블 없이 잘 지내주고 있었다. 하지만 지상은 달랐다. 머리는 남들보다 비상했지만 감정 조절이 쉽게 되지 않는다는 점에서 녀석은 위험했다. 감정기복이 심한 지상은 시한폭탄 같았다. 물가에 내놓은 어린애처럼, 뭘 해도 녀석은 우철의 마음에 차지 않았다. 그래서 더 가혹하게 대했고 그때마다 녀석은 자꾸만 집안으로부터 멀어져 갔다.

하지만 언젠간 아비의 마음, 알아줄 거라고 우철은 생각했다. 사랑하는 아내를 잃은 대신 얻게 된 핏줄이기에 더욱 소중하게 여긴다는 걸 알아줄 거라고. 하지만 아니었다. 결과는 비참했다. 시간이 해결해 줄 거라고 굳게 믿은 몇 년 사이, 아들과의 사이는 걷잡을 수 없이 엉망으로 엉켜갔고 아들은 수습할 수 없을 정도로 쓰레기가 되어버렸다.

회한이 우철의 절망적인 심정을 덮쳤다. 죽기 직전까지도 환했던 아내의 미소가 떠올랐다. 짓이겨지는 심장이 우철의 뇌를 자극했다. 피가 거꾸로 돌기 시작했다.

"류 팀장 같은 순진한 처녀를 희롱해서 얻을 게 뭐냐, 이 멍청한 놈. 또다시 그때의 일을 되풀이하고 싶은 거냐? 이 일을 이사회가 알게 되면 어떻게 될 거라는 거……."

싸늘하게 식어가는 우철을 지상이 무표정하게 바라보고 있었다. 아들이 이 순간, 어떤 생각을 하고 있는지 그는 알지 못했다. 아직도 아버지가 자신을 믿어주지 않는다는 사실에 얼마만큼의 절망감과 분노에 사로잡혀 있는지 우철은 결코 알 수 없었다.

"아버지!"

꽝! 소리가 쩌렁쩌렁 울리며 귓가를 때렸다. 살짝 열려져 있던 회장실 문을 벌컥 열고 준상이 들어왔다. 허겁지겁 달라오는 큰아들의 모습이 흔들렸다. 우철은 자신이 쓰러지고 있다는 걸 그제야 깨달았다.

'이놈의 혈압. 기어이…….'

우철의 눈은 망부석처럼 앉아 있는 지상에게로 향했다. 놈은 여전히 고개를 빳빳이 들고 꼼짝하지 않고 있었다. 아버지가 코앞에서 쓰러지고 있는데도 놈은 냉정했다. 아비가 숨을 못 쉬고 눈을 감고 암흑의 세계로 빨려 들어간다 해도 녀석은 눈 하나 깜짝 하지 않을 것 같았다.

우철의 눈이 스르르 내려앉았다. 그러나 마지막 순간까지 웃는 아내와는 180도 다른 심정이었다. 이렇게 끝낼 수는 없었다. 아들과 무슨 일이 있어도 화해를 해야 했다. 비뚤어져도 한참 비뚤어진 아들을 어떻게든 바로 잡아야 했다. 그래야만 눈을 감아도 편히 감을 수 있었다.

눈에 핏발이 서렸다. 감지 않으려고 기를 썼지만 그럴수록 눈꺼풀은 더욱더 무거워졌다. 천근만근이 눈을 압박했다. 우철이 벌인 필사의 노력은 그 한계에 도달하고 있었다.

"아버지!"

"회장님! 회장님!"

"김 비서! 빨리 비상약 찾아봐. 서랍 안에 혈압약 있을 거야. 구급차 부르고."

정신을 잃기 직전 들려오는 소란은 금세 아득해졌다. 마지막 한 가닥 정신을 붙들고 우철은 지상을 다시금 돌아봤다. 돌부처처럼 그 자리에 뿌리박은 채 꼼짝도 않은 아들. 녀석의 얼굴이 망연자실 핏기 하나 없다고 느껴진 건 우철의 환각이었을까? 바닥에 내리꽂힌 채 들지 않은 고개에서 눈물 같은 물기가 뚝 떨어진 것은 그저 자신이 만들어낸 상상에 불과한 것일까? 우철은 의아해졌다.

"지…… 상아……."

그러나 암흑은 너무나 쉽게 그의 음성을 삼켰다.

지상은 하루 종일 전화를 받지 않았다. 무슨 일이 생긴 걸까? 걱정이 돼 미칠 것 같았지만 이현이 할 수 있는 일은 없었다. 겨우 이겸에게 전화해 이런저런 걱정을 늘어놓는 일뿐이었다.

[사고가 났다면 진즉에 연락이 왔지. 넌 무소식이 희소식이란 말도 못 들었냐? 별일없을 거야. 어디 사우나 같은 데 들어갔나 보지. 프로젝트도 이제 다 끝났겠다, 긴장도 풀 겸. 응? 그런 데 가면 미뤄놨던 잠도 한숨 푹 자고 그러는 거야. 뭐, 그것도 아니면 어디 근사한 데서 딴 여자랑 데이트라도 하고 있는지도 모르지.]

"오빠! 그걸 지금 말이라고 하는 거야?"

[야, 야! 농담이야. 짜식! 성질 부리긴.]

"지금 성질 안 부리게 생겼어? 동생한테 그런 악담이 어디 있어? 하여간 오빠가 되어가지고는."

[농담이라니깐! 거 되게 신경질 부리네. 걱정하지 마! 남자들도 가끔은 혼자 있고 싶을 때가 있는 법이야. 사우나! 난 사우나에 한 표다.]

이겸의 말이 아주 터무니없는 것은 아니었다. 하지만 아무래도 이상했다. 오랫동안 자리를 비울 때면 지상은 늘 그녀에게 미리 양해를 구했었다. 그들은 사귀기로 한 날로부터 지금껏 항상 함께 움직였고 피치 못할 사정이 생길 때면 미리미리 얘기를 해둬 서로를 걱정시키는 일은 피했다. 게다가 오늘은 특별한 날이었다. 그들 노력의 결정체가 드디어 세상의 빛을 보게 되는 날로서 특히 지상은 오늘을 손꼽아 기다렸다. 그런데 그런 오늘 한가하게 사우나나 하고 있겠는가 말이다!

이현은 다시금 통감했다. 한 달을 넘게 사귀어왔지만 진정 그들은 사귄 게 아니었다. 그녀는 그에 대해서 단 한 가지도 제대로 알고 있는 게 없었다. 그가 누구와 친한지도 몰랐고 휴대폰을 제외한 다른 연락처는 전혀 몰랐다. 그도 그럴 것이, 그녀와 사귀는 기간 동안 그는 한 번도 친구들과 만나지 않았다. 이유는 단 한 가지. 그녀가 이번 일에 모든 걸 걸었었고 그래서, 친구들이나 한가하게 만나고 있을 시간이 없었기 때문이다. 그녀가 사적인 시간을 내지 못하니 당연히 지상도 마찬가지가 되었다. 그녀의 옆에 있기 위해서 그는 없는 일감도 일부러 만들었다. 당연히 개인적인 모든 사안은 이번 프로젝트가 마무리되는 시점으로 미루어졌다. 몇 달 전, 두 사람이 나이트클럽에서 만났던 일마저도.

하지만 연락이 되지 않는 오후 내내 그녀는 불안감에 시달렸다. 그가 친구들과 만나지 않는 데에 다른 특별한 이유가 있어서가 아닐까 하는 의구심마저 들었다. 예를 들어, 친구를 만난다고 하면 그녀가 그들을 소개해 달라고 귀찮게 할까 봐서라든가.

'그럴 리가 없어. 지상 씨는…….'

그럴 리가 없다고 생각하면서도 점점 비참해지는 기분을 그녀는 붙잡을 수 없었다. 견디다 못해 이현은 결심했다. 각종 포털사이트 실시간검색 순위에 이겸과 아이캠 광고가 떴고 신상품 문의전화가 영업부에 쇄도한다는 기쁜 소식과 축제 분위기의 회사를 뒤로하고, 그녀는 서둘러 퇴근했다. 그리고 그 길로 그녀는 그의 빌라로 향했다.

전화는 계속 안 받을 수 있을지 몰라도 집에는 들어올 것 아닌가? 다른 여자를 만나 바람을 피웠든 사우나를 갔다 잠이 들었든 간에 집에는 올 것이다. 아니, 지금도 들어와 있을지도 모르는 일이다. 아무튼 이현은 집에서 기다릴 생각이었다. 만나서 따질 것이다. 마지막 남은 악당 기질을 싹 고쳐 버리겠다는 단단한 각오로 이현은 그의 집 앞에 우뚝 섰다.

당연히 없겠지 싶지만 혹시 몰라 벨을 눌렀다. 엘가의 '사랑의 인사'가 여느 때처럼 울렸다. 두어 소절이 흘렀지만 아무 대답이 없었다. 아직 그가 귀가 전이란 생각에 이현은 현관 문 앞에서 그를 기다릴 결심을 굳혔다.

현관문 손잡이를 돌렸던 건 무심결에 해본 행동이었다. 안에선 아무 답변이 없었기에 그녀는 당연히 사람이 없을 줄로 알고 있었다. 문이 잠기지 않았다는 사실을 정말로 기막히게 우연히 알게 된 셈이었다. 이현은 호기심 어린 동작으로 조심스레 손잡이를 돌렸다.

삐걱.

손잡이를 잡아당기자 문은 순순히 열렸다. 그 순수한 무방비 상태에 이현은 도리어 바짝 긴장했다. 도둑이나 된 것처럼 심장이 발딱발딱 뛰기 시작했다. 이현은 천천히 빌라 안으로 발을 들여놓았다.

집주인의 허락도 구하지 않고 집 안으로 들어온 그녀를 맞은 것은 황량한 공기와 적막한 고요였다. 실내는 전등 하나 켜 있지 않은 상태로 컴컴했다. 베란다 문도, 창문도 모두 닫혀 있었다. 사람이 있다는 흔적은 단 한 가지도 찾을 수 없었다. 적어도 일 분가량은 진짜로 그랬다.

"들었단 말이야, 벨소리."

여자의 목소리가 들린 건 이현이 똑딱거리는 초침 소리를 들으며 거실 한가운데에 우두커니 서 있을 때였다. 칭얼거리는 듯하면서도 애교가 잔뜩 묻어 있는 여자의 목소리를 듣는 순간 이현은 완전히 굳어버렸다. 숨을 생각도 않고 그녀는 소리의 근원지인 방문을 노려보았다. 문은 아주 살짝 열려져 있었다.

"상관없긴 뭐가 상관없어. 손님이 찾아온 걸 수도 있잖아."

누군가 웅얼거리는 소리를 내자 여자가 픽 쏘며 말했다. 성깔이 느껴지는 억양이었다.

"제발 얼굴 좀 들어봐. 누가 왔으면 어쩌려고 그래. 빨리 나가봐. 문은 잠근 거야?"

신경질적으로 말하는 여자에게선 불안함이 역력히 드러나고 있었다. 달콤한 밀회를 누군가에게 들키는 건 어떤 여자든 달갑지 않을 것이다.

'설마. 아니야, 아닐 거야!'

소리 내서 외치고 싶었지만 이현의 목구멍은 막힌 하수구처럼 뚫리지 않았다. 마치 누군가가 목덜미를 죄고 있는 듯 아무 소리도 낼 수가 없었다. 발이 딱 박혀 바닥에서 떨어지지 않았다. 양팔이 덜덜덜 떨려오기 시작하자 이현은 이미 핏발이 서기 시작한 두 눈을 부릅떴다.

"그만 좀 빨고! 아! 그만…… 좀 나가보라니까……. 흣!"

신경질적인 여자의 타박은 곧 신음으로 뒤바뀌었다.

"허헉! 망할. 내가 당신 때문에 미쳐. 지상 씨 손님일 수도 있잖아! 앗! 이 색광! 손가락 치우지 못해? 어디에다 넣어! 이건 반칙이라고. 당신 아버지한테 결혼 승낙 받기 전까지 여긴 금지구역인 거 몰라? 넣지 말란 말이야, 이 인간아!"

낄낄거리는 남자의 웃음소리가 들렸다. 온몸이 얼어붙어 꼼짝도 못하고 있는 이현의 귓속으로 가차없이 뚫고 들어온 웃음소리는 게걸스러운 쪽쪽거림으로 이어졌다.

"너도 원하면서 괜히 튕기지 마."

거친 호흡에 섞여 나온 목소리는 욕망으로 젖어 있었다. 신하

헐떡임으로 인해 거의 으르렁거림에 가까운 남자의 목소리는 그의 상태가 어떻다는 것을 증명해 주고 있었다. 남자가 흥분하면 이런 목소리를 내는 걸까? 지상으로부터 이렇게 육욕에 들뜬 숨소린 들어본 적이 없는 이현은 머릿속이 어지러웠다.

"괜히 이런 거 아니잖아! 이렇게 비밀스럽게 만나는 거 더는 못해. 아훗!"

"그 노인네는 구슬리기가 쉬운 상대가 아니야. 좀 더 기다려."

노인네. 지상도 아버지인 이우철 회장을 그렇게 불렀었다!

'하하! 너, 지금 무슨 생각 하는 거니? 여긴 지상 씨의 집이야. 다른 남자일 리가 없잖아!'

아아! 하지만 아니라고 여기고 싶었다. 다른 여자의 입에 키스하고 다른 여자의 몸을 더듬는 저 남자가, 이현은 지상이 아니길 바랐다. 당장 들어가서 그의 얼굴을 확인하고 싶었지만 이미 그녀에겐 두 다리를 움직일 힘조차 남아 있지 않았다.

"꺄악! 어디다 뭘 넣는 거야! 어영부영 시도하고 있어, 당신!"

"가게 해줄게. 천국으로. 기다려 봐."

"됐어! 이거 빼! 안 빼?!"

"간다!"

"아흑!"

이현은 두 눈을 감았다. 남녀의 농염한 신음 소리와 쾌락에 젖은 비명 소리는 그녀를 절망과 분노로 덜덜 떨게 만들었다.

당장 쳐들어가 두 사람을 떼어놓고 따지고 싶었다. 그러나 그녀는 꿈쩍도 하지 않고 그대로 서 있었다. 다리에 힘이 풀려 움직일 수가 없었다.

두 남녀는 절정을 향해 멈추지 않고 내달렸다. 마치 섹스에 굶주린 사람들처럼 열정적이었고 거칠었다. 광란에 휩싸인 채 거의 삼십 분 정도를 엎치락뒤치락, 헐떡이고 빨았으며 연신 탄성을 내질렀다. 남자의 욕심은 끝도 없이 여자를 약탈했다. 여자의 칭얼거림도 무시하고 그는 찌르고 깨물고 흔들었다. 방 안은 후끈 달아올랐다.

그리고 마침내 여자는 요구했다.

"아! 자기야! 지금! 빨리. 헉헉. 지금이야!"

털썩, 이현은 바닥으로 쓰러졌다. 더 이상은 버틸 수 없었다. 더 이상은 듣고 있을 수가 없었다. 귀를 막고 싶었다. 모든 게 사실이 아니라고, 우기고 싶었다. 하지만 서서히 혼미해지는 정신을 뚫고 실낱같은 의식을 가로지르는 남자의 목소리는 그녀를 포기하게 만들었다.

"당신을 가질 자격이 있는지 모르겠어."

지상이 했던 말.

이런 것이었을까? 이런 의미로 했던 말이었을까? 결혼 승낙을 받는 사이, 잠시잠깐 이현을 상대로 바람을 피웠던 걸까? 희지만 연인은 하나뿐이라고 맹세하던 그는? 거짓말이었던 걸까?

이현은 거의 기다시피 집을 나왔다. 넋을 잃은 그녀는 정처없이 길을 걸었다. 멍한 얼굴로 정신을 놓은 여자처럼 걷고 또 걸었다. 밤새도록 걸으며 그녀는 생각하고 또 생각했다. 한 달이 조금 넘은 시간 동안 그가 보여준 행동들. 그를 믿고 신뢰할 수 있었던 수많은 기억들을 모두 들추었다. 자신이 빠뜨린 게 뭔지 하나하나 다 떠올렸다.

하지만 의심할 행동은 없었다. 다른 여자가 있을 거라고 생각하게 만들었던 적도 없었다. 완전 범죄. 그야말로 그는 완벽하게 그녀를 속아 넘겼다. 보기 좋게 그녀는 속아 넘어갔고, 그는 이제 제 여자를 찾아 돌아가기로 결정했다.

'안 돼!'

제14장 | 엇갈림의 안타까움

"비켜."

클럽 사장인 김사빈의 최측근만 들어올 수 있는 최고 VIP룸, Red Room. 열기로 뜨거워진 허공으로 간단한 명령이 떨어졌다. 스멀스멀 뱀처럼 그의 몸뚱이를 옭아매던 가느다란 팔이 멈칫 그 움직임을 멈추었다. 소름이 돋을 정도로 잔인하고 냉정한, 특유의 어조에 여자는 흠칫 떨었다. 하지만 그것도 잠시. 그녀는 몇 초의 간격을 두고 다시금 움직이기 시작했다. 잔뜩 성나 있는 남성을 쓰다듬으며 자극적인 신음성을 흘리기까지 했다.

"으흡……!"

이 붉고 울퉁불퉁 강인한 기둥을 입에 머금기만 하면! 남자가 무너지는 건 시간문제였다. 회심의 미소를 띠고 그녀는 남자의 벌어진 바지춤으로 한 손을 밀어 넣었다.

"비키라고 했다."

악물린 입술 사이로 남자가 말했다. 위협적인 말투다. 평소였 더라면 그의 경고에 즉각 손을 거두었을 터다. 하지만 오늘은 그러지 않았다. 그럴 수 없었다. 더 이상 물러설 곳이 없다는 얘 기다. 최근 들은 소문이 그녀를 무모하게 만들었다. 죽기 아니 면 까무러치기. 그녀는 거의 막판에 몰려 있었다.

손에 까슬까슬한 체모의 일부가 닿자 여자는 작위적인 신음 으로 남자의 흥분을 부채질했다.

"하아……!"

남자란 원래 본능에 충실한 동물이다. 이성과는 전혀 상관없 이 흥분하고 그 흥분에 쉽게 애인과의 신의를 저버릴 수도 있는 동물이 바로 남자인 것이다. 그녀는 그 누구보다도 남자들을 잘 알았고, 이 남자 또한 어쩔 수 없으리란 것을 확신했다.

뜨거운 숨결을 남자의 허리춤에 불어넣으며 그녀는 손을 좀 더 자극적으로 놀렸다. 이제 남자의 분신을 사로잡아 삼켜 버릴 때.

그녀의 신분상승 드라마는 이제부터 시작이었다.

"으흥……."

눈을 감고 그녀는 천천히 남자의 아랫배를 향해 얼굴을 내렸다.

"아악!"

쿵!

비명과 함께 그녀는 바닥으로 나뒹굴었다. 탁자 모서리에 엉덩이를 찧고 쓰러진 그녀는 벌겋게 달아오른 얼굴로 시뻘겋게 흥분한 입술을 핥으며 헝클어진 머리카락을 쓸어 넘겼다. 그녀의 목표물은 지루한 얼굴로 벌떡 일어나 그녀를 노려보고 있었다.

더 이상 험악할 수 없을 정도로 잔뜩 인상을 쓰고 있는 그는 그러함에도 무척이나 잘생긴 외모의 소유자였다. 건장하면서도 날렵하게 빠진 몸매도 그렇고, 재벌 2세가 아니었다면 연예인이 되었어도 충분했을 거라 생각이 들 정두였다. 이 남자와 같은 마스크는 여성이라면 누구나 꿈꾸는 로맨틱한 상상에 딱 부합이 됐다. 시원스러운 이마, 곧고 강건히 뻗은 콧날, 송아지 눈망울처럼 커다랗고 순수한 눈동자, 남성적이면서도 섬세한 턱 선, 그리고 적당히 물결치는 근육들. 거기다 탄탄한 그의 배경까지 더해지면 거의 죽음이다.

그는 그녀의 환상을 모두 충족시켜 줄 수 있는, 그런 남자였다.

"귀엽게 봐주는 것도 정도가 있다."

그가 군림하듯 우뚝 서서 쓰러진 그녀를 향해 말했다. 그녀가 풀어헤친 셔츠 사이로 단단하면서도 매끄러운 가슴이 눈에 들

어왔다. 저도 모르게 입 안에 침이 고이자 설화는 꼴깍 군침을
삼켰다.

"넌 도를 넘었어."

잠깐이지만 때를 잘못 고른 게 아닐까, 하는 망설임이 일었
다. 늘 멀끔하기만 하던 그는 오늘따라 피곤해 보였기 때문이
다. 침울한 어둠이 그의 눈가에 드리워져 있었다. 접대부들 사
이에서 이 남잔 원래부터 잘 웃지 않은 자로 유명하지만, 오늘
은 유독 더 어두웠다. 조심스레 두려움이 생겨났다. 그 두려움
은 그녀의 발목을 잡고 그녀를 저지했다.

하지만…….

"얘, 뉴스야, 뉴스. 톱뉴스야. 우상의 이 사장님 알지? 그 얼
음왕자가 글쎄, 여자를 사귄단다. 요즘 우리 클럽에 코빼기도
안 비치잖아. 그게 다 연애를 시작해서 그렇대."

"이 사장? 이지상 사장 말이야?"

"그래, 얘."

"누가 그런 말을 해? 지상 오빠 내가 찜했다고 그랬지!"

"정신 차려, 이 기집애야. 이 사장님은 우리 같은 애들 싫어
해. 과거의 일 때문에 더 싫어한다잖아. 못 들었어?"

엊그제 들은 소문은 그녀를 불안하게 했다. 진작 서둘러서 이
남자를 사로잡았어야 했다는 아쉬움에 설화는 발등을 찧으며

후회했다. 그러나 아주 늦은 건 아니었다. 늦었다고 생각했을 때가 가장 빠른 때라고 했다. 어떤 여자와 연애를 시작한 건진 모르지만, 그녀보다 한 수 위라는 걸 보여주면 승산은 있다고 설화는 생각했다. 그리고 시작한 게임.

이지상은 오늘 밤 피곤에 절인 모습으로 클럽을 찾았다. 마침 내 그가 왔다는 정보를 입수한 설화는 사장이 아직 출근 전이라 는 사실을 기억해 냈고, 조심스럽게 접근할 계획을 신속하게 짰 다. 그리고 그가 있는 이곳, 사장 전용 VIP룸에 몰래 잠입하는 데 성공했다.

운이 좋게도, 이지상은 소파에 누워 잠이 들어 있었다. 설화 는 곧바로 작업에 들어갔다. 유혹. 그녀가 할 수 있는 최상의 서 비스를 다 쏟아 부어 그를 흥분케 하는 것이 그녀의 계획이었 다. 일단 그녀의 맛을 보게 되면 그는 헤어나지 못할 것이라고 설화는 확신하고 있었다. 어떤 남자든 그녀를 거부하기란 절대 적으로 쉽지 않을 테니까.

하지만 너무 자만한 걸까? 이지상은 강철 같은 눈으로 혐오 감에 치를 떨며 그녀를 노려보고 있었다. 거의 죽일 듯한 시선 이었다.

"왜 난 안 돼? 난 오빠 사랑해. 오빠 내가 행복하게 해줄 수 있다고."

이지상은 이대로 놓치기엔 너무 아까운 월척 중의 월척이었 다. 설화는 포기하기 아직 이르다고 스스로를 채찍질하며 짱알거렸다. 바닥에 쓰러진 채 비련의 여주인공처럼 흐느적거렸다.
이젠 그의 감성에 호소하는 수밖에는 다른 도리가 없었다.

"착각하지 마. 넌 못해."

"왜?!"

설화가 발악하며 소리쳤다. 자신이 얼마나 추악하고 탐욕스
러워 보이는지 그녀는 전혀 알지 못했다.

"누구도 나만큼 오빠 좋아할 순 없어. 난 오빠가 원하는 건 다
해줄 수 있다고. 다! 모든 걸 다! 그런데 왜 안 돼. 왜 못한다는
거야!"

"그걸 모르는 넌, 그래서 자격이 없는 거다."

"오빠아!"

지상을 부르는 설화는 거의 울상이었다. 하지만 지상은 알고
있었다. 혹시라도 그녀가 눈물을 흘린다면 그것은, 이지상이라
는 남자 때문에 흘리는 것이 아니라는 것을. 단지 채워지지 않
은 그녀의 물욕이 멀어져 가는 기회에 안타까워 흘리는 눈물임
을.

싸늘한 눈빛으로 지상은 전방 100m 이내의 생물은 모조리
얼려 버릴 만큼 냉랭히 말했다.

"나가."

"그러지 말고, 오빠! 한 번만 더 생각해 줘. 시험해 보면 되잖
아. 나, 괜찮은 앤지 아닌지. 응? 결혼하자고 안 할게. 떼 안 쓴
다고. 그냥 오빠 옆에 있게만 해줘. 응? 부탁이야, 오빠. 오빠!"

그녀는 벌떡 일어나더니 지상의 곁으로 서둘러 다가왔다. 이제 마지막이란 각오로 그녀는 제정신이 아니었다. 어떻게든 자신을 이 더러운 시궁창에서 건져 올려줄 이 사내를 차지해야만 한다는 생각에 설화는 정신없이 덤벼들었다.

피할 틈도 없이 설화는 허벅지를 지상의 허리에 올려붙였다. 무모하기까지 한 여자의 도발에 지상은 짜증이 몰려오는 걸 느꼈다.

그렇지 않아도 피곤한 하루였다. 지금껏 이현과 지상이 준비한 광고가 최초로 방송을 타는 날, 하지만 미치도록 울고 싶은 날, 이현의 품에 안겨 조용히 쉬고 싶은 날, 오늘은 바로 그런 날이었다. 이런 일이 생길 줄 알았다면 클럽으로 오지도 않았을 것이다. 한밤중, 연인의 아파트까지 찾아갔다가 이렇게 그냥 돌아오지도 않았을 것이다. 그리움이 극에 달해 당장 이현을 품에 안고 싶었지만 그는 불 꺼진 이현의 집 창가를 속절없이 바라보다가 아쉬운 발걸음을 겨우 돌려 이곳으로 왔다. 곤히 잠들었을 이현을 차마 깨울 수가 없었기 때문이다.

젠장, 속으로 욕설을 중얼거리며 지상은 뽀얀 속살을 내비치며 자극적인 신음 소릴 만들어내고 있는 설화를 거칠게 잡아뗐다.

"아얏!"

손목이 잡힌 상태로 설화는 어깨를 잔뜩 움츠리며 고통스러워했다. 어찌나 힘이 세지 그의 손에 잡힌 손목이 그대로 으스러져 버릴 것만 같았다. 설화는 자유로운 손으로 아픈 손목을 움켜쥐며 소리쳤다.

"오빠! 사, 살려줘! 아프단 말이야. 아, 아파! 아야, 아, 아야!"

"앞으로 내 앞에 얼씬거리지 마. 날 사랑하는 척도 하지 말고, 나 때문에 고통스러워하는 척도 하지 마. 넌 날 사랑한 적이 없고, 넌 사랑하지도 않은 남자 때문에 고통받을 애도 아니니까."

"알았어. 내가 잘못했어. 이 손 좀 놔줘! 아프단 말이야!"

"잘 들어. 두 번 다시 말 안 한다. 내 앞에 나타나지 마."

"알았다고, 글쎄!"

눈물을 그렁그렁 매달은 설화의 손목을 지상은 매정하게 휙, 던졌다. 거친 그의 행동에 설화는 쓰러지지 않기 위해 비칠비칠 뒷걸음질을 쳐야 했다. 연약한 손목에 빨간 손자국이 얼룩졌다. 아마도 내일이면 그곳에 시퍼런 멍이 올라올 것이다. 안쓰럽다는 생각이 조금, 아주 조금 들었다. 설화는 겨우 스물을 넘긴, 아직 애다. 철모르는 애. 그런 아이이니 이런 클럽에 자발적으로 찾아와 일하게 해달라고 했을 테다. 그런 아이이니 사랑하지 않은 남자를 상대로 이런 위험한 게임을 벌인 것일 테다.

"뭐 하는 거야, 윤설화?"

언제 왔는지 설화의 뒤에서 사빈이 뚜벅뚜벅 걸어 들어왔다. 설화가 울며 아프다고 버둥거릴 때 이미 들어와 있었던 모양이다. 설화는 움찔, 놀라 자신의 상사를 돌아보았다. 이미 그녀는 사빈으로부터 몇 차례 경고를 받았고 지상에게 또 접근하면 클럽에서 나가겠다는 약속을 그에게 했던 터였다. 설화의 얼굴이 백지장처럼 하얘졌다.

"사장님!"

사빈은 잔뜩 경직된 얼굴로 설화의 몰골을 차례차례 훑어보았다. 비단결처럼 고운 머리카락이 아무렇게나 흩어져 있었고 눈자위는 마스카라와 눈물이 서로 범벅이 되어 시커멓게 얼룩져 있었다. 설화의 뒤에는 그의 친구, 지상이 셔츠 단추가 다 풀어진 채로 서 있었다. 대충 어떻게 돌아가는 상황인지 알 만했다.

"나가 있어."

싸늘한 어조. 마음은 그렇지 않으나 말은 냉정하게 나왔다. 진흙 바닥을 기는 버러지를 바라보는 듯한 그의 시선에 설화의 표정이 일그러졌다. 모멸감을 느끼고 있는 게 역력히 드러났다.

"뭐 해? 나가 있으라니까."

"사장님, 전……"

"나중에 이야기하자. 내려가서 기다려."

"……네."

그녀의 집안 사정을 잘 아는 사빈은 그녀를 내쳐야 하는 상황에 씁쓸했다. 하지만 약속은 약속이었다. 종업원을 대할 때 냉정함과 권위를 잃지 않아야 한다는 소신은 지금껏 그 어떤 예외도 두지 않았다. 지금까지는.

탁.

설화가 문을 닫고 나갈 때까지 방은 어색한 침묵이 흘렀다. 왠지 모르게 두 사람 사이에 낀 듯한 기분이 들어 지상은 침묵할 수밖에 없었다. 이건 뭐지? 이 이상한 기류는 도대체 뭐야? 불륜 현장을 목격당한 사람처럼 지상은 몹시 어색하고 불편했다.

"미안하다. 내가 대신 사과하마."

"네가 사과할 건 없지."

"내 애가 저지른 일이니까 내 책임이지."

지상의 벌어진 바지 후크를 힐끗 보며 사빈은 털썩 자리를 잡아 앉았다. 주머니에서 담배와 라이터를 꺼내며 그는 멀뚱히 서 있는 지상을 올려다보았다.

"이해해라. 애가 아직 어려. 앉아."

아무 말 없이 지상은 자리에 앉았다.

"네가 여자를 사귄다는 소릴 들었나 봐. 아무래도 저번에 재혁이 놈이 술 취해서 객쩍게 별별 소릴 다 했던 게 화근이 된 거 같아. 쟤, 원래 너만 바라보고 사는 애잖아. 네가 요즘 발길을 뚝 끊어버린 데다가 여자를 사귄다고 하니까 이성을 잃은 거지."

"미치겠군."

지상은 피곤한 고개를 뒤로 젖혀 소파에 몸을 뉘었다. 이런저런 생각할 거리도 많은데 이런 일까지 겹치니 머리가 빠개질 것만 같았다.

"설화는 신경 쓰지 마. 내가 알아서 할게. 그래, 아버님은 좀 어떠시니?"

"위험한 고비는 넘겼어."

"그래? 그만 하시길 천만다행이다."

"음. 일은 당분간 쉬셔야 할 것 같아."

"당연히 그러셔야지. 혈압은 스트레스가 최고의 적이야. 무조건 쉬셔야 해."

"하마터면 위험할 뻔했어⋯⋯."

사빈은 감긴 지상의 눈 주위가 붉어지는 모습을 물끄러미 바라보았다. 핏줄이란 게 이런 걸까? 아버지가 하는 말이라면 죽기 살기로 어깃장을 놓고 자꾸만 엇나가기만 하던 지상이 아버지의 불행 앞에서 이렇듯 무너지는 걸 보니 피가 물보다 진하다는 말의 뜻이 새삼 가슴에 와 닿았다.

녀석도 이젠 더 이상 숨길 수 없을 것이다. 부정(父情)이 그리워, 너무나 고파서 하지 말라는 짓만 골라 했었다는 사실을.

"어쩌다 그랬냐? 준상이 형 말이, 너랑 입씨름하다가 그랬다며."

지상은 말을 하지 않았다. 하지만 그가 어떤 심정이리라는 걸, 사빈은 짐작할 수 있었다.

"몇 달 요양하시면서 치료 받으시면 괜찮아지실 거야. 너무 죄책감 갖지 마, 인마."

사빈은 툭, 지상의 무릎을 치며 위로했다. 감정이 북받쳐 오는 듯 지상의 코끝이 서서히 빨개졌다. 그 모습을 조용히 지켜보는 사빈은 착잡했다. 하지만 한편으론 다행이라는 생각도 들었다. 지금이라도 이 회장과의 관계가 개선된다면 그보다 좋은 일은 없을 테니까 말이다. 무슨 일 때문에 지상이 맞섰고, 또 이 회장은 쓰러졌는지는 알 수 없으나 사빈은 믿었다. 이 회장과 지상은 더 이상 싸우지 않을 것임을.

이 회장의 건강이 나빠짐으로써 지상은 상대할 적을 잃었다. 더 이상의 대립은 없을 것이다. 사빈은 지상의 눈물을 보며 더욱 확신을 굳혔다.

"그러게 좀 참지, 자식아. 왜 아버지한테 대들어, 대들긴. 평소 혈압이 있으신 거 네가 더 잘 알았잖아. 왜 그랬냐?"

사빈은 별뜻없이 물었다. 특별히 두 부자의 사연이 궁금한 것도 아니었고, 지상을 책망하고자 했던 것은 더 더욱 아니었다. 그러나 날아온 대답은 놀라움, 그 자체였다.

"여자 때문이었어."

"뭐?!"

사빈은 잠시 멍하게 얼어붙었다. 지상에게 여자가 있는 것 같다는 소릴 재혁에게 듣긴 들었지만, 정말일 거라곤 생각 못했기에 그는 놀랐다. 정말 좋아하는 여자가 생기긴 생긴 걸까? 여자라면 자다가도 경기를 일으킬, 바로 그 이지상에게?

"그 여자, 웃게 하고 싶었어."

"그게 이유야? 아버지를 쓰러지게 한 이유가 겨우 여자 문제였어?"

도무지 납득이 안 가는 말에 사빈은 어이없어할 뿐이었다.

"단지 그뿐이라고 단정하기엔 문제가 너무 복잡해."

지상이 빨개진 눈을 문질렀다. 소파 등받이에 뉘었던 고개를 반듯이 세우고 그는 심호흡을 했다. 머릿속에 벌레가 돌아다니는 것처럼 골치가 지끈지끈 아파왔다. 위 속에 양주 몇십 병을 혼자 다 채워 넣었을 때보다도 더 심한 고통이었다. 아픔을 잠재우기 위해 그는 눈을 감고 머리를 양손으로 감쌌다.

"너…… 혹시 라일락, 그 여자도 그래서 포기한 거였어?"

짐작 가는 게 있는지 사빈이 다그쳐 물어왔다. 최근 지상이 그 여자를 찾지 않겠다고 선언한 일을 떠올린 거였다.

"응."

더 이상 할 말이 없는지 사빈은 침묵을 지켰다. 물론 그는 지상을 뚫어져라 바라보고 있었다. 생전 처음 보는 진귀한 물건마냥 지상을 바라보는 사빈의 시선은 신기하고 낯설었다.

"너, 그 여자 사랑해?"

"……응."

"하! 네가 여자를?"

코웃음을 치는 사빈의 얼굴이 희한한 모양새로 일그러졌다. 도저히 믿을 수 없는 일이었다. 지상이, 여자라면 치를 떨고 경멸해 마지않는 바로 그 이지상이, 여자에게 코가 꿰다니! 이런 기가 막힌 일이 다 있을까? 침착하고 대범하기로 이름난 사빈도

이 놀라운 사실 앞에선 흥분하지 않을 수 없었다.

"야! 너……!"

무슨 말을 더 하겠는가? 말문이 막혀 사빈은 더듬거렸다. 아비의 건강까지 해치며 얻은 사랑이 영원히 지상의 곁에 있어주길 바랄밖에.

"야, 너 이 지식!"

사빈은 당장 이지상을 향해 뛰어들었다. 놈의 멱살을 잡고 흔들며 미친 듯이 웃었다. 놈의 역사적인 솔로 탈출을 축하해 주어야 했다. 초침은 새벽을 향해 맹렬히 움직였지만 상관없었다. 밤은 영원한 그의 안식처. 오늘 밤은 지상을 위해 파티를 열 것이다. 재혁도 부르고, 원석도 부르고, 철회도 부르고…… 아는 놈들은 모조리 다 부를 것이다.

오늘은 지상이 인생을 저당 잡힌 날. 마음껏 놀아도 되는 날이었다.

"뭐라고?"

뇌가 뼛속에서 흔들거리는 듯한 괴상야릇한 고통을 참아내며 지상이 물었다. 전날 술을 미친 듯이 마신 탓에 컨디션이 말이 아니었다. 맹렬히 울려대는 전화 소리에 겨우겨우 눈을 떴고 아침부터 잠을 깨운 준상은 알아들을 수 없는 말을 횡설수설하고 있었다.

"젠장, 머리통이 깨질 것 같아. 아침부터 전화해서 무슨 헛소리야?"

[너, 어제 술 마셨냐?]

걱정스레 준상이 물어왔다.

"조금 마셨어."

아버지를 병실에 눕힌 장본인이 술이나 마셨다고 생각할까 봐, 지상은 나직이 대꾸했다. 하지만 준상은 되레 지상이 걱정되는 모양이었다. 한숨을 푹 내쉬며 조용하면서도 믿음직스런 음성으로 그를 위로했다.

[걱정 마. 김 박사 말이 쉬면 좋아지신대. 당분간은 내가 모든 업무를 대행할 예정이다. 넌 다른 거 신경 쓰지 말고 네 일이나 열심히 해. 그러길 아버지도 바라실 거야.]

하여간 이준상, 할 말 없게 만드는 데에 뭐 있다. 항상 그랬었다. 나이는 겨우 몇 살 위에 불과했지만 준상은 태어났을 때부터 형으로 태어난 듯했다. 어머니 없이 가정부 손에 자라는 동생을 안타까워했으며 회사 일에만 매달려 집안을 돌보지 않는 아버지를 대신해 지상을 돌보았다. 고등학교 때 그런 일이 터지고 아버지의 질타를 받는 지상을 감싸준 유일한 사람도 바로 준상이었다.

[아버지 너무 미워하지 마라. 말씀은 그렇게 하셨어도 널 믿고 계셨을 거야.]

"형……."

알고 있었던가, 지상이 스스로 아버지 앞에서 어지니 히릉히는 한심한 치가 된 이유를? 이현을 이번 일에서 배제하여 보호해 주고 싶었던 이유도 있었지만 그보다 더 지상을 충동질한 계기는 바로 우철이었다.

가장 예민한 사춘기 청소년 시절, 잠깐이나마 좋아했던 여자친구에게 뒤통수를 얻어맞고 상처받은 그의 영혼에 아버지는 대못을 박았다. 자신의 말을 믿어주지 않는 아버지를 향한 반항심에 지상은 십수 년을 허송세월하며 보냈다. 쓰레기처럼 행동하며 스스로를 망가뜨려 갔다. 어린 마음에, 그는 그게 자신에게 믿음을 주지 않은 아버지에 대한 복수라고 여겼었다.

그리고 그 고약하고도 멍청한 심리가 하필 어제 다시 발동했었다.

"또다시 그때의 일을 되풀이하고 싶은 거냐?"

절규하는 아버지, 우철의 말을 듣는 순간, 그는 제 안에 있던 수류탄의 안전핀이 떨어져 나가는 걸 느꼈다. 자폭하고 싶은 심정. 어제의 그가 느낀 심정이 바로 그랬다. 어릴 때부터 줄곧 아버지의 사랑과 관심을 갈구해 온 자신이 비참하고 어리석게 느껴졌다. 더 이상은 그의 아들이고 싶지 않았고 그 순간, 마음의 끈을 놓아버렸다.

하지만…… 놓아버렸다고 생각했던 마음의 끈은 눈을 감은 노인의 얼굴을 보자마자 다시 재생되었다. 어처구니없게도. 그게 핏줄이란 것인가? 쓰러지는 아비를 보고도 매정하고 냉정하게 대할 수 있을 거라 여겼던 그는 그러나, 울고 있었다. 겁에 질린 채.

"미안해, 형."

어제의 일을 떠올리며 지상은 조심스럽게 말했다. 그날 밖에서 두 사람의 대화를 듣고 있던 준상이 때맞춰 들이닥치지 않았다면 우철은 크게 잘못되었을 것이다. 그랬다면 지상 또한 온전히 못했을 것이다. 아비를 쓰러뜨리고 멀쩡할 수 있는 냉혈한이 지상은 못 되었다. 쓰러지는 그를 보는 것만으로도 지상은 거의 죽음의 문턱을 넘나드는 심정이었다.

[훗! 너도 그런 말을 할 줄 알아?]

수화기 안에서 준상이 픽 웃었다.

"형의 골칫덩이잖아."

[알긴 아네.]

"알지."

[너한테 미안하다는 말을 한 번쯤은 들어보고 싶었지만, 이런 식은 아니야. 난 네가 너무 죄책감 느끼지 않았으면 좋겠어. 어쩌면 이번 일이 전화위복이 되는 계기가 될 수도 있으니까 너무 괴로워 말았으면 좋겠다.]

"전화위복?"

지상도 따라 픽 웃었다. 웃기지도 않은 말로 그를 웃기려 드는 준상이 보기 아쓰러웠다.

"너무 위로하려고 들지 마."

[위로가 아니야. 언제든 터질 일이었잖아. 곪은 상처는 빨리 터뜨리는 게 좋은 거잖아. 잠깐의 아픔이 두려워 그냥 놔두면 썩어 문드러지기밖에 더 하겠냐? 난 너무 늦지 않은 시기에 터진 게 다행이라고 생각해. 아버지 상태가 저만한 것도 다행이고.]

"……괜찮으실까?"

[걱정하지 마. 아버지 그렇게 나약하신 분 아니다.]

"휴……."

깊은 한숨이 절로 나왔다. 그나마 다행이긴 하지만 이제 어떻게 해야 할지 막막했다.

[그나저나 너 류 팀장 비위에 거슬린 적 있냐?]

"뭐?"

류 팀장이라면 이현을 말하는 것. 무슨 소린지 지상은 촉각을 곤두세웠다. 이런 게 러브 바이러스라는 건가. 이현의 얘기가 나오자 자동으로 정신이 바짝 차려졌다.

[류 팀장 말이야. 갑자기 전화를 해서 당장 본사로 들어가게 해달라고 하잖아. 아직 광고의 추이를 지켜봐야 하지 않느냐고 해도 막무가내고. 도저히 아이캠에서는 근무할 수가 없다면서 발령을 안 내주면 회사를 아예 그만두겠다는 거야.]

"그만둬?"

지상의 표정이 단박에 굳어졌다. 그만두다니, 이런 말을 함부로 할 이현이 아니었다.

[물론 본사로 다시 끌어갈 수도 있지만 너도 알다시피 류 팀장, 발령낸 지 겨우 삼 개월이야. 아무리 신상품 출시 때문에 보낸 사람이라도 삼 개월 만에 다시 불러들인다는 건 좀 무리가 있다. 류 팀장한테 그 점에 대해서도 알아듣게 설명해 줬고.]

"그래서 뭐래?"

[막무가내야. 하루 지났지만 광고에 대한 반응이 상당히 고무적이긴 하다. 매출로까지 연결되면 좋겠는데. 그렇지 못하더라도 광고 아이템은 훌륭하다는 반응이야. 하지만 아무리 그래도 벌써 본사로 불러들인다는 건 좀…….]

"그래서 뭐랬어?"

[일단 나중에 다시 얘기하자고 그랬어. 회사를 그만두다는 사람한테 뭐라고 말하기도 그렇잖아.]

"내가 알아서 할게."

[혹시 넌 몰랐던 일이냐?]

물론 몰랐다. 함께 일하는 동안 한 번도 본사 이동에 관한 얘길 꺼낸 적이 없는 이현이었기에 지상은 지금 놀란 상태다. 안이하고 이기적인 생각이지만, 그는 당연히 이현이 아이캠에 눌러앉을 거라고 여겼다. 둘은 사귀는 사이이고 함께 업무에 임할 때도 호흡이 척척 맞아 일하는 게 즐거웠다. 지상은 그녀가 본사로 돌아가길 바란다는 낌새를 전혀 느끼지 못했다.

하지만 그녀를 탓할 수는 없다. 사람은 사람이고 일은 일. 쓸쓸하고 허전한 기분이긴 하지만, 그 자신을 위해 여자더러 야망을 죽이라 할 수는 없는 일이었다.

"아니, 대충은 알고 있었어."

[음, 그럼 다행이네. 네 선에서 일단 막아봐. 그래도 안 되면 내가 나서볼게. 류 팀장 능력있는 여자야. 그만한 사원 찾기 힘들다.]

"알아."

[좋아. 그럼 너만 믿는다. 오늘 병원에 가볼 거지?]

"응. 조금 있다가 오후에."

[그래. 그럼 병원에서 보자.]

그의 심정을 모르는 준상은 무거운 짐을 덜어낸 듯 홀가분하게 전화를 끊었다. 하지만 지상은 그러지 못했다. 일하기 힘든 컨디션임에도 불구하고 지상은 자리를 털고 일어났다. 샤워를 하고 옷을 갈아입고 시디신 오렌지 몇 조각으로 요기를 하고는 집을 나서면서도 그는 계속 류이현을 생각했다. 그녀를 대했을 때 서운한 감정을 드러내지 않기 위해 노력했다.

주차장에 차를 파킹하고 엘리베이터에 오르면서 그는 양 비서에게 연락을 했다. 그녀에게 류이현 팀장을 불러들이라는 지시를 내리고 지상은 서둘러 올라갔다. 하지만 집무실에 도착한 그에게 날아온 소식은 그의 기대와 사뭇 다른 것이었다.

"류 팀장님이 아직 출근 전이시랍니다."

불길한 소식이었다. 본사에서 당장 불러주지 않으면 회사를 그만두겠다고 으름장을 놓았다는 준상의 말이 머릿속을 뱅뱅 맴돌았다. 지상은 당장 그녀에게 연락을 했다. 개인 휴대전화로 통화를 시도했고, 그녀가 받지 않자 집으로도 전화를 걸었다. 하지만 그녀의 목소리는 들을 수 없었다. 기분 나쁜 징조였다. 그 뒤로 십 분에 한 번씩 통화를 시도했지만 상황은 같았다. 불길함은 점점 더해갔다.

거의 반미치광이가 된 상태에서야 지상은 벌떡 자리에서 일어났다. 오후 두 시. 퇴근하기엔 아직 많이 이른 시간이었다. 하지만 더 이상 가만히 앉아 이현과 통화가 되기만을 바랄 수는 없었다.

자리를 박차고 일어난 그는 그녀의 집으로 향했다.

제15장 | 내게 사랑은 너무 써

이현은 아침부터 종일 전화를 꺼놓고 있었다. 전화통에 불이 났지만 그의 전화를 받을 용기가 나지 않았기 때문이다. 전화를 받아 그가 뭐라고 말하는지 두고 보자는 생각도 잠깐 해봤지만, 그건 더 자신 없었다. 이겸과는 달리, 그녀는 연기에 소질이 없는 편이었다.

기분이 착 가라앉은 상태로 그때의 일을 생각하니 눈물이 앞을 가렸다. 어제부터 울었으니 이미 눈은 퉁퉁 부어 있었지만 불행히도 눈물은 멈추지 않았다. 인공지능이 탑재된 것처럼 눈물샘은 그녀의 기분에 따라 자동으로 흘러내렸다.

누군가가 찾아온 건 오전 열 시가 조금 넘었을 때였다. 지상이 아닐까 하는 기대감에 즉각 그녀의 심장이 뛰었다. 하지만 방문객은 지상이 아닌 민석이었다.

그가 아니라는 걸 안 순간, 그녀의 슬픔은 배가되었다. 준상을 통해 회사를 그만두겠다는 말을 흘려보냈는데도 지상은 꽤 넘치 않는다는 생각이 들자 상실감은 더욱 커졌다. 이미 그에게 자신은 지나간 애인에 불과한 것일까, 싶은 생각에 그녀는 절망했다. 하염없이 눈물을 흘리는 그녀를 민석은 가만히 안아줬다.

민석은 아무것도 묻지 않았다. 그녀 역시 어떻게 알았는지, 묻지 않았다. 물을 기운도 없었지만 다 너무 빤해서 물을 필요도 없었다. 그녀의 소식은 아마도 이겸에게 들었을 것이다. 회사는 월차를 냈을 것이고. 아무튼 그는 묵묵히 굳은 얼굴로 쌀로 죽을 쑤었다. 그리고 먹지 않겠다고 버티는 이현에게 귀찮을 정도로 먹도록 권해, 결국은 그녀가 몇 숟가락 뜨게 만들었다.

죽을 떠먹다가 이현은 또다시 울음을 터뜨렸다. 지상이 다른 여자와 헐떡이며 그 짓을 한다고 생각하니 미칠 것만 같았다. 가슴이 찢어지고 속이 울렁거렸다. 눈물이 흘러 앞이 보이지 않았고 울컥거리는 오열을 참고 있는 목구멍엔 심한 통증이 일었다. 그런 그녀에게 민석은 마음껏 울라고 했다.

그녀가 어느 정도 진정이 되자 민석은 외출을 시도했다. 나가지 않으려는 그녀를 억지로 데리고 나가 산책을 시키고 슬픈 영화도 두 편 보여주었다. 그녀가 기분 전환할 수 있도록 배려해주는 마음이 느껴져 이현은 고맙고두 미안한 미음이 들었다.

"고마워."

집으로 돌아오는 차 안에서 이현은 조용히 말했다. 어제부터 거의 24시간을 울어 젖힌 탓에 목소리는 많이 쉬어 있었다.

"고맙긴. 친구 좋다는 게 뭐냐?"

민석은 쓸쓸하게 웃었다. 비애가 느껴졌다. 그녀에게 친구일 수밖에 없는 현실을 그는 아프지만 받아들이는 모습이었다.

"넌 내가 밉지도 않니?"

"내가 널 왜 미워해야 하는데?"

"그냥."

그냥은 하고 싶은 말을 못하고 말머리를 빙 돌릴 때, 핑계를 댈 때, 하고자 하는 말이 생각나지 않을 때 하는 말이다. 민석은 피식 웃었다.

"잠깐 서운하긴 했지. 힘든 일이 생겼는데 가장 친한 친구라는 나한텐 입 꾹 다물고 혼자 끙끙 앓고 있었으니 말이야."

"민석아……."

물기에 젖어드는 이현의 말간 눈을 민석이 빤히 바라보았다. 그의 심정은 착잡했다. 쉽게 사랑에 빠져드는 타입이라고 여겼던 이현, 그래서 헤어짐을 극복하는 것도 그녀에겐 쉬웠다. 낙천적이고 낭만적인 성격 탓에, 인연이 아니었다는 말 한마디로 상황 종료를 외치는 애가 바로 이현이었다. 늘 그래 왔고 이번에도 그러리라고 여겼었다.

그러나 민석은 오늘 오전 그녀를 대하는 순간, 그게 자신만의 착각이었음을 깨달았다. 그동안 그녀가 이별을 쉽게 극복할 수 있었던 건 상대를 사랑하지 않아서였다. 헤어져도 아프지 않아서 아파하지 않았을 뿐이었던 것이다. 이 세상에 '쉽게 사랑에 빠지는 타입'이란 없다는 걸 민석은 다시금 뼈저리게 깨닫고 있었다. 더불어 자신은 그녀의 사랑이 될 수 없다는 것도.

"난 너 이해해. 친구잖아."

"고마워."

"쓸데없는 소리 집어치우고, 기운이나 차려. 그깟 놈 빨리 잊어버리고……."

순간, 이현의 촉촉한 눈망울에서 후드득, 맑은 액체가 떨어졌다. 심각한 말실수. 민석은 자신의 입술을 찢고 싶은 심정이 되었다. 내내 이지상에 대한 직접적인 언급을 의식적으로 피해왔던 자신이 이런 실수를 하다니, 민석은 지그시 입술을 깨물며 욕설을 내뱉었다.

"미안. 그 새끼 얘긴 안 하는 건데."

"……."

"근데 사실인지 아닌지, 확인은 해봤어?"

이현이 고개를 저었다. 울음을 참느라 덜덜 떠는 입술이 안타까웠다. 가슴이 저며 민석은 거친 한숨을 내쉬었다.

"하긴 확인해 보나마나지. 그 개자식 평판으로 누군들 안 꼬시겠어? 나쁜 자식!"

텅 소리가 나도록 핸들을 두 손으로 내려치며 민석은 높음 지주했다. 상처받은 이현 앞에서 이러면 안 된다는 걸 알면서도 자제가 안 됐다. 쉽지 않은 일이었다. 갈비뼈 안쪽에 자리한 심장이 갈기갈기 찢기는 기분으로 민석은 분노했다. 놈을 만나면 죽도록 패줄 거라, 장담하고 각오했다.

이현의 아파트 앞에 차를 세운 민석은 운전석에서 내렸다. 달리는 차 속에서 북받치는 설움과 슬픔을 어느 정도 진정시킨 이현은 민석이 열어주는 차 문 밖으로 순순히 나왔다. 이렇게 힘들 때 옆에 있어주는 친구가 있다는 사실이 그녀에겐 참 고맙고 뿌듯한 일이었다.

'이런 남자를 사랑해야 했는데……'

민석은 훌륭한 남자다. 편하고 유쾌하고 자상하다. 한때는 민석과 같은 남자를 남편감으로 생각했던 적도 있었고, 실제로 아주 잠깐 민석과 결혼하는 상상을 해본 적도 있었다. 하지만 지금은 생각이 다르다.

두근거림과 떨림, 온몸을 삼켜 버리는 본능적 욕구와 짜릿한 전율.

그걸 맛본 이현은 더 이상 민석을 최고의 반려자라고 여기지 않는다. 여길 수 없었다. 남녀 관계에서 열정이 존재하지 않는다면, 그건 이미 사랑이 아니란 걸 배웠기 때문이다. 밋밋한 관계는 더 이상 이현에게 사랑으로 느껴지지 않았다.

불행한 일이다.

"들어가서 쉬어라."

민석이 이현의 어깨를 부드럽게 문지르며 달래듯 타일렀다.

"그냥 가려고?"

"따라 들어가고 싶지만 그냥 가련다."

"왜? 차라도 한 잔 마시고 가. 나 때문에 오늘 회사까지 쉬었는데."

"말만한 처녀가 하는 소리 봐라. 이 밤중에 여자 혼자 사는 집에 남자가 어떻게 들어가?"

"핏! 네가 남자냐?"

민석에 대한 고마움을 이현은 농담으로 전했다. 얼굴 전체가 퉁퉁 부어 번들번들해진 주제에 배시시 웃어 보이는 친구가 안쓰럽기도 하고 대견하기도 해 민석은 짧게 미소했다. 그리고 그녀의 몸을 잡아당겨 가볍게 포옹했다. 토닥토닥 어깨를 두드려주고 등을 쓸어주며 그는 친구에게 힘을 실어줬다.

"내일 보자. 아침에 데리러 올게."

"음……."

회사를 그만둘 거라고 말해야 할까, 말아야 할까, 이현은 순간 고민했다. 준상에겐 본사로 들어가게 만들어달라고 말하긴 했지만, 그건 그게 쉽지 않으리라는 걸 알면서 일부러 요구한 거였다. 그녀는 회사에 출근할 생각이 없었다. 언젠가 한 번쯤은 지상과 마주쳐야 한다는 걸 잘 알면서도 지금 당장은 그러고 싶지 않았다. 아직 그를 보면서 태연할 자신이 그녀는 없기 때문에…….

"이게 누구신가? 영업기획팀 윤민석 씨 아닙니까?"

너무나도 익숙한 목소리가 그녀의 생각을 방해했다. 깊고 부드러우면서도 위험스러울 정도로 낮은 음율. 누구의 것인지 이현은 단번에 알아챘다. 머리카락이 쭈뼛, 위로 곤두서는 느낌에 온몸이 일순 경직됐다. 숨 쉬는 것도 잊은 채 이현은 뒤를 돌아봤다.

그가 있었다. 여전히 멋있는 모습으로, 한 치의 흐트러짐도 없는 단정하고 깔끔한 모습으로 그가 서 있었다. 철렁 가슴이 내려앉자 이현은 뜨거운 숨을 가쁘게 내쉬기 시작했다. 팔딱팔딱 뛰는 그녀의 맥박을 느낀 듯 민석은 이현의 등에 두르고 있던 손에 힘을 주었다. 그리고 이현의 고개마저 품속으로 이끌었다. 불안해하는 그녀의 시야를 가로막기 위해서이리라.

이현을 꽉 껴안은 자세로 민석은 지상을 노려보았다.

"사장님께서 여긴 웬일이십니까?"

태연히 묻는 민석은 그러나, 온몸에서 적의를 내뿜고 있었다. 지상 역시 그것을 느낀 듯 심기 불편한 티를 숨기지 않았다.

"그건 내가 묻고 싶은 말인데. 윤민석 씨, 여긴 어쩐 일입니까?"

"제 여자 친구 집이 이 아파트입니다."

지상은 살기 섞인 시선으로 민석을 찔러보았다. 날카로운 그의 눈동자는 가로등과 별빛에 의지한 어둠 속을 완벽하게 지배하고 있었다. 그 싸늘하고 위압적인 공기를 피부로 느끼며 민석은 더욱더 이현을 꽉 껴안았다.

"그래? 내가 아는 여자도 여기 사는데. 그것참 우연이로군."

'내가 아는 여자'라고? 과연 두 사람이 단지 '아는' 수준의 사이였는지 민석은 심히 의심스러웠다. 그랬다면 이현이 이렇게까지 울고 아파하지 않았을 것이다. 비겁한 놈. 민석은 이를 악물며 속으로 중얼거렸다.

"그러십니까? 놀랍군요. 전 그럼 이만 가보겠습니다. 제 여자 친구가 지금 몸이 좋질 않아서……."

"닥치고 손 떼."

민석의 이죽거림을 지상은 참을성없이 잘랐다. 상대는 이현의 가장 친한 친구이자 윤 실장의 아들이지만 더 이상은 도저히 견딜 수가 없었다. 놈의 품에 파고드는 이현의 모습을 보는 순간, 이미 그의 이성은 제구실을 하지 못했다. 신경이 파열되는 소리를 들으며 지상은 분연히 다가가 이현의 팔목을 붙들었다.

"아악!"

민석이 어찌해 볼 틈도 없이 이현은 눈 깜짝할 새에 지상의 품으로 쏙 들어왔다. 그녀의 더운 입김이 얇은 드레스 셔츠를 통해 전달되었다. 당황한 이현이 빨딱 고개를 들었지만 무시무시한 지상의 표정에 아무 소리도 하지 못했다. 그는 스스로 생각해도 무서울 정도로 매섭게 민석을 노려보고 있었다.

"이 개새끼! 뭐 하는 짓이야!"

순식간에 이현을 빼앗긴 민석은 거칠게 소리치며 지상을 향해 달려들었다. 그의 품에 안겨 바들바들 떠는 이현을 보자 민석도 제정신이 아니었다. 하지만 그는 곧 지상의 한 손에 목을 잡혔다. 예쁘장하고 여린 생김새와는 달리 지상은 꽤나 힘이 셌다. 온몸 구석구석의 매력적인 근육들이 결코 장식품이 아님을 증명하듯 그는 단숨에 민석을 건물 벽 쪽으로 밀어붙이고 그의 숨통을 바짝 조였다.

"캐캑!"

목울대가 심하게 눌리자 민석이 컥컥거렸다. 지상은 위협적으로 나직이 읊조렸다.

"남의 것을 탐내는 건 나쁜 버릇이지, 친구."

마치 움직이는 잇새로 상대를 씹기라도 하듯 지상의 말투는 잔인했다. 그러나 민석은 그의 사나운 기세도 두렵지 않은 듯 눈 하나 꿈쩍하지 않았다.

"이…… 개자식! 너 이 새끼, 지금 이…… 현이가 네 거라고 말…… 할 자격이 있…… 다고 생각해?"

"입 닥쳐. 더 이상 나불거리면, 아무리 이현이 친구라도 용서 안 해."

"뭘 모르…… 나 본데, 이현인 너…… 따위 놈이 넘볼 애…… 가 아니야! 너같이 멍청…… 한 자식이 이용해 먹고 버릴 하…… 찮은 애가 아니라고. 걘……!"

"입 다물라고 했지!"

지상이 움켜쥐고 있는 민석의 목을 들썩였다. 시멘트 벽 위로 민석의 등과 머리가 쿵 닿았다. 심하게 부딪친 건 아니었지만 목과 몸 전체가 눌린 상태로, 그 고통은 심각해 보였다. 아니나 다를까, 민석이 통증에 못 이겨 신음을 흘렸다. 지상의 갑작스런 출연에 정신을 못 차리고 있던 이현은 그제야 무슨 일이 벌어지고 있는지 깨달았다.

그녀는 다급하게 소리쳤다.

"그만 해요!"

멈칫. 지상이 고개를 돌려 그녀를 보았다. 엷게 그어진 그녀의 쌍꺼풀이 보이지 않을 정도로 퉁퉁 부은 얼굴로 그녀가 이쪽을 보고 있었다. 짙게 깔린 어둠 속에서 마치 귀신처럼 허연 그녀의 얼굴은 초췌했다.

'도대체 무슨 일이 있었던 거야, 류이현?'

의문은 꼬리를 물고 지상을 괴롭혔다. 왜 종일 연락이 안 되었는지, 왜 이 시간에 민석과 함께 있는 것인지, 또 왜 지상을 보고 이렇듯 놀라는지?

그를 본 그녀는, 당연히 반가워해야 했다. 그게 정상이다. 한 달 넘는 시간을 매일 만나 데이트를 즐긴 두 사람이 아니던가? 외출하지 못하면 회사에서라도 만나 얘기하고 즐거운 시간을 보냈다. 함께 있는 것만으로도 좋아 일하면서도 행복하다고 느꼈던 두 사람이다. 그런 그들이 만 이틀을 꼬박 만나지 못했다. 그리고 처음 대면하는 것이다.

그런데 그녀는, 그녀의 반응은 실망스럽게도 '두려움'이었다. 그녀는 그를 두려워했다. 만나는 것 자체를 꺼리고 있다.

"민석아, 넌 그만 가줘."

"류이현!"

"가줘."

메마른 목소리로 그녀는 선언하듯 말했다. 더 이상의 반론은 허용하지 않겠다는 굳은 결심이 드러났다.

"하지만……."

민석은 망설였다. 분노하고 있는 지상을 이현 혼자 감당할 수 있을지 의구심이 들었다. 겉보기엔 똑똑하고 제 앞가림 잘할 것 같지만 실은 그렇지 못한 이현이 헐크로 변한 이 남자를 어떻게 상대할 수 있겠는가? 그녀는 바람 앞 촛불처럼 위태로워 보이는데…….

"꺼져."

지상이 고개를 까딱이며 비웃었다. 거들먹거리는 기색이 완연한 그의 태도에 분기가 일었지만 민석은 참았다. 이현이 도와달라는 절실한 눈빛으로 자신을 바라보고 있었기 때문이다. 그녀는 이 이상 시끄러워지는 걸 바라지 않는 것 같았다. 조용히 말로 해결해 보겠다는 건데. 과연 그럴 수 있을지 민석은 의문스러웠다. 정말 이현은 혼자서 이 괴물 같은 놈을, 더럽고 치사하고 비열한 놈을 상대하겠다는 것일까?

'제발 이쯤 해줘, 민석아.'

간절히 빛나는 그녀의 눈빛이 그렇게 말하는 것 같았다. 민석은 부글부글 끓는 성질을 간신히 자제하며 뒤를 돌았다. 어찌 됐든 두 사람이 해결을 봐야 할 부분들이 있긴 있으니 그는 자리를 피해줘야 했다. 제발 아무 일도 없길 바랄 뿐이었다.

민석이 탄 차가 자리를 뜨자 그가 한 걸음 다가왔다.

"도대체 어떻게 된 거야? 어디 갔었어? 왜……."

"거기 그대로 있어요."

이현은 그가 다가오는 걸 거부했다. 이 문제를 냉철하게 따지고 넘어갈 예정이었다. 사랑해, 어쩌고 하는 미사여구에 혹해서 무뇌아처럼 유야무야 넘어갈 생각은 추호도 없었다. 그렇지만 이현은 자신의 이성을 신뢰할 수 없었다. 아직은, 그에 대한 실낱같은 희망을 그녀는 갖고 있었다. 이런 상태로는, 만약 그가 다가와 끌어안고 키스하며 그럴싸한 말로 둘러붙이면 쉽사리 넘어가 버릴지도 몰랐다.

"무슨 일이야? 왜 그래?"

재촉하던 발걸음을 멈칫, 멈추며 지상이 물었다.

"어젠 왜 아무 말도 없이 퇴근했어요? 전화는 왜 꺼놨고?"

"아, 그거? ……화났구나?"

당연히 그녀는 화났다. 하지만 화를 내고 싶진 않았다. 지금은 냉정을 찾아야 할 때. 사건의 진상이 어떤지 알아내야 했기에 폭발할 것 같은 심정을 그대로 노출해서는 안 된다고 그녀는 생각했다.

"어디 갔었어요?"

단도직입적으로 그녀는 물었다. 제발, 아파트에서 여자와 흥건히 뒹굴던 남자가 그가 아니길 간절히 바라고 있었다.

"어제?"

"네. 계속 전화했는데 안 받았잖아요. 무슨 일이 있었던 거예요?"

제발…….

'집이라곤 말하지 말아줘.'

참혹하리만치 절실히 그녀는 바랐다. 하지만 자신의 말이 떨어지자마자 그의 표정이 흔들리는 걸 이현은 목격하고 말았다. 그리고 그 순간 설마, 아닐 거야, 하는 조급한 마음들이 단번에 흩어져 버렸다.

철렁. 그녀의 심장은 무겁게 내려앉았다.

"미안해. 어제 조금 피곤해서 그냥 퇴근했어. 쉬고 싶었어, 혼자……. 그러니까…… 긴장이 풀렸다고 해야 하나? 왜 있잖아, 그런 거. 몇 달 동안 한 가지 일에만 몰두하고 그래서 신경이 잔뜩 곤두서 있었을 때 나타나는 현상. 그런 경우엔 일이 다 끝나고 나면 탈진하기도 하고 그러잖아. 내가 어제 그런 상태였어."

그가 피곤했었다는 건 인정한다. 일하는 사이사이 그녀가 쪽잠을 자도록 배려하는 대신, 그는 날밤을 새는 일이 허다했으니까. 하지만 말없이 사라진 건, 아직도 이해하지 못했다. 무슨 일이든지 함께 의논하고 결정했던 그들 사이에 말 못할 일이 뭐가 있다고, 한 마디 말도 없이 사라진단 말인가? 연인 사이엔 용납이 안 되는 문제였지만, 지금이라도 없어진 이유와 행선지만이라도 밝힌다면 그걸로 족하다고 그녀는 생각했다.

"그래서? 그래서 어디로 갔는데요?"

그녀는 다그쳤다.

"집이에요?"

아니라고 말해, 아니라고!

"집이지 뭐. 내가 가긴 어딜 가겠어."

우르릉 쿵! 세상이 무너지는 소리가 들렸다.

"전화는 아마 진동으로 되어 있었을 거야. 그래서 몰랐나 봐. 자고…… 있었거든."

이번엔 눈앞이 캄캄해졌다. 이현은 쓰러지지 않으려고 기를 썼다. 후들후들 무릎이 떨려왔지만 악으로 버텼다. 이대로 그의 앞에서 무너질 수는 없었다. 그렇게 마지막 남은 자존심까지 헌신짝처럼 버릴 수는 없었다.

"미안해. 어젠 같이 있어주려고 했는데 너무 피곤했어."

고개를 떨어뜨리고 이현은 한참이나 침묵했다. 불안한 기색이 완연한 지상의 시선을 애써 피하며 생각하고 또 생각했다. 이걸 물을까, 말까……. 고민하고 또 고민했다. 그리고 지루할 정도로 긴 침묵을 깨고 그녀는 물었다.

"집이 아니죠?"

집요하게 물어오는 이현을 지상은 불안한 눈빛으로 바라보았다.

'뭘 얼마나 알고 있는 거지?'

그는 집에 있지 않았다. 그는 어제 이 회장의 호출을 받아 그를 만나기 위해 자리를 비웠었다. 여당 수뇌인 진석진으로부터 협박성 전화를 받고 그제야 이번 일을 알게 된 이 회장은 길길이 날뛰었다.

우상이 이삼 년 전, 들춰지다 조심스럽게 사그라진 탈세 사건으로 인해 진석진의 손아귀에서 놀아나고 있었다는 사실은 지상도 어제야 알았다. 사건을 무마해 주는 대가로 지금까지 어마어마한 정치자금을 대주고 있다는 것도. 평소, 진석진의 일이라면 조그만 일에도 신경을 바짝 곤두세우는 이 회장이 늘 미스터리였던 지상은 바로 어제 준상을 통해 그 이유를 알게 되었다. 왜 이 회장이 CL미디어를 고집스럽게 우겼는지도.

"집에 안 갔잖아요. 어디로 갔어요?"

"잤다니까. 쉬고 싶어서 퇴근했는데 어딜 갔겠어? 집으로 가서 그냥 잤지."

"정말 어제 집으로 갔어요? 그 빌라?"

이현은 필사적으로 그의 행적을 캐물었다.

"못 믿겠어?"

제발 그냥 아무 말 없이 믿어주었으면 싶었다. 그는 어제 있었던 일을 말하고 싶지 않았다. 아버지가 쓰러진 일을 알게 되면 이현은 굉장히 자책할 것이다. 게다가 이번 일로 회사가 어마어마한 위기에 부닥치게 되었다는 걸 알면!

"혼자 갔어요?"

"뭐?"

처음엔 그녀가 무슨 말을 하는지 몰라 눈만 끔뻑거렸다.

"집에. 혼자 갔었냐고요, 어제."

목구멍이 뻑뻑한지 겨우 침을 집어삼키며 이현은 고통스럽게 물었다. 집에 혼자 갔었냐고? 혼자 가지 그럼 누굴 데리고 가나? 일순 지상의 표정은 굳었다. 그리고 다음 순간, 그는 깨달았다. 그녀가 묻는 질문의 요지를. 그녀가 뭘 의심하고 묻는 건지를.

'아, 이런!'

순간, 지상은 땅으로 꺼져 버리고 싶은 충동을 느꼈다. 서른 둘 인생을 살면서 지금처럼 비참했던 적이 있었을까? 아니, 없었다. 아버지로부터 강간범으로 몰렸을 때에도 이런 기분은 아니었다. 마치 자신이 한 줌도 안 되는 먼지 같은, 하찮고 비루한 존재인 것처럼 느껴졌다. 실제로 그를 바라보는 그녀의 눈빛은 더러운 벌레를 보는 듯했다. 호되게 뺨을 맞은 듯 얼얼한 감각이 지상을 서서히, 그러면서도 완벽하게 포위했다.

"뭐라고?"

그는 무의미하게 되물었다. 그녀가 왜 묻는 건지, 뭘 묻는 건지 알면서도 바보처럼 물었다. 아니길 바라며, 아니라고 말해주길 바라며.

"혼자였냐고요."

하지만 애석하게도 그녀는 여전히 같은 질문을 반복하고 있었다. 아! 젠장맞을! 욕설을 삼키며 지상은 고개를 뒤로 젖혀 하늘을 봤다. 미친 듯이 질주하는 심장을 다잡기 위해선 부처 수준의 이성이 필요했다.

"뭘 상상하는 거지?"

심장이 너덜너덜 찢겨지는 처참한 기분에 지상은 거친 숨을 몰아쉬었다.

"설마, 내가 다른 여자를 만나고 있었을 거라고 상상하는 거야?"

"아닌가요?"

"아니야."

단호하게 그는 답해줬다. 절망에 찌든 이현의 안면에 약간의 화색이 돌았다. 하지만 그것도 잠시. 그녀의 얼굴에는 다시금 절망과 의심이 내려앉고 있었다. 이번엔 처음 것보다 더욱 강력한 놈이었다. 불신. 그녀는 지금 지상을 믿지 않고 있었다.

그녀는 알까, 자신이 던진 질문 하나가 이지상이란 인간을 얼마나 깊은 나락으로 떨어뜨리고 있는지? 그녀가 자신을 의심하리란 생각은 꿈에도 하지 못했던 지상이다. 그는 그저 이현이 자책하고 괴로워할 걸 걱정했을 뿐이다. 그녀가 모든 걸 자신의 탓으로 돌리고 신념마저 꺾어버리는 실수를 저지를까 봐 그는 노심초사했다.

몇 년 동안 무기력하게 이 회장과 이사회에 휘둘리며 살아온 자신의 전철을 이현까지 밟게 할 수는 없었다. 경영에 재능이 있고 두뇌가 탁월하며 진취적인 이현을 통해 지상은 자신이 못 다 한 경영혁신을 이룩하고 싶었다. 그렇게 함으로써 이현의 꿈을 펼칠 수 있는 기회를 주고 싶었다. 정말로. 그래서 모든 걸 숨겼는데. 이 회장이 쓰러진 사실도, 회사가 위태로운 상태로 준상의 손에 떠넘겨진 비상시국이란 것도.

하지만 그에게 돌아온 건 불신이었다. 그녀 역시 아버지인 이 회장처럼 그를 믿지 못하고 있었다. 하긴 피와 살을 나눈 아비 조차 믿지 못하는 탕아를 어느 여자가 믿어주겠는가. 이현의 반응은 어쩌면 당연한 것일 수도 있다. 그에 대해서 떠도는 수많은 소문들 중 99.9%는 여자에 관련된 내용이니까. 어느 누구든 자신의 순수성을 완벽하게 믿을 순 없을 거라고 지상은 생각했다.

그러나 그는 이현은, 이현만큼은 자신을 믿어줄 줄 알았다. 어리석게도…….

"거짓말하지 말아요. 당신이 집으로 갔다면 혼자가 아니었을 거예요."

너무나 확신에 찬 그녀의 말투. 그는 좌절했다. 이현이 자신을 의심하고 있다는 걸 생각하기만 해두 죽고 싶을 만큼 고통스 러웠다. 그녀에게 믿음을 심어주지 못한 건 모두 자신의 탓이었 지만, 그럼에도 아팠다. 무조건적으로 믿어주지 않는 그녀가 아 쉽고 미워졌다.

"믿어주지 않겠단 말이군."

"내가 믿게끔 설명해 봐요."

단호한 어조로 그녀가 답했다. 이제 그는 인정해야 했다. 이현의 기획으로 만들어진 광고가 우상그룹에 어떤 영향을 미치고 있는지, 그리고 그 여파로 이우철 회장이 쓰러져 병원 신세를 지고 있다는 사실을 말해야 했다. 불신의 벽 앞에서 이런 선의의 거짓말은 아무 의미가 없었기 때문에.

그러나 그는 쉽게 말할 수 없었다. 입술이 떨어지지 않았다. 그가 무슨 말을 해도 이현은 믿지 않을 것만 같았다. 적어도 지금은, 신뢰가 무너진 지금은 그가 아무리 해명하려고 해도 그녀는 변명으로 받아들일 거였다.

동맥이 쿨럭쿨럭 미친 듯이 날뛰었다. 심장이 최대 박동수를 기록하며 그는 온몸이 흉기로 난도질당하는 듯한 고통에 휩싸였다. 그는 점점 자포자기하고 있었다.

슬픔, 비애, 좌절. 그 많은 것들이 폭풍처럼 그를 휘저었고, 이현을 만난 이후로 서서히 꼬리를 감추었던 '삐딱이' 기질이 고개를 내밀기 시작했다.

"왜 내가 어제의 일을 설명해야 하지?"

"뭐요?"

"말하고 싶지 않아."

냉정하게 그는 결론지었다.

"그건, 그 말은, 여자랑 같이 있었단 말인가요?"

"……."

일부러 답하지 않았다. 아무래도 믿어주지 않을 그녀에게는 그 어떤 설명도 하고 싶지 않았다. 삐딱이. 어릴 때부터 준상은 그를 늘 삐딱이라고 놀렸다. 하지 않은 일에 대해 누군가로부터 의심을 받으면, 남들처럼 자신을 변호하거나 항변하지 않고 오히려 하지 말라는 짓을 더하는 게 지상의 스타일이었기 때문이다. 여학생을 임신시켰다는 누명을 썼을 때도 그랬고, 지금도 그렇다.

그는 의심이라면 이젠 지긋지긋했다. 사랑받고 싶은 사람에게서 의심을 받는다는 게 얼마나 괴로운 일인지 그만큼 잘 아는 이도 없을 것이다. 악당이라고 해도 좋으니 이젠 상처 같은 거 받고 싶지 않았다.

"혹시…… CL미디어의 그 여사장이야?"

이현의 추측은 끝 간 데 없었다. CL미디어의 사장과는 사업적으로 세 번, 사석에서 한 번 우연히 마주친 게 전부인 그로서는 어이없는 질문이었다. 하지만 이현은 처음부터 CL미디어 여사장과의 관계를 미심쩍어했었다. 그걸 기억해 낸 지상은 허탈하기 짝이 없었다. 그녀에게 지상은 겨우 '그렇고 그런 놈'에 불과했던 것이다.

"예상 한번 끝내주는군."

분노가 용솟음쳤다. 그것은 혈류를 따라 전신을 미친 속도로 떠돌아다녔다. 그리고 지상을 붉게 물들었다.

"그건 무슨 뜻이에요?"

충격받은 듯 그녀는 얼빠진 표정으로 지상을 바라보았다.

"무슨 뜻인지 알려주길 바라?"

"그게……!"

그녀가 확보해 놓은 거리는 다리가 긴 그에게는 겨우 한 발자국 정도밖에 되지 않았다. 그는 성큼 다가가 거친 그녀의 숨결을 그대로 사로잡았다.

"흡!"

지체없이, 그의 혀끝은 당당하고도 잔인하게 그녀의 입속을 찔러 들어왔다. 헉 소리와 함께 더운 입김이 그녀 입술을 타고 흘렀다. 그러나 그의 강력한 입술을 저지할 수는 없었다. 힘찬 두 팔이 그녀의 허리를 붙당기자 이현은 금세 지상의 다리 사이에 포위되어 버렸다. 지상은 그녀가 굴욕을 느끼고 있다는 걸 알면서도 이현의 몸을 붙들고 가파른 굴곡을 만들고 있는 그의 아랫부분에 대고 비볐다.

앞으로 나갈 수도, 뒤로 빠질 수도 없는 상황으로부터 이현은 몸부림쳤다. 너무나 분해 부릅뜬 눈동자 위로 눈물이 그렁그렁 맺혔다.

'젠장!'

욕설을 내뱉으며 지상은 이현의 몸을 던지듯 떼어냈다. 밖으로 빠져나가려고 안간힘을 쓰던 이현의 몸은 멀리 튕겨졌다. 비틀거리는 그녀를 잡아주고 싶었지만 지상은 불끈 주먹을 쥐었다.

"어때, 미모의 이혼녀로부터 받아온 레슨이?"

히죽 비웃어줬다. 쾌감이 느껴지길 바라며.

"이…… 미친놈!"

그를 찢어죽이고 싶을 만큼 강한 증오심을 느끼며 그녀는 소리쳤다. 그녀는 예상대로 괴로워하고 있다. 그가 맛본 비참함을 그대로 맛보고 있었다.

"마음에 들지 않나 보지? 이거 유감인걸. 모두 널 위한 건데."

순간, 그는 자신을 걱정하는 척하며 의심하고 배척했던 아버지가 떠올렸다. 그가 했던 말이 바로, '모두 널 위한 거다'였다.

"당신을 사랑했어요. 남들이 뭐라 해도 난 당신을 믿었다고요!"

'끝까지 믿지 그랬어.'

음울한 눈으로 지상은 울부짖는 그녀를 뚫어져라 노려보았다.

"아파서 그런 거라고, 아픈 데 아픈 거 표현 못하는 사람이라 그런 거라고, 그렇게 생각했었다고요. 그런데…… 아니네요? 아니었네요? 내가 잘못 생각했던 거네요? 내가 바보였네요……."

그녀가 울었다. 그 고운 눈에서 눈물이 뚝뚝 떨어졌다. 쉴 새 없이 흘러 두 볼을 적시고 턱 밑으로 떨어졌다. 그가 원하던 바, 그대로였다.

아! 이놈의 우라질 심장. 그의 심장이 또다시 미친 듯이 날뛰기 시작했다. 쾌감이 느껴져야 하는데, 고대하던 쾌감은 오지 않고 찌릿한 아픔만이 그를 찔렀다. 뇌마저 썩혀 버릴 것 같은 고통이 악취를 풍기며 그를 공격했다.

"여기서 끝내요……."

떨리는 손으로 눈물을 훔치며 그녀가 말했다. 철렁, 가슴이 무너지는 소리를 지상은 들었다. 마음 깊은 곳, 어느 한곳이 부서지고 뭉개지는 기분. 정말 이대로 끝내자는 걸까, 그녀는? 과연 사랑하는 사람을 이렇게 쉽게 포기할 수도 있는 걸까? 아무 미련 없이, 너무나도 과감히 그를 떠나겠다고 말하는 그녀를 보며 지상은 망연자실했다.

모든 게 혼란스러웠다. 그라면, 이 상황이 거꾸로 되어 이현이 다른 남자와 뒹굴었다 해도 그는 상관하지 않을 수도 있을 것 같았기에 더 그랬다. 껍데기라도 아예 못 갖는 것보단 나을 텐데, 헤어질 생각은 엄두도 내지 않을 텐데. 한데 그녀는…….

"당신을 계속 볼 자신이 없어요."

그는 침묵했다. 그러나 그 침묵은 고통에 허덕이는 침묵이었다. 몸의 감각이 서서히, 하나씩 죽어가고 있는 기분으로 그는 이현을 처절히 응시했다. 그녀는 결연한 눈으로 그를 올려다보았다. 파르르 떨리는 입술. 그녀는 제법 야무지게 그에게 쏘아붙였다.

"사표는 우편으로 보낼게요."

실질적인 이별 선언을 한 그녀는 망설임없이 뒤를 돌았다.

과연 이대로 괜찮은가, 그의 내부가 강력한 반발을 일으켰다. 당장 잡으라고, 돌아서는 여자를 붙들라고 그의 이성이 아우성쳤다. 하지만 이미 심장은 싸늘히 식어가고 있었다. 그냥 알아주길 바랐다. 말하지 않아도 그녀가 알아주길, 결백을 믿어주길, 사랑을 알아봐 주길 그는 바랐다.

하지만 그녀는 끝내 뒤를 돌아보지 않았다.

마지막 남은 희망마저 짓이기며 그녀의 뒷모습을 삼킨 아파트 입구를 그는 처연히 바라보았다. 애초, 변명 따윈 하지 않으리라 생각했지만…….

가슴은 무너졌다.

제16장 | 어디선가 익숙한

고요히 타고 있는 시가를 입 안 반대쪽으로 자리를 옮기며 사빈은 걸어오는 여자를 유심히 관찰했다. 한 번 본 사람은 절대 잊는 법이 없을 뿐 아니라 정확히 기억해 내는 그에게 생애 최초의 혼란이 찾아온 것이다. 어딘가 굉장히 익숙한 이미지였다. 낯설지는 않지만, 그렇다고 딱히 어디서 봤는지 떠오르지 않는. 답답함에 짜증마저 일었다.

여자의 이름은 류이현. 지상을 사랑에 빠지게 만든 장본인이다. 과연 그녀는 지상이 홀딱 반할 만했다. 첫눈에 반할 정도로 출중한 절세미인은 아니지만 꽉 다문 입술이나 시원시원한 이마, 고전적인 아미, 단아한 걸음걸이는 그녀가 여리면서도 강단이 있는 내유외강의 스타일이라는 걸 알 수 있었다. 저런 스타일은, 그도 겪어봐서 알지만 남자를 정신 못 차리게 하는 경향이 있었다. 한 번 빠지면 헤어나기 힘든 늪처럼 말이다.

문득, 일주일 전의 술자리가 떠올랐다. 여자 때문에 아버지와 다투었다는 지상을 두고, 그와 재혁을 비롯한 재벌 2세 일당들은 드디어 사랑의 덫에 걸렸다며 축배를 들었다. 밤새 술을 마시며 사빈과 일당은 십여 년간 지상을 얽매고 있던 여성혐오증이란 놈을 무용지물로 만들어 버린 묘령의 여인에 대해 캐물었다. 어떤 여자인지 손톱만큼의 정보라도 좋으니 알아내고 싶었다. 궁금했으니까. 지상의 얼음장 같은 마음을 단번에 녹여 버린 장본인이 과연 어떤 여자인지 너무나 궁금했으니까.

하지만 실패했다.

소개해 달라는 요청도 거절당했고, 하다못해 멀리서 딱 한 번만 보게 해달라는 부탁에도 지상은 튕겼다. 그들처럼 악명 높은 색광들 앞에 소중한 피앙세를 내보일 수 없다는 미명하에. 물론 그들은 말도 안 된다며 항의했지만 지상은 막무가내였다. 결혼식 이전엔 절대로 류이현이란 여잘 만나게 해줄 수 없다고, 아예 못까지 탕탕 박았다. 그랬는데…….

그로부터 일주일이 지난 지금 지상은 이띤 모습인가?

지상은 일주일째 출근을 하지 않고 있었다. 뿐만 아니라, 귀가도 하지 않았다. 아무리 혼자 사는 썰렁한 집이라도 일주일 이상 들어가지 않은 적은 없었는데. 출근도, 집에도 들어가서 않은 채 그는 줄곧 술만 마셔대고 있다. 그의 클럽, '오비완'은 지상의 이런 모습에 통째로 놀라고 있었다.

한 번도 보인 적 없는 그의 흐트러진 모습은 일부러 스스로를 망치기로 작정한 듯 끔찍했다. 뭐, 언제는 안 그랬냐마는 이번엔 조금 달랐다. 아버지에게 하던 유아스러운 반항의 차원이 아니었다. 물론 자신을 망가뜨리며 자학하는 것도 썩 어른스러운 반항은 아니지만, 그래도 달랐다. 겉으로 드러내 보이기 위함이 아닌, 진짜 자학. 그는 진짜로 살고 싶지 않은 것 같았다.

"이준상 사장님께서 보내신 분인가요?"

류이현은 손님이 몇 안 되는 카페에 들어서자마자 곧바로 사빈을 향해 걸어와, 정중히 물었다. 성인 남자는 카페에 사빈 혼자뿐이라, 달리 준상의 심부름꾼으로 오인받을 인물이 없었다. 사빈은 한쪽 입술을 끌어 올려 씩 웃으며 자리에서 일어났다.

"맞는 것 같군요."

"맞는 것 같다니…… 요?"

거대한 사빈의 덩치에 놀란 듯 동그랗게 눈을 뜬 여자는 유령처럼 초췌했다. 아무래도 이 여자 또한 지상과의 이별로 심한 가슴앓이를 하고 있는 것 같다는 예감이 불쑥 찾아들었다. 그렇다면 심히 다행스러운 일이다.

'그나저나, 너무 익숙한 얼굴인걸? 어디서 봤지?

사빈은 여자의 인상을 유심히 훑었다. 뭔가 떠오를 것 같으면서도 생각나지 않는, 답답함이 그의 이맛살을 찌푸리게 했다.

"앉으시죠."

"먼저 말씀해 주세요. 맞는 것 같다는 게 무슨 의미죠? 이준상 사장님께서 보낸 분이 아니세요?"

물론 아니다. 류이현의 존재는 재혁으로부터 들은 정보 몇 가지를 짜깁기해서 알아낸 것이었고, 그녀의 집 전화번호는 사빈의 개인 정보통을 통해 알아낸 거였다. 그리고 일주일 동안 거의 두문불출하는 류이현과 대면하기 위해선 준상의 이름을 팔수밖에 없었다. 준상 또한 동생을 위한 일이라면 자신의 이름쯤팔아도 상관없다고 했다. 직접 그가 전화를 걸어주는 수고까지불사했으니, 손발이 척척 맞았다고 할 수 있겠다.

"준상이 형이 말한 사람이 나인 건 틀림없습니다. 그러니 우선 앉으시죠."

"준상이 형……."

그의 말을 멍하게 따라 중얼거리는 여자는 그 조그만 머리로뭔가 열심히 추리하고 있는 모습이었다. 머리통에 불나겠군.

종업원이 물 두 잔과 메뉴판을 들고 다가왔다. 일행이 오면그때 한꺼번에 주문하겠다며 주문을 미뤄뒀던 사빈은 종업원이물잔을 채 다 세팅하기도 전에 무뚝뚝하게 말했다.

"커피 주세요."

"같은 걸로요."

그녀 역시 방해자는 달갑지 않은 모양. 간단한 주문으로 들러붙는 종업원을 즉각 따돌리는 센스를 발휘했다.

"제 이름은 김사빈입니다."

그녀가 자리에 앉자 그도 따라 앉았다. 못미더운 눈총이 그의 면상을 따라왔다. 그녀의 찡그린 얼굴에는 살피는 기색이 완연했다. 겁먹은 것 같다는 생각에 사빈은 일부러 부드러운 미소를 지어 보였다. 사빈 인생에 여자 앞에서 이렇게 사근거리긴 처음이라 어색하기 짝이 없는 미소였지만.

"류이현이에요. 제 이름이야 물론 아시겠지만."

여자의 말투는 싸늘했다. 연약하고 순진해 보이는 이 여자는 의외로 센 상대일 것 같다는 불길한 예감이 들었다.

"좋아요. 대략 돌아가는 상황은 눈치 채신 것 같군요."

"이준상 사장이 회사 일 때문에 보낸 게 아니란 건 알고 있습니다."

뻣뻣하기가 각목 수준. 지상은 이런 여자에게 무엇 때문에 목을 매는 걸까? 나긋나긋하고 애교 만점의 여인네들이 줄을 서서 기다리는데 말이다. 하긴 여자가 이렇게 드세고 뻣뻣하니 지상이 홀랑 넘어간 것일 수도. 야리야리한 미소를 띠며 호의적으로 접근하는 여자들을 하나같이 의심, 경계하던 지상이었으니. 지난번, 나이트클럽에서 만난 여자들도 착착 감기는 맛은 없었던 걸로 사빈은 기억하고 있었다. 하지만 지상은 그중 하나를 찍었고 화끈한 키스를 퍼부으며 주위를 놀래게…….

'가만! 이 여자!'

사빈은 부리부리한 두 눈을 치떴다. 빌어먹게도 이 여잔 그때 그 여자가 거의 확실하다. 그의 기억력이 갑자기 치매 수준으로 저하된 게 아니라면 말이다. 그럼 지금껏 지상이 찾고 싶다던 여자는 류이현……?

'도대체 이 여자, 뭐야? 왜 자신의 정체를 숨기고 있는 거야? 지상이 자기를 찾고 있었다는 걸 알고나 있을까? 뭐가 뭔지, 참.'

머릿속이 복잡해졌다. 류이현이란 여자가 지상이 찾던 여자란 걸 알게 되자 의문점이 한두 가지가 아니었다. 지상은 자신이 사귀고 있는 여자가 라일락 향기의 여인이라는 걸 왜 모르고 있는지, 이 여자도 지상이 누군지 모르는 건지, 알고 있다면 왜 사실을 밝히지 않고 여기까지 온 건지.

"이보세요, 사람을 찾아왔으면 말씀을 하세요. 그렇게 노려보고만 있지 말고요. 용건이 뭐예요?"

당돌하게 여자는 물었다. 귀여웠다, 확실히. 지상이 언젠가 했던 말이 떠올랐다.

"당차고 뻣뻣해. 너무 뻣뻣해서 귀여울 정도야."

그때가 언젠지 정확한 시기는 생각나지 않지만 확실히 그런 비슷한 말을 했었다. 그리고 동시에 묘령의 여인을 찾고 싶다는 말도 했었던 것 같다. 그리고 최근까지 그는 그 여자를 찾지 않았고 결국에 찾기를 포기했다. 류이현은 사람따기 때문에 피시는 잊고 싶다는 이유였었다. 그런데 바로 그 류이현이 라일락 향기의 주인공이라니!

'이 여자 흥미롭군. 머릿속이 궁금해.'

피식. 사빈은 웃었다. 이제, 조직에 잠시 몸담았었고 지금은 수많은 어깨들을 데리고 거친 유흥업소를 운영해 가는 그만의 관록을 총동원해야 할 때. 상대를 주눅 들게 만드는 특유의 덩치와 비열한 미소로 그는 중무장했다. 이제부터 그녀를 상대로 모든 걸 알아내고 말리라.

"서로 구면인데 편하게 합시다."

"뭐라고요?"

류이현은 아직 모르고 있었다, 그가 누구인지.

"지상이한테 왜 접근했습니까?"

"지상……? 접근이라고요?"

"접근했으면 좀 더 우려먹을 것이지 왜 벌써 손을 뗀 거죠?"

"당신 누구죠? 무슨 소릴 하고 있는 거예요?"

여자는 눈을 부라렸다. 하지만 그녀의 순수성을 구별해 내기엔 아직 부족했다. 사빈은 좀 더 밀어붙이기로 했다.

"솔직히 지상이가 좀 호락호락하긴 하죠. 겉으로 보기엔 얼음왕자인데, 조금만 자세히 들여다보면 녀석처럼 마음 약한 애가 없어요. 정에 약하고, 또 굶주려 있고. 그렇다고 그걸 이용해서 애를 그 지경으로 만든 건 비겁한 행동 아닙니까? 도대체 목적이 뭡니까?"

"이봐요! 제대로 말하란 말이에요! 이런 식으로 전후 사정 다 빼고 말하는 법이 어디 있어요?"

히스테릭한 여자의 반응은 흔들리고 있다는 게 역력히 보였다. 하지만 부족했다, 여자의 진실을 알아내기는. 많이. 사빈은 여자의 허를 찌르기로 했다.

"아직도 기억나지 않습니까?"

흠칫. 여자가 놀란다. 그가 무슨 말을 하는지는 여전히 모르는 것 같았지만 불안한 모습이었다. 누구든 켕기는 게 한 가지쯤은 있기 마련. 막연히 불안한 것일 터다. 사빈은 좀 더 상대를 압박했다.

"난 지상이의 친구입니다. 조그마한 클럽을 운영하고 있죠."

뜬금없는 사빈의 말에 여자는 순간이지만, 잠시 얼굴을 찌푸렸다.

"들어본 적 있을 겁니다. Obi—Wan(오비완)이라고. 스타워즈에 나오는 제다이, 오비완 케노비의 이름을 딴 거죠."

"허—업!"

사빈이 평탄한 어조로 대수롭지 않게 '오비완'을 소개하는 말에 이현은 거칠게 숨을 들이쉬었다. 사빈을 이해할 수 없는 눈으로 바라보던 그녀의 눈동자가 순식간에 경악과 두려움으로 일렁거렸다.

'오, 이런. 쯧쯧……'

안쓰러울 정도로 여자는 놀랐다. 놀라는 이유가 궁금할 정도로 그 강도는 셌다.

"기억나십니까?"

"그, 그때 그⋯⋯."

"그 자리에 있던 사람, 맞습니다."

숨이 턱턱 막히는지 계속 헙헙, 가슴을 들썩이며 심호흡을 하던 여자는 차가운 냉수를 붙들고 단숨에 벌컥벌컥 마셨다. 여자의 조막만한 얼굴이 대번에 벌게졌다. 다른 사람들에게 알리고 싶지 않다는 뜻일가, 아니면 자신의 속셈이 드러나게 되어 수치스럽다는 것일까?

"그러셨군요."

신경질적으로 입술을 핥으며 여자는 중얼거렸다. 많이 침착해진 모습. 짐짓 평정을 되찾은 것 같지만 그에겐 여전히 불안정해 보였다. 시선도 산만하게 흐트러졌고, 손마디도 계속 꼼지락거리는 것이 뭔가 대단한 사실이 밝혀질 것 같다는 강렬한 예감도 들었다.

"언제부터 알고 계셨나요?"

잠시 마음을 진정시킨 그녀는 각오한 듯 물었다. 그녀의 얼굴에서 묻어나는 비장함에 사빈은 생뚱맞게 푸훗, 웃음을 터뜨릴 뻔했다. 그녀는 그가 모든 걸 알고 찾아왔다는 걸 한 점 의심하지 않는 눈치였다. 이 여자를 속이기란 누워서 떡 먹기보다도 쉬워 보였다. 사빈은 최대한 진지한 어조로 고개까지 끄덕여 가며 신중히 말했다.

"사실…… 방금 알았어요."

"아, 그렇군요."

여자가 꿀꺽 침을 삼켰다. 가느다란 목울대가 꿈틀 움직이는 걸 바라보며 사빈은 나른한 미소를 지었다. 여자는 매우 긴장해 있었다. 지상을 감쪽같이 속여 넘긴 여자치곤 너무 약한 모습이 아닌가 싶을 정도로.

"왜 말하지 않았습니까? 지상인 최근까지 '클럽에서 만난 여자'를 찾고 있었어요. 찾고 있던 여자가 당신이란 걸 알았다면 무척 좋아했을 겁니다. 녀석은 그때의 일로 죄책감 비슷한 감정을 갖고 있었고, 그래서 괴로워하고 있었어요. 혹시나 강제적인 폭행이 있었던 건 아닐까, 아이라도 생긴 건 아닐까."

"그, 그런 일은…… 없었어요. 전 그 당시 자발적이었고 지상 씨가 누군지도 알고 있었거든요."

예상했던 답. 역시 이 여잔 모든 걸 계획했던 걸까? 그렇다면 왜 지상을 갑자기 떠난 거지? 여자는 여전히 닥친 상황에 적응하지 못한 듯 더듬더듬 말을 이어갔다.

"그때 우린 아무 일도 없었어요. 마지막 순간에……."

"중단되었군요."

"네. 제정신이 든 거죠. 지상 씨도 술기운에 곯아떨어졌고요."

"아아……."

사빈은 그때의 상황을 대충 안 것 같았다. 지상이 그날이 일

을 기억 못하는 것은 당연한 일일 듯싶었다. 결정적인 순간 일
도 치르지 못하고 쓰러져 잠들었다니. 보통 술에 취한 상태가
아니면 그럴 수 없었다.

"다시는 만날 일이 없을 거라고 생각했어요. 찾을 생각도 없
었고, 지상 씨가 나를 찾을 거라고도 물론 생각하지 않았어요."

점점 평심을 되찾아가는 듯 그녀는 침착하게 지난 일들을 얘
기했다. 언제 처음 그를 보게 되었는지, 그를 도와달라는 이 회
장의 요청에 왜 응했는지. 지상을 처음부터 좋아했었다는 흥미
로운 사실과 그보다도 더 흥미로운 과정들을 들으며 사빈은 더
욱 조바심쳤다.

도대체 왜 이 여잔 지상을 걷어찬 걸까?

"예?"

커피를 입에 대고 목을 축이던 남자는 사레가 들린 듯 캑캑거
렸다. 뜨거운 커피를 홀짝이려는 순간 깜짝 놀라 다량을 들이킨
모양이었다. 전기충격 받은 듯 번쩍 눈을 뜬 그는 마치 외계인
이라도 본 것처럼 괴상하게 얼굴을 일그러뜨렸다. 우람한 근육
질 몸매의 남자가 몸을 움츠리고 뜨거운 커피에 덴 입술에 고통
스러워하는 모습은 정말로 우스꽝스러웠다. 심각한 이야기를
심각하게 하고 있는 이현은 순간, 웃음을 터뜨릴 뻔했다. 어이
없게도.

"그럴 리가요. 이현 씨가 잘못 안 겁니다."

정말로 어이없다는 듯, 남자가 황망히 중얼거렸다. 이내 심각해지는 그의 태도. 이현은 뭔가 미심쩍은 점을 감지했다. 그는 그럴 리가 없다고 말하면서도, 그럴 리가 있을 가능성이 아주 없는 건 아니라고 여기는 거였다. 이현은 가슴이 미어졌다.

"제 귀로 똑똑히 들었는데요."

"귀로 똑똑히 들었다고요? 그럼 두 눈으로 직접 목격한 건 아니란 말이죠?"

남자가 굵은 눈썹을 높게 휘며 놀라움을 표했다. 갑자기 '이 사람이 지상의 친한 친구다'는 자각이 들었다. 지상은 자신의 친구들에게도, 가족에게도 그녀를 숨겨왔었다. 아니, 그렇다고 여겨왔었다. 그래서 이현은 너무나 많이 서운해했고 그 저의마저 의심했었다. 그런데 이 남자는 그녀를 알고 있었다. 분명히 사빈은, 지상이 이현과 사랑에 빠졌다고 말했다. 그렇다면 지상의 친구들은 그녀의 존재를 모두 알고 있었다는 말이 된다.

의구심이 몽실몽실 피어올랐다. 도대체 뭐가 어떻게 된 걸까? 친구들에겐 류이현을 사랑하게 됐다고 하면서, 다른 한편으론 여자를 품었던 걸까? 절친한 친구들에게까지 여자관계를 숨겼던 걸까? 왜? 무슨 이유로?

"그 더럽고 역겨운 광경을 내가 왜 지켜봐야 하죠? 그랬더라면 아마 난 토해 버렸을 거예요."

그의 침실에서 헐떡이며 신음하던 여자. 꿈에도 보길 원치 않은 그에 대한 기억이 떠오르자 이현은 치를 떨며 이를 악물었.

다. 이에 질세라, 사빈은 거무스름한 얼굴을 잔뜩 구기며 망치처럼 단단하고 무시무시한 주먹으로 꽝, 탁자를 내려쳤다.

"듣는 것과 보는 건 상당한 차이가 있습니다. 그 남자가 지상이 아닐 수도 있잖아요. 어떻게 듣는 것만으로 그렇게 확신할 수 있습니까? 지상이를 사랑했다면서 걜 그렇게도 모릅니까? 지상인 그런 놈 아닙니다."

친구가 연인을 저버린 파렴치한으로 몰리는 게 기분 나쁜 듯 그의 눈매는 가늘어졌다. 덩치만큼이나 이목구비도, 행동도 큼직큼직한 남자는 '사빈'이라는 여성적인 이름과는 대조적으로 거칠게 그녀를 몰아붙였다.

"그럴 만한 이유가 있었어요."

"아무리 그럴 만한 이유가 있었더라도 그렇죠. 지상일 믿었어야죠. 사랑한다면서 사랑하는 사람을 믿지 못한다는 게 말이 됩니까? 지상인 자길 믿어주지 않는 사람들 때문에 깊은 상처를 받은 녀석입니다."

"그때 상황을 당신은 몰라요! 그 사람은 지상 씨였어요. 아닐 이유가 없다고요."

"물어봤습니까? 지상이가, 제 입으로 자기가 그랬다고 말했어요?"

"그건……."

차마 물어볼 수 없었다. 물어볼 가치도 없었지만, 물으려야 물을 수도 없었다. 그 일을 입에 올리느니 차라리 죽고 말지 싶

어서였다. 하지만……. 강력히 지상의 결백을 주장하는 사빈을
대하며 이현은 점점 자신이 잘못한 게 아닐까 하는 생각이 들었
다. 정말 아닐 수도 있다는 생각이 커져 갔다.

"거긴 지상 씨 집이었어요. 다른 사람들이 들어와서 그런 짓
을 벌일 이유가 없다고 생각했어요."

"집이라고요?"

뭔가 이상한지 그가 물었다. 하지만 이현은 숨도 쉬지 않고
얘기를 계속했다.

"목소리론 도저히 간별해 낼 자신이 없었고 들어가서 얼굴을
확인하는 짓도 역겨워서 못했어요. 겨우 한 건, 지상 씨에게 여
자와 함께 있었냐고 묻는 것뿐이었어요. 그리고 지상 씬……."

"시인했나요?"

"지상 씬……."

시인했다고 생각했었다. 그는 이혼녀에게 받아온 레슨이 어
떠냐며 잔인하게 키스했고, 그걸로 이현은 모든 상황을 단정 지
었다. 하지만 과연 그게 시인이라고 할 수 있을까? 목에 불쾌하
고 찜찜한 이물질이 걸린 것마냥 답답하고 숨이 막히기 시작하
자 이현은 거칠게 숨을 몰아쉬었다.

"아니죠?"

"하지만 그 사람은……."

"아니라고도 하지 않았을 겁니다."

이현은 저절로 숙여지는 고개를 불쑥 들었다. 사빈의 끝 모를

검은 눈동자가 그녀를 뚫어지게 바라보고 있었다. 모든 걸 다 알고 있는 눈. 그 눈은 해답을 찾은 듯 확신에 차 있었다. 조바심이 난 이현은 입술에 힘을 주었다. 초조하면 나오는 버릇, 윗니로 아랫입술을 쥐어뜯으며 그녀는 마른침을 집어삼켰다.

"모르겠습니까? 지상인 세상 사람들이 뭐라 해도 당신만 믿어주면 그만이라고 여겼을 겁니다."

"내가 믿어주지 않아서 화가 났단 말인가요? 그래서…… 하지도 않은 일을 했다고 내게 말했단 말이에요?"

그랬다면 얼마나 좋을까! 이현은 사빈의 입술을 뚫어지게 바라보았다. 그가 뭐라고 말할지 너무나 궁금했다. 지상이 자신의 애정을 배신한 천하의 악당이 아니길 이현은 바랐다. 제발, 지금이라도 좋으니 모든 걸 돌이킬 수 있길 바라고 또 바랐다.

일주일이라는 시간은 그녀에게 고문이었다. 매시, 매초, 그녀는 점점 더 많이 고통스러워졌다. 어디 하소연할 곳도 마땅치 않았다. 다혈질인 이겸이 알면 가만있지 않을 거고, 그럼 공인의 입장으론 상당히 곤란한 지경에 빠질 수 있었기에 그에겐 아무 말도 못했다. 친구들의 위로는 더 더욱 기대 못했다. 프로젝트의 빠듯한 일정을 소화하기 위해서 정신없이 일했기에 사생활은 전혀 갖지 못했고, 그 탓에 친구들에겐 지상과 사귀었던 사실조차 말할 기회가 없었던 것이다. 그녀의 뼈아픈 이별을 아는 이라곤 겨우 민석 혼자뿐이었다. 하지만 그에겐 아픈 모습을 보일 수 없었다.

민석이 자신에 대해 어떻게 생각하고 있는지 잘 아는 마당에, 아픈 모습을 어떻게 보이겠는가. 미안해서 그럴 순 없었다. 그래서 그에겐 더 자주 웃으려고 했고 기운 다 차린 듯 잘 먹기도 했다. 비록 그가 집으로 돌아가면 곧바로 토해 버린 게 수차례였지만.

그에게 배신당했다는 현실이 그녀에겐 너무나도 큰 아픔이었다. 그리고 그 아픔은 아침이면 으레 눈을 뜨게 되는 자신이 너무나도 싫게 만들었다.

"지상인 그런 놈이에요. 애 같죠. 과거의 많은 일들이 녀석을 그렇게 만들었어요. 누구라도 지상과 같은 상황에 처하게 되면 그럴 수밖에 없을 겁니다. 그놈은 자신의 결백을 항상 주장해야만 했어요. 가장 중요한 아버지의 신뢰를 얻지 못했고, 그래서 늘 애정과 신뢰를 구걸해야만 했죠. 나이가 들어가면서 시들해지긴 했지만, 그런 트라우마는 쉽게 사라지지 않는 법입니다. 지상인 항상 주변사람들의 관심을 갈구해 왔어요."

지상의 아픈 과거를 직접 그의 입을 통해서 들은 바 있는 이현이었다. 그때의 기억이 한꺼번에 밀려오자 이현은 콧날이 시큰해짐을 느꼈다.

"저를 낳아준 엄마를 죽이고 태어난 나 같은 놈이 또 있겠어? 제 아버지한테도 버림받은 놈. 하!"

기억났다. 술에 잔뜩 취해 중얼거리던 그 악몽 같은 말들. 어린 마음에 얼마나 상처를 입었을까? 가족의 따사로운 정을 한 번도 느껴보지 못한 소년. 그 소년이 느껴야 했을 지독한 외로움과 고립감이 고스란히 이현의 가슴속으로 파고들었다. 심장이 갉아먹히는 듯한 고통을 느끼며 이현은 씀벅거리는 눈자위를 손바닥으로 꾹 눌렀다.

"그럼 지상 씨 빌라에 있던 사람들은 누구란 말이에요? 나도…… 지상 씨를 의심해서 믿지 않았던 거 아니에요. 무엇으로도 설명될 수 없는 그 정황을 당신은 이해 못한다고요. 난…… 나도 절망했다고요……."

간간히 끊어지는 말투로 이현은 겨우겨우 말했다. 울고 싶어졌다. 일주일 동안 묻어두었던 이별의 아픔이 다시금 그녀를 괴롭혀 왔다. 모든 게 빨리 끝나기를, 그녀는 바라고 원했다. 필사적으로.

"거기에 있었던 사람들, 누군지 알 것 같습니다."

이윽고 무겁고 어두운 목소리로 사빈이 말했다. 이현은 양손에 묻고 있던 고개를 살짝 들었다. 펼쳐진 손가락 사이로 사빈의 무표정이 보였다. 그의 생각을 가늠할 수 없었다. 무슨 말을 하려는 건지, 무슨 의도로 말하려는 건지.

"재혁이라고, 우리 친구예요. 지상이 아니었을 겁니다."

"그게 무슨! 아니 왜, 친구가 지상 씨 집에서……."

경악한 이현을 사빈은 심란한 얼굴로 바라보았다. 그리고 약간은 씁쓸한 듯 입맛을 다시며 조용히 말했다.

"재혁이가 요새 부모님한테 미행을 당하고 있어요. 애인과 헤어지지 않으면 사업은 물론 집안과의 인연도 끊겠다는 협박도 함께요. 그래서 몰래 만날 곳을 찾고 있었는데, 지상이네 집이 딱이었죠. 평소 집에 붙어 있는 시간이 거의 없는 지상이라서 낮엔 마음대로 쓸 수 있거든요. 또 예전에 재혁이가 지상이네 집엘 곧잘 들락거려서 재혁이 부모님도 별로 의심을 안 했고요."

그 자리에서 이현은 그대로 얼어붙었다. 수초 동안 숨도 쉬지 못했다. 뒤죽박죽이었던 머릿속이 하얗게 비어지고 아무 생각도 할 수 없었다. 완전포맷 상태.

이현은 숨죽여 속삭였다.

"그럼 그때 지상 씬 어디에 있었던 거죠?"

즉시 사빈은 신속하면서도 정확히 사정을 설명해 나갔다. 그는 시종일관 매우 침착한 태도를 유지했다. 그러나 그의 건조한 음성을 듣는 이현은 끝내 울음을 터뜨리고 말았다.

그날 오후, 이현은 준상을 찾아가 사건의 진상을 확인했다.

제17장 | Love & Affection

사람은 누구나 이별을 맛본다.

만약 누군가 '나는 평생 단 한 번도 이별을 경험한 적이 없다'라고 말한다면, 그것은 아마도 거짓말일 것이다. 모든 만남엔 이별이 필수적으로 따라붙는다. 누군가를 만나면 언젠가는 헤어지는 것이고, 이별은 만남이 있었기에 생기는 통과의례다. 특히나 태어나면서부터 어머니를 잃은 그에게 이깟 이별이 대수일 수는 없다. 열 달간 희생과 사랑으로 자신을 품어준 어머니의 배를 가르고 태어난 이지상이란 놈은 어쩌면 처음부터 피도 눈물도 없는 악당이었을 것이다.

"쓰레기. 인간 말종. 어머니를 죽이고 태어난 악마 새끼."

지상은 자학하듯 중얼거리며 쓰러졌다. 오늘 밤도 역시 그는 폭주했다. 이현에게 달려가 엎드려 빌고 싶은 마음을 다스릴 수 있는 것은 술밖에 없었다. 마시고 또 마셔 정신을 놓고 싶을 만큼 그는 절실한 상태였다. 하지만 이상한 일이지? 아무리 마셔도 정신이 말짱했다. 요기는커녕 먹지 않으면 금단현상까지 일으켰던 오렌지조차 입에 대지 않고 줄창 술만 마셔대는데도, 의식은 그대로였다.

정말 환장한 일이다.

"제장……."

서글프게 욕설을 중얼거리자니 눈가가 시큰거린다. 뜨거워져 곧이라도 눈물이 흐를 것 같다. 그러나 그녀 때문에 울 수는 없다. 그의 자존심이 결코 허락지 않는다. 지금까지 달려가지 않고 버틴 것이 어딘데, 이제 와서 이렇게 허물어질 수는 없다. 그녀 없이도 수십 년을 살아왔는데 이딴 헤어짐을 견디지 못할 리 없다고 그는 생각했다.

하지만 석 달 동안 그녀가 끼친 영향은 상상외로 컸다. 하루도 못 가 그는 이현의 존재가 얼마나 큰지 깨달았다. 자신에게는 이현이 필요했다. 그녀의 환한 웃음이, 그녀의 따스한 격려가, 그녀의 뜨거운 키스를 그는 너무나도 긴절히 원했다. 오렌지보다도 더, 어머니에 대한 그리움보다도 더, 아버지에 대한 죄책감보다도 더. 일주일 동안, 주야장천 술만 퍼마시며 지상은 점점 한계에 가까워져 가고 있었다. 지상은 자신이 얼마 버티지 못할 거란 걸 인정할 수밖에 없었다.

덜컹.

누군가가 문 여는 소리가 그를 일깨웠다.

'여기가 어디지?'

순간, 몽롱한 정신으로 지상은 주위를 둘러봤다. 천장과 벽들이 모두 검붉은 색으로 치장이 되어 있고 울퉁불퉁 기괴한 얼굴 모양의 양각조각들이 다닥다닥 붙어 있는 곳. 이곳은 Red Room이라 이름 붙여진 '오비완'의 사장실이었다.

맞다. 집에 들어가지 않은 게 벌써 일주일째. 그는 회사도 출근하지 않고 이곳에 처박혀 시간을 죽이고 있었다. 배슬배슬 실없는 웃음이 흘렀다. 탁자 위에 대자 모양으로 뻗어 있던 상체를 지상은 흐느적거리며 일으켜 세웠다. 머리가 띵하니 울리자 그는 찔끔 눈을 감았다.

"모시고 왔습니다."

가늘게 뜬 눈 사이로 흰 와이셔츠와 까만 조끼, 황금색 타이가 들어왔다. 지상만의 외로운 파티를 방해한 이는 '오비완'의 종업원이었다. 사빈의 명령으로 그를 방해하지 않고 있던 종업원들이 웬일로 들이닥친 걸까? 지상은 지끈거리는 머리를 털썩 소파에 기대고는 다시 눈을 감았다.

"뭐야?"

"모시고 왔습니다."

술이 떡이 되게 취해 말귀를 못 알아듣는 지상을 위해 종업원이 인내심을 발휘했다.

"누굴?"

누굴 데려오라고 했던 적이 있었나? 기억에 없다. 물론 그의 기억을 전적으로 믿어서는 안 된다. 모든 걸 잊어버리기 위해 술을 마시고 있는 그가 뭔가를 기억할 수 있을 거란 기대는 어불성설이다. 지상은 피식 웃으며 종업원의 대답을 기다렸다.

"그럼 좋은 시간 되십시오."

좋은 시간 되십시오? 말 뒤끝이 살짝 올리는 종업원 특유의 어투는 뭔가 이상했다. '다 안다'는 말투라고나 할까? 그 좋은 시간이라는 게 남녀 간의 은밀한 즐거움을 뜻한다는 걸 지상은 본능적으로 캐치했다. 번쩍 눈이 떠졌다. 자신이 여자를 부탁한 적이 있었던가? 의구심이 들었다.

"누가 보냈어?"

목소리 톤을 조금 높였더니 머리가 울렸다. 상어 눈알만한 자갈들이 머릿속을 따글따글 돌아다니는 기분이었다. 잔뜩 찌푸린 얼굴로 그는 입구를 노려보았다. 하지만 종업원은 이미 자취를 감추었고 한 여자가 쭈뼛쭈뼛 걸어 들어오고 있었다.

크림색 블라우스와 일자형 검정 베이직 스커트. 여자는 전형적인 오피스 복장을 하고 있다. 그러나 스커트 아래에서 뾰족한 힐까지 쭉 뻗은 매끈한 종아리는 스타킹을 신지 않고 있었다. 실핏줄과 푸른 동맥이 들여다보일 정도로 얇은 피부가 선명해다. 나지를 흥분시기는 듯 도빌 힘이민시노 야한 색김.

지상은 무언지 알 수 없는 야릇한 기분으로 여자의 뒷모습을 쫓았다. 이 기분은 뭐지? 낯설지도 않고 거부감도 없는 이 기분. 한 번도 느껴보지 못한 기분이었다. 아니, 한 번도 느껴보지 못한 것 같기도 하고, 아닌 거 같기도 하고. 도저히 뭐가 뭔지 알 수가 없었다.

'젠장! 이놈의 술.'

모든 걸 알코올 탓으로 돌리며 지상은 혼란스러운 머리를 휙휙 내저었다. 일주일 동안 씻지도, 먹지도 않은 그의 몰골은 엉망이었다. 이런 더럽고 초췌하고 한심스러운 그에게 여자를 보내다니. 어떤 놈인지 제정신이 아닌 게 분명했다. 재혁이든 사빈이든, 잡히면 멱을 따주겠다 이를 갈며 지상은 불끈 주먹을 쥐었다.

"야, 너. 누가 보냈어?"

지상이 까칠하게 물었다. 이미 여자를 돌려보내겠다고 작심한 후였다.

"필요없으니까 나가."

더듬더듬 그는 양복 재킷을 찾았다. 여자를 돌려보내려면 적당한 돈을 쥐어줘야겠다는 생각이었다. 룸 어디쯤에 재킷을 던져 놓았을 텐데.

"……안녕하세요?"

안녕하세요? 요새 클럽에서 이런 말을 건네는 사람은 거의 없다. 지상은 여자를 올려다보았다. 흰 종아리를 따라 날랜 허리를 지나는 그의 눈매는 가늘어졌다. 뭔가 대단히 찜찜한 기분. 자꾸 이 상황이 익숙하게 느껴졌다. 이런 걸 데자뷰 현상이라고 하던가? 꿈에서 본 것 같기도 하고, 언젠가 이런 일을 경험했던 것 같기도 하고.

"……!"

따가운 시선으로 여자의 찰랑거리는 머리카락을 훑어 올라간 지상은 순간 헙, 깊은 숨을 들이쉬었다. 잘못 본 걸까? 저 여잔!

"류이현?"

꼬부라진 혀끝은 다리미질한 것처럼 반듯하게 펴졌다. 있을 수 없는 일을 제 눈앞에서 벌어진다면 누구나 바짝 긴장하게 되는 것. 그는 류이현을 완벽하게 닮은 여자를 뚫어져라 바라보았다.

"이…… 현……."

정말 이현을 너무 닮았다. 순간, 이현이 되돌아온 줄 알고 심장이 멎어버리는 줄 알았다. 하지만 정말 이현이라면 이렇게 어정쩡한 자세로 멀뚱히 서 있기만 할 리는 없었다. 이현이 아닌 게 분명하다고 여기며 지상은 여자를 빤히 바라보았다.

"나갈까요?"

어깨를 으쓱하며 여자가 물어왔다. 목소리……. 이현과 핀박이었다. 도대체 이건 뭐지? 꿈인가? 이해할 수 없는 일의 연속. 지상은 거칠게 숨을 몰아쉬었다.

"나갈까요?"

『그냥 나갈까요?』

그의 귓가에서 다른 소리가 울렸다. 같은 말이지만, 다른 상황에서 다른 톤으로 말하는 여자의 목소리였다. 기억날 듯 말듯. 마치 잠재된 기억 속에 차곡차곡 저장되어 있던 꾸러미가 살짝 풀린 것 같았다. 기시감의 홍수 속에서 그는 미간을 바짝 좁히고 주름진 뇌를 쥐어짰다.

희미한 안개를 걷어낸 자리에는 사빈의 Red Room이 있었다. 재벌 2세 일당 대여섯이 오랜만에 모여 술을 마시는 자리였다. 그들은 늘 하던 대로 모니터를 통해 찜한 여자애들을 지목해 만남을 주선하기로 했고, 사빈은 얌전하면서도 쾌활해 보이고 그러면서도 싸구려 같지 않은 한 무리를 찍었다. 그리고 룸으로 부킹되어 들어온 두 명의 여자들.

그 자리에 있던 일당들은 다들 화들짝 놀랐더랬다. 여자들은 모니터를 통해 봤던 것보다 훨씬 더 나이가 들어 보였던 것이다. 그렇다고 완전히 꽝이라고 볼 수는 없지만, 그들이 평소 상대해 왔던 이십대 초반의 푸릇푸릇한 아이들과는 사뭇 달랐다. 나름 신사라고 자칭하는 녀석들이라 초청되어 온 여자들을 그냥 내보낼 수도 없고. 친구들은 무척 당황해했다. 그 모습에 술에 취해 흐느적거리면서도 지상은 키득키득 웃기에 바빴다.

"그냥 나갈까요?"

그때 한 여자가 매우 실망스러운 듯 중얼거렸다.

"아우! 무슨 그리 섭한 말씀을. 이쪽으로 와요."

한동안 어찌할 바 모르고 딱 굳어 있던 원석이 벌떡 일어나며 소리쳤다. 분위기를 반전시켜 보려고 무진장 노력하는 모습에 지상은 또 한 번 낄낄거렸다. 하지만 원석의 노력에도 불구하고 분위기는 점점 더 경건해지고 있었다. 나이는 먹었지만, 무지 순진무구해 보이는 두 여자들이 쭈뼛쭈뼛 자리를 이동하는 모습은 사내들의 사타구니를 후줄근하게 만들기에 충분했다. 놀 맛이 싹 달아났다고나 할까?

그 분위기를 깬 건 철회였다. 녀석은 세희상사의 둘째아들로 여자 밝히기로 소문난 녀석이었다. 녀석은 여자들 무리 중 가장 소극적으로 뵈는 여자를 지목했다.

"야! 너, 치마 입은 애. 너 마음에 든다. 넌 이리 와라."

"예?"

구석에 박혀 남들 눈치만 보고 있던 여자는 놀란 토끼마냥 눈을 휘둥그레 떴다. 하는 모양새가 부킹은커녕 이런 클럽도 처음 온 듯 촌스러웠다. 취향인 '화끈한 스타일'과는 정반대의 여자를 지목한 철회에게 이목이 집중됐다. 지상 역시 철회를 돌아보았다. 그리고 시선을 돌려 여자를 보았다.

여자는 마치 비 맞은 아기 새마냥 바들거렸다.

"녀, 이리 와. 넌 이제부터 내 기다. 이무도 긴드릴 싱긱 마."

왜 그랬는지 지금도 알 수 없었지만, 그 여자를 본 순간 지상은 저도 모르게 그렇게 말하고 말았다.

"녀……!"

섬광처럼 빠르게 그의 전신을 관통하는 깨달음.

순간 지상은 번쩍 고개를 들었다. 이현을 닮은 이 여자, 익숙한 장면, 익숙한 대화. 이건 단지 꿈에서 봤던 한 장면이 아닌, 실제로 그에게 있었던 일이었다. 희뿌연 안개로 덮여 버린 망각의 강바닥으로 처박혀 버린 진실, 바로 그것이었다.

류이현…….

라일락 향의 여자는 바로 류이현이었던 것이다.

단박에 이현은 그가 기억을 떠올렸다는 걸 알아보았다. 그는 마치 번개를 맞은 듯 경악스러운 표정으로 그녀를 바라보고 있었다. 충격이 이만저만이 아닌 모양이었다.

그도 그럴 듯하다. 사빈의 말에 의하면, 지상은 일명, '라일락 향기의 여자'로 인해 엄청난 갈등에 빠져 있었다고 했다. 책임감과 의무감, 죄책감으로 인해 그는 여자를 찾으려고 했다. 하지만 결국 그는 이현을 사랑하게 되었고, 이기적이지만 여자를 찾겠다는 일념을 버렸다. 그런데 그 여자와 이현이 동일인물이라니 놀랄 수밖에.

"그냥 나갈까요?"

그녀는 아까 했던 질문을 되풀이했다. 이 질문은 그날 클럽에 동행한 윤아의 멘트다. 하지만 그의 기억이 되돌아온 이상 그건 무의미했다. 제발 그가 자신을 받아주기를 이현은 바랐다.

"너……."

지상은 잔뜩 억눌린 음성으로 다시 중얼거렸다. 소파에 널브러진 자세로 그는 꼼짝도 하지 않고 있었다.

'미안해요. 내가 잘못했어요.'

이현은 사죄의 뜻을 담아 그를 바라보았다. 그 눈빛에는 그가 그녀를 위해 해주었던 모든 일들에 대한 감사의 마음 역시 포함되어 있었다. 그런 마음을 이현은 그가 빨리 알아주길 바랐다.

준상에게 찾아가 사건의 내막을 모두 들은 그녀는 놀랐다. 그녀가 만든 광고 하나로 이 회장이 쓰러지고 회사가 수렁에 빠지게 되었다는 말은 처음 듣는 얘기였다. 지상이 이 회장과 준상의 경고를 무시하고 그녀의 광고기획에 힘을 실어주었다는 거였다. 놀라지 않을 수 없었다. 앞뒤가 꽉 막힌 사면초가의 처지였음에도 불구하고 그는 그녀를 믿어주고 지지해 주었다는 사실이 가슴 벅차면서도 아팠다.

그는 그녀가 일에 집중할 수 있도록 최선을 다했다. 마음껏 재주를 펼칠 수 있도록 밀어주고 모든 방해 요소로부터 그녀를 보호해 주었다. 그런 것도 몰라주고 오히려 바보처럼 지상을 의심했다고 생각하니 이현은 죄책감에 미칠 것만 같았다. 어리석고 멍청한 것이라 스스로를 욕하지 않을 수 없었다.

어린 나이에 성적으로 이용당했고, 아버지의 신임을 받지 못해 방황했던 그는 그 누구도 믿지 않은 불완전한 인격체였다. 그런 그가 이현에게만큼은 자신의 모든 걸 내걸었다. 그로선 처음으로 누군가를 의지하고 믿은 거라고 할 수 있었다. 그런 그에게 고작 한다는 말이, 어느 여자랑 잤냐는 소리였다니. 질투심에 머리가 획 돈 거였다.

"나가."

이윽고 그가 말했다. 철렁 그녀의 가슴이 내려앉게 하는 말. 이현의 온몸은 즉시 굳어버렸다. 어느 정도 싸늘하리라 예상은 하고 있었지만 그래도⋯⋯. 그래도 이건 너무⋯⋯.

"지상 씨!"

"나갈 거면 나가. 안 잡아."

눈이 냉랭했다. 지상의 눈이 그녀를 사랑하던 바로 그 이지상의 눈이 아니었다. 온기를 잃어버린 상처받은 눈이었다.

"지상 씨⋯⋯."

정말 그는 이대로 끝내 버릴 심사인 걸까? 이현은 그제야 자신이 한 번도 그럴 수 있으리라 여겨본 적이 없다는 걸 깨달았다. 지상에게 이별을 선언한 건 자신이었지만, 정말 헤어질 걸 각오한 적이 단 한 번도 없음을 그녀는 지금에서야 깨달았다. 아마도 지상이 자신을 떠나지 못할 거라고 여겼던 게 아닐까? 충격 아닌 충격으로 이현은 입을 다물지 못했다.

"잡지 않아. 잡지 않을 거라고. 떠나. 가버려."

초점없는 눈, 무미건조한 목소리로 그가 중얼거렸다. 마치 자기 최면을 거는 사람 같았다. 거무튀튀한 눈 밑, 거칠어진 피부, 헝클어진 체 엉망이 된 머릿결. 초췌하기 이를 데 없는 그의 모습이 그녀의 가슴을 쳤다. 코끝이 찡해오는 걸 느끼며 이현은 조용히 숨을 몰아쉬었다.

'이대로 물러설 수 없어. 그럴 수 없다구!'

이현은 찔끔 눈을 감았다 떴다. 그리고 촉촉이 빛나는 눈동자로 지상을 직시했다. 그는 이현의 시선을 외면했지만 그녀는 상관없었다. 그녀는 가지고 있는 모든 용기를 끌어 모았다.

"가고 싶지 않다면?"

그의 미간이 움찔, 움직였다. 꽉 다문 입술은 여전히 고집스러워 보였지만 그가 보인 최초의 반응은 만족스러웠다. 이현은 더욱 용기를 내 한 발자국 앞으로 다가갔다.

"내가 나가고 싶지 않다면요?"

그녀는 불끈, 지상의 주먹이 쥐어지는 걸 바라보며 한 발 더 다가갔다. 그러자 지상이 눈에 띄게 불안정한 모습으로 바뀌었다. 방금 전까지 느슨한 자세로 널브러져 있던 그는 이제 잔뜩 긴장한 채 그녀의 접근에 모든 신경을 곤두세우고 있었다. 호흡이 가빠지고 자신을 제어하기 위해 양쪽 주먹을 꽉 쥐고 있는 그의 모습에서는 더 이상 느슨함을 찾아보기 어려웠다.

'아직 날 원해. 지상 씬 아직도 날 사랑하고 있어.'

이현은 명쾌하게 결론을 내렸다. 상처받은 마음에 일시적으로 거부하는 것뿐이라고 여겼다. 제발 그래 주길. 이현은 떨리는 마음으로 점점 그를 향해 다가갔다.

"지상 씬 믿지 못했던 건 내 평생 가장 큰 실수였어요."

그의 고개가 휙 돌려졌다. 어두운 그의 눈빛이 그녀를 향해

날아왔다. 상처투성이인 그의 눈빛이 그녀의 심장을 예리하게
갈랐다. 찢어지는 아픔이 그녀를 덮쳤다. 자신이 무슨 짓을 했
는지 이현은 더욱 확실하게 깨달았다.

"앞으론 그런 실수 안 해요. 이젠 안 할 거야."

그의 바로 앞까지 다가온 이현은 천천히 그의 두 다리 사이에
무릎을 꿇고 앉았다. 지상의 두 팔이 부르르 떨렸다. 숨소리가
더욱 거칠어지고 눈빛은 더욱 어두워졌다. 하지만 이현은 캐치
했다. 그의 눈동자가 심하게 흔들리고 있다는 것을. 그의 마음
역시 무섭게 흔들리고 있는 것이 보였다.

"당신만 믿을게요. 당신만 사랑하고 당신만 원할게요."

이현은 그의 무릎 위로 천천히 손을 뻗었다. 그와 동시에 벌
어진 그의 다리 사이로 천천히 몸을 밀었다. 두 팔 안에 그의 허
리가 잡힐 때까지 그녀는 느리게 다가갔다.

"죽을 때까지 그럴게요."

그의 허리를 안고 이현은 뜨겁게 속삭였다. 그의 온몸이 발작
을 일으키는 것처럼 부들부들 떨리고 있었다. 이현은 그의 아랫
배에 얼굴을 대고 천천히 문질렀다. 땀에 배인 셔츠에서 그의
남자다운 체취가 느껴졌다. 물론, 담배와 술 냄새도 함께 풍겨
왔지만 상관없었다. 희미하게 남아 있는 오렌지 향, 그것 하나
만으로도 그녀는 그를 다시 되찾을 가능성이 있다고 생각했다.

"류이현……."

쥐어짜듯이 그가 말했다.

"허락해 줘요."

애걸하며 그녀는 그의 허리를 더욱 꽉 부둥켜안았다. 팔딱거리는 그의 맥박을 느끼며, 뜨겁게 용솟음치는 혈기를 느끼며 그녀는 그를 놓지 않았다.

"옆에 있게 해줘요……."

뜨거운 숨결을 토하며 이현은 헤집어진 셔츠 안으로 드러난 그의 가슴에 키스를 퍼부었다. 화인(火印). 뜨겁게 그의 가슴을 태우는 그녀의 입술. 지상의 악물린 이 사이로 신음이 흘러나왔다.

"으흣……."

"내가 아직도 당신 거라고 말해줘요. 제발."

그의 가슴을 부드럽게 애무하는 그녀의 입술에서 간청이 흘러나왔다. 애원이었다. 그가 거절할지도 모른다는 생각을 하면서도 그녀는 마지막 남은 용기로 매달렸다. 자존심? 하나도 상하지 않았다. 무릎을 꿇고, 사랑해 달라고 말하는 것이 지상에게 하는 거라면. 정말로 하나도 굴욕적이지 않았다. 그가 얼마나 아팠을지 생각하면, 지금 자신을 받아들여 주는 것만도 감사할 지경이었다. 받아줄지 아직도 의문이지만.

"사랑해요."

납작한 그의 가슴, 그 작은 돌기를 입에 머금으며 이현은 고백했다. 진실로, 온 마음을 다하여.

"하아…… 앗!"

그의 입에서 뜨거운 신음이 쏟아져 나옴과 동시에 지상의 팍

쥔 손아귀가 움직였다. 그녀가 반응할 새도 없이 그는 이현의 어깨를 움켜쥐고 순식간에 그녀를 끌어올렸다. 우악스러운 그의 손놀림에 이현은 순간 아찔했다.

그의 마음은 이제 돌이킬 수 없이 멀리 떠나 버린 걸까? 이런 치졸한 유혹으로 되찾을 수 없는 걸까? 사랑한다는 말 따위는 이제 그에겐 아무것도 아닌 걸까? 생각이 복잡했다. 또 겁에 질렸다. 그에게 거부당하게 될까 봐 무서웠다.

"용서 안 해."

아! 정말 그는 이현을 거부하나 보다. 이현은 차마 그를 똑바로 보지 못하고 두 눈을 감아버렸다.

"다시 날 떠난다면, 그땐 정말 용서하지 않을 거야."

뭐라고? 반짝 눈이 떠졌다. 잘못 들은 게 아닐까? 의심스러운 마음에 이현은 벅찬 숨을 헉헉 몰아쉬며 그의 까만 눈을 들여다보았다. 그의 눈은…….

세상에! 그의 눈은 젖어 있었다.

"세상 끝까지 쫓아가서…… 쫓아가서…….."

후두둑, 커다란 그의 눈망울이 습기를 떨구어냈다.

"다시는 떠날 수 없어. 허락 못해. 날 다시 떠날 거라면 아예 돌아오지도 마. 알겠어? 알겠어, 류이현?"

"네."

고개를 끄덕이며 이현은 같이 울었다. 어린애처럼 자꾸만 확인하려고 드는 그가 안타까웠다. 자기 방어라 생각하니 더욱 마음이 아팠다.

"다신 안 돼. 안 보네. 내가 이젠 안 된다고! 명심해."

그의 절규는 다급했다. 울음이 터질 것 같아 이현은 꾹 혀를 짓누르며 겨우 답했다.

"네."

"명심해, 류이현!"

어깨를 아프게 쥐는 그.

이현은 저도 모르게 그를 향해 제 몸을 던졌다. 그의 허벅지까지 올라가 그의 목을 끌어안았다. 그리고 열렬히 고개를 끄덕였다. 그렇게 그녀는 약속을 했다. 다시는 그에게 떨어지지 않겠다고.

"넌 이제 내 거야, 영원히."

그가 다급히 속삭였다. 속삭임을 다 털어내기도 전에 입술은 빠르게 이현의 것을 점령해 갔다.

일주일 후, 지상과 이현은 충남 서천에 위치한 요양원을 찾았다. 어느 정도 컨디션을 회복한 이 회장이 요양할 곳을 물색하기 위해서다. 집에 의료 시설을 갖추고 간호사도 따로 고용하여 쉬는 게 어떻겠냐는 주변의 권유를 이 회장은 딱 잘라 거절했다. 모든 스트레스로부터 해방되고 싶다는 말과 함께 그는 시골 풍경을 벗삼아 편안한 노후를 설계하고 싶다고 했다.

하지만 아직은 유산이 쉽지 않은 상태. 현안에 떨어진 미후,

한쪽 팔에 마비증세가 있는 데다가 음식 조절과 운동을 꾸준히 해주어야 한다는 의사의 소견도 있었기 때문에 그를 혼자 시골에 둔다는 건 위험했다. 시골에서 지내겠다는 이 회장과 안 된다는 아들들. 결국 찾은 절충안이 바로 이 시골 요양원이었다.

그리고 놀랍게도, 이 회장은 자신이 지낼 요양원을 지상에게 알아봐 달라고 부탁했다.

"네 형은 지금 내가 벌여놓은 일 수습하느라 제정신이 아닐 게다. 눈 돌릴 틈도 없이 바쁜 네 형한테 이런 일까지 시킬 수야 없지."

말은 그리 했지만 이현은 알 수 있었다. 이 회장이 화해의 손을 내민 것이란 걸. 스스럽고 어색해 그럴싸한 핑계를 댄 것에 불과하다는 걸 말이다. 그리고 표정을 보아, 지상 역시 그걸 알아챈 것 같았다. 흔쾌히 지상은 그러겠다고 약속했다.

"괜찮다! 공기도 좋고 시설도 나쁘지 않은 것 같고. 그렇죠?"

그들은 상담 절차를 마친 후, 원장의 양해를 구하고 요양원 근처를 돌아보는 중이었다. 요양원은 노인 의료기관 중에선 꽤 알려진 곳으로 노인 전문이라는 타이틀에 걸맞게 중풍, 치매 등 노인 건강증진 및 치료 프로그램들이 활성화되어 있었다. 콘크리트 빌딩이 아닌 일반 통나무 주택 형식의 건물과 외관 등이 꽤나 마음에 들어 이현은 만족스러웠다. 일단 합격점이라는 생각으로 그녀는 동의를 구하듯 지상을 올려다보았다.

"글쎄, 난 좀 더 둘러봐야겠는데."

뭐가 못마땅한지 그는 얼굴을 찡그렸다.

"뭐가 이상한데요?"

길게 나 있는 산책로를 따라 호수가 있다는 모퉁이를 찾아 걷는 이현은 마냥 좋기만 했다. 이 공기! 이 맑음! 이렇게 그의 옆구리에 찰싹 달라붙어 흐드러진 숲길을 걷는 기분은 그야말로 최고였다.

"아, 좋아라!"

이런 곳이라면 노인이 지낼 요양원으로 무난하지 않나? 아버지가 지낼 곳이라 쉽게 결정하지 못하는 그의 심정은 이해가 가지만, 딱히 결점이 없는 곳이니만큼 무난하리라 봤다. 그런데 그는 뭐가 못마땅한 걸까?

"온돌이잖아."

"응? 뭐라고?"

"아버진 온돌 싫어하실걸. 허리도 좋지 않으신데……."

"푸훗!"

지상에겐 미안하지만, 이현은 터지는 웃음을 참지 못하고 웃어버리고 말았다.

"왜 웃어?"

불쾌한 듯 그가 또다시 미간을 확 찡그렸다.

"아니야, 아니야."

어쩜 저리도 애 같은지. 귀여워 죽겠다니까. 쿡 양쪽 볼을 눌러주고 싶은 충동에 떨며 이현은 연신 킥킥거렸다. 서른두 살이나 먹은, 다 큰 남자가 이렇게 어처구니없는 이유를 들 줄 누가 알았겠는가? 부친을 생각하는 마음은 알겠지만 완전 오버다.

하지만 이현은 지상의 이런 점이 좋다. 그다운 억지스러움, 우격다짐. 자기가 옳다고 믿는 건 죽어도 옳다고 우기는 것. 예를 들어, 세상에서 제일 못생긴 남자가 민석이라고 우기는 건 정말 우격다짐의 최고봉이다.

"왜 그러는데?"

퉁명스럽게 그가 물었다.

"아무것도 아니에요."

"아무것도 아닌 게 아닌데."

"그냥 자기 마음대로 해요. 여기저기 잘 알아보고 결정하는 것도 나쁠 거 없잖아요 뭐. 다른 곳도 알아보자고요. 입원 날짜가 더 늦어지긴 하겠지만 소득은 있겠죠."

늦어진다는 말이 걸리는지 그는 잠시 침묵했다. 뚜벅뚜벅, 터벅터벅. 그의 구두 소리와 그녀의 운동화 소리가 조화롭게 울렸다. 짹짹거리는 이름 모를 새소리와 머리 위로 흠뻑 쏟아지는 햇살을 맞으며 이현은 연신 공기를 들이쉬었다.

"여기, 누가 추천해 줬다고 했지?"

"응? 아! 민석이 할아버지께서 여기서 지내셨대요."

"윤민석?"

어깨를 두르고 있는 그의 손에 힘이 들어갔다. 이 질투쟁이, 정말 못 말린다.

"윤 실장님한테 들었어요!"

팔꿈치로 그의 옆구리를 쿡 찌르며 이현은 버럭 소리를 질렀다. 아무리 노력해도 지상이 민석에게 호의적이 되긴 힘들 것 같다는 생각이 들었다. 하지만 지상의 질투가 그렇게 기분 나쁘진 않았다. 솔직한 심정으로, 그녀 역시 CL미디어가 기분 나빴다. CL미디어 사장과 지상이 아무 사이도 아니고 소문이 일어날 만한 빌미가 한 가지도 없었다는 걸 믿지만, 기분 나쁜 건 나쁜 거다.

소문은 왜 났냐고! 그런 소문 낸 사람은 도대체 누구야?

'짜증나게.'

쯧, 속으로 혀를 차며 이현은 지상을 돌아봤다. 아까까지 잔뜩 구겨져 있던 그의 얼굴이 놀랍게도 지금은 히죽히죽 웃는 낯이다.

"뭐예요?"

"갑자기 이런 생각이 들어서."

"뭔데요?"

어깨를 살포시 안고 있던 그의 손이 어느새 그녀의 옆구리 근처로 내려가 있었다. 정확히 말하면 가슴 언저리 쪽이다. 브래지어 옆 솔기를 살짝살짝 문지르는 그의 손길이 감지되었다. 순간, 그녀는 몸 안 어딘가에서 정체불명의 기운이 꿈틀거리는 긴 느꼈다. 벌레 같기도 하고, 뜨거운 불길 같기도 하고. 하여튼 이현은 펄쩍 뛰었다.

"뭐 하는 거예요?"

"가만히 있어봐."

"뭐야, 뭐."

"조용하잖아. 앞뒤로 반경 500m 안에는 아무도 없는 것 같고."

이쯤 되면 그의 속셈이 드러나는 셈이다. 혼전 관계는 절대불가라는 그녀의 방침을 무너뜨리기 위해 그는 요새 무진장 애를 쓰고 있었다. 어디서 '여성을 유혹하는 방법'이나 '키스 잘하는 방법' 따위의 이상한 제목의 책들을 구입해서 그녀를 공략하느라 일은 완전 뒷전이었다.

이현은 일부러 근엄하게 선언했다.

"바보 같은 짓 하지 마요. 여자들은 이런 걸 제일 싫어해. 자기 여자를 이런 데서 뒹굴게 하는 남자가 어디 있어요?"

"이런 데가 어때서."

하지만 점잖지 못한 그의 손길은 스멀스멀 안쪽으로 파고들어왔다. 그녀의 가슴 한쪽을 모두 덮을 때까지 아주 조금씩. 이현은 꽈배기처럼 온몸이 배배 꼬이는 걸 느끼며 간신히 대꾸했다.

"먼지 풀풀 나는 시골길이잖아요."

"아까완 말이 다른데?"

그래, 아깐 공기 맑고 경치 좋은 곳이라고 했다. 대략 난감.

에라, 모르겠다. 우기자. 우기는 데엔 장사가 없다더라.

"공기 좋은 거랑 이거랑은 아무 상관도 없다고요!"

"왜 없어? 있지. 특히 심폐기능과는 아주 밀접한 상관관계 아닌가? 이걸 하게 되면, 순식간에 숨이 가빠지면서 헐떡이게 되는데 그때……."

"스톱!"

이현은 양손으로 귀를 틀어막았다.

'으휴, 이 악당!'

완전 색(色)귀 수준이다. 시간과 장소에 구애받지 않고 그녀를 유혹하려는 색귀. 그것도 그녀가 대항하기엔 너무나 강력한 마력을 지닌 색귀인지라, 이렇게 작정하고 유혹할 시엔 반야심경(般若心經)을 외워야 할 판이다. 거의 유혹에 넘어간 지경까지 갔던 게 수십 번이나 됐다.

하지만 아직은 안 된다. 그녀가 지켜온 세월이 얼만데 고지를 코앞에 두고 순결을 버린단 말인가? 최근, 결혼을 앞두고 남자에게 접근금지 마크를 달아놓는 게 첫날밤을 위해 매우 좋다는 인터넷 기사를 본 이후로 그녀는 완전히 결심을 굳혔다. 해외 영화스타들도 그리 한다는데, 그녀라고 못할까? 할 수 있다.

아자, 아자, 아잣!

"한 마디만 더 하면 알아서 해요. 난 뒤돌아서 갈 거야."

눈 딱 감고, 귀 다 막고 그녀는 선언했다. 떨어진지 모르게 그의 손길이 떨어져 나갔다. 그의 대답을 기다리는 이현은 빽빽

가쁜 숨을 내쉬었다. 주변이 고요해지고 수 초가 지났다. 기다리는 대답이 날아오지 않자 이현은 천천히 눈을 떴다.

"어?"

주변이 휑했다. 찬바람이 쌩하니 불자 오소소 소름이 돋았다. 지상은 어디로 갔지? 고개를 좌우로 움직여 이리저리 돌아보았다. 앞은 잔뜩 우거진 채 끝이 보이지 않는 숲길, 뒤는 요양원 후원이 까마득하게 보였다.

바람과 함께 사라진 지상.

"지상 씨!"

지상 씨, 지상 씨! 점점 작아지며 울리는 메아리. 이현은 점점 무서워졌다. 되돌아갈 수도, 앞으로 나아갈 수도 없는 상황이었다. 어딘가에서 누군가가 자신을 지켜보고 있는 듯한 생각이 불쑥 들었다.

"지상 씨!"

거의 울상이 되어 울부짖고 있을 때였다.

"와악!"

뒤쪽 어디선가 소리를 지르며 지상이 튀어나와 그녀를 덮쳤다.

"꺄악!"

영화 '사이코'의 여주인공이 지르는 비명만큼이나 끔찍하고 커다란 소리를 내지르며 이현이 펄쩍 뛰었다.

"아, 뭐야! 깜짝 놀랐잖아!"

단박에 지상의 품에 안겨 버렸지만 콩닥거리는 가슴은 여전했다.

"바보 같이 그런 걸로 놀라냐? 없어진 줄 알았어?"

"아니야!"

"아니긴 뭘. 그럼 왜 그렇게 놀라?"

이현은 그의 가슴에 얼굴을 묻고 가만히 서 있었다. 잠깐이지만 그가 없다고 생각했을 때 느꼈던 공포감 때문에 아직까지 무서웠다. 그건 단지 사람이 없어졌다는 사실에 대한 공포가 아니었다. 상실감. 가슴이 텅 비어버린 느낌이라고 할까?

"떠나지 마요. 알았지?"

"자식……."

지상은 이현의 등을 꼭 껴안으며 살포시 미소 지었다. 그리고 약속했다.

"안 떠나. 가라고 등 떠밀어도 안 가."

품 안에서 그녀가 고개를 끄덕였다. 지상은 그녀의 정수리에 입을 맞추고 하늘을 바라보았다. 동굴처럼 우거진 나뭇잎 사이로 햇살이 여러 줄기로 퍼져 내려오고 있었다. 따사로운 햇볕이 그를 아늑하고 포근하게 만들어주었다. 하지만 가슴의 충만함은 달랐다. 그건 세상 그 어느 것도 주지 못하는 것. 오직 그의 품에 안겨 있는, 비로 이 여자뿐.

'류이현, 사랑한다.'

마음속으로, 그는 수줍게 고백하고 있었다.

에필로그

양하림은 손목시계를 힐끗 훔쳐보았다. 팔찌 모양의 커다란 링은 그녀의 애인이 얼마 전, 백일 기념으로 선물한 거였다. 비서라는 직업상 휴대폰을 휴대하고 다닐 수 없는 그녀를 위해 그가 사준 거였다. 그리고 오늘은 그의 집으로 인사를 가기로 한 날. 그는 퇴근시간에 맞춰 밖에서 기다리고 있겠다고 했다.

5시 50분. 퇴근 시간까지 고작 십 분이 남았지만 양하림은 속이 바짝바짝 탔다. 눈치없는 사장이 오늘도 역시 야근을 하려는 듯 꿈쩍도 하지 않고 있었기 때문이다. 도대체 무슨 일복을 타고나서 이리 고생인지, 하림은 머리가 다 지끈거리는 것 같았다. 지끈거리는 이마를 짚으며 하림은 한숨을 푹 내쉬었다.

"무슨 일이야?"

컴퓨터 모니터 건너편에서 사장이 불쑥 물었다. 사장은 서류가 떨어진 책상 아래로 몸을 숙인 채였다.

"예?"

"할 말 있어서 온 거 아니야? 말하라고."

그렇게 말하는 사장은 여전히 바닥 쪽으로 몸을 숙이고 있었다. 하림은 불룩 튀어나온 입술로 가슴 가득 찬 불만을 씨부렁거렸다.

"예전 사장님이 더 좋았어요."

"뭐라고?"

"보너스도 두둑하게 주시고 퇴근 시간도 재깍재깍 지켜주고. 그뿐인 줄 아세요? 가끔씩 회사에도 안 나오시고, 출근도 늦게 하시고. 얼마나 편했는데요."

지금 생각하면 그때가 천국이었지 싶다. 그때에 비하면 지금은…….

"그분이 그래서 쫓겨나신 거야."

"쫓겨나신 건 아니죠!"

사장이 한때 모셨던 상관을 욕하자 하림은 발끈했다. 그처럼 씀씀이 좋고 다정한 상사는 앞으로도 계속 만나지 못할 거라고 그녀는 늘 생각해 왔었다.

"쫓겨났어."

"사장님!"

"나한테 쫓겨났다고."

책상 밑에서 불쑥 사장이 튀어나왔다. 책상 아래로 흩어졌던 서류 더미를 모두 주워 손에 그러쥔 채다. 그 때문에 단정히 묶었던 머리카락들이 모두 흩어져 단정치 못하게 흘러내려 와 있었다. 사장의 깔끔한 모습만 봐왔던 하림은 불완전한 사장의 모습에 왠지 모를 통쾌함이 밀려들었다.

"정말 어떨 때 보면, 사장님은 엄청 무정해 보이세요. 아내 맞으세요? 어떻게 남편한테 그런 말을 하실 수가 있어요?"

입술을 삐죽거리며 하림은 삐딱하게 대꾸했다.

"현대 사회는 무한경쟁시대야. 그렇게 안이하게 일해서는 절대 배겨나지 못한다고. 이지상 사장도 그래서 사퇴한 거고. 알겠어, 양 비서?"

우리나라 최연소 여사장, 류이현의 냉정한 답변을 들으며 하림은 불편해진 몸을 뒤틀었다. 사실 이지상 사장이 사퇴할 당시, 참 말이 많았다. 결혼 후 얼마 안 돼 결정되어진 일이었고 이미 전무로 승진한 상태인 아내, 류이현이 후임으로 내정되어졌다는 소식은 온 회사를 발칵 뒤집어놓았던 것이다. 아무리 유능한 사원이라고는 하나, 전 사장의 아내가 후임이라니! 혹자는 재벌의 족벌체제를 비난하고 나서는가 하면, 어떤 이는 류이현이 단지 여자에 나이도 어리다는 이유를 들어 반대했었다. 물론 아직 제대로 검증되지 않은 인재를 등용하는 것은 현 회사 상황으로 봤을 때 매우 위험한 일이라는 견해도 많았다.

하지만 이준상 회장은 류이현에 대해 아주 단호했다. 그녀를 확실히 신뢰했고 그녀의 능력을 믿었다. 지금까지 늙수그레한 이사진들 눈치를 보느라 구닥다리 디자인만 만들어내던 아이캠에는 윗사람들의 눈치를 보지 않고 소신이 확고한 류이현이 제격이라 여겼던 것이다. 이지상 역시 조용히 그녀를 응원해 주었다. 회사를 그만둘 즈음하여 그에 대한 소문이 무성했지만, 그건 예전처럼 여자들과 연관된 가십거리가 아니었다. 새로운 일에 뛰어들었다는 둥, 해외지사로 발령을 받았다는 둥 주로 그의 거처에 관한 거였다. 아내가 우상아이테크를 맡았으니 전업주부로 나선 게 아니냐는 우스갯소리도 떠돌았었다.

하지만 하림은 안다, 그가 뭘 하고 있는지. 류이현 사장의 옆에서 비서 일을 하다 보니 가장 좋은 점은 바로 이것. 전 사장의 소식도 알고, 두 사람의 알콩달콩한 러브스토리도 훔쳐 듣고. 그 덕에 회사 다니는 재미는 그럭저럭 쏠쏠한 편이다. 야근을 밥 먹듯이 해서 문제지.

"일부러 그렇게 말하는 거 다 알아요. 사장님, 이지상 사장님 보고 싶으시죠?"

"스읏! 양 비서! 지금 장난해?"

혀를 끌며 위협을 가하는 류이현 사장. 작은 체구로 거대한 회사를 삼 년 동안이나 이끌어온 여자. 모든 여사원들의 귀감이 되고 있는 그녀의 눈에 그리움이 출렁거렸다. 남편을 삼 년이나 그 머나먼 타국으로 떠나보내고 얼마나 마음이 쓰렸을까? 그래도 내조랍시고, 남편 앞에서는 보고 싶다는 말 한마디 하지 않고 슬픈 기색 한조각 내비치지 않는 그녀를 볼 때면 정말 지독하다는 생각이 들었다.

아무튼, 사장은 늘 이렇게 남편의 얘기가 나올 때마다 일부러 냉랭하게 군다. 야박스럽게 말하는 걸 보면 어떨 땐 철면피 같기도 하지만, 그녀의 속내를 너무도 잘 아는 하림이기에 이내 마음이 짠해진다.

"죄송합니다."

입술을 살짝 오므리고 하림이 중얼거렸다. 턱을 끌어내리고 살짝 치뜬 눈으로 사장의 눈치를 살피고 있자니 이현은 꽉 다문 입으로 고집스럽게 말했다.

"그만 퇴근해."

눈치 하나는 캡 밝다니까. 금세 알아채기는.

"사장님은…… 요?"

"나도 지금 나갈 거야."

"정말이죠?"

"그래."

"저……."

"또 뭐?"

"아까 평창동 안가에서 연락이 왔는데요."

"……?"

다음 말을 기다리며 이현은 서류를 정리했다. 아무도 없는 집으로 퇴근하는 건 늘 그렇듯 재미없는 일이지만 오늘은 양 비서를 위해서 일찍 일을 접을 생각이었다. 집에 일찍 들어가 전화통이나 붙들고 친구들과 수다나 떨어야 할 판.

'에휴, 나이 들면 죽어야지. 심술만 늘어가지고, 쯧쯧.'

양 비서가 연애를 하면 좋은 일이고 축하해 줘야 하는데, 자꾸 기분이 다운되는 건 무슨 조홧속인지 이현도 알다가도 모를 일이었다. 남편의 오랜 유학 생활이 이젠 싫증나고 짜증났다. 몸이 달아 애간장 끓는 건 둘째 치고, 보고 싶어 살 수가 없었다. 마음 같아선 회사 따윈 때려치우고 당장 달려가 함께 살고 싶지만, 그가 자신에게 맡기고 간 회사를 내팽개칠 수는 없었다. 그가 아이캠에 얼마나 많은 애착을 가지고 있는지 아는데, 그런 그의 믿음을 저버릴 순 없었다.

그가 당장 오라고 말하지 않는 이상, 못 간다. 제 발로는 도저히 갈 수가 없었다. 두 번 다시 그를 저버리는 일은 하지 않을 거였다.

"사모님께서 연락 좀 달라고 하시던걸요?"

"그래? 왜 진작 말하지 않고."

"일 방해되신다고 미리 말하지 말라고 하셨거든요."

빙긋, 양 비서가 웃었다. 사모님이라 불리는 여인, 혜인. 그녀는 역시 주위 사람을 기분 좋게 만드는 사람인가 보다. 형님이지만, 이현 역시 혜인을 떠올리자면 기분이 좋아진다. 매우 소극적이지만 그녀는 따뜻하고 정이 많은 여자다. 오 년 전, 아이디어와 관련되어 해묵었던 회사의 비리가 밝혀지고 쓰러진 이 회장을 대신해 총대를 멘 준상이 언론의 집중 타깃이 되었을 때 그녀는 그의 많은 힘이 되어주었다. 그의 위로가 되어주었고, 그를 끝까지 믿어주고 격려했다. 그에 힘입어 준상은 모든 걸 순조롭게 해결해 나아갔다. 이현은 그녀의 모습에서 다시 한 번 여자의 위대함을 떠올렸다.

준상은 전대(前代)에서 행해진 비리를 스스로 언론에 흘리고 경찰 조사에 적극 협조하는 모습을 보이는 동시에, 뒤로는 진석진에게 정치자금 출처를 밝히겠노라고 협박하는 대담함까지 보였다. 똥줄이 탄 진석진은 자신의 의지로 준상이 무혐의 처리를 받도록 도와주었다. 물론 마음속으로, 도와주기는커녕 준상을 뼈째 갈아 통째로 들이켜고 싶을 정도로 미웠겠지만 진석진으로서도 어쩔 수 없었을 것이다. 그는 내년 총선을 앞두고 표밭 갈이를 하고 있는 중이었다. 그 상황에서 정치자금 유입설이 언론에 터뜨려지면 끝장이었다. 이런 걸 두고, 자업자득이라고 하지, 아마? 더러운 편법을 써서 상대를 협박하던 진석진은 같은 식의 편법으로 협박당하는 신세가 되어버렸다.

그렇게 준상은 풀려났고, 상당량의 그룹 재산을 사회에 환원하는 방법으로 마음의 짐을 풀었다. 더 정확히 말하자면 아버지 이우철 전 회장이 진 마음의 짐.

"알았어. 연락해 보지 뭐. 가봐."

이현의 허락이 떨어지자 양 비서는 부리나케 방을 빠져나갔다. 이제 제 할 일 다 했다는 듯 홀가분한 모습이었다. 이현은 수화기를 들어올려 전화를 걸었다. 무슨 일일까? 갑자기 궁금해졌다.

[여보세요. 평창동입니다.]

도우미 아주머니가 전화를 받았다. 이현은 혜인이 있는지 물어보고, 바꿔달라고 했다.

[동서? 일 벌써 끝났어?]

여느 때와 다름없이 상냥한 목소리. 이현은 씩 기분 좋은 미소를 지으며 고개를 끄덕였다.

"네. 오늘은 좀 일찍 끝내려고요."

[축하해! 동서가 개발한 새 모델이 이번에 일본 능률협회컨설팅에서도 1위 했다고 하던데.]

"아, 그거요."

이현은 멋쩍어 그냥 웃었다. 그녀가 주체가 되어 개발한 모델이 한국 능률협회컨설팅뿐만 아니라 일본에서까지 브랜드 파워 1위를 기록한 건 분명히 '사건'이었다.

[능력있는 동서가 난 진짜 부러워. 체력도 좋은가 봐. 그렇게 일하고도 안 피곤해?]

혜인이 걱정스럽게 물었다.

"체력 하나는 제가 짱이죠. 그런데 요새 왜 이렇게 피곤한지 모르겠어요. 몸도 나른하고 가끔 서류 보다가 졸기도 한다니까요, 나이는 정말 어쩔 수 없나 봐요."

[다 좋은 일이 있으려고 그런 거지.]

"네?"

평소에도 수수께끼 같은 말만 골라하는 혜인. 오늘은 무슨 의도로 하는 말일까?

[좋은 소식이 있어.]

"좋은 소식이요? 뭔데요?"

이현은 반색했다. 혜인의 목소리가 살짝 떨리는 게 보통 즐거운 일이 아닌 듯. 괜히 이현까지 설레었다.

[도련님 소식이랑 동서 소식이랑 두 가지. 어떤 것 먼저 들을 거야?]

"당연히 지상 씨 소식이죠. 뭔데요? 혹시 또 한국 들어온대요?"

그럴 리 없다는 걸 알면서도 이현은 철딱서니없이 물었다. 벌써 삼 년째 영국에서 경영학을 공부하고 있는 지상이 최근 한국으로 나와 한 달 남짓의 휴식을 취하고 다시 들어간 건 사실, 두 달도 채 안 되었다. 이 년간의 짧은 신혼생활을 뒤로하고 오른 남편의 유학길이었기에 사실 늘 마음이 안타까운 그녀였다. 그러던 차였기에 남편의 휴가는 너무나 달콤했고 마음껏 만끽했었다. 그때의 추억만 가지고도 당분간은 버틸 수 있을 정도였다. 하지만 그런 휴식은 자주 기대할 수 없다. 늦깎이 학생이 남들 놀 때 같이 놀고, 남들 쉴 때 같이 쉬면 졸업은 물 건너간다고 봐야 했다.

[응, 들어오신대.]

"네?"

수화기에 바짝 대고 조그맣게 속삭이는 혜인의 목소리에 이현은 귀를 쫑긋 세웠다. 혹시 자신이 잘못 들은 게 아닐까, 그녀는 조바심을 치고 있었다.

[들어오신대, 도련님!!]

"들어온다고요? 한국에요?"

[응. 봐서, 아주 들어오실 것도 같아.]

"아니, 왜요? 어, 언제요? 누가 그래요?"

너무 놀라 입이 잘 안 돌아가자 이현은 더듬더듬 물었다. 눈은 이미 휘둥그레 떠진 상태였다. 혹시 오늘이 만우절이 아닌지 책상 위에 놓인 작은 캘린더까지 들추며 날짜를 확인했다. 이게 도대체 뭔 말이래?

[왜 들어오겠다는 결정을 내린 거냐면…… 동서 때문이야.]

"네? 저요?"

[두 번째 좋은 소식이야. 동서, 임신했어.]

"누구요? 저요?!"

도대체 무슨 말을 하는 건가! 이현은 너무 놀라 입을 다물 수기 없었다.

"하, 하지만 어떻게 형님이 그걸……?"

[동서, 지난달에 건강검진 받았다면서? 김 박사님께서 이제 니지제니 둥시 오기민을 기다리고 있는게 안 온다고 펴졍히시

더라. 그러던 차에 다른 일로 준상 씨가 전화를 걸었고, 본인한테 직접 전해주고 싶으셨는데, 결국 못 참고 털어놓으셨어. 아무튼 본의 아니게 준상 씨가 먼저 알게 됐는데, 근데 이 남자가 동서랑 나한테는 감쪽같이 비밀로 하고 서방님한테 먼저 쪼르르 연락을 한 거야. 가재는 게 편이라더니, 딱 그 짝이지 뭐야.]

"세상에! 아무리 그래도 그렇지, 왜 저한테 먼저 말씀을 안 해주고…… 진짜 저, 아기 가진 거 맞긴 맞아요!?"

버럭 소리를 지르는 이현의 목소리를 들으며 혜인이 풋, 웃었다.

[맞아. 좋지? 감격스럽지? 나도 그 기분 알아. 우리 재윤이 가졌을 때 나도 그랬거든.]

이현은 입이 얼어붙어 아무 말도 못했다. 그냥 '세상에!'만 연발했다. 뱃속에 지상의 아이가 자라고 있다니! 그와 이현의 아이가 자신의 존재를 알아주길 기다리고 있다니! 갑자기 그가, 남편이, 이지상이 미치도록 보고 싶어졌다.

"네! 너무 이상해요, 기분이."

울먹이며 이현은 웃음을 터뜨렸다. 이현은 아무래도 좋았다. 그가 당장 한국으로 나오겠다고 했고, 그렇게 해서 만나볼 수만 있다면 아무래도 좋았다. 눈물 나도록 좋았다. 지상만 볼 수 있다면 뭐든 다.

[지금 서방님, 공항에 도착해서 동서한테로 가고 있대. 방금 준상 씨가 서방님이랑 통화하는 거 들었거든.]

"네⋯⋯ 네?"

공항에 도착해서 이쪽으로 오고 있다고? 뭐야! 그럼 그가 지금 오고 있다는 건가?

"지금 오고 있다고요?!"

[그래! 세 시 넘어서 도착했대. 뭐야, 거의 다 갔겠네. 인천공항에서 동서네 회사까지 두 시간쯤 반쯤 걸리니까⋯⋯.]

똑똑!

그 순간, 혜인의 수다로 한쪽 귀가 멍멍해진 그녀의 청신경을 성공적으로 건드리는 소리. 그것은 확실히 이현의 주위를 끌었다. 그녀가 자신의 임신과 남편의 입국에 너무나 놀라고 기뻐, 거의 실신 직전에 숨까지 헐떡이고 있었음에도 불구하고.

양 비서도 퇴근했을 텐데, 누구지?

"누구세요!"

[택배기사나 퀵서비스맨처럼 가장해서 동서한테 깜짝 선물을 배달할 예정이라는데. 정말 남자들, 귀엽지 않아?]

"택배입니다."

한쪽 귀에 맞닿은 수화기론 혜인의 말이, 다른 귀론 문밖 손님의 목소리가 들려왔다. 군인의 기합 소리만큼이나 딱딱한 억양의 남자 목소리는 매우 낮고 묵직했다. 마치 상대를 부드럽게 어루만지는 듯 야릇하고 위협적인 분위기를 자아내는 그 목소리는⋯⋯.

"형님! 온 거 같아요."

[어머, 진짜?]

"네. 전화 끊을게요."

전화를 끊으며 이현은 흥분을 가라앉히려 노력했다.

그의 목소리! 아무리 아닌 척 가장해도 확실히 구분해 낼 수 있는 지상의 목소리! 오 년 전, 목소리로 인해 안 해도 될 마음 고생을 심하게 한 덕분에 이젠 너무나도 잘 구분해 낼 줄 아는 남편의 음성! 그 특유의 감미로운 목소리를 들으며 이현은 소리 없이 환호했다.

이제, 이현은 그를 되레 놀라게 해줄 거다. 깜짝 놀라게 하는 것뿐만 아니라, 어마어마하게 높은 등급의 환영파티를 해줄 생각이었다. 18금(禁)이 아니라 25금, 30금의 아슬아슬하고 정열적인 파티!

이현은 천천히 문 앞으로 다가갔다. 꼼지락꼼지락, 몸을 비비 꼬며 참을성있게 그녀의 답변을 기다리고 있을 지상이 눈앞에 그려졌다. 씩, 매력적인 곡선을 그리며 이현이 웃었다.

"아가야, 아빠가 왔단다. 화끈하게 놀라게 해주자."

조그맣게 속삭이며 이현은 블라우스의 단추를 열었다.

잠시 후. 똑똑, 다시 문을 두드리는 택배기사.

"안에 계신 분!"

문 하나 사이로 울리는 남편의 음성. 이현은 밀려드는 기대감과 설렘에 몸을 떨었다. 매력이라곤 눈곱만큼도 찾아볼 수 없는 검정색 정장 치마의 후크를 풀며 이현은 깊은 숨을 내쉬었다.

"류이현 씨!"

언제나 그녀에 관한 한, 인내심이 부족한 편이었던 지상은 이제 쾅쾅, 주먹으로 문을 두드렸다. 조금만 그를 더 애태우면 벌컥 문을 열고 들어올 태세다. 이현은 한 꺼풀, 두 꺼풀, 허물을 벗듯 옷가지를 벗으며 그때를 기다렸다. 그가 조급함에 내몰려 계획을 포기하고 이현을 덮칠 바로 그 순간을. 그 순간, 이현은 남편을 향해 몸을 내던질 것이다. 섹시하게.

문 너머로 조그맣게 욕설을 내뱉는 남편의 목소리가 들려왔다. 이제, 그를 유혹할 순간이 임박했음을 이현은 감각적으로 느꼈다. 그녀는 카운트다운을 세었다.

다섯. 그가 발로 문을 건드린다.

넷. 그가 한숨을 내뱉는다.

셋. 그가 뭔가를 만지며 부스럭거린다.

둘. 초조한 그가 손가락을 부딪쳐 똑똑 소리를 만들어낸다.

하나. 그가 다시 한숨을 내뱉는다.

제로!

"이현아!"

그의 목소리와 함께 문손잡이가 돌아갔다. 이현은 세상에서 가장 달콤한 미소를 지으며, 세상에서 가장 달콤한 악당의 침입을 맞이할 준비를 했다.

작가후기

마감을 끝내고 후기를 써달라는 요청을 받게 되면, 이상하게 전 머릿속이 텅 비어버립니다. 하고 싶은 말은 산더미처럼 많은데 어디서부터 어떻게 써야 할지 몰라, 결국은 횡설수설하게 된다고나 할까요? 이 글을 쓰고 있을 당시만 해도 '이 점은 후기에 꼭 써야지'라고 단단히 별렀던 것들이 몇 가지 있었던 것 같은데, 참 신기한 일입니다. 지금은 하나도 떠오르지 않으니 말이에요.

우선, 뿌듯합니다. 서른이 넘도록 가족과 융화되지 못한 채 방황하던 지상 군에게 커다란 선물을 주었다는 뿌듯함입니다. 주인공들에게 제 짝을 찾아주고 두 사람이 사랑의 결실을 맺을 수 있도록 도와주는, 로맨스소설 작가 본연의 임무를 충실히 이행했다는 뿌듯함이기도 합니다.

『악당』의 집필을 처음 시작했을 때, 매우 걱정스러워했던 기억이 납니다. 새 글을 시작할 때마다 절감하게 되는 것, 바로 로맨스소설의 소재가 한정된 틀 안에 있다는 사실 때문이죠. 『악당』의 주소재인 '과거의 트라우마 때문에 나쁜 남자가 된 주인공'은 지금까지 많이 다루어졌던 것입니다. 이미 나 자신조차 식상해진 구닥다리 소재를 가지고 얼마만큼 글을 잘 풀어나갈 수 있을지, 자신이 서지 않았습니다.

몇 차례의 고민 끝에 전 일단 끝을 맺기로 했습니다. '한 번 손대면 끝까지 간다'는 게 제 평소 신조이거든요. 하지만 그 문제는 글 쓰는 중간중간

계속해서 제 신경을 건드렸습니다.

갑작스레, 충동적으로 시작한 글이라 내용도 갈피를 잡지 못하고 우왕좌왕이었습니다. 그동안 개인적으로 표현하는 데에 어렵다고 느꼈던 '과거', '비밀', '음모', '업무', '오해' 등의 소재들을 한꺼번에 섞으니 당연히 해야 할 말은 많아졌고, 작가인 제 머릿속도 같이 복잡했죠. 지금까지 본 그 어느 소설보다도 가장 흥미롭고 재미있다는, 진짜 말도 안 되는 칭찬을 마구 늘어놓아 내 기를 북돋아준 남님이 없었다면, 아마 전 이 소설을 꽤나 오랫동안 붙잡고 있었을 겁니다.

하지만 끝냈습니다. 아쉽기도 하고, 시원하기도 하고. 엄마가 딸 시집보내는 기분이 이런 걸까요? 지상과 이현이 행복하길 빕니다. 이 글을 읽으신 독자 여러분들 역시 흐뭇해하시길 빕니다. 혹시 여러분께서 이 소설을 읽고 '인류에게 가장 필요한 백신은 사랑' 이리는 제 의견에 공감하신다면, 저는 무척 행복할 것 같습니다.

사랑하는 가족, 홈페이지 회원 여러분들, 작가분들, 남님께 감사의 말을 전합니다. 엄마, 침 30방 감사해요. 덕분에 온몸이 뻐근합니다. 부끄러운 글을 리뷰해 주시고 읽기 좋게 손봐주신 종민님 이하 청어람 로맨스 편집부 여러분께 무한한 감사를 드립니다. 더불어, 소리없이 응원해 주시는 독자 여러분께도 고마움을 표합니다. 행복하세요.

2006년 여름

—사랑백신의 선녕사 홍윤정.

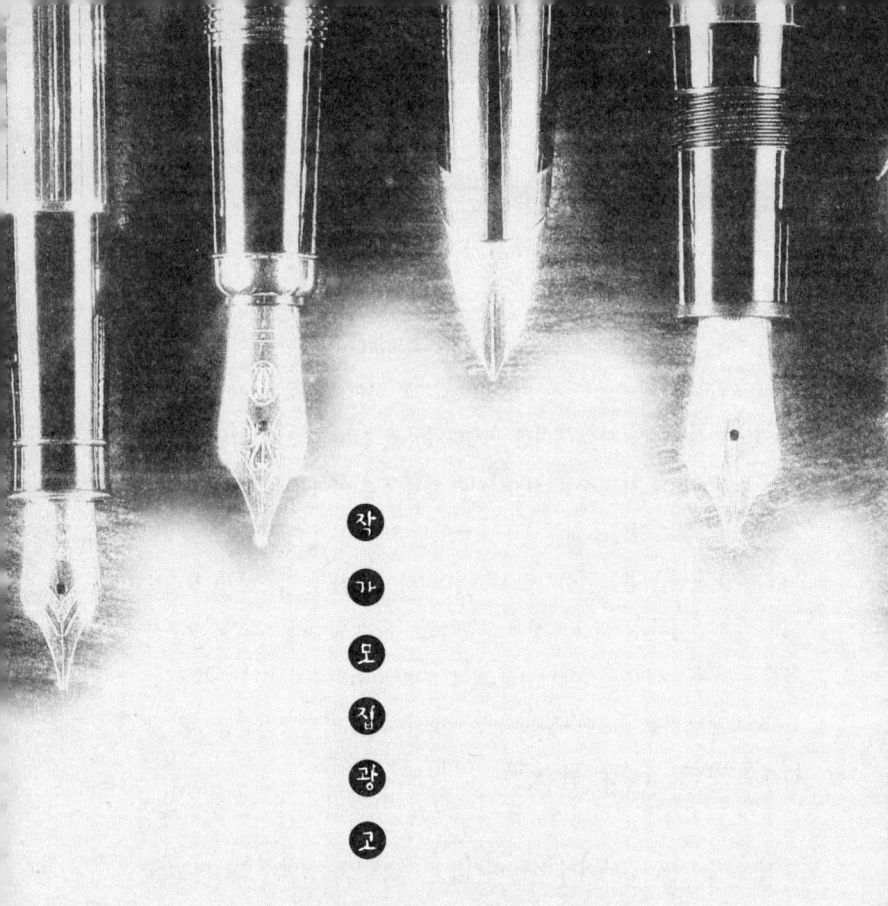

作
가
모
집
광
고

도서출판 청어람의 문은 항상 열려 있습니다.
실력있는 작가 분들의 많은 관심 부탁드립니다.

TEL:032-656-4452 • FAX:032-656-4453
http://www.chungeoram.com
http://chungeoram.egloos.com
e-mail:chungeoram@chungeoram.com